E. S. Schmidt

Welt der Schwerter

Band 1

Lindwurm

High Fantasy

Schmidt, E. S.: Welt der Schwerter, Band 1. Hamburg, Lindwurm Verlag 2021

1. Auflage 2021
ISBN: 978-3-948695-46-0

Dieses Buch ist auch als eBook erhältlich und kann über den Handel oder den Verlag bezogen werden.
ePub: ISBN 978-3-948695-47-7
PDF: ISBN 978-3-948695-48-4

Lektorat: Oliver Hoffmann, Mannheim
Korrektorat: Lilly Seidel, Hamburg
Satz: metiTec Satzsystem, me-ti GmbH Berlin
Umschlaggestaltung und Umschlagmotive: Markus Weber, Guter Punkt München

Bibliografische Information der Deutschen Nationalbibliothek: Die Deutsche Nationalbibliothek verzeichnet diese Publikation in der Deutschen Nationalbibliografie; detaillierte bibliografische Daten sind im Internet über https://dnb.d-nb.de abrufbar.

Der Lindwurm Verlag ist ein Imprint der Bedey und Thoms Media GmbH, Hermannstal 119k, 22119 Hamburg
https://www.bedey-thoms-verlag.de

---

https://www.lindwurm-verlag.de
Gedruckt in Deutschland

Kapitel 1

Nun also wurde mir die Salbung zuteil, und ich zittere. Ist es Ehre oder Bürde, Vorrecht oder Fluch?

–14. Akh'Eldash, 1. Eintrag, Vers 3

Selbst sein Husten war der eines Tyrannen: gewaltig, derb und von despotischer Lautstärke. Speichel sprühte von Ruothgars Lippen, und sein Gesicht rötete sich vor Anstrengung.

Siluren senkte den Blick. Zum ersten Mal seit fast zwei Jahren stand er im königlichen Gemach. Vermisst hatte er diese Audienzen nicht, und wenn es nach ihm gegangen wäre, hätte er auch die Begegnungen beim gemeinsamen Mahl vermieden. Hoffentlich gesundete Ruothgar bald und ging wieder auf die Jagd oder brach aus irgendeinem Anlass in die Provinz auf.

Der Hustenanfall verebbte, und Ruothgar sank keuchend zurück. Jetzt erst trat Siluren in den Geruch nach altem Schweiß und dem Nachttopf unter dem Bett. Er verneigte sich. »Du hast mich rufen lassen, Vater.«

»Ja. Dich und Coridan.«

Es ging also nicht um etwas, das er getan oder versäumt hatte, sonst hätte Ruothgar mit der Zurechtweisung nicht auf Coridan gewartet.

Kanzler Panald trat hinter den Samtvorhängen vor, den Blick gesenkt und die Hände vor dem Bauch gefaltet.

»Warum ist er hier?«

»Der Kanzler muss über die wichtigen Dinge im Schloss Bescheid wissen.« Ruothgar wedelte mit einem leeren Glas, und sein Mundschenk füllte es neu. Blauer Felarer. Der schwere Rote war Ruothgars Gesundheit sicher nicht zuträglich, aber kein Wort Silurens würde den König je von eigenen Wünschen oder Plänen abrücken lassen.

»Ist Cor denn im Schloss?«

Ruothgar schnaubte. »Er hat Besseres zu tun, als in der Stube zu hocken und seine Nase in Papier zu stecken.«

Siluren reagierte schon lange nicht mehr auf diese Sticheleien. Hoffentlich konnte er bald zu seiner Lektüre von Shin Fus Werk zurückkehren. Vermutlich war seine Übersetzung das einzige Exemplar östlich der erstarrten Riesen. Welch wunderbarer Schatz! Schon die ersten klugen Worte dieser Abhandlung über den Krieg hatten ihn in ihren Bann gezogen, vor mehr als siebenhundert Jahren niedergeschrieben und noch immer so wahr. Nun lag das Buch auf Silurens Bett wie eine wartende Geliebte, während er hier Zeit vertat.

Siluren trat an eines der Fenster. Unten kehrten Diener den Neuschnee von den Wegen. Wie sehr er sich nach dem Frühling sehnte! Früher hatte Ruothgar ihn stundenlang in der Kälte exerzieren lassen, damit er sie zu lieben lernte – umsonst. Siluren hasste sie ebenso wie die Trostlosigkeit der Landschaft und den Mangel an frischem Obst und Gemüse.

Ein Reiter galoppierte heran, und obgleich die Bleiglasfenster die Sicht verzerrten, wusste Siluren, wer der Mann war. Schon der Ulphan, auf dem er ritt, war etwas Besonderes. Ulphane hatten von ihren Vorfahren, den Wisenten, eine gewisse Schwerfälligkeit geerbt, doch einem Züchter in den Seelanden war eine elegantere, schnellere Erblinie mit rotbraunem Fell gelungen. Nur eine Handvoll Männer in Galathräa besaßen einen solchen Kupfer-Ulphan, und nur einer von ihnen pflegte diese Kostbarkeit mit so halsbrecherischer Kühnheit über den gefrorenen Boden zu jagen. Das Tier schlitterte, als der Reiter es auf die Hinterhand zwang, und war kaum zum Stehen gekommen, als er aus dem Sattel sprang. Ehe ein Diener die Zügel übernommen hatte, verschwand er aus Silurens Blickfeld.

Siluren wandte sich um. »Cor wird gleich hier sein.«

Ruothgar hatte derweil das nächste Glas Wein geleert. »Gut.«

Schweigen senkte sich erneut über den Raum. Ruothgar starrte auf den Schädel eines wilden Wisents, der ihm gegenüber die Wand zierte. Die vier Hörner, jedes so lang und dick wie ein Männerbein, machten deutlich, wie mächtig das Tier zu Lebzeiten gewesen sein musste. Ruothgar hatte es mit dem Bogen erlegt, als er gerade einmal zehn Jahre alt gewesen war.

Ungezählte Male hatte Siluren diese Geschichte gehört, stets gefolgt von einem Vortrag darüber, was von einem zukünftigen König erwartet wurde. Heute genügte Ruothgars Blick dorthin, um all das in Erinnerung zu rufen, dazu jede enttäuschte Erwartung, jeden bitteren Vorwurf und vor allem jenen Höhepunkt des Versagens: den unseligen Karindenbock.

Energische Schritte näherten sich, dann klopfte es. Auf einen Wink des Königs öffnete der Türdiener, und klirrenden Schritts trat Coridan ein. Er roch nach Ulphan, nach Kälte und Schnee und hatte sich nicht einmal die Zeit genommen, seinen wolfspelzverbrämten Mantel abzulegen. Vor Ruothgars Bett sank er auf ein Knie und neigte den Kopf. »Majestät.«

Coridans Haltung drückte eine tief empfundene Ehrerbietung aus, um die Siluren ihn beneidete. Wie gerne hätte er seinem Vater und König solchen Respekt entgegengebracht.

»Steh auf, Sohn.« Ruothgar hielt Coridan die Hand hin. Der küsste den königlichen Siegelring, trat einen Schritt zurück und nickte Siluren zu, der den Gruß auf die gleiche verhaltene Art erwiderte.

Ruothgar stemmte sich hoch, und der Diener beeilte sich, ihm Kissen in den Rücken zu schieben. Schließlich saß der König aufrecht und betrachtete seine Söhne, die kaum unterschiedlicher hätten sein können. Zwar hatten beide Ruothgars breite Schultern und den edlen Wuchs geerbt, doch während Siluren die weichen Züge und das blonde Haar seiner Mutter besaß, war Coridan kantig und schwarzhaarig. Selbst frisch rasiert lag ein Bartschatten auf seinem Kinn. Siluren war zwar größer, Coridan dafür breiter und muskulöser.

Doch so stattlich sie beide auch waren, Siluren wusste, dass das Strahlen in den Augen des Königs nicht ihm galt. Coridan, dessen Mut ein Jahr zuvor die Schlacht von Carondim gewendet hatte, war ganz nach dem Herzen des Vaters geraten. Er wäre der ideale Thronfolger gewesen. Doch seine Mutter war eine einfache Magd, und so stand ihm der Thron nicht zu.

Diese Tatsache bedauerten sie wohl alle drei.

»Seit Monaten«, begann Ruothgar, »liegt mir Panald in den Ohren, dass ich endlich meine Nachfolge regeln soll, und ich denke, er hat recht.«

»Es ist nur ein Schnupfen«, sagte Cor. »In ein paar Tagen bist du wieder auf den Beinen.«

Im ersten Moment war Siluren geneigt, ihm zuzustimmen. Er konnte sich den Doppelthron nicht ohne Ruothgar vorstellen. Der König hatte über vierzig Jahre alt werden müssen, bis sein Vater nach der Akh'Eldash geschickt hatte, und er würde seine Macht so schnell nicht wieder hergeben. Das hatte er Siluren oft genug unter die Nase gerieben.

Doch es war erschreckend, wie schnell Ruothgar in den letzten Wochen gealtert war. Jahre der Unmäßigkeit im Arbeiten wie im Feiern forderten ihren Preis. Selbst die unwillige Handbewegung, die er jetzt machte, wirkte ungewohnt fahrig.

»Ich habe den Schwirrer heute fliegen lassen. Die Tempelschwestern werden die Zeremonie vollziehen und die Akh'Eldash salben. Sobald sie hier ist, heiratet ihr.« Er musterte Siluren scharf, erwartete wohl Widerspruch. Doch Siluren hatte immer gewusst, dass es eines Tages geschehen würde. Er hatte nur gehofft, dass ihm die Ehe mit einer Unbekannten und die Bürde der Krone noch eine Weile erspart bleiben würden.

Ruothgar wirkte enttäuscht über Silurens Schweigen. »Ein toter Fisch könnte mehr Begeisterung zeigen als du.«

»Wann wird der Kanzler aufbrechen?« Cor lenkte mit dieser Frage die Aufmerksamkeit des Königs wieder auf sich. Noch immer war Siluren dankbar für diese kleinen Gesten des Schutzes.

Ruothgar erwiderte: »Ich habe nicht vor, Panald zum Tempel zu senden. Diese Ehre wird dir zuteilwerden.«

Cor war sichtlich überrascht. »Du sendest mich, um die Akh'Eldash zu holen?«

»Wer wäre besser geeignet, die Braut des zukünftigen Königs zu beschützen, als dessen Bruder?« Ruothgar winkte dem Türdiener. »Ruf den Schreiber her – und du, Cor, stellst dir deine Truppe zusammen.«

»Jawohl, Vater.«

»Wähle keine allzu prachtvollen Burschen, sonst verfängt sich die Akh'Eldash in Wunschträumen, die Siluren nur enttäuschen kann.« Er lachte. »Seine Mutter hat es jedenfalls genossen, ein wenig rauer angepackt zu werden.«

Man hatte Siluren seine Mutter als zart, fast feenhaft beschrieben, eine Fünfzehnjährige, die nur das Leben im Tempelstift gekannt hatte. Was mochte sie empfunden haben, als der grobschlächtige, fast dreimal so alte Ruothgar in der Hochzeitsnacht über sie hergefallen war?

Diesmal nützte ihm sein Schweigen nichts – Ruothgar las den Unwillen in seinen Augen. »Glaub es ruhig. Deine Mutter hat sich nie beklagt.«

»Immerhin hat sie an einem Leben mit dir nicht sonderlich festgehalten.«

Ruothgar erstarrte. Sein weingerötetes Gesicht verdunkelte sich noch mehr. »Hinaus!«

Siluren gehorchte wortlos. Mit schnellen, hämmernden Schritten durchquerte er Salon und Vorzimmer. Erst im Kabinett wurde ihm bewusst, dass er floh. Er blieb stehen und ballte die Fäuste, um das Zittern zu bezwingen.

Coridan war ihm gefolgt, trat nun neben ihn. »Das hättest du nicht sagen sollen.«

»Er auch nicht.«

Natürlich hatte Ruothgar seine Frau geliebt. Der No'Ridahl, der Kuss der Göttin, sorgte dafür, dass jeder Mann in Liebe zur Akh'Eldash entbrannte, sobald er das Mal auf ihrer Stirn erblickte. Damit garantierte die Göttin seit über tausend Jahren, dass der König seine Macht mit dem Tempel teilte.

Doch solange Siluren lebte, war der Doppelthron auf der rechten Seite leer gewesen.

»Ich frage mich«, sagte Coridan, »warum er mich schickt. Es war immer die Aufgabe des Kanzlers, die Akh'Eldash nach Hohenvarkas zu geleiten.«

Ruothgars Plan war leicht zu durchschauen und entsprach dessen Sicht auf das Leben. Der König hatte nie begriffen, dass Coridan trotz aller Ähnlichkeiten ganz anders war. Er durchschaute einen solchen Plan nicht einmal, wenn er so offen vor ihm lag.

»Er hofft, dass du die Akh'Eldash entschleierst, in Liebe entbrennst und mir den Thron streitig machst.«

Vermutlich wäre das die beste Lösung. Coridan den Thron einfach zu überlassen, war unmöglich. Widerspruch würde sich regen, Begehrlichkeiten, alte Feindschaften und Bündnisse neue Kraft bekommen, und schließlich würde ein Kampf um die Herrschaft das Reich verwüsten, wie zur Zeit des Bruderkrieges. Wenn Cor allerdings den Thron im Handstreich nähme und die Ehe mit der Hohepriesterin seinen Anspruch bestätigte, konnte er seine Position womöglich halten.

»Das«, sagte Coridan, »wird niemals geschehen.«

Innerlich seufzte Siluren, aber er sagte nur: »Ich weiß.«

***

Lynn trat auf die Balustrade hinaus, und wie stets war der Ausblick beeindruckend. Die weißen Gebäude des Tempelstifts hingen an dem steilen Südhang des Thul-Massives wie die Nester der Bergschwalben, und dieser Balkon war einer von Lynns Lieblingsorten. Von hier aus sah man über den Hof hinweg und an den Felsnadeln der drei Ammen vorbei weit hinaus in die Ebene der Riefenau. Dieser weite und doch geführte Ausblick bot mit dem Wechsel der Jahreszeiten immer neue Eindrücke. Es war wunderbar zu verfolgen, wie sich langsam aber stetig der Frühling näherte, wie in der Ferne die Wiesen bereits grünten, während zu Lynns Füßen noch festgetretener Schnee den Hof bedeckte.

Lynn hatte erwartet, auf der Balustrade mehr Kanonissen vorzufinden, aber da war nur Thaja. »Wo sind denn die anderen?«

»Bei Beringa. Um sie hübsch zu machen.«

Lynn schnaubte. »Ob Tharundin sich auch so viele Gedanken über sein Aussehen gemacht hat, bevor er hier eingeritten ist?«

»Natürlich!« Thajas Augen leuchteten. »Sieh ihn dir doch nur an!« Sie beugte sich vor und sah so aufgeregt nach unten, als wäre es ihr Verlobter, der im Hof gerade seinen Ulphan neben dem seines Vaters zügelte. Doch es war Beringas sehnlichst erwarteter Cousin und Bräutigam, Tharundin von Tremagant. Dabei war der Frühling, die klassische Jahreszeit für die Brautschau, gerade erst angebrochen. Dass Tharundin so früh kam, sprach auch für seine Ungeduld.

Lynn stützte die Arme auf die steinerne Brüstung und musterte den Anwärter kritisch. Die rotgefärbten Hörner seines Ulphans, die auffälligen Pluderhosen und das samtene Wams waren ziemlich übertrieben, und was bei einem so jungen Mann vielleicht noch angehen mochte, wirkte bei seinem Vater geradezu lächerlich. »Welch prächtiges Beispiel für den Nachwuchs unseres Hochadels.«

»Ich weiß gar nicht, was du hast.« Thaja schüttelte den Kopf. »Der junge Markgraf ist doch wirklich ansehnlich.«

»Noch ist er kein Markgraf, sondern bloß Sohn. Trotzdem läuft er schon, als trüge er sein Schwert nicht an der Seite, sondern zwischen den Beinen.«

Zu komisch, wie verlegen Thaja wurde. Man konnte zusehen, wie sich ihre Wangen verdunkelten, als drehe jemand am Docht einer Lampe. »Warum sagst du immer solche Dinge?«

»Stimmt es etwa nicht?« Lynn löste sich von der Brüstung und stolzierte umher, die Arme angewinkelt, die Hüfte nach vorne gedrückt. »Seht her«, sagte sie mit tiefer Stimme, »ich bin der Sohn des Markgrafen. Ich mache alle Frauen glücklich.«

Thaja hatte Mühe, ein Lachen zu unterdrücken, aber es lag auch ein wenig Furcht in ihren Augen. Auch sie würde in wenigen Wochen den Mann kennenlernen, dem ihr Vater sie versprochen hatte. Sie wusste nur, zu welcher der adeligen Familien er gehörte und dass er zwanzig Jahre älter war als sie selbst. Da hatte Beringa es doch besser getroffen. Immerhin war ihr Bräutigam ein entfernter Cousin, mit dem sie als Kind bereits gespielt hatte, und etwa in ihrem Alter. Trotzdem beneidete Lynn sie nicht. Beringa würde bald schon feststellen, wie sehr sich die Männer im wahren Leben von den Helden der romantischen Balladen unterschieden, die sie sich immerzu rezitieren ließ. Der Tempel mochte ein Käfig sein, aber er war Lynn lieber als derjenige, den Beringa im Begriff war, zu betreten.

Jetzt begrüßte die Priorin den Markgrafen und seinen Sohn. Aus der Entfernung ließen sich keine Worte verstehen, und so belegte Lynn die Szene mit einem eigenen Dialog. Sie lispelte: »Ich freue mich immer, Kundschaft begrüßen zu können.« Dann senkte sie die Stimme. »Wir kommen, um die neue Ware zu besehen.«

Thaja verpasste ihr einen Rippenstoß. »Du bist unmöglich.«

Lynn tat entrüstet. »Ein Mann wird sich doch noch umsehen dürfen, oder?«

Natürlich bestand das Eheversprechen zwischen Tharundin und Beringa schon seit Jahren, aber Lynn wusste auch, wie wenig das für den Bräutigam bedeutete. Wahrscheinlich hatte sich der junge Fürst die Hörner schon an den Mägden im Schloss seines Vaters abgestoßen. Mädchen hingegen sperrte man in ein Damenstift, bis der Bräutigam geruhte, sie abzuholen.

Thaja schüttelte den Kopf. »Manchmal denke ich, du magst Männer generell nicht.«

»Von mir aus hätte die Göttin sie nicht zu erschaffen brauchen.«

»Aber ohne Männer – wer würde uns Frauen beschützen?«

»Ohne Männer«, gab Lynn zurück, »wovor müssten wir Frauen beschützt werden?«

»Und du wunderst dich, dass dein Vater keinen Gatten für dich findet.«

»Wundern? Ich habe sie doch alle mit Absicht vergrault.«

Thaja grinste und zitierte den Weisen von Grent: »Wohl dem, der wünscht, was er hat.«

Unrecht hatte sie nicht. Als Lynn mit sieben Jahren in das Stift gekommen war, war sie bereits versprochen gewesen – doch ihr vierzehn Jahre älterer Bräutigam war in irgendeiner Schlacht gefallen. Ihre fehlende Trauer entsprang nicht der Herzlosigkeit – sie hatte den Mann niemals kennengelernt.

Inzwischen war sie mit ihren neunzehn Jahren zu alt, für ihren Vater bestand kaum noch Aussicht, jemals einen Kandidaten für sie zu finden. Obwohl sie im Stift auf ihre Aufgaben als zukünftige Edeldame und Mutter bestens vorbereitet worden war. Sie hatte alles erlernt, was ein Mann des Adels von seiner Ehefrau billigerweise erwarten konnte: ein wenig Lesen und Schreiben – nicht zu viel, denn das machte die Augen hässlich –, ein wenig Reiten und die Falknerei – aber nicht so viel, dass sie ihren Gatten dabei würde beschämen können. Sie kannte die Geschichte ihres Landes, konnte ihren Kindern die Religion nahebringen und das Personal herumkommandieren. Doch was half alles Sticken, Musizieren und Gedichte Vortragen, wenn sie ihren zukünftigen Gatten in Grund und Boden zu reden vermochte? Und, so hatte es ein Anwärter einmal formuliert, was half ihr Verstand, wenn sie nicht den Anstand besaß, nicht zu zeigen, wie viel sie davon besaß?

Ihre beiden jüngeren Schwestern, die ebenfalls im Stift gelebt hatten, waren jedenfalls schon verheiratet, denn trotz aller Bemühungen ihres Vaters hatte keiner der Kandidaten eingewilligt, statt des versprochenen fügsamen Mädchens die kratzbürstige Lynn zu ehelichen.

Lynn war das ganz recht. Sie hatte keine romantischen Vorstellungen vom Eheleben und nicht das Bedürfnis, einem herrschsüchtigen Gatten das Haus zu führen und ihm nach seinem Gutdünken zu Willen zu sein. Viel lieber wäre sie als Anwärterin und später als Heilige Schwester im Tempel geblieben. Sie hatte mehr Zeit ihres Lebens im Hochstift des Haupttempels verbracht als im zugigen Wasserschloss ihrer Eltern. Hier fühlte sie sich geborgen, dies hier war ihr Zuhause. Aber die Priorin hatte das abgelehnt. »Gehorsam«, hatte sie gesagt, »Demut und Unterwerfung unter die Gesetze der Schwesternschaft. Das wird dir schwerfallen, Lynneth. Du wirst daran zerbrechen. Vorerst sehe ich deinen Platz nicht hier.«

Offenbar gab es für eine Frau nur die Wahl, wem sie gehorchen wollte, nicht ob. Und so würde sie in wenigen Monaten zu ihrer jüngeren Schwester Ella ziehen, und helfen, deren rotznäsigen Sohn zu hüten, und was so in den nächsten Jahren an Blagen noch dazukommen mochte. Eigentlich war Lynn mit ihren neunzehn Jahren jetzt schon zu alt für das Tempelstift, aber es hatte Ella einige Zeit gekostet, ihren Gatten zu überreden, Lynn überhaupt aufzunehmen. Lynn würde die ewige Tante sein, mehr geduldet als erwünscht, aber damit würde sie schon fertig werden.

Schwerfallen würde ihr nur, all das hier zu verlassen. Schwester Tharinas Lektionen würde sie zwar nicht vermissen – Kinn hoch und Schultern zurück, junge Damen! Eine Frau von Stand wahrt stets Haltung! –, aber sie genoss das unbeschwerte Leben im Kreise ihrer Freundinnen. Der einzige wirkliche Schmerz in Lynns Leben war, dass diese Freundinnen nach und nach fortgingen. Jeder Abschied machte ihr erneut das Herz schwer. Nicht nur, weil sie die Mädchen niemals wiedersehen würde, sondern auch, weil sie, so sehr sie ihnen ein Leben angefüllt mit Liebe und Freude wünschte, doch immer das Schlimmste befürchtete. Wie oft hatte sie in späteren Briefen Kummer und Enttäuschung zwischen den Zeilen lesen müssen.

Nun war also Beringa an der Reihe. Diese romantische Seele, die nur darauf wartete, ihren zukünftigen Gatten mit all ihrer Liebe zu überschütten. »Ich hoffe«, sagte Lynn, »Tharundin erkennt, was er an ihr hat.«

Schweigen antwortete ihr, und als Lynn sich umblickte, hatte Thaja den Kopf in den Nacken gelegt und starrte bewegungslos in den Himmel.

»Fühlst du dich gut?« Es wäre nicht das erste Mal gewesen, dass Thaja zu Boden stürzte und in Zuckungen verfiel.

Thaja streckte den Arm aus und zeigte gen Himmel. »Ist das ein Schwirrer?«

Also kein Anfall. Erleichtert hob Lynn den Blick und kniff gegen das gleißende Sonnenlicht die Augen zusammen. Ein dunkler Punkt näherte sich dem Turm, in dem die Schwirrer gehalten wurden. Er beschrieb eine Kurve und ein Sonnenstrahl ließ das Blau der Deckflügel schillern.

Ob sie Schwester Albirga Bescheid geben sollten? Aber vermutlich war die ohnehin dort oben und hatte die Ankunft des Boten längst bemerkt.

Die Besucher waren im Haus verschwunden und es blieb nicht viel mehr zu sehen als die Stallburschen, die sich um die Ulphane kümmerten. »Komm«, sagte Lynn, »lass uns nach Beringa sehen. Die Arme ist bestimmt schon ganz aufgeregt.«

Die beiden verließen ihren Aussichtsposten und begaben sich in den Salon, wo eine Schar aufgeregter Mädchen um Beringa herumflatterten. Sogar die kleine Sibyllin steuerte ihre Ratschläge bei.

»So wird das nichts. Die Zöpfe sind viel zu fest.«

»Lass mich mal die Schleife binden.«

»Du machst die Wangen zu rot. So sieht sie ja aus wie eine Küchenmagd.«

Lynn lächelte über das Durcheinander und fühlte sich seltsam erhaben über den Aufruhr. Beringa drehte sich auf dem Polster zu ihr um. »Endlich bist du da. Du begleitest mich doch, oder?«

»Natürlich. Das habe ich dir doch versprochen.«

Jedes Mädchen ging mit einer Ehrendame zu den Gesprächen mit dem Anwärter, denn wenn auch die wesentlichen Punkte des Ehevertrages schon längst zwischen den Vätern ausgehandelt worden waren, so ließ man den jungen Leuten doch die eine oder andere kleine Entscheidungsfreiheit. Diese Bereiche wollten geklärt und schriftlich festgehalten sein, bevor die Priorin ihre Schützlinge ziehen ließ. Da die Priorin zur Neutralität verpflichtet war, hatte Lynn bei diesen Verhandlungen schon oft als scharfzüngige und entschlossene Advokatin ihrer Freundinnen fungiert.

»Aber«, sagte Beringa, »sei nicht zu streng mit Tharundin, ja? Er ist so ein Herzensguter.«

Lynn lächelte. »Keine Sorge. Tharundin wird sich heute Abend glücklich preisen, deine und nicht meine Hand erhalten zu haben.« Sie betrachtete mitleidig Beringas völlig überschminkte Augen. »Soll ich Blinthe rufen lassen?«

»Oh ja, bitte! Lass Blinthe kommen!«

Lynns Zofe konnte mit ihren Farben selbst ein pausbäckiges Engelchen wie Beringa zur Schönheit formen. Doch als sich Lynn jetzt an die Aufwärterin wandte, die gerade frisches Gebäck brachte, läuteten die Glocken.

Abrupte Stille senkte sich über die Mädchen, und sie tauschten fragende Blicke. Welchen Grund gab es, sie zu so ungewöhnlicher Zeit zusammenzurufen? Lynn dachte an den Schwirrer und Sorge kroch in ihren Magen. Überraschende Nachrichten waren selten gute.

Tuschelnd und eng zusammengedrängt liefen die Mädchen die lange Treppe in den Anbetungssaal hinunter, begleitet vom beunruhigenden Ruf der Glocken. Unterwegs stießen die Tempelschwestern zu ihnen, offenbar genauso überrascht wie sie. Gemeinsam drängten sie in den Saal und stellten sich jede vor eines der Kissen, die in Reihen auf dem Boden lagen. Keine von ihnen kniete darauf nieder. Es war unwahrscheinlich, dass man sie zur Anbetung zusammengerufen hatte.

Die Priorin erwartete sie schon. Sie stand an der Stirnseite des Saales, direkt vor der Tür, die ins Heiligtum der Erdmutter führte. Neben ihr stand Schwester Albirga, auf deren Gewand überall blau schillernde Schuppen hafteten. Die Schwirrer waren gerade in der Häutung.

Die Priorin hob die Hände und wartete, bis die Gruppe ihrer Schutzbefohlenen ruhig war. Dann legte sie die Fingerspitzen vor dem Bauch zusammen. »Meine lieben Töchter und Schwestern«, begann sie. »Vor wenigen Augenblicken ist ein Schwirrer des Königs in unserem Turm gelandet. Der König hat entschieden, dass Prinz Siluren sich noch in diesem Jahr vermählen soll. Es ist an der Zeit, dass die Göttin aus eurem Kreis seine Braut erwählt. Bis dies geschehen ist, müssen alle anderen Pläne ruhen.«

Für einen eisigen Augenblick herrschte absolute Stille. Dann schluchzte Beringa auf und brach in Tränen aus.

***

Aus den Nüstern der Ulphane dampfte der Atem in den klaren Morgen, das Klappern ihrer Hufe hallte über den Schlosshof von Hohenvarkas. Es war kalt, aber nicht mehr ganz so frostig wie in den letzten Tagen. Coridan zog seinen Sattelgurt nach und blickte auf, als er Huftritte hörte. Dendar kam herangeritten, grinsend mit seinem viel zu breiten Mund, der sein Gesicht zerschnitt wie eine Mondsichel.

Auch er war der Bastard eines Fürsten, doch Dendars Vater hatte ihn nie als Sohn anerkannt. Dabei zeigten schon die rötlichen Haare, dass er aus dem Hause DeHellin stammte. Er hatte auch die kurze Nase und sogar die schiefen Schneidezähne seines Vaters geerbt.

»Guten Morgen, mein Prinz!«

Mit dieser Anrede verspottete er Coridan bereits seit Kindertagen. Natürlich stand Coridan aufgrund des minderwertigen Blutes seiner Mutter dieser Titel nicht zu. Dennoch hatte er das Recht, einen gehörnten Ulphan zu reiten, denn sein Vater hatte ihm eine verwaiste Grafschaft in den Bergen als Lehen zugesprochen. So war Coridan immerhin ein Graf, was Dendar nicht von sich behaupten konnte. Doch das tat seiner immer guten Laune keinen Abbruch. »Wie ich sehe, haben die Stallknechte deinen Jorand fein gemacht.«

Es dauerte einen Moment, bis Coridan begriff, worauf Dendar anspielte. Die Knechte hatten Jorands rötliches Fell gestriegelt, bis es trotz der Winterwolle glänzte wie Kupfer, und ihm die vier kurzen, gebogenen Hörner poliert. Dagegen sprach nichts, doch zu allem Überfluss hatten sie silberne Aufsätze auf die Spitzen gesetzt.

Coridan knurrte unwillig. Er zupfte den Tand ab und drückte ihn einem der Diener in die Hand.

»Wenigstens zu diesem Anlass hättest du die Hörner einfärben können«, spottete Dendar. »Du siehst aus wie ein Bauer.«

»Dann bist du wohl die Bäuerin.«

Dendars Tier besaß keine Hörner, denn ohne Titel auf einem gehörnten Ulphan zu reiten, hätte ihn den Kopf gekostet. Sein Ulphan war weiblich, ebenso wie die vier Zugtiere vor der Kutsche. Neben den massigen Kühen wirkte Jorand, der schlanke Renner, geradezu zierlich, und klein im Vergleich zu den riesigen, schwarzen Bullen, deren Widerrist auch schon mal einen ausgewachsenen Mann überragen konnte. Aber er besaß Hörner, und das allein war das Standesmerkmal, auf das es ankam.

Coridan ordnete Sattelblatt und Steigbügel. »Die Küche lässt auf sich warten. Vielleicht siehst du mal nach.«

Dendar drehte sich im Sattel um. »Ich glaube, sie kommen gerade.«

Ein helles Lachen klang zu ihnen herüber, zwei Mägde erschienen in der Seitentür des Westflügels. Als sie die wartenden Männer sahen, strafften sich ihre Körper, und ihre Mienen wurden ernst. Ihnen folgte die ältliche Köchin in Begleitung Silurens, dem sie gerade kokett in die Seite stieß. »Ihr flunkert doch!« Dann fiel ihr Blick auf Coridan und das Lächeln schwand.

Ähnliches geschah oft, nicht nur bei der Köchin, die als Silurens Amme ein besonderes Verhältnis zu dem Prinzen hatte. Immer wieder sah Coridan Furcht in den Augen der Dienerschaft, wenn ihre Blicke ihn trafen. Zu ähnlich war Coridan seinem Vater, zu sehr erinnerte er die Menschen an den König, der aufbrausend und unberechenbar war, unmäßig in allem, was er tat, sowohl in seiner Großzügigkeit als auch in seiner Grausamkeit. Niemand fühlte sich sicher in Ruothgars Nähe.

Wie anders reagierten die Leute auf Siluren! Seine Freundlichkeit war ebenso verlässlich wie sein Mitgefühl. Er sah die Menschen, sah jeden Einzelnen, ob es sich um einen Fürsten oder um einen Diener handelte – oder um den Bastard, der sein Halbbruder war.

Siluren trat jetzt auf diesen zu. »Ich wollte dir eine sichere Reise wünschen.«

Coridan zuckte leichthin die Achseln. »Es ist keine gefährliche Strecke. In einem Halbmond wirst du deine Braut in den Armen halten.«

»Meine Braut.« Siluren seufzte.

»Wenn die Erdmutter dir eine hässliche Trine erwählt, gebe ich sie zurück.«

Siluren musste lächeln. »Ich werde sie lieben – der No'Ridahl zwingt mich ja dazu. Aber sie ...« Er ließ den Satz unbeendet, und Coridan wusste, warum.

Über die letzte Akh'Eldash, Silurens Mutter, wurde im Schloss nur selten gesprochen. Ihr Tod lag über zwanzig Jahre zurück, eine halbe Ewigkeit. Als sie Siluren geboren hatte und gestorben war, war Coridan ein Jahr alt gewesen, und was er über die Akh'Eldash wusste, stammte aus dem Mund anderer.

Offenbar war sie zierlich gewesen, sanft und freundlich, aber auch erstaunlich willensstark für eine Fünfzehnjährige. Man sprach von ihrer Güte, ihrer Disziplin und ihrem Pflichtbewusstsein. Niemals aber hatte er irgendjemanden sagen hören, dass sie Ruothgar geliebt habe.

»Die Akh'Eldash wird jung und formbar sein«, sagte Coridan. »Manche Fürsten senden ihre Töchter schon mit sechs Jahren ins Damenstift. Du bist der Kronprinz. Sie wird dich anhimmeln.«

Siluren nickte mit saurer Miene. »Ich werde also ein unmündiges Kind heiraten.«

»Das hab ich nicht ...«

»Schon gut, Cor. Du musst mich nicht aufmuntern.« Siluren griff in die Manteltasche und holte ein hölzernes Kästchen heraus. »Das gehörte meiner Mutter.« Er strich mit dem Daumen über die feinen Intarsien – ein geflügelter Löwe, das Wappentier des Hauses Etharold. »Es ist eines der wenigen Erinnerungsstücke, die ich von ihr habe.«

»Soll ich es deiner Braut geben?«

»Es ist ein Pfand meiner besten Absichten, ein Zeichen dafür, dass ich bereit bin, mich ihr ohne Vorbehalte zuzuwenden. Schon jetzt, ehe ich ihrem Bann verfalle.«

»Was immer du erwartest, der Zauber der Erdmutter wird dich nicht zum willenlosen Sklaven machen.«

Siluren warf einen Blick zum Fenster des Königs hinauf. »Glaub mir, das weiß ich.«

Coridan sah den Schmerz im Blick seines Halbbruders. Wahrscheinlich wünschte sich Siluren, ein wenig vom Zauber seiner Mutter hätte auch auf ihn abgestrahlt, dass Ruothgars Liebe zu der Akh'Eldash auch ihren Sohn umfasst hätte. Doch die Liebe des Vaters hatte von Anfang an Coridan gegolten.

Silurens Geburt hatte das Leben der Akh'Eldash gekostet. Allein das schon mochte Ruothgars Herz gegen ihn gewendet haben. Zudem war Siluren ein schwächliches Kind gewesen, blass und kränkelnd. Immer seltener hatte Vater die Amme rufen lassen, um ihm das Kind zu präsentieren. Und später, als Siluren endlich alt genug gewesen war, um ein Schwert zu halten, hatte er Papier und Feder vorgezogen. Vater war es gewohnt, seinen Willen zu bekommen, doch der Befehl des Königs vermochte aus Siluren keinen Krieger zu machen. Als Knabe und als Jüngling bemühte er sich redlich, doch die fordernden Schwertübungen und die schonungslosen Exerzitien bewirkten nur, dass er wieder und wieder das Bett hüten musste.

Irgendwann gab Vater es auf – und Siluren suchte sich seine eigenen Lehrer. Von diesem Tage an blühte er auf. Er las mehrere Bücher im Monat, lernte, die Saiten der Kithalla zu schlagen und begann einen stetigen Schriftwechsel mit den Denkern des Landes. Wegen seiner zurückgenommenen, freundlichen Art fiel es kaum jemandem auf, doch Siluren war ganz sicher der klügste Mann im Schloss, ach was, in ganz Varkaspol und weit darüber hinaus. Hätte Vater nur einmal die Augen geöffnet, um seinen Sohn wirklich anzusehen, so wäre ihm aufgefallen, dass Siluren mehr Wissen und Einsicht besaß als alle Berater und Kanzler, die jemals durch diese Hallen geschlichen waren. Sein Kopf und sein Herz würden ihn dereinst zu einem besseren König machen, als

Vater es je hatte sein können, davon war Coridan tief überzeugt.

Silurens Blick kehrte vom Fenster zu ihm zurück. »Auch die Akh'Eldash will, dass man sie um ihrer selbst willen liebt, nicht aufgrund eines magischen Zeichens. Sie hat mein Mitgefühl.«

»Das kann sie sich nicht aussuchen – genauso wenig wie du. Aber ich werde ihr dein Unterpfand übergeben.« Coridan nahm das Kästchen und etwas darin klapperte. Fragend blickte er auf.

»Es ist ein Amulett, ein Abbild der Erdmutter. Sag der Akh'Eldash, ich werde das Lager erst mit ihr teilen, wenn sie es mir zukommen lässt.«

»Das wird Vater nicht gefallen. Die Hochzeit ist für den Blütenmond angesetzt, und er wird erwarten, dass sie vollgültig ist.«

»Niemand kann von mir erwarten, dass ich die Ehe mit einem Kind vollziehe.«

Coridan kannte diesen Blick. Vater hielt Siluren für schwach, weil der sich nicht an den üblichen Formen des Kräftemessens unter Männern beteiligte. Trinken und Raufen, Spielen und Huren lagen ihm nicht. Doch wenn Siluren sagte, er werde die Akh'Eldash erst berühren, wenn sie bereit dazu war, dann würde nicht einmal sein Vater ihn davon abbringen. So wie damals bei der Sache mit dem Karindenbock.

»Die Erdmutter wird kein Kind erwählen«, sagte Coridan voller Überzeugung. »Vermutlich wird sie dreizehn oder vierzehn sein.« Viel älter wohl kaum, denn in diesem Alter galten die Mädchen als erwachsen, ihre Ausbildung im Stift war abgeschlossen, und sie wurden verheiratet.

»Sag es ihr«, bat Siluren. »Gleichgültig, wie alt sie ist.«

»Selbstverständlich.« Coridan verstaute das Kästchen in seiner Satteltasche. »Auf dem Rückweg werde ich dich ihr in den schönsten Farben malen.«

»Lieber nicht.« Siluren lächelte schwach. »Ruothgar hat recht – wecke besser keine Erwartungen, die ich später enttäusche.«

Die Brüder gaben sich die Hand und Coridan stieg in den Sattel. Sie würden zu viert reisen: er und Dendar auf Ulphanen, dazu der Kutscher Helim und ein junger Soldat namens Srimm, der den Platz hinter dem geschlossenen Aufbau des Wagens einnahm. Es war eine kleine Eskorte, aber Coridan kannte jeden der Männer gut, und Schwierigkeiten waren auf der Reise nicht zu erwarten.

Der Trupp setzte sich in Bewegung und die Räder der Kutsche ratterten über den gepflasterten Hof. Als sie das Tor durchritten, sagte Dendar: »Ich fürchtete schon, der Prinz würde den ganzen Tag vertrödeln.«

»Hast du es eilig?«

»Du natürlich nicht, mit deiner anspruchslosen Strenge. Ich habe einfach mehr Fantasie als du.«

»Worüber fantasierst du denn so?«

Dendars Grinsen reichte von Ohr zu Ohr. »Das Tempelstift ist ein Haus voller Jungfrauen – worüber wohl?«

»Jungfrauen«, wiederholte Coridan betont, »und von Adel. Du wirst keiner von ihnen auch nur die Hand küssen, geschweige denn irgendetwas anderes.«

»Du weißt doch, wenn du eine Nacht in der Nähe einer Frau verbringst, die du begehrst, und die dich begehrt, dann können die Geister es fügen, dass ihr euch in euren Träumen begegnet.«

»Die Geister«, sagte Coridan betont, »werden ihren dunklen Zauber wohl kaum so nah am Mutterschoß weben.«

»Sie hätten es leicht. Überlege dir einmal, wie viele begehrenswerte und völlig ausgehungerte Frauen in diesem Haus zusammengepfercht sind.«

»Du solltest dir andere Fantasien suchen. Der Adel ist bekannt dafür, ungewollte Buhlen aufzuhängen.«

»Man kann einen Mann nicht für seine Träume hängen.«
»Verwette nicht deinen Hals darauf.«

***

Die Priorin hatte dem gesamten Tempel einen Tag des Fastens und Betens verordnet, um sich für das Bevorstehende zu reinigen. Der Markgraf und sein Sohn sowie alle männlichen Diener des Tempels hatten sich im Dorf am Fuße des Tempelberges einquartieren müssen. Kein Mann sollte mit seiner Anwesenheit die Manifestation des weiblichen Prinzips stören.

Am frühen Morgen des folgenden Tages betraten alle Kanonissen gemessenen Schrittes den Anbetungssaal. Der Saal war leer bis auf eine Stundenkerze, die neben der Tür zum Heiligtum stand. Die Flamme zitterte im Luftzug, als die Mädchen eintraten.

Lynn liebte das weiße Ritualkleid. Barfuß und barhäuptig, nur in das kühle Leinen gehüllt, fühlte sie sich der Göttin auf seltsame Weise näher. In solchen Momenten wurde die Sehnsucht, zur Schwesternschaft zu gehören, noch größer. Keine Unsicherheit mehr, kein Warten, keine Furcht. Ihr Lebensschiff würde in einen Hafen einfahren und zur Ruhe kommen. Dies hier, ein Leben, das Frauen in eigener Verantwortung gestalteten, zum Dienste der Göttin selbst, das kam sicherlich dem am nächsten, was sich Freiheit nannte. Vielleicht konnte sie doch noch einmal mit der Priorin sprechen.

Die Schwestern traten ein, alle in die gleichen, schlichten Gewänder gekleidet, selbst die Priorin, denn vor der Göttin waren sie alle gleich. Die Bibliothekarin trug die metallene Kassette mit dem Schlüssel zum Mutterschoß, dem tief im Berg gelegenen Heiligtum. Mit gemessenen Schritten bildeten die Heiligen Schwestern einen Halbkreis um die Tür.

Das Schloss war alt. Es knackte vernehmlich, als die Priorin den spannenlangen Schlüssel darin drehte. Sie öffnete die Tür und kühle, kalkige Luft wehte die Mädchen an. In den Fels gehauene Stufen führten nach unten, tief hinein in den Schoß des Tempelberges. Heute würden sie tiefer eindringen als je zuvor, in die Grotte, die sonst den Heiligen Schwestern vorbehalten war. Und eine von ihnen würde verändert zurückkehren, wiedergeboren als Akh'El-dash, als Hohepriesterin der Erdmutter.

Wer es wohl sein würde? Etwa Beringa, die sich schon seit Jahren auf die Ehe mit ihrem Vetter Tharundin freute? Ob die Göttin tatsächlich so grausam wäre? Vielleicht die kleine Sibyllin – jung genug, um sie zu einer idealen Gattin für einen König zu erziehen. Sicher nicht Thaja – ihre Krankheit schloss sie ebenso aus wie Lynns Alter. Es sei denn natürlich, die Göttin würde Thaja zugleich heilen. Wie wunderbar das für sie wäre!

Das erste Mädchen nahm nun eine Kerze aus der Schale und entzündete sie an der Flamme der Stundenkerze. Die Priorin tauchte ihre Fingerspitze in duftendes Öl und legte sie auf die Stirn der Kanonisse. So gesalbt betrat das Mädchen die Stufen, die ins Dunkel führten. Eine nach der anderen durchschritten die Mädchen das Tor zum Allerheiligsten.

Beringa zögerte lange.

»Du musst keine Angst haben«, flüsterte Lynn. »Du könntest die Braut des Prinzen werden, und später Königin.«

»Aber ich will nur Tharundin«, antwortete Beringa mit erstickter Stimme. »Ich bin ihm doch versprochen.«

»Überlasse dich der Göttin.« Lynn nahm tröstend ihre Hand. Himmel, wie verweint Beringas Augen waren, fast schon entzündet. »Sie wird dir nichts nehmen, wenn sie dir dafür nicht unendlich mehr schenkt. Vertraust du ihr?«

Beringa zögerte, dann nickte sie.

»So ist es gut. Hab keine Angst.« Lynn drehte sie in die Richtung der Grotte und ließ ihre Hand los. »Nun geh schon.« Sie gab Beringa einen sanften Anschub und sah ihr nach, wie sie mit unentschiedenen Schritten auf die Priorin zuging und die Kerze nahm. Lynn fing den Blick der Priorin auf. Die alte Dame nickte sachte. »Du auch, Lynneth.«

»Hohe Schwester.« Lynn straffte die Schultern. »Ihr wisst, ich sollte schon gar nicht mehr im Stift sein.«

»Doch noch bist du es.«

»Die Göttin wird mich wohl kaum erwählen, wenn schon Ihr es nicht tut.«

»Das lass die Große Mutter entscheiden.«

Mit einem stummen Seufzen fügte sich Lynn, nahm die Kerze und entzündete sie. Sie wartete, bis die Priorin das Öl auf ihre Stirn gestrichen hatte, dann betrat sie die Stufen.

Die Stufen waren in den felsigen Boden eines Ganges geschlagen, der in Windungen nach unten führte, sodass Lynn keines der vor ihr gehenden Mädchen mehr sah, doch der Klang ihrer bloßen Füße auf dem Stein hallte als geheimnisvolles Wispern zwischen den Wänden. Die Kerzenflamme flackerte und ließ Schatten über die grob behauenen Wände tanzen. Lynn schützte das Feuer mit der Hand und stieg vorsichtig weiter die kühlen Stufen hinab.

Wie jedes Mal hatte Lynn beim Abstieg in den Mutterschoß das Gefühl, die gewohnte Welt zu verlassen und in eine ganz andere Wirklichkeit einzutreten. Alles war hier anders: die Gerüche, das Licht, sogar die Töne. Sie bewegten sich anders fort, hallten von Wand zu Wand, verwoben sich ineinander wie flüsternde, fragende Stimmen, die den Fels selbst zu füllen schienen. Viel mehr Stimmen, als Mädchen diesen Ort betreten hatten.

Einmal im Jahr, am ersten Frühlingsvollmond, gingen alle Frauen des Tempels diesen Weg. Tief im Inneren der

Erdmutter reinigten sie sich – ihren Körper mit dem heiligen Wasser, ihren Geist durch Gebet.

Doch heute würde es anders sein. Keine Reinigung stand ihnen bevor, sondern ein Ritual, das vor über zwanzig Jahren das letzte Mal stattgefunden hatte. Heute würde die Göttin selbst eine von ihnen berühren, und niemand wusste, wer das sein würde.

Nach gut hundert Stufen mündete der Gang in eine natürliche Grotte. Ein stiller See spiegelte die gewölbte Höhlendecke mit solcher Klarheit, dass er wie eine mit aufstrebenden Tropfsteinen gespickte Grube wirkte. Der Anblick dieser scheinbaren Symmetrie war jedes Mal aufs Neue atemberaubend, selbst für jene, die um die Täuschung wussten.

Niemand konnte sagen, wie alt dieses Heiligtum war. Es hieß, schon die Frauen des alten Volkes hätten hier die Erdmutter verehrt.

Der Geruch nach feuchtem Kalk mischte sich mit dem Duft von geschmolzenem Wachs. Die Kerzen der Mädchen standen nun ringsum auf erstarrten Wachskaskaden, die sich von Felsvorsprüngen und aus Nischen ergossen, hinterlassen von Generationen von Besucherinnen. Auch Lynn tropfte ihre Kerze auf einen der mächtigen Wachspanzer. Dann trat sie in den Kreis der Mädchen, die sich am Rand des stillen Sees aufgestellt hatten.

Hinter ihnen betrat die Priorin die Grotte, gefolgt von den Heiligen Schwestern. Lynn erkannte es am Rascheln der Kleider und dem zusätzlichen Licht. Niemand sprach ein Wort. Hier unten war die grobe menschliche Sprache weder erwünscht noch von Nöten. Man hatte ihnen erklärt, was zu tun war. Doch keines der Mädchen machte Anstalten, zu beginnen. Unsichere Blicke flogen unterhalb gesenkter Lider hin und her.

Nun, Lynn war die Älteste und Erfahrenste hier, und da sie nun schon dabei war, konnte sie auch dafür sorgen, dass sie es hinter sich brachten. Sie schob die Träger auf ihren Schultern zur Seite, und der Stoff glitt in einer fließenden Bewegung zu Boden. Die anderen Mädchen folgten ihrem Beispiel. Lynn wartete, bis auch die letzte Kanonisse nackt dastand.

Etwas berührte ihre Finger. Sibyllin schob ihre Hand zaghaft in Lynns und schaute zu ihr auf. Das Mädchen hatte den ganzen Morgen nur von dem Prinzen gesprochen. Allein das Wort übte eine magische Wirkung auf sie aus. Ob die Göttin sie wohl erwählen würde? Ein so junges Mädchen, dem zweitmächtigsten Mann des Reiches ausgeliefert? Lynn wünschte es ihr nicht, aber niemand konnte den Ratschluss der Göttin vorhersagen. Sie drückte Sibyllins Hand sachte und lächelte beruhigend. Dann, mit Sibyllin an der Hand, stieg sie in den Spiegelsee.

Das Wasser war kühl, aber nicht kälter als während des Rituals im Sommer. Doch heute würden sie es nicht dabei bewenden lassen, sich im Becken des Sees zu reinigen. Heute würden sie tiefer dringen, würden ihren Weg über die Grotte hinaus in das Allerheiligste suchen, das sonst nur die Tempelschwestern betraten.

Hinter Lynn stiegen auch die anderen Mädchen ins Wasser. Der See geriet dadurch in Bewegung, sein Glucksen und Plätschern hallte in der Höhle wider. Das Wasser wurde tiefer, reichte Lynn schließlich bis zum Bauchnabel. Sibyllin ging es bis über die Brust, und sie reckte furchtsam die Nase in die Höhe. Lynn drückte beruhigend ihre Hand. Tiefer würde das Becken nicht werden.

Sie erreichten das hintere Ende der Höhle, und Lynn tastete mit der freien Hand über die Wand unter der Wasserfläche, fand die abgerundete Kante. Der Durchbruch war groß genug, um sie hindurchzulassen. Sie nickte Sibyllin auffordernd zu und holte tief Luft. Die Kleine tat es ihr nach, und zusammen tauchten sie ab.

Das Wasser war glasklar und der Durchschlupf gut zu erkennen: ein rundes Loch, das in absolute Schwärze führte. Lynn stieg hindurch und zog Sibyllin hinter sich her. Die freie Hand sichernd nach oben gestreckt richtete sie sich dann auf und erreichte schnell die Oberfläche. Das Wasser war hier ebenso flach wie auf der anderen Seite.

Tiefe Finsternis herrschte um sie herum. Lynn hatte keinen Begriff davon, wie groß diese zweite Höhle war. Nach dem Klang zu urteilen, mit dem das Geräusch des plätschernden Wassers zu ihr zurückhallte, musste sie riesig sein – und sie war vollkommen dunkel.

Aus dieser Höhle erstreckte sich ein Gang tief ins Innere der Welt, so tief, dass noch nie ein Mensch an sein Ende gelangt war. Von dort waren die Erstlinge gekommen – die ersten Exemplare eines jeden Lebewesens, das diese Welt beherbergte. Hier waren sie geboren worden. Dies war der wahre Mutterschoß.

In der absoluten Schwärze malte die Einbildung Blitze und Funken vor Lynns Augen. Ob es hier drin außer ihr noch anderes Leben gab? Seltsame Kreaturen, die aus dem Inneren der Erdmutter heraufgekrochen kamen, Nachgeborene der ersten Schöpfung? War dies womöglich mehr als eine Erwählung? Stand ihnen eine Prüfung bevor?

Sibyllin drängte sich an sie, und Lynn spürte das Zittern des Kindes. Sie selbst musste stark sein. Es gab ja auch gar keinen Grund zur Furcht. Dies war der Mutterschoß, der Ursprung allen Lebens. Hier hatte jede Liebe und Fürsorge der Welt ihren Anfang genommen. Hier war sie dem Herzen der Mutter näher als an irgendeinem anderen Ort auf der Welt. Wo könnte sie sicherer sein?

Beruhigend legte sie eine Hand auf Sibyllins schmalen Rücken, streckte die andere sichernd nach vorne und ging mit entschiedenen Schritten weiter. Der Boden stieg an und sie verließen das Becken, doch auch hier fand Lynn keine Wand. Wieder und wieder tastete sie ins Leere.

Es war sicherer, sich nicht zu weit vom Becken zu entfernen. Lynn wandte sich um. Vom Licht der Kerzen auf der anderen Seite erhellt tanzte der Durchschlupf als bläuliches Oval unter der bewegten Wasseroberfläche und zeigte ihnen so den Rückweg an. Die anderen Mädchen kamen durch die Öffnung, schwarze Silhouetten im schimmernden Oval, wie Geister, die rasch wieder mit der Dunkelheit verschmolzen. Geräusche zeigten, dass sie aus dem Wasser stiegen und sich im Raum verteilten. Lynn setzte sich frierend zu Boden. Sibyllin kauerte sich ebenfalls nieder, drückte sich furchtsam an sie, und Lynn legte ihren Arm um das zitternde, kleine Mädchen.

Schließlich waren alle Kanonissen durch das Loch getaucht, und es begann das Warten in Schwärze und Stille. Je mehr sich Lynn an die Stille gewöhnte, desto lauter klang der gelegentliche Tropfen, der von den Wänden fiel, oder das Schaben, wenn eines der Mädchen sich bewegte. Von links schwebte unterdrücktes Schluchzen zu ihr herüber – Beringa.

Für ein Ritual waren sie seltsam passiv. Ihre Aufgabe war es nur, zu sitzen und zu beten – sich der Göttin hinzugeben, hatte es die Priorin genannt. Lynn hatte sich noch nie sonderlich gut ins Gebet versenken können, zu vielfältig waren ihre Gedanken, zu quälend die erzwungene Tatenlosigkeit. Vermutlich hatte die Priorin recht damit, dass sie nicht in die Schwesternschaft passte. Schon jetzt regte sich ihre Ungeduld. Wenn die Göttin eine von ihnen erwählen wollte, warum konnte sie das nicht jetzt sofort tun? Worauf wartete sie? Sicherlich kannte sie doch das Herz jedes Mädchens hier zur Genüge.

Dennoch blieb ihnen nichts, als ergeben zu warten. Irgendwann würde sich eine von ihnen über die Stirn tasten und den No'Ridahl erfühlen. Dann würde sich diese Erwählte erheben und auf die andere Seite zurückkehren, das Zeichen für alle anderen, ihr zu folgen und das Ritual damit zu beenden.

Wie lange es wohl dauern würde? Lynn verlor jedes Gefühl dafür, wie viel Zeit verging. Es gab nichts außer der Stille, der Kühle und der Dunkelheit. Eine bleierne Müdigkeit legte sich auf sie und ihr Kopf sank auf die angezogenen Knie.

Ein Stöhnen ließ sie zusammenschrecken. Sibyllin klammerte sich an ihren Arm. Hatte sie geschlafen? Wenn ja, wie lange?

Von links hörte sie wieder ein Stöhnen, dann ein Klopfen und Kratzen. Das Geräusch kam ihr bekannt vor, aber woher bloß? Dann erkannte sie es. »Thaja hat einen Anfall!« Ihre Worte hallten hohl in der Stille wider.

Zischen antwortete von mehreren Seiten. Während des Rituals waren Worte tabu. Einen Moment lang zögerte Lynn. Durfte sie das Ritual unterbrechen? Den Zauber der Erdmutter stören? Aber wenn Thaja sich auf die Zunge biss, wie es schon einmal geschehen war, wenn das Blut ihre Kehle hinab lief, und sie nicht bei Bewusstsein war ...

Lynn nahm Sibyllins Hand in die Linke und tastete sich mit der Rechten voran, während sie über den glatten Steinboden in Richtung der Laute kroch. Ihre Finger berührten etwas Weiches, Warmes. Etwas, das leise schniefte. Beringa.

Lynn flüsterte: »Kümmere dich um Sibyllin.« Sie legte Sibyllins Hand auf Beringa und kroch nun rascher weiter. Es wurde dringend. Die Geräusche endeten in einem langgezogenen Röcheln.

Wieder ein Körper. Das Mädchen lag lang ausgestreckt auf dem Boden und reagierte nicht auf Lynns Berührung. »Thaja?« Keine Antwort. Jetzt zischte niemand mehr, und so sagte Lynn in die Dunkelheit: »Thaja ist nicht mehr bei sich. Wir müssen sie rausbringen.« Sie ertastete die Schulter der Freundin und hob deren Oberkörper an. Schwer lehnte sich Thajas Gewicht gegen ihre Brust. Lynn roch etwas Metallisches und erriet, dass es Blut war. Hatte Thaja sich auf die Zunge gebissen oder sich an dem Fels den Kopf angeschlagen? Was immer es war, sie würde es erst im Licht sehen können.

Lynn griff unter Thajas Armen hindurch und verschränkte die Hände über deren Brust. Im Aufstehen stemmte sie ihre Last mit in die Höhe. Ihre Beine zitterten, als sie Thaja rückwärtsgehend zum Wasser hinüberzog. Der schimmernde Kreis unter der Oberfläche war ihr Ziel, ihr einziger Fixpunkt in der schwarzen Leere. Bald umspülte das kühle Wasser ihre Füße, das rasch tiefer wurde und ihr einen Teil der Last abnahm.

»Wie kann ich helfen?«, fragte jemand neben ihr.

»Geh zurück und sag der Priorin, was geschehen ist ... und ich brauche jemanden, der uns auf der anderen Seite in Empfang nehmen kann.«

»Das mache ich.« Sie spürte die Strömung des Wassers, als das Mädchen an ihr vorbeieilte. Dann fiel ihr ein, dass sie Thaja nicht durch das Loch ziehen und sie gleichzeitig vor dem Wasser schützen konnte. »Jemand muss Thaja Mund und Nase zuhalten, während wir tauchen.«

»Das kann ich tun!«

Vermutlich waren jetzt alle Kanonissen im Wasser. Sie würden das Ritual wiederholen müssen, aber dann war das eben so.

Lynn zog Thaja zum Loch hinüber, dann wartete sie. Jemand tastete über ihre Arme. »Das bin ich«, sagte Lynn. »Thajas Gesicht ist weiter oben.«

Die Finger verließen ihre Haut und kurz darauf kam die Bestätigung.

»Lass sie noch mal atmen, dann machen wir es auf drei.« Es musste schnell gehen, Thaja sollte nicht ersticken. »Eins ... zwei ...« Bei drei tauchte Lynn ab, ertastete mit Rücken und Schultern die Felswand, ging tiefer und schlüpfte rückwärts durch den Durchbruch. Glücklicherweise war er kaum eine Elle tief, und so tauchte sie kurz darauf in der von Kerzen erhellten Vorhöhle wieder auf. Das nasse Haar klebte um ihren Kopf und hing ihr in die Augen, was sich durch Kopfschütteln nur wenig verbessern ließ. Thajas Gesicht befand sich sicher über der Oberfläche und die andere Kanonisse nahm ihre Hand von Thajas Mund und Nase. Lynn fühlte beruhigt die Atembewegung des Brustkorbes unter ihren Armen.

Immer mehr Mädchen kamen durch den Spalt zurück, und während Lynn Thaja zum Ufer brachte, versicherte sie sich mit einem kurzen Blick, dass auch Beringa und Sibyllin unter ihnen waren. Viele Hände halfen ihr, die noch immer Bewusstlose aus dem See zu tragen. Endlich lag Thaja auf dem steinernen Boden. Ein dünner Blutfaden lief aus ihrem Mundwinkel und vermischte sich mit dem Wasser.

Lynn strich sich die nassen Haare aus dem Gesicht. »Wir müssen sie die Treppe hinauftragen.« Für sie allein war Thaja zu schwer. »Beringa, vielleicht kannst du ihre Füße ...« Sie stockte, als sie merkte, dass alle sie anstarrten.

»Es reicht«, sagte die Priorin. »Die Schwestern werden sich um Thaja kümmern. Du wirst jetzt mit mir kommen.«

Wollte die Priorin sie tatsächlich maßregeln? Ja, sie hatte das Ritual gestört, aber sie hatte Thaja wohl kaum in der Dunkelheit in ihrem Blut liegen lassen können. »Es tut mir leid«, sagte sie trotzig. »Die Erdmutter wird es verstehen müssen.«

»Das tut sie«, erwiderte die Priorin. »Doch du musst deine Freundin nun anderen Händen überlassen ... Akh'Eldash.«

Kapitel 2

So lehren sie es uns, dass wir Frauen nicht nur schwächer sind, sondern auch schlichter im Geiste und in allem geringer. Aber weshalb sollte die Erdmutter einer der unseren dann solche Macht verleihen?

–14. Akh'Eldash, 5. Eintrag, Verse 17+18

Lynn saß mit angezogenen Beinen in einem der Lehnstühle im Arbeitszimmer der Priorin und zitterte trotz der Wolldecke. Das Zittern kam tief aus ihrem Inneren und wollte einfach nicht aufhören. Wieder und wieder befühlte sie die Erhebung in der Mitte ihre Stirn, dort, wo sie gesalbt worden war. Das Mal hatte eine glatte Oberfläche, glatter als Haut, mehr wie polierter Stein. Sie fühlte die Glätte zwar an den Fingerspitzen, aber an ihrer Stirn war die Stelle völlig taub. Als gehöre dieses Ding nicht zu ihr.

Die Priorin reichte ihr wortlos einen Spiegel. Lynn nahm ihn, zögerte aber, hineinzublicken. Noch konnte es eine einfache Schwellung sein, eine Beule, die sie sich in der Dunkelheit der Höhle zugezogen hatte.

»Schau hinein, Lynneth. Sieh dich an.«

Widerstrebend gehorchte sie. Ein blasses Gesicht schaute ihr entgegen, und auf der Stirn leuchtete rot wie ein Sonnenuntergang der No'Ridahl, der Kuss der Göttin.

Er wirkte durchsichtig, doch dahinter sah Lynn nicht ihre Stirn, sondern in eine weite, offene Leere, in der sich Schlieren bewegten. Bei dem Anblick wurde ihr schwindelig, und sie ließ den Spiegel sinken.

Unzählige Namen hatte man ihm gegeben: Liebesfleck, Himmelsauge, Rotstern, aber auch Sklavenmacher und Knebelstein.

Die Priorin setzte sich neben sie und legte die Hand auf Lynns angezogene Beine. »Du bist die achtundvierzigste Akh'Eldash des neuen Reiches, die Hohepriesterin der Erdmutter.«

Hohepriesterin. Genaugenommen stand sie damit sogar über der Priorin. Doch während die Priorin den Orden führte, waren die Aufgaben der Akh'Eldash ritueller Natur. Sie würde die Liebe der Göttin wirken, was immer das heißen mochte. Ihre wichtigste Aufgabe war es, sich mit dem König des Landes zu vereinigen und ihm Kinder zu gebären.

»Ich bin die Falsche.« Lynn war noch immer wie betäubt. »Die Erdmutter hat sich geirrt.«

Die Priorin lächelte nachsichtig. »Es ist nicht unsere Aufgabe, die Große Mutter zu hinterfragen. Sie hat entschieden, und niemand kann daran mehr etwas ändern.«

»Aber ich *kann* das nicht!«

»Was denn?« Der Blick der Priorin wurde streng. »Du wirst der Göttin dienen und ihre Liebe wirken, das ist deine Berufung.«

»Was bedeutet das überhaupt?«

»Dass du allen Menschen das Wesen der Erdmutter zeigst. In dir wird jeder die Liebe der Mutter erkennen.«

Wie sollte sie einem solch enormen Anspruch gerecht werden? Wie sollte *irgendein* Mensch das können – und nun gerade sie, die noch nie im Leben verliebt gewesen war?

Nicht nur, dass man ihr eine unlösbare Aufgabe stellte, sie durfte noch nicht einmal selbst entscheiden, wie sie ihr Leben gestaltete, um sie zu erfüllen. »Aber ich werde einem Mann gehören.«

»Ja, und er wird dir gehören. Er wird dich lieben.«

»Das ist keine Liebe«, sagte Lynn verstockt. »Es ist ein Zauber.«

Die Priorin seufzte. »Jede Liebe auf der Welt geht auf die Erdmutter zurück: die Liebe einer Mutter zu ihrem Kind, die einer Frau zu ihrem Mann und auch die, die der No'Ridahl weckt. Sie alle sind gleichermaßen ein Zauber.« Sie erhob sich. »Warte hier.«

Lynn legte den Spiegel zur Seite und zog die Decke fester um sich, obwohl sie nicht mehr fror. Das Zittern war abgeklungen, und das lähmende Entsetzen wich langsam einem zornigen Trotz. Sie würde natürlich tun, was der Orden von ihr erwartete. Was blieb ihr anderes übrig? Aber sie musste es weder unterwürfig noch gern tun.

Doch. Genau das wurde von ihr verlangt: Ergebenheit und Sanftmut, Demut und Fügsamkeit. Das erwartete man von jeder Ehefrau und umso mehr von der Akh'Eldash, deren Aufgabe es war, ein Vorbild an Liebe und Hingabe zu sein. Aber so war sie nicht, war sie nie gewesen. Die Priorin hatte es selbst gesagt: Sie würde daran zerbrechen – und nun verlangte die Göttin genau das von ihr. Die Große Mutter, die allen ihren Kindern ins Herz sehen konnte, musste doch wissen, dass Lynn die Allerungeeignetste für diese Aufgabe war. Hatte sie das nicht bewiesen, als sie Thaja geholfen und damit das Ritual gestört hatte?

Die Priorin kehrte mit einer Kassette zurück und Lynn fragte: »Wie geht es Thaja?«

»Sie ist aufgewacht und lässt dich grüßen.« Die Priorin setzte sich wieder, stellte das Kästchen auf ihren Schoß und entnahm ihm einen zarten, weißen Stoff. »Der Lorun-Uhn, der Reifschleier der Akh'Eldash.« In ihren Händen entfaltete sich ein luftiges Gespinst. »Man erkennt es von außen kaum, aber er ist in Augenhöhe weniger dicht gewebt.«

»Also werde ich mein Unglück zumindest kommen sehen.« Lynn biss sich auf die Unterlippe, aber der Satz war ihr schon entschlüpft. Die Priorin antwortete nicht darauf. Sie deckte den Schleier über Lynns Kopf und schob ihr den eingearbeiteten Reif über die Stirn. »Nicht der Schleier verdeckt den No'Ridahl, sondern der Reif, aber beides gehört zum Ornat der Akh'Eldash.«

Der Lorun-Uhn war angenehm zu tragen. Er drückte nicht auf den No'Ridahl und der Stoff behinderte den Blick weit weniger, als Lynn erwartet hatte. Es sah bloß aus, als sei die Welt von weißem Raureif überzogen.

Die Miene der Priorin wurde streng. »Es ist meine Pflicht zu betonen, dass kein Mann dieses Mal zu sehen bekommen darf, außer Prinz Siluren. Ich verstehe, dass es eine große Versuchung ist, zu erproben, ob der Anblick des No'Ridahl tatsächlich jeden Mann in Liebe entbrennen lässt, aber dieser Versuchung nachzugeben, hat schon viel Unglück über das Reich gebracht.«

»Natürlich, Hohe Schwester.« Lynn kannte die Legenden: Neran und Haldia, der Krieg der Brüder und natürlich das Los der unglücklichen Vhellin von Lathem. Sie hatte keinen Bedarf danach, mehrere Männer um ihre Gunst streiten zu lassen. Bis vor wenigen Stunden hatte sie noch geglaubt, sich niemals von einem von ihnen auch nur berühren lassen zu müssen.

»Muss ich diesen Schleier nun mein Leben lang ununterbrochen tragen?« Eine schreckliche Vorstellung. Ob man sich jemals daran gewöhnte?

»Nein, natürlich nicht. Nur bis der Prinz den Uhlan vollzogen hat.«

Lynn spürte ein unangenehmes Kitzeln im Genick. »Was ist der Uhlan?«

»Ein Ritual, mit dem der Prinz den No'Ridahl zerstört.« Die Priorin zögerte, ehe sie fortfuhr: »Es muss noch in der Nacht geschehen, in der du zum ersten Mal sein Lager teilst. Bevor die Sonne aufgeht, wird der Prinz den No'Ridahl mit einer glühenden Nadel durchstoßen und der No'Ridahl wird sich zurückbilden. An diesem Tage verliert er seine Wirkung, aber die Liebe, die er bis dahin erweckt hat, bleibt bestehen. Von diesem Tag an trägst du den Schleier nur noch bei offiziellen Anlässen, als Zeichen deiner Würde als Akh'Eldash.«

»Was bewirkt das Mal noch?«, fragte Lynn. »Werde ... ich den Prinzen auch lieben?«

»Nein.« Die Antwort war knapp und eindeutig. »Das ist auch nicht nötig, denn die Akh'Eldash ist gehorsam und fügt sich dem Willen der Erdmutter und den Befehlen des Ordens.« Die Priorin schaute streng und Lynn senkte den Blick.

»Andererseits«, die Stimme der Priorin wurde weicher, »ist es nicht ungewöhnlich, dass sich das Herz der Akh'Eldash dem Mann zuwendet, der sie mit seiner Liebe und Fürsorge umgibt. Es heißt, Prinz Siluren sei ein sanfter, liebenswürdiger Mann.«

Das bedeutete also, wenn sie Glück hatte, würde er sie nicht gleich in der ersten Nacht in sein Bett zwingen und sie unter seinem schwitzenden Körper begraben. Lynn wäre beinahe in Tränen ausgebrochen, aber sie nahm sich zusammen. »Wann werde ich das Stift verlassen müssen?«

»Wenn deine Eskorte am gleichen Tag aufgebrochen ist wie der Schwirrer, dann wird sie in fünf oder sechs Tagen hier sein.«

Einige Tage Galgenfrist also. »Wird der Prinz selbst kommen, um mich zu holen?«

»Das wäre ungewöhnlich. Meist schickt er den Kanzler oder einen anderen Vertrauten.«

Einen Vertrauten, natürlich. Am besten einen Greis. Nicht jemanden, der das Geschenk enthüllen und in Begehren entbrennen würde. Nicht jemanden, der zusammen mit der Akh'Eldash auch den Thron des Reiches erobern wollte. Also verlängerte sich ihre Galgenfrist um die Tage, die sie für die Reise nach Hohenvarkas benötigte.

»Was wird meine Aufgabe an der Seite des Königs sein?« Außer natürlich für Nachkommenschaft zu sorgen. Die letzte Akh'Eldash hatte diese Aufgabe nur unzureichend erfüllt und war schon nach der ersten Geburt im Kindbett gestorben. Da der König nicht noch einmal hatte heiraten wollen, hatte es seit zwanzig Jahren keine Hohepriesterin mehr gegeben. Ihre offiziellen Pflichten waren Lynn daher nur schemenhaft bekannt.

»Nun, zum Ersten machst du deinen Gatten zum König.«

Das war Lynn neu. »Ich dachte, das ist sein Geburtsrecht.«

»Nein. Erst durch die Ehe mit der Akh'Eldash wird der Prinzregent zum König. Ohne deinen Segen ist seine Position anfechtbar.«

»Und wenn ich einen anderen erwähle?«

»Das wäre sehr dumm.« Die Priorin hatte wieder ihren strengen Blick. »Kein Mann in seiner Position wird leichtfertig auf den Thron verzichten nur um der Grille eines Mädchens willen. Du kennst die Geschichte unseres Landes und seiner Spaltung.«

Schwester Galabins Lektionen waren nur schwer zu vergessen, denn ihre Strafe für Schwätzen oder Kichern bestand darin, dass die Delinquentin die verbliebene Zeit der Unterweisung stehend zu verbringen hatte, mit ausgestreckten Armen und einem Buch auf dem Kopf. Außerdem hatte Lynn aufgrund ihrer langen Zeit im Stift diese Lektion bestimmt dreimal gehört: Vor gut dreihundert Jahren hatte ein Bruderkrieg das Land Eldama in die Reiche Galathräa und Oneräa geteilt. Aber Lynn hatte immer angenommen, dieser Krieg sei dem üblichen Machthunger der Männer und der Streitlust zweier Brüder geschuldet gewesen.

»Eine Akh'Eldash hat dies verursacht? Davon hat Schwester Galabin nie gesprochen.«

»Weil sie euch die Landesgeschichte lehrt, nicht Liebesgeschichten. Aber ja, die fünfunddreißigste Akh'Eldash, Erina von Brelach, erwählte statt des Thronfolgers Oneron dessen jüngeren Bruder Galather. Nach ihm heißt unser Land Galathräa, und das Land jenseits des Rimbeth nach seinem Bruder Oneräa.«

Lynn ließ sich das durch den Kopf gehen. »Aber wenn Oneron der Ältere war, bedeutet das dann nicht, die Könige von Oneräa sind die wahre königliche Linie von Galathräa?«

»Nein.« Der Tonfall der Priorin ließ keinen Widerspruch zu. »Die Akh'Eldash macht den Mann zum König. So ist das Gesetz und der Wille der Erdmutter selbst. Diese Tradition reicht weiter zurück als sogar das Volk der Eldamiten.«

»Weiter zurück als das Reich Eldama?«

Jetzt lächelte die Priorin. »Akh'Eldash heißt nichts weiter als ›Königin der Eldash‹.«

Die Eldash. Das ominöse Volk, von dem nur noch Legenden sprachen. Bereits sie hatten ihre Königinnen durch die Göttin selbst erwählen lassen. Vielleicht sollte sie doch noch einmal Schwester Galabin danach fragen.

»Zurück zu deinen Pflichten«, sagte die Priorin. »Du wirst die Frau des Königs sein, und dir gebührt der rechte, der hölzerne Teil des Doppelthrones. Deine Treue aber gilt der Göttin. Du wirst dem Orden regelmäßig Bericht erstatten und unsere Weisungen treu ausführen.« Sie entnahm der Kassette ein Buch. »Ich weiß, du hast viele Fragen, und du darfst sie mir alle stellen, doch viele von ihnen wird dir das Buch der Eldash beantworten. Deine erste Aufgabe ist, das Buch abzuschreiben.«

Lynn nahm den gut drei Finger dicken Band und ließ die Seiten durch ihre Finger gleiten, bis sie irgendwo anhielt.

Das Buch war nicht gedruckt, sondern mit einer zierlichen, fließenden Schrift gefüllt.

»Es sind die Gedanken all der Frauen, die vor dir von der Erdmutter erwählt wurden. Du schreibst es ab und erhältst damit dein eigenes Exemplar des Eldash-Mithral, und du wirst ihm etwas anfügen.«

Lynn blickte auf. »Was denn?«

»Es kann ein Wort sein, ein Satz oder viele Seiten. Es kann gleich heute geschehen, am Ende deines Lebens oder mehrfach zu verschiedenen Zeiten. Die Göttin wird es dir aufs Herz legen.«

»Dieses Buch hat die letzte Akh'Eldash abgeschrieben?« Lynn betrachtete den Band ehrfürchtig.

»Es wurde uns nach ihrem Tode aus dem Palast übersandt.«

Lynn blätterte die hinterste Seite auf, zu dem letzten Eintrag der letzten Akh'Eldash, der Mutter ihres zukünftigen Gatten. Das Blatt war von der gleichen zierlichen Schrift bedeckt wie der Rest der Seiten, aber hier war sie weniger fließend. Vermutlich hatte die Akh'Eldash unter Schmerzen gelitten, als sie die wenigen Zeilen zu Papier brachte. Die Worte sprachen nicht gerade von einem glücklichen Leben im Dienste der Göttin.

»Wenn die Liebe einer Mutter Kraft über das Grab hinaus besitzt, wird mein Sohn ein Mann des Friedens werden. Die Göttin schenke ihm Weisheit und Kraft, um diese Welt zu verändern.«

***

Siluren nutzte die Schwirrer selten, auf die sein Vater schwor. Die kaum zwei Fäuste großen Tiere konnten nur winzigste Nachrichten überbringen. Die Schreiben von Silurens Korrespondenzpartnern hingegen waren lang und ausführlich, und so ahnte Siluren Entwicklungen oft voraus, noch ehe die entsprechenden Botschaften das Nest auf Hohenvarkas erreichten.

Längst hatte er es aufgegeben, seinen Vater über seine Annahmen und Schlussfolgerungen in Kenntnis zu setzen. Viel zu oft hatte er dafür nur Spott und Hohn geerntet. Doch die Nachrichten, die ihn heute erreicht hatten, waren so besorgniserregend, dass er seinen Stolz – und seine Furcht – überwinden musste. Silurens Zuträger berichteten von ganzen Bergen schnell geschmiedeter Schwerter. Offenbar hatten jenseits der Grenze die Essen den gesamten Winter über geglüht. Außerdem war von Aushebungen in ganz Oneräa die Rede. Das konnte nur bedeuten, dass Krolan der Fahle, König von Oneräa, einen Feldzug plante.

Wieder einmal. Seit mehr als drei Jahrhunderten, seit der Spaltung des Reiches, hatte nahezu jeder König auf beiden Seiten des Rimbeth versucht, die Herrschaft über das gesamte Reich wiederzuerlangen. Die Könige von Oneräa beriefen sich auf die Blutlinie, die von Galathräa auf die Wahl der Akh'Eldash, aber eigentlich ging es doch bloß um Machthunger und althergebrachte Rituale von Ehre und Männlichkeit – und beide Völker litten darunter.

Aus dem Kabinett seines Vaters drangen aufgebrachte Stimmen. Als Siluren eintrat, zog Kanzler Panald dem Schreiber gerade ein Blatt vom Tisch und überflog es. Ruothgar hingegen nahm Siluren in den Blick. »Was willst du hier?« Seine heisere Stimme und die gerötete Nase zeugten noch von der abklingenden Krankheit, sein Blick aber war fest und geradezu feindselig. Siluren musste sich zwingen zu sprechen. »Marschiert Krolan auf unsere Ostgrenze zu?«

»Hast dir wohl wieder mal etwas zusammengereimt.«

In Siluren stieg die altbekannte Wut auf, aber dies war nicht der Zeitpunkt für kleinliches Gezänk. »Ich denke, wir sollten Unterhändler senden. Herausfinden, was er will.«

»Er will Galathräa, was sonst?«

»Das wissen wir nicht mit Sicherheit. Und miteinander zu reden kann ...«

»Reden will nur der Unterlegene. Krolan wird reden, wenn mein Schwert an seiner Kehle liegt.«

Es sei denn, es kam umgekehrt. Auch wenn das schwer vorstellbar war. Ruothgar war selbst mit ergrauendem Haar noch immer ein Kämpfer und König. Aber Krolan war um einiges jünger, und nach allem, was man hörte, war er absolut skrupellos.

Siluren blickte zu der Karte auf dem Tisch. Sie zeigte die nördliche Grenzregion um Elsthorn. »Also gibt es wieder Krieg?«

»Wir können ihn nicht verhindern, also werden wir ihn gewinnen. Ich habe unseren Fürsten die Aushebungen bereits im Winter angekündigt, als du noch selig deine Gänsekiele gespitzt hast.« Ruothgar wandte sich an Kanzler Panald. »Nun?« Der Kanzler war mit dem soeben verfassten Befehl einverstanden und Ruothgar winkte, dass er weitergegeben werden sollte. Ein junger Soldat übernahm das Blatt und ging.

Siluren holte tief Luft und bemühte sich um einen ruhigen Ton. »Krolan hat eine enorme Anzahl von Männern in den Dienst gezwungen. Ich hörte von achtzigtausend Mann.«

Ruothgar grunzte. »Piss dir bloß nicht in die Hosen. So viele wehrfähige Männer gibt es in ganz Oneräa nicht.«

Doch, die gab es, wenn man keine Rücksicht darauf nahm, dass Bauern und Handwerker ihre anderen Aufgaben nicht mehr erfüllen konnten. »Wenn wir all unsere Bauern von den Feldern in die Schlacht schicken, gibt es bald nichts mehr zu essen.«

»Und wenn wir das nicht tun, gehört Galathräa bald einem Schurken und Geisterdiener.«

»Warum hören wir uns nicht zuerst Krolans Ford-«

»Es reicht!« Ruothgars Faust landete auf dem Tisch. »Krolan schickt keine Unterhändler, sondern Soldaten! Ein König darf den Kampf nicht fürchten, wenn seine Untertanen in Sicherheit leben sollen.«

»Wie sicher leben sie wohl, wenn sie mit Schwert und Spieß auf dem Schlachtfeld stehen?«

»Opfer müssen eben gebracht werden, und noch wird dieses Land nicht von einem Schlappschwanz geführt!«

Siluren war so angespannt, dass sein Nacken schmerzte. Mehr zu sich selbst sagte er: »Es ist nicht dein Schwanz, der mir Sorgen macht.« Doch so leise die Worte auch waren, sie entgingen Ruothgar nicht.

»Raus!«

Das war wohl inzwischen der übliche Abschluss eines Gespräches zwischen ihnen. Siluren ging wortlos, doch seine zornigen Schritte knallten auf dem Marmorboden wie die Schüsse einer Hakenbüchse.

Kampf und Krieg – gab es keine anderen Lösungen? Und selbst wenn, schätzte Ruothgar die Gefahr auch richtig ein? Zugegeben, achtzigtausend Mann waren ein Kontingent, wie die Welt es nur selten gesehen hatte und vermutlich völlig unnötig. Würde eine solche Armee eine Stadt wie etwa Elsthorn belagern, würden sich die Männer bloß gegenseitig auf den Füßen stehen. Mit passendem Kriegsgerät wären schon vierzigtausend mehr als ausreichend, um eine Stadt mittlerer Größe ohne lange Belagerung zu stürmen.

Das nahm er zumindest an. Cor hatte Carondim damals mit nur zehntausend Mann eingenommen. Siluren hatte derweil hier, auf Hohenvarkas, lediglich die Berichte gelesen. Was wusste er schon von der Wirklichkeit des Krieges und wie man ihn führte? Vermutlich war es wirklich unsinnig, ein so großes Heer aufzustellen, wenn eine kleinere Armee ausreichte. Wozu sollte man mehr Männer als nötig in die Disziplin zwingen, befehligen, und vor allen Dingen verpflegen?

Aber konnte man von einem Mann wie Krolan dem Fahlen vernünftige Entscheidungen erwarten? Es hieß, er habe seinen älteren Bruder getötet, um König zu werden. Außerdem sagte man ihm nach, er verehre die Geister und strebe nach leiblicher Unsterblichkeit, aber das war womöglich bloß abergläubisches Geschwätz des Volkes, das einem Feind jede nur erdenkliche Missetat andichtete. Nein, ein Wahnsinniger konnte die Macht nicht erringen und halten.

Aber was, wenn es Krolan nicht nur um kleine Landgewinne ging? Nicht darum, Carondim oder Elsthorn zurückzuerobern, oder Teile der Ostmark? Wenn er es tatsächlich auf den Doppelthron abgesehen hatte? Auf ganz Galathräa? Wenn er die beiden Reiche tatsächlich wiedervereinen wollte – wäre das nicht eine große Armee wert?

Siluren blieb stehen. Er war im Thronsaal angekommen und sah hinüber zum Doppelthron, der in der Abenddämmerung groß und dunkel vor den Fenstern der Stirnwand aufragte. Selbst in der Dämmerung der aufsteigenden Nacht war er beeindruckend. Massiv und wuchtig umgab er das Herrscherpaar, betonte ihre Bedeutung. Die linke Seite, die des Königs, war aus Eisen geschmiedet und teilweise vergoldet. Ihr Zierrat zeigte Insignien der Macht – Krone und Zepter –, aber auch des Kampfes – Schwert und Schild, Armbrust, Bogen und Köcher. Diese Seite war riesig und überladen, weil seit Generationen jeder König etwas anfügen ließ. Erst vor fünf Jahren hatte Ruothgar seitlich das Abbild einer Hakenbüchse anbringen lassen, einer der modernsten Waffen überhaupt. Inzwischen war diese Seite des Thrones so schwer, dass rückwärtige Stützen notwendig geworden waren, damit die massige Lehne ihn nicht nach hinten umriss.

Trotz dieser beständigen Anfügungen reichte das Werk aber noch immer nicht an die Größe der anderen Seite heran. Der Sitz der Akh'Eldash war seit den ersten Tagen der Eldamiten nicht verändert worden. Er bestand ganz aus dem edlen, dunklen Holz des Lebensbaumes, aber außer pflegender Öle und beständigem Polieren hatten menschliche Hände nichts zu seiner Form beigetragen. Vielmehr sah es so aus, als wäre der Baum ganz natürlich zu einem riesigen Stuhl gewachsen, als hätten sich Zweige von selbst zu einer Lehne verwoben, als hätten sie sich von alleine zu einem mächtigen Baldachin geformt. Keine Spuren von Schnitten oder Sägen waren an dem Holz zu finden – außer dort, wo man die Wurzeln abgesägt hatte. Selbst die kleinsten Zweige waren fest und biegsam, als wäre noch Leben in ihnen, als habe der Baum nur seine Blätter für einen Winter abgeworfen und wäre bereit, im Frühjahr erneut auszutreiben. Die Legende besagte, der Thron habe bis zur dritten Akh'Eldash tatsächlich noch Blätter getragen. Nun, womöglich hatte man ihn erst damals von seinen Wurzeln getrennt und aus der Riefenau nach Varkaspol gebracht.

Zwischen den beiden Seiten des Thrones erhob sich eine Armlehne, in der Holz und Metall miteinander verwoben waren. Vermutlich hätte Ruothgar dieses trennende Mittelstück nur allzu gern entfernen lassen, um den gesamten Thron allein einnehmen zu können, doch das hatte nicht einmal er gewagt. Immerhin hatte er durchsetzen können, dass nach dem Tod von Silurens Mutter keine neue Akh'Eldash gesalbt worden war. Seit über zwanzig Jahren symbolisierte nur ein elegant drapierter weißer Schleier die Anwesenheit der Schwesternschaft und die Macht der Erdmutter. Wie oft hatte Siluren sich gewünscht, dass neben Ruothgar eine Frau sitzen möge, eine Stimme der Sanftmut und des Friedens.

Bald schon würde das der Fall sein. Oder nein, keine Frau. Ein Mädchen. Wie hatte Ruothgar sich das eigentlich vorgestellt? Wenn die Akh'Eldash erst einmal im Schloss war, würde er der Hohepriesterin den ihr zustehenden Platz nicht verweigern können. Selbstverständlich würde das nicht bedeuten, dass er seinen eigenen Platz für Siluren räumte. Er würde selbst weiterherrschen wollen. Vermutlich würde er das Mädchen einschüchtern, sie »auf Linie bringen«. Er würde sie zu seinem eigenen Geschöpf formen, zu einer verängstigten Gehilfin seiner Ziele. Und Siluren, durch den Zauber der Göttin an die Akh'Eldash gebunden, würde wiederum ihr willfähriger Diener sein.

Mit leiser Übelkeit wandte Siluren sich ab. Gleichgültig, ob er selbst oder Coridan die Akh'Eldash ehelichten, Ruothgar konnte nur gewinnen.

***

Die nächsten Tage verbrachte Lynn damit, das Eldash-Mithral gewissenhaft abzuschreiben. Es war eine Reise in die Vergangenheit, die ersten Seiten lasen sich so seltsam, dass Lynn sie nicht einmal verstand. Sie enthielten nur sinnlos aneinandergereihte Worte. Womöglich hatte das wiederholte Kopieren Fehler erzeugt und die Bedeutung verschleiert.

Vielleicht gab es ja ältere Exemplare des Eldash-Mithral, mit deren Hilfe sich das eine oder andere berichtigen ließ. Mit diesem Gedanken machte Lynn sich auf zur Priorin, um sie danach zu fragen. Sie fand sie im Kreise einiger jüngerer Kanonissen, das Buch der Ursprünge auf den Knien, aus dem sie gerade las.

»Die Geister aber sprachen: Es ist nicht recht, dass ein leiblich Ding Verstehen haben soll, gleich unserem Verstehen. Und sie kamen hernieder und ließen die Geschöpfe der Erdmutter erstarren, und einer nach dem anderen verloren die Riesen ihre Weisheit und ihr Verständnis für die Dinge der Welt. So kehrte der Stein zurück zu dem, was er gewesen war, und war nichts anderes mehr als Stein.«

Lynn blieb hinter der Türe stehen und lauschte. Sie hatte die Worte schon so oft gehört, dass sie sie mitsprechen konnte, aber sie liebte diese seltsam altertümlich anmutende Sprache aus ferner Vergangenheit.

»Zuletzt«, fuhr die Priorin fort, »blieben nur drei Getreue, welche die Erdmutter zu sich rief, und sie sprach zu ihnen: Ihr drei sollt meine Ammen sein, denn ich will Geschöpfe gebären aus den Tiefen meines Leibes, und sie sollen sein Leib von meinem Leib und Geist von meinen Geist.

Und sie gebar die Pflanzen, die Tiere, und zuletzt auch das erste Menschenpaar. So bevölkerte sie die Welt zu der Zeit, als die drei letzten Getreuen zu Stein erstarrten.

Erneut zürnten die Geister, doch die Zahl der Geschöpfe war zu groß, ihre Art zu vielfältig, als dass die Geister sie alle hätten vernichten können, und so säten sie in jeden Erstling nur einen winzigen Keim, dass er wachse und sich ausbreite und zersetze, was immer er fände. Und dieser Keim ist der Tod. Darum werden alle Kinder der Erdmutter alt und sterben, bis auf den heutigen Tag.

Doch zu mächtig war der Zauber der Erdmutter, zu groß ihre Weisheit. Denn auch das Leben, das die Mutter in ihre Geschöpfe gelegt hatte, floss weiter an deren Kinder und Kindeskinder, und so besteht auch das Leben in der Welt fort, bis auf den heutigen Tag.«

Sie schloss das Buch und blickte in die Runde. Sibyllin hob die Hand. »Muss ich auch sterben?«

»Irgendwann schon«, sagte die Priorin. »Dann kehrt dein Leib zurück zu ihrem Leib und dein Geist zu ihrem Geist. Aber davor darfst du leben. Das ist das große Geschenk der Erdmutter an uns alle.« Sie hob den Blick. »Lynneth, meinst du wirklich, ich würde dich dort nicht bemerken?«

Verlegen trat Lynn vor. »Verzeiht, Hohe Schwester. Ich wollte nicht stören.« Sie brachte ihr Anliegen vor, ob es nicht einige ältere Exemplare des Eldash-Mithral gäbe, um das eine oder andere berichtigen zu können, und die Priorin begegnete diesem Ansinnen mit Wohlwollen. Sie entließ die Kleinen und forderte Lynn auf, sie zu begleiten.

Zum ersten Mal betrat Lynn den Bereich hinter dem Schleier, der nur den Heiligen Schwestern und Anwärterinnen vorbehalten war. Er war tatsächlich durch nichts als einen dünnen Schleier vom Rest der Tempelanlage abgetrennt, aber keine der Kanonissen und niemand aus der Dienerschaft hätte es jemals gewagt, diese Grenze zu überschreiten. Sogar jetzt, an der Seite der Priorin, fühlte Lynn sich seltsam schuldig, als sie über die niedrige, marmorne Schwelle trat und der Vorhang hinter ihr wieder zurückglitt. Sie durchschritten einen weiß getünchten Tunnel, dann öffnete sich vor ihnen ein lichtdurchfluteter Raum.

Weißer Marmor bedeckte die Wände, Säulen aus dem gleichen Material strebten über mehrere Galerien empor zu einer durchbrochenen Kuppel, durch deren gläserne Scheiben Tageslicht fiel.

Lynn rief sich den Tempel in Erinnerung, wie man ihn bei der Ankunft sah: eine an und in den Felsen gebaute Ansammlung von Gebäuden, Mauern, Erkern und Zinnen, entstanden über Jahrhunderte, ästhetisch zusammengehalten nur durch den einheitlich weißen Verputz. Aber nirgendwo war ihr je eine Kuppel aufgefallen.

»Von außen sieht man die Kuppel nicht«, stellte sie fest.

»Das ist richtig. Sie ist umgeben von Felsen.«

Ehrfurchtsvoll schritt Lynn weiter in den Raum hinein. In den weißen Marmor des Bodens war ein geometrisches Muster aus dunklem Granit eingelassen, und in der Mitte wölbte sich ein polierter Monolith aus dem Boden. Seine ovale Form und die schlierenartigen Einschlüsse erinnerten an den No'Ridahl. Nur dass der Stein blau war und nicht rot.

Ringsum an den Wänden reihten sich mannshohe Nischen aneinander, in fünf Reihen übereinander bis unter die Kuppel, so hoch war der Raum. In einigen davon waren Türen eingelassen, in den meisten aber standen Regale und darin Bücher über Bücher. Dies war eine Bibliothek.

»Was du suchst, findest du hier.« Die Priorin wies auf die zweite Nische neben dem Eingang. »Das Eldash-Mithral, beginnend von dem der vierten Akh'Eldash des neuen Reiches.«

Respektvoll betrat Lynn den Raum zwischen den Regalen. Die Bücher auf der linken Seite wirkten so alt und brüchig, dass sie es nicht wagte, eines aus dem Regal zu nehmen. Womöglich würden sie in ihren Händen zu Staub zerfallen.

Plötzlich wurde ihr bewusst, was die Priorin gesagt hatte. Genau so hatte sie es schon einmal formuliert. Sie wandte sich abrupt um. »Des *neuen* Reiches?«

Die Priorin nickte. »Des Reiches der Eldamiten.«

Lynn wies zur Seite. »Was ist dann in der ersten Nische?«

Eigentlich hatte sie erwartet, dass die Priorin sie zurechtweisen oder ihrer Neugier zumindest eine Grenze setzen würde, doch das tat sie nicht. »Dort liegen die wenigen Schriften des alten Reiches, die uns überliefert wurden – alle, bis auf die Rolle von Fengajahr.«

Des alten Reiches. Des Reiches der Eldash. Von diesen Menschen wusste Lynn nicht mehr, als dass sie die ersten Bewohner der Riefenau gewesen waren, des Landstriches zwischen dem Mutterschoß und dem Südersee.

»Warum hat uns Schwester Galabin nie mehr von den Eldash erzählt?«

»Weil diese Zeit ins Reich der Legenden gehört. Schwester Galabin legt viel Wert darauf, euch nur Dinge zu lehren, die durch Schriften zu belegen sind.«

Aber offenbar gab es doch Schriften! Lynn wechselte die Nische. Hier gab es keine Bücher, nur Schriftrollen. Sie zeigte darauf. »Darf ich?«

Die Priorin nickte.

Behutsam nahm Lynn eine der kleineren Rollen. Sie war erstaunlich schwer. Lynn wog sie in der Hand und warf der Priorin einen fragenden Blick zu.

»Das ist Pergament. Dünn gegerbtes Leder.«

Lynn versuchte, die Rolle auseinanderzubiegen, doch schnell spürte sie den Widerstand des uralten Leders und fürchtete, es würde brechen. Sie hielt inne, spähte in den Spalt. Was sie sah, war faszinierend und enttäuschend zugleich.

Das Blatt war nicht beschrieben. Nicht im herkömmlichen Sinne jedenfalls. Farbige Bildchen waren in langen Reihen angeordnet, kaum eines davon wiederholte sich, soweit Lynn es erkennen konnte.

Sie legte die Rolle zurück, betrachtete eine weitere und eine dritte – stets mit dem gleichen Ergebnis.

»Ist das eine Schrift?«, fragte sie.

»Vermutlich. Aber niemand ist mehr in der Lage, sie zu lesen.«

Das war enttäuschend, aber auch irgendwie aufregend. »Was wissen wir über die Eldash? Was ist aus ihnen geworden?«

»Sie waren es wohl, die das Heiligtum fanden und als Erste die Erdmutter verehrten. Später kam aus dem Norden das Volk der Amiten. Sie wurden von einem König angeführt, und um den Frieden zu wahren, wurde der Doppelthron geschaffen, den sich die Königin der Eldash und der König der Amiten teilte. Dies ist der Beginn unserer

Geschichte. Das Volk wurde zu den Eldamiten. Das zumindest sagen die Legenden.«

Während die Priorin weitersprach, entfaltete sich vor Lynns geistigem Auge die Geschichte. Sie sah wilde Krieger aus dem Norden in das Land eindringen, rau und ungeschlacht, sah die Akh'Eldash ihnen voller Würde entgegentreten und den Herrscher mit dem Zauber der Göttin besänftigen, um ihr Volk zu retten. Ob diese erste Akh'Eldash den König geliebt hatte? Oder hatte sie sich für ihr Volk geopfert? Was mochte sie über die Fremden gedacht haben, die sie gezwungen hatten, ihre Macht zu teilen?

Aber auch sie war nicht die Erste gewesen. Nur die Erste auf dem Doppelthron. Unvorstellbar, wie weit die Kette von Lynns Vorgängerinnen zurückreichte, weit über die bekannte Geschichte und die geschriebene Sprache hinaus. Sie war nicht die achtundvierzigste Akh'Eldash, es hatte noch viel mehr gegeben. Niemand wusste, wie viele es tatsächlich gewesen waren, und diese, ihre frühesten Vorgängerinnen, waren Königinnen aus eigenem Recht gewesen, nicht Anhängsel eines Mannes, dem sie den Thron sicherten und Nachkommen schenkten.

Dieser Gedanke verursachte Lynn Herzklopfen. Mit einem Mal erschien es ihr noch wichtiger, den völlig unverständlichen Text der ersten Akh'Eldash des neuen Reiches in seiner ältesten Fassung zu lesen.

»Kann ich das allererste Eldash-Mithral sehen?«

»Leider ist das in den Wirren der Zeit verloren gegangen. Das älteste Exemplar ist dieses hier«, die Priorin zog ein dünnes Buch aus dem obersten Regal. »Es stammt aus der Hand Gennahs von Nhim, der vierten Akh'Eldash.«

Das war nun wieder enttäuschend, aber vielleicht hatte Gennah von Nhim – oder auch einige ihrer direkten Nachfolgerinnen, noch Zugriff auf die originalen Schriften gehabt. Lynn reckte den Hals, um in das oberste Regal zu spähen.

»Darf ich ein paar davon mitnehmen?«

»Natürlich, aber das musst du nicht. Du hast das Recht, jederzeit diesen Raum zu betreten und jedes Buch zu lesen oder mitzunehmen.«

Erstaunt sah Lynn die Priorin an. Wie oft hatte man ihr gesagt, Neugier und Wissensdurst schickten sich nicht für Frauen, für eine Frau von Adel seien Ergebenheit und Sanftmut die höchsten Tugenden – und nun standen all diese uralten, kostbaren Papiere zu ihrer freien Verfügung? »Weil ich die Akh'Eldash bin?«

Die Priorin nickte. »Im Buch der Verheißungen steht: ›Der Akh'Eldash bleibt nichts verborgen. Sie lernt, was die Erdmutter ihr ins Herz legt.‹ Das wird so ausgelegt, dass ihr keine Schrift und keine Wissensquelle vorenthalten werden darf.«

Lynn trat aus der Nische zurück in die Halle und ließ den Blick durch den Raum bis ganz nach oben schweifen. So viele Bücher! Niemand würde sie alle in einem einzigen Leben lesen können. Dieses Wissen reizte sie schon allein deshalb, weil es unschicklich war.

»Wenn ich im Schloss bin«, sagte sie, »darf ich mir dann Bücher aus der Bibliothek schicken lassen?«

»Ja – aber einige davon enthalten geheimes Wissen, gefährliches Wissen. Sie sollten diesen Raum besser nicht verlassen.«

»Etwa über die Geister?«

Jetzt zögerte die Priorin. »Es ist nicht heilsam, sich zu viel mit ihnen zu beschäftigen.«

Lynn erinnerte sich meist nicht an ihre Träume, und im Grunde war sie froh darum. Es war unheimlich genug zu wissen, dass sich ihr eigener Geist jede Nacht in den körperlosen Gefilden aufhielt. Dennoch besaß dieses Thema eine gewisse Faszination. »Die Geister sollen denen, die sie beherrschen können, große Macht verleihen.«

Die Priorin hob die Brauen. »Die Geister sind ein Teil der Ewigkeit. Wie kann ein Sterblicher jemals glauben, sie beherrschen zu können?«

»Aber tun die Magoi nicht genau das?« Blinthe kannte die seltsamsten Geschichten über diese Männer.

»Du solltest nicht zu viel auf das Geschwätz deiner Zofe geben. Wie die meisten einfachen Leute ist sie abergläubisch und leicht zu beeinflussen, und es gibt genügend Scharlatane, die das ausnutzen.«

Tatsächlich glaubte Lynn nicht einmal die Hälfte von Blinthes Geschichten. Allerdings waren da durchaus einige, die ihr bei jedem Hören wieder eine Gänsehaut verursachten.

»Aber wenn das alles nur Lügen sind«, sagte sie, »warum ist das Wissen über die Geister dann gefährlich?«

»Ich habe nicht gesagt, dass es *alles* Lügen sind.« Der Blick der Priorin war nun sehr streng. »Aber wer glaubt, die Geister beherrschen zu können, der ist ein Narr, und ein gefährlicher noch dazu. Sie suchen immer ihren eigenen Nutzen.«

»Aber was könnte ein Mensch den Geistern schon bieten?«

»Sich selbst.«

Verständnislos sah Lynn die Priorin an. Diese seufzte, aber sie erklärte es. »Hast du nicht eben das Buch der Verheißung gehört? Wir sind Geist von ihrem Geist. Die Große Mutter hat einen Teil von sich selbst in jeden von uns gelegt. Jeder menschliche Geist, der verloren geht, schwächt sie, und jeder, der voll neuer Erfahrungen zu ihr zurückkehrt, macht sie stärker. Darum sollte sich die Akh'Eldash von allen Menschen am wenigsten mit den Geistern beschäftigen.«

Weil die Geister die Feinde der Erdmutter waren und die Akh'Eldash ihre Gesalbte. Aber Lynn hatte auch genug gehört. Es war eine Sache, an dunklen Herbstabenden Blinthes schaurigen Geschichten zu lauschen und den wohligen Schauder mit den Freundinnen zu teilen. Tiefer wollte Lynn in diese finstere Welt der Geister gar nicht eintauchen.

Zunächst war ihre Aufgabe das Eldash-Mithral, und nachdem sie die neuen Schätze in ihre Räume gebracht hatte, widmete sie sich diesem mit neuem Eifer.

***

Leider erwiesen sich die Texte der ersten drei Akh'Eldash selbst bei den ältesten Schriften als genauso unverständlich wie in ihrem eigenen Exemplar. Also gab Lynn es auf, zu den ersten Ursprüngen zurückzukehren, und sie verlor erst einmal auch die Lust an der Übertragung der Texte. Vermutlich blieben ihr noch Jahre dafür. Zuerst einmal wollte sie mehr über diese Frauen erfahren.

So zog sie sich mit dem Eldash-Mithral in die gepolsterte Fensternische ihres Zimmers zurück und schmökerte mal zielstrebig, mal aufs Geratewohl darin.

Neugierig und auch ein wenig ängstlich suchte sie nach einem Eintrag Vhellins von Lathem. Diese Akh'Eldash war auf dem Weg zu ihrem Bräutigam von Barbaren aus dem Westen entführt worden. Die Männer hatten sie in Unkenntnis über die Macht des No'Ridahl entschleiert und sich anschließend in einem blutigen Gefecht um sie gegenseitig zerfleischt. Vhellin selbst hatte das Massaker nicht überlebt.

Doch es gab keinen Eintrag von ihr, nur eine Notiz, die besagte, man habe ihr Exemplar des Eldash-Mithral niemals gefunden. Soweit Lynn das beurteilen konnte, war Vhellin die einzige ihrer Vorgängerinnen, die keinen Eintrag hinterlassen hatte. Die übrigen Texte zeugten von der Vielfalt der Frauen, die das Amt bisher innegehabt hatten. Manche hatten das Eldash-Mithral wie ein Tagebuch genutzt, hatten Sorgen und Ängste oder Stunden großer Freude darin festgehalten. Natürlich hatten sich viele auch damit auseinandergesetzt, was es bedeutete, die »Liebe der Göttin zu wirken«. Das half Lynn ein wenig, ihre zukünftigen Pflichten besser zu verstehen. Als Frau des Königs würde sie keineswegs nur die Mutter seiner Kinder sein. Von ihr wurde Mildtätigkeit erwartet, wie es ja generell den Frauen des Adels zukam. Manche ihrer Vorgängerinnen hatten dies bis ins Extrem betrieben und hatten auf diese Weise unglaubliche Not und Armut gesehen. Es war erschreckend, in welchem Elend manche Menschen leben mussten. Ob das wohl noch heute so war? Viele Kranke waren zu den Königinnen gebracht worden, weil nach dem Volksglauben die Berührung der Akh'Eldash heilende Wirkung hatte, ein Glaube, den nicht jede Akh'Eldash bereitwillig übernahm. So schrieb etwa die dreiunddreißigste Akh'Eldash: »*Ich fühle mich keineswegs so, als verfüge ich über besondere Fähigkeiten. Ich spüre keine Kraft von mir ausgehen, wenn ich diese Menschen berühre. Aber in dem einen oder anderen Fall ist tatsächlich, nachdem ich meine Hand auf einen Kranken gelegt habe, eine Besserung eingetreten, ohne dass ich sagen könnte, was ich in diesen Fällen anders getan hätte als in anderen. Aber der Segen der Erdmutter liegt auf mir, und das kann ich wohl nicht verleugnen.*«

Lynn untersuchte gewissenhaft ihre Handflächen auf eine Veränderung hin, bis sie über ihre eigene Einfältigkeit lachen musste. Wenn sie als kleines Mädchen gestürzt war, hatte da nicht der Schmerz nachgelassen, wenn ihre Mutter über die Schramme gepustet und sie in den Arm genommen hatte? Vermutlich hatte einfach die beruhigende Gewissheit, dass alles gut werden würde, die Angst und damit auch den Schmerz gelindert. Außerdem musste Lynn feststellen, dass einige Akh'Eldash an eben jenen Leiden erkrankt waren, die sie zu heilen versucht hatten. Die angebliche Zaubermacht der Akh'Eldash war wohl allein auf den Aberglauben des Volkes zurückzuführen.

Doch dieses Wunderwirken war nicht das Einzige, womit sich die Frauen auseinandergesetzt hatten. Manche von Lynns Vorgängerinnen hatten mit philosophischem Geist Weisheiten und Merksprüche hinterlassen, denen Lynn allerdings nicht immer vorbehaltlos zustimmte. Andere hatten mit geradezu wissenschaftlicher Akribie versucht, den No'Ridahl und seine Wirkung zu erforschen. Offenbar hatten sie, genau wie Lynn, stundenlang vor einem Spiegel gestanden und zu ergründen versucht, was die endlose Weite und die wabernden Schlieren zu bedeuten hatten, und wie dieser Eindruck zustande kommen mochte. Zumindest hatten sie das getan, bis der Uhlan vollzogen worden war.

Danach wurde es um das Mal der Göttin merkwürdig still. Selbst der Uhlan an sich war offenbar für keine von Lynns Vorgängerinnen bedeutungsvoll genug gewesen, um das Geschehen niederzuschreiben. Oder hatte man diese Stellen beim späteren Kopieren getilgt? Lynn blätterte suchend herum und fand schließlich einen einzigen Eintrag. Er machte deutlich, warum keine der Frauen darüber hatte schreiben wollen. Erst die dreiundvierzigste Akh'Eldash hatte den Mut dazu gefunden.

»*So heiß brennt in mir die Scham darüber, dass ich das Geschenk der Erdmutter nicht mit meinem Leben verteidigt habe. Doch ich wusste es nicht besser, bis die glühende Spitze mich berührte. Da schrie ich auf voll Entsetzen und der König verschloss meinen Mund mit der Hand, sodass ich fast erstickte. Der Schmerz der glutheißen Nadel war so tief, so durchdringend, erfasste mein ganzes Wesen, als würde er das Leben selbst in mir zu Asche verbrennen. Der König hat mir mein Herz entrissen, meine Seele, und dafür werde ich ihn hassen, solange ich lebe.«*

Hastig schlug Lynn das Buch zu, als könne der lederne Einband zugleich die schrecklichen Bilder verdecken, die sich in ihrem Kopf formten. Das Herz schlug ihr bis zum Hals.

Das also stand ihr bevor. Etwas so Schreckliches, dass keine ihrer Vorgängerinnen je wieder daran hatte denken wollen.

An diesem Tag las sie nicht weiter. Stattdessen half sie Thaja, ausgekeimte Butterzwiebeln zu pflanzen. Die fröhliche Gemeinschaft brachte sie bald auf andere Gedanken und die Erinnerung an die erschreckenden Worte sank ganz tief in Lynns Geist hinab, wo es leicht war, so zu tun, als habe sie sie niemals gelesen.

Am vierten Tag suchte Lynn nach den Einträgen der legendären Haldia. Jedes Kind kannte ihre Geschichte. Die vierundzwanzigste Akh'Eldash hatte ihr Herz an den schneidigen Neran von Fherrn verloren und den No'Ridahl vor ihm enthüllt. Gemeinsam waren sie geflohen, doch der geprellte Bräutigam hatte in seinem Zorn das gesamte Haus von Fherrn ausgelöscht und das liebende Paar bis in die Berge der Thulmark verfolgt. Dort hatte man die beiden erst im darauffolgenden Frühjahr gefunden. Eng umschlungen waren sie in einer Höhle erfroren.

Die blumigen, aber wenig kunstvollen Worte, mit denen Haldia ihre Liebe im Eldash-Mithral festgehalten hatte, ließ sie vor Lynns innerem Auge lebendig werden. Die mythische Sagengestalt trat gleichsam aus der Geschichte heraus wie aus einem alten Gemälde und schrumpfte zu einem unreifen, verblendeten Mädchen, das offenbar nicht begriffen hatte, welches Unglück ihre Selbstsucht über sie und andere brachte. Wenn das die Liebe war, von der Mädchen wie Beringa und Thaja immer schwärmten, dann war Lynn froh, dass sie das noch niemals erlebt hatte. Es war dumm, verblendet und selbstsüchtig.

War aus Liebe nicht noch Schlimmeres geschehen? Über dreihundert Jahre war es her, dass Erina von Brelach statt des Thronfolgers Oneron dessen jüngeren Brüder Galather erwählt und damit den Bruderkrieg ausgelöst hatte, der das Reich spaltete. Ihre Einträge waren zwar weniger schwülstig als die der verliebten Haldia, aber das Ergebnis ihres Handelns zeigte doch, wie verantwortungslos es am Ende gewesen war. Es hatte zu dreihundert Jahren wiederkehrender Kriege geführt.

Wie dumm war ihre Frage an die Priorin gewesen, ob sie ihren Gatten auch lieben würde! Wie unwichtig das war! Ergebenheit und Sanftmut. Die Liebe der Göttin wirken. Vielleicht war dies tatsächlich der bessere Weg. Nicht die eigene Liebe, die eigene Erfüllung suchen. Sie war die Gesalbte der Göttin. Ihr Leben gehörte nicht ihr allein. Sie glaubte zwar noch immer, die Erdmutter müsse sich bei ihrer Wahl geirrt haben, aber es war nun einmal geschehen, und so würde sie ihr Bestes geben, zum Wohle des Reiches und des Tempels. Sie würde der Weisheit der Erdmutter vertrauen und sich den alten Traditionen beugen.

Sie empfand bei diesem Entschluss eine schmerzhafte Wehmut, als verabschiede sie sich nun endgültig von ihrer Kindheit – und doch war da auch eine gewisse Erleichterung. Nun, da sie sich entschieden hatte, schien der Weg klarer und heller vor ihr zu liegen.

Es klopfte, und Lynn schreckte auf. »Ja?«

Blinthe, ihre Zofe, trat ein. »Eure Eskorte ist eingetroffen. Die Priorin erwartet Euch, um sie gemeinsam zu begrüßen.«

»Ich komme.« Lynn erhob sich und wollte zur Tür eilen, doch Blinthe trat ihr in den Weg und warf einen bedeutsamen Blick zur Kommode hinüber. Dort ruhte der Lorun-Uhn, der Reifschleier, auf einem Gestell. Da es im Stift nur Frauen gab, hatte Lynn den Schleier in den vergangenen Tagen nicht getragen. Blinthe half ihr, ihn anzulegen, dann gingen sie gemeinsam hinunter.

Die Priorin empfing sie in ihrem Arbeitszimmer, von dem aus eine Tür in den öffentlichen Saal führte. »Wie weit bist du mit dem Eldash-Mithral?«

Lynn wurde verlegen, wollte nicht zugeben, dass sie mehr gelesen als geschrieben hatte. »Ich werde noch viele Tage brauchen, um den Rest zu kopieren.«

»Das war zu erwarten. Du wirst eine Abschrift des Buches mitnehmen, um dein eigenes Exemplar fertigzustellen. Aber versäume nicht, es auch wirklich zu tun.«

Lynn hatte sich anfangs gefragt, warum sie die Texte abschreiben musste, wo es doch genügend von den Heiligen Schwestern gefertigte Kopien im Tempel gab, doch inzwischen war ihr der Grund dafür klar geworden. Die Worte, die sie abgeschrieben hatte, waren bereits tief in ihrem Gedächtnis verankert, und bei manchem Satz offenbarte sich erst beim Schreiben eine Bedeutung und Weisheit, die ihr beim bloßen Lesen verborgen geblieben war.

»Ich werde alles kopieren und Euch das andere Exemplar zurücksenden«, versprach sie. »Wisst Ihr schon, wann der Kanzler aufzubrechen gedenkt?«

»Es ist nicht der Kanzler, der die Eskorte führt.« Die Priorin kam hinter ihrem Schreibtisch hervor. »Es ist Coridan Graf von Thul persönlich.«

Der Sohn des Königs. Der *uneheliche* Sohn des Königs. Lynn verzog das Gesicht. »Ruothgar schickt seinen Bastard?«

»Lynneth!« Die Priorin blickte tadelnd. »Er ist zwar nicht der Kronprinz, aber durch seine Adern fließt königliches Blut. Also benimm dich entsprechend.«

»Das werde ich.« Lynn nahm sich vor, den Mund zu halten. Zumindest, bis sie das Damenstift verlassen hatten. Danach würde der königliche Bastard durchaus die wahre Lynneth von Vallathrys kennenlernen.

Oh nein, sie tat es schon wieder. *Ergebenheit und Sanftmut,* ermahnte sie sich selbst. *Die Liebe der Göttin wirken.* Himmel, was hatte sich die Erdmutter nur gedacht!

Blinthe zupfte noch einmal an dem Schleier herum und maß ihre Herrin mit einem letzten, kritischen Blick, ehe sie die Tür öffnete. Mit gemessenen Schritten betrat Lynn den Audienzsaal, gefolgt von der Priorin.

Lynn wusste nicht genau, was sie erwartet hatte. Vielleicht einen unreifen Gecken, einen blasierten Stutzer. Doch der Mann, der sich ihr zuwandte, war keines von beidem. Das Wort, das ihr bei seinem Anblick in den Sinn kam, war »Krieger«.

Der Staub der Straße lag auf seiner Kleidung aus Leder und Eisen. Sein Haar war regenfeucht und schwarz wie Rabenfedern, eine einzelne Strähne fiel ihm verwegen in die Stirn. Sein Kinn war seit Tagen nicht rasiert worden. Seine Rechte hielt den Helm, die Linke ruhte locker auf dem Griff seines Schwertes – keine Drohung, mehr ein Zeichen langjähriger Gewöhnung. Mit klirrenden Schritten trat er auf sie zu. Jetzt, da er ihr näher kam, nahm sie seinen herben Geruch nach Ulphan und Holzrauch wahr.

Lynn wusste, dass sie in der aufbauschenden Wolke ihres Rockes versinken sollte, aber aus irgendeinem Grunde konnte sie sich nicht bewegen. Stattdessen sah sie mit Erstaunen, wie der Königssohn vor ihr das Knie beugte und den Kopf senkte. »Gesalbte«, sagte er. »Prinz Siluren schickt mich, Euch nach Hohenvarkas zu geleiten.«

»Bitte, Erlaucht.« Die Priorin klang entsetzt. »Ihr solltet nicht knien.«

Er erhob sich geschmeidig, doch ohne Hast. Seine Augen waren dunkel, fast schwarz. Bei der Göttin, ob dieser Blick den Lorun-Uhn zu durchdringen vermochte?

»Es ist keine Schande, vor der Akh'Eldash zu knien.«

»So wie die Gesalbte ihr Haupt vor der Macht des Königs neigt.« Die Priorin stieß Lynn einen Finger hart in den Rücken, und endlich reagierte Lynn. Sie sank in einen Knicks und wünschte sich ganz weit weg.

Noch nie hatte sie einen Mann wie diesen dunklen Krieger gesehen. Er wirkte hart und unbarmherzig, geradezu gefährlich. Sein Anblick erfüllte sie mit Furcht. Aber gleichzeitig weckte er in ihr den Wunsch, ihn zu berühren. Sie wollte an dieser gemeißelten Kinnlinie entlangstreichen, wollte die Kraft dieser Arme fühlen.

Ein weiterer, verstohlener Stoß der Priorin bedeutete ihr, dass die Verneigung lange genug gedauert hatte. Lynn richtete sich auf und war dankbar für den Schleier, der ihre glühenden Wangen verbarg.

»Ich würde meine Männer gerne einen Tag ausruhen lassen, ehe wir wieder aufbrechen. Ist Euch das genehm?« Er schaute *sie* an, wurde ihr klar, nicht die Priorin. Es war ihre Zustimmung, die er suchte.

Entsprechend schwieg die Priorin.

»N... natürlich.« Auch das noch, sie stotterte! Lynn reckte die Schultern. Sie war die Akh'Eldash, die Gesalbte der Göttin. Sie sammelte sich kurz, dann sagte sie betont würdevoll: »Lasst Eure Männer ausruhen. Wir brechen übermorgen beim ersten Hahnenschrei auf.«

»Danke. Falls Ihr Fragen habt, stehe ich Euch zur Verfügung.«

»Ich ...« Sie hatte viele Fragen, aber im Augenblick kam ihr keine davon in den Sinn. »... werde Euch rufen lassen.«

»Wann immer Ihr wünscht. Gibt es noch etwas, das ich wissen muss?«

Diesmal mischte sich die Priorin ein. »Nur das Eine: Kein Mann außer Prinz Siluren darf den Schleier heben und das Mal der Göttin sehen.«

»Gewiss.« Sein Blick richtete sich kurz auf die Hohe Schwester und kehrte sofort zu Lynn zurück. »Wie groß wird Euer Gefolge sein?«

»Nur meine Zofe.« Sie konnte nicht anders, als seinen knappen, präzisen Fragen ebenso zu antworten.

»Schoßtiere? Ein Trell vielleicht?«

Ein Fellknäuel mit riesigen Augen, winzigen Händchen und buschigem Schwanz – bei der Vorstellung, der Graf müsse ihr einen solchen Ausbund an Niedlichkeit hinterhertragen, lächelte Lynn unter ihrem Schleier. Zum ersten Mal kam ihr in den Sinn, dass dieser Krieger die Aufgabe, eine Frau zu eskortieren, vielleicht für unter seiner Würde hielt. »Nein, keine Tiere, und mein Gepäck wird sich in einem überschaubaren Rahmen halten.«

»Gut.« Eine knappe, geradezu militärische Verbeugung deutete an, dass er bereit war zu gehen. Es war an ihr, darüber zu entscheiden, wurde ihr klar.

»Kommt morgen zur dritten Stunde nach Sonnenaufgang in meine Gemächer. Dann werde ich Fragen haben. Bis dahin seid Ihr entlassen.«

Seine Reverenz war nur ein kurzes Versteifen, wie ein Salut, und drückte mehr Stolz als Unterwürfigkeit aus. Sie sah ihm nach, wie er mit ausgreifenden, klirrenden Schritten den Raum verließ. Erst, als sich die Tür hinter ihm geschlossen hatte, atmete sie freier.

»Nun?«, fragte sie. »Wie habe ich mich gehalten?«

»Du hast dich gefangen«, sagte die Priorin. »Er ist nur ein Mann – lass dich von ihm nicht verunsichern.«

Nein, das würde sie nicht mehr zulassen. Hatte sie nicht für ihre Freundinnen am Verhandlungstisch gestritten? Hatte sie nicht die Stallknechte und Diener im Tempel zurechtgewiesen, wenn keine der Heiligen Schwestern anwesend war, um es zu tun? Männer prügelten sich in Wirtshäusern und schlugen einander in Schlachten tot. Das waren wahrlich keine Gründe für Überheblichkeit. Sie würde dem königlichen Bastard deutlich machen, wer hier die Überlegene war.

Aber durfte sie das als Gesalbte? Sie war nun die Hohepriesterin der Großen Mutter, die jedes ihrer Kinder gleichermaßen liebte. Sie konnte nicht mehr nur nach ihren eigenen Vorstellungen handeln. Ergebenheit und Sanftmut!

»Ist es angemessen, ihn in meinen Gemächern zu empfangen? Sollte ich Thaja hinzubitten?«

»Es reicht, wenn deine Zofe anwesend ist. Während der Reise wirst du auch nur sie als Ehrendame bei dir haben. Aber falls du dich mit einer deiner Freundinnen sicherer fühlst …«

Lynn hatte sich früher nicht gescheut, einem Mann nur in Begleitung ihrer Zofe gegenüberzutreten, aber damals hatte sie auch noch ganz sie selbst sein dürfen. »Ergebenheit und Sanftmut«, murmelte sie.

Jetzt legte ihr die Priorin beide Hände auf die Schultern. »Verwechsle Sanftmut nicht mit Schwäche«, sagte sie ernst. »Das ist ein Fehler, der den Männern allzu oft unterläuft. Die Göttin selbst ist sanft, und dennoch gibt es in dieser Welt keine größere Macht als die ihre. Lass dir von dem Grafen und seinen Männern keine Angst machen. Du bist die Akh'Eldash, und in wenigen Tagen wirst du seine Königin sein.«

Lynn reckte die Schultern. Sie mochte kein Schwert tragen und keine Schlachten schlagen, aber ihre Würde hatte sie von der Erdmutter selbst erhalten.

»Ich werde Thaja nicht brauchen.«

Was immer sie eben so demütigend schwach hatte erscheinen lassen, es würde kein zweites Mal geschehen.

Morgen würde er kein verängstigtes, kleines Mädchen mehr antreffen, sondern eine Königin.

***

Cor hatte darauf bestanden, dass die Männer ihre Ulphane selbst versorgten. Sie waren zwei Tage lang durch Schneeregen geritten, und er wollte sichergehen, dass die Tiere nicht krank wurden. Als er den Stall betrat, fragte Dendar: »Und? Wie ist sie?«

»Verschleiert.« Cor schaute nach Jorand, den die Männer bereits trockengerieben hatten. Er nahm eine Handvoll Getreide aus einem der Beutel und hielt es ihm hin, prüfte mit der anderen das dichte Winterfell. Die Unterwolle war erfreulich trocken geblieben.

»Ist sie anspruchsvoll?«, fragte Dendar. »Zimperlich?«

»Schwer zu sagen. Wir haben kaum ein paar Worte gewechselt.« Es war schwer, einen Menschen einzuschätzen, wenn man seine Augen nicht sah. Dennoch hatte ihre Haltung viel über sie ausgesagt: die Schultern gestrafft, den Kopf erhoben, der ganze Körper in stolzer Spannung. Dabei war sie ihm nicht etwa angestrengt erschienen. Ihre Haltung war Ausdruck einer vitalen Anmut, einer Lebendigkeit und Wachheit, die er selten in einer Frau gesehen hatte.

»Wie alt ist sie?«

»Sie ist jedenfalls kein Kind mehr.« Ganz im Gegenteil – ihr Dekolletee hatte reizvolle, weibliche Formen enthüllt und einen langen, schlanken Hals. Allerdings war da auch eine gewisse Kühle gewesen, vielleicht sogar Arroganz. Bestimmt war sie eine anspruchsvolle Frau, die wusste, was sie wollte. Aber das sollte Silurens Sorge sein, nicht die seine.

»Was starrst du so verträumt vor dich hin?«, wollte Dendar grinsend wissen.

»Ich warte darauf, dass ihr fertig werdet. Können wir gehen?«

Helims Kopf schaute hinter einem der Ulphane hervor. »Hat sie einen Trell?«

»Nein.«

»Gut. Ich hasse diese Biester. Klettern überall hinauf und ziehen dir an den Haaren.«

Cor klopfte sich die verbliebenen Körner von der Hand. »Sie gönnt uns einen Tag Rast. Die Verwalterin wird euch eure Räume zuweisen.«

»Im Stift?« Dendar grinste frech.

»Ich kann der Verwalterin auch sagen, dass du lieber im Stall schlafen möchtest.«

»Tu mir das nicht an, mein Prinz. Lass mir wenigstens meine Träume.«

Die Ulphane waren alle wohlversorgt, und Cor wandte sich zum Gehen. Während sie den Hof überquerten, stieß Dendar ihm den Ellbogen in die Seite. Als er Cors Aufmerksamkeit hatte, hob er vielsagend den Blick.

Auf einer umlaufenden Balustrade drängten sich Seite an Seite gut zwanzig Mädchen, alle in helle Pelze gekleidet, alle mit ausdrucksstark geschminkten Lippen und Augen.

»Das wird eine Nacht mit wundervollen Träumen, mein Prinz.«

»Es schmerzt mich, dich enttäuschen zu müssen, aber du bist vermutlich nicht ihre erste Wahl.«

»Das macht nichts.« Dendar grinste. »Das Schöne an geträumten Freuden ist, dass eine Jungfrau danach noch immer eine ist. Sie können zuerst zu dir und dann zu mir kommen.«

Eine der Heiligen Schwestern stand auf den Stufen vor dem Hauptportal und sah ihnen entgegen. »Die Priorin erwartet Euch«, sagte sie zu Cor. »Sie möchte ein paar Worte mit Euch wechseln. Diese Magd wird Euch zu ihr führen, während ich Euren Begleitern die Gastgemächer zeige.«

»Gut.« Cor sah besagte Magd auffordernd an. Die junge Frau senkte schüchtern den Blick und ging voran.

Die Priorin besaß einen Raum eigens für die Arbeit, welche die Verwaltung der Schwesternschaft mit sich brachte, und diese Arbeit war sicher umfangreich. Der über dem Mutterschoß erbaute Tempel war zwar das Hauptheiligtum, doch gab es Schwesternschaften überall im Lande, die der Mildtätigkeit für die Armen und Kranken verschrieben waren und der Priorin unterstanden. Viel Arbeit und viel Verantwortung also. Nicht verwunderlich, dass diese Frau einen energischen, harten Eindruck machte.

Sie hieß Cor mit reservierter Freundlichkeit willkommen. Wie alle Heiligen Schwestern war auch sie eine Frau des Adels, Hochadel sogar, aus dem Geschlecht der Merkadinger. Sie saß sehr aufrecht. Vermutlich stieß es ihr sauer auf, ihr Anliegen mit einem Bastard bereden zu müssen.

Cor setzte sich in einen Lehnstuhl ihr gegenüber und legte die Arme entspannt auf die gepolsterten Lehnen. »Wie kann ich Euch dienen, Hohe Schwester?«

Sie begann mit den üblichen Floskeln. Aber es dauerte nicht lange, bis sie auf ihr eigentliches Anliegen zu sprechen kam. »Die Verbindung des Königshauses mit dem Tempel hat eine lange Tradition«, sagte sie. »Auch wenn die Zusammenarbeit seit einigen Jahren brachliegt, da sich Euer Vater nach dem Tode der Akh'Eldash geweigert hat, erneut zu heiraten.«

Cor lächelte. »Ihr könnt nicht erwarten, dass ein Mann dem No'Ridahl verfällt und diese Liebe dann für eine neue Akh'Eldash zur Seite legt.«

Sie wussten beide, dass Ruothgar nach dem Tod der Akh'Eldash durchaus körperliche Freuden in den Armen anderer Frauen gefunden hatte. Er hatte mit der Heirat der

Akh'Eldash und der Geburt eines Thronfolgers aus ihrem Schoß seine Pflicht gegenüber dem Tempel erfüllt. Ihr Tod war ihm insofern entgegengekommen, als er die Macht auf diese Weise nicht mehr hatte teilen müssen, und nur aus diesem Grunde hatte es seit über zwanzig Jahren keine Akh'Eldash mehr gegeben.

Zwar war der Tempel nicht ganz ohne Einfluss geblieben, es gab wechselnde Beraterinnen am Hof. Doch alleine die Wirkung, die der Anblick des leeren Thrones auf das Volk und Gesandte hatte, musste für die Priorin ein ständiges Ärgernis darstellen. Ruothgar hatte ihr allerdings bereits vor Jahren klargemacht, dass es für die Schwesternschaft besser war, sich mit diesem Arrangement zu begnügen, als in einem Kräftemessen die Privilegien zu gefährden, die sie trotz ihres Geschlechtes innehatten.

All das war Cor genauso bekannt wie der Priorin, und dieses beiderseitige Wissen drückte die Frau mit einem durchdringenden Blick und einem langen Schweigen aus, bevor sie sagte: »Selbstverständlich nicht. Umso größer ist meine Freude darüber, dass die Zeit der Entfremdung der Vergangenheit angehört. Königshaus und Tempel werden das Schicksal Galathräas zukünftig wieder mit vereinten Kräften gestalten.«

Cor lächelte dünn. »Ihr richtet diesen Appell an den Falschen, Hohe Schwester. Ich bin nur ein Bote, die Eskorte für die Akh'Eldash.«

»Das ist mir bewusst. Doch als Bote werdet Ihr mein Anliegen sicher getreulich weitergeben.«

»Sowohl der König als auch der Kronprinz sind über dieses Euer Anliegen im Bilde.«

»Ich spreche nicht als Bittstellerin. Zu einer Partnerschaft müssen beide Seiten einen Beitrag leisten, und ich möchte zeigen, dass wir dazu in der Lage sind.« Sie legte die Hand auf einige Blätter. »Ich habe hier Briefe, die belegen, dass Oneräa sich zu einem Krieg gegen Galathräa rüstet.«

Der Tempel verfügte sicher über ein ähnlich enges Netz von Zuträgern wie das Königshaus. Nicht zuletzt darum war das Verhältnis zum Tempel ein ständiger Streitpunkt zwischen dem König und Siluren. Wenn Siluren den Thron bestieg, würde die bessere Zusammenarbeit mit dem Tempel nicht nur auf den No'Ridahl zurückzuführen sein. Siluren würden weder falscher Stolz noch Machtgier daran hindern, alle Wissensquellen zu Galathräas Wohl zu nutzen.

Aber Cor war nicht als Unterhändler hier, seine Aufgabe bestand nicht darin, die Politik des Königshauses zu verteidigen. »Die Könige von Oneräa«, sagte er, »haben schon mehrfach versucht, Galathräa zu überwältigen, das letzte Mal vor drei Jahren. Es ist ihnen nicht gelungen.«

»Seit zwei Jahren nun sitzt Krolan der Fahle auf dem Thron, ein Anhänger der Geister, wie man munkelt. Er hatte genug Zeit, neue Waffen zu schmieden und neue Männer auszuheben. Für Galathräa ist dies eine Zeit großer Unsicherheit. Er wäre klug, die Gelegenheit zu nutzen, und genau das scheint er im Sinn zu haben.«

»Diese Zeit ist auch nicht unsicherer als andere.«

Die Priorin musterte ihn scharf. »Haltet mich nicht für dumm, Graf Thul. Ich weiß sehr wohl, dass der König nicht nach der Akh'Eldash geschickt hätte, wenn er sich bester Gesundheit erfreute. Ich bin sicher, König Krolan von Oneräa kann die Zeichen ebenso deuten.«

»Mein Vater ist ein besonnener, vorausschauender Mann«, sagte Cor und fragte sich dabei, warum ihn diese Worte nicht würgen ließen. »Sollte Krolan die Grenze tatsächlich überschreiten, wird er feststellen, dass der König weder krank noch schwach ist. Sorgt Euch nicht, das Reich ist bestens gerüstet.«

Das Lächeln der Priorin machte deutlich, dass sie diese Worte mit gesunder Skepsis aufnahm. Offenbar war sie eine kluge Frau. Siluren würde in ihr eine wertvolle Verbündete finden. »Dennoch stelle ich dem Königshaus unser Wissen zur Verfügung. Zieht Eure eigenen Schlüsse daraus.« Sie schob ihm die Blätter zu. »Soll ich eine Vorleserin in Eure Räume schicken?«

»Danke, ich bin des Lesens mächtig.« Er griff nach den Papieren und fing einen erstaunten Blick der Priorin auf.

Wieder einmal setzte man ihn mit seinem Vater gleich. Der König hatte sich nie die Mühe gemacht, Feder und Tinte zu meistern. Er hatte zu diesem Zwecke ausreichend Schreiber zur Verfügung und würde sich damit ebenso wenig die Hände beschmutzen wie mit dem Leeren seines Nachttopfs.

Seines Vaters Abneigung gegen diese Kunst hatte sich noch verstärkt, als Siluren sie sich angeeignet hatte, und darum hatte Cor es heimlich lernen müssen. Siluren war sein geduldiger Lehrer gewesen. In aller Verschwiegenheit hatten die Jungen dies betrieben, hatten Griffel und Wachstafel im Stall verborgen gehalten, um Vaters Missfallen zu vermeiden. Der König wusste bis heute nicht, dass Cor einen Brief ebenso sicher lesen konnte wie die Fährte eines Karindenbocks.

Er nahm die Blätter an sich. »Ich werde die Briefe heute Abend lesen und Euch morgen wieder zukommen lassen.«

»Das ist nicht nötig, Graf Thul. Das sind Kopien für Euch.«

»Sehr aufmerksam, danke.« Vermutlich waren die Schreiben um Passagen gekürzt, von denen das Königshaus in den Augen der Priorin keine Kenntnis zu haben brauchte. Er erhob sich und die Priorin entließ ihn mit einem Nicken.

Die scheue Dienerin hatte vor der Tür gewartet und brachte ihn nun zu den Gästequartieren, die sich im östlichen Flügel des Gebäudes befanden. Auch hier waren die Zimmer von einem offenen Gang aus erreichbar, der zu einer freundlicheren Jahreszeit wohl die Wärme der Sonne einfing. Auf diesem umlaufenden Söller stand Helim, der Kutscher, und ließ Rauchwolken aus seiner Pfeife steigen. Sie füllten die Luft mit würzigem Duft.

Cor blieb neben ihm stehen und betrachtete die Landschaft, die der Abend in ein verwaschenes Blau tauchte.

»Schlechte Nachrichten?«, frage Helim.

»Unruhe an der Ostgrenze. Nichts, was uns Sorgen machen müsste.« Noch konnte der Winter jederzeit zurückkehren. Krolan würde nicht so unvernünftig sein, seine Truppen jetzt auszusenden.

Helim nahm die Pfeife aus dem Mund und hob die Nase in den Wind. »Es riecht nicht mehr nach Schnee«, sagte er.

Er mochte recht haben. Es war wärmer geworden. Die Mittagssonne hatte bereits Kraft, und selbst hier, in den Bergen, taute es schon an den sonnigen Plätzen.

»Sie haben uns Abendbrot gebracht«, fuhr Helim fort. »Gut und reichlich, aber Dendar war dennoch enttäuscht.«

Coridan lächelte. »Sie werden uns nicht mit den Stiftsdamen speisen lassen.«

»Nicht einmal Euch?«

»Die meisten von ihnen sind bereits lange versprochen, Helim, und ich bin keine gute Partie.« Das war nicht völlig richtig. Es hatte durchaus die eine oder andere Anfrage gegeben, niederer Adel, der gehofft hatte, durch eine Ehe mit dem königlichen Bastard die Gunst oder zumindest die Aufmerksamkeit des Königs zu erringen. Doch unter den Angeboten war keines gewesen, das Ruothgar ernsthaft in Betracht gezogen hätte, und Coridan hatte es nicht eilig mit dem Heiraten.

»Ihr seid immerhin ein Graf.«

Coridan lachte auf. »Herr einer kalten Burg zwischen kahlen Felsen. Mein Vater hat mir die Thulmark geschenkt, weil niemand sie haben wollte.«

Helim schob sich das Mundstück der Pfeife wieder zwischen die Lippen. »Es kann dort sehr schön sein«, sagte er. »Wenn die Hochweiden in der Sonne liegen und der Schnee auf den Gipfeln leuchtet.«

Coridan drehte sich zu ihm und betrachtete den alten Mann. »Du stammst aus der Thulmark?«

»Ich bin dort geboren und aufgewachsen.«

Das hatte er nicht gewusst. »Ein karges Land, heißt es, das harte Menschen hervorbringt.«

»So sagt man.« Der Kutscher nickte bedächtig. »Seid Ihr schon dort gewesen?«

»Einmal.« Cor wandte sich wieder der Landschaft zu. Nach und nach verbarg die Dunkelheit die Felder und das Dorf, das am Fuße der Berge lag. »Die Menschen sind tatsächlich hart. Wie du.«

»Habt Ihr mich deshalb für diese Reise ausgewählt?« Helim schmunzelte. »Ich dachte, der Grund sei, dass ein Graubart wie ich der Akh'Eldash nicht mehr verfallen kann.«

»Ich habe dich ausgesucht, weil du kein Duckmäuser bist. Die meisten Bediensteten im Schloss fürchten meinen Vater – und sie fürchten mich, weil ich ihm ähnlich bin. Das kann ich nicht gebrauchen.«

Helim kaute auf dem Mundstück seiner Pfeife herum. »Ihr täuscht Euch. Die Menschen sehen keineswegs Euren Vater in Euch. Ruothgar ist maßlos und unberechenbar, Ihr hingegen seid in allem diszipliniert und kaltblütig. Ich habe nie einen beherrschteren Menschen kennengelernt als Euch.« Er nahm die Pfeife aus dem Mund und betrachtete den Kopf, in dem das Feuer erloschen war. »Das ist es, was sie an Euch fürchten.«

Cor sah den Kutscher zweifelnd an. »Warum sollten sie meine Beherrschtheit fürchten?«

»Sie macht Euch unbarmherzig.«

»Unsinn.«

Helim klopfte den Tabak an der Balustrade aus. Dann hob er den Kopf und sah Cor gerade ins Gesicht. »Wie kann ein Mann barmherzig sein, der nicht einmal barmherzig ist gegen sich selbst?«

***

Am nächsten Tag bereitete Cor sich gewissenhaft auf das Treffen mit der Akh'Eldash vor. Er wusch und rasierte sich und tauschte die robuste Reisekleidung gegen etwas Angemesseneres. Lieber allerdings hätte er weiterhin Leder und Eisen getragen.

Er war sonst keineswegs unsicher in der Gegenwart von Frauen, hatte durchaus schon von den Wonnen gekostet, die sie einem Mann zu schenken vermochten. Aber dies war die Akh'Eldash, und ihre geheimnisvolle Macht über die Männer beunruhigte ihn. Nicht mehr Herr über seine Entscheidungen zu sein, dieser Gedanke behagte ihm nicht. Und was anderes bedeutete es, sich zu verlieben?

Er klopfte und wartete, bis die Zofe öffnete. Dann trat er in einen Raum, dessen Einrichtung Bequemlichkeit und Schönheit miteinander verband. Gepolsterte Sitzmöbel in sanften Farben, Tische mit geschwungenen Beinen, ein Schrank mit Intarsien, wie sie typisch für die Riefenau waren. Er würde der Akh'Eldash verdeutlichen müssen, dass die Reisetage weniger angenehm verlaufen würden.

Die Akh'Eldash, wieder verschleiert, erhob sich hinter einem Schreibtisch. »Ich danke für Euren Besuch, Erlaucht.« Noch immer klang sie kühl, sogar noch kühler als am Vortag. »Bitte. Tretet näher.« Sie wies auf einen Stuhl vor dem Tisch.

Er gehorchte, setzte sich jedoch nicht. »Der Kronprinz sendet Euch seine Verehrung. Er hat mir aufgetragen, Euch dies hier zu übergeben.« Er stellte das Holzkästchen auf den Tisch, das Siluren ihm mitgegeben hatte. Ihr Zögern verriet ihre Verwunderung. Sie hob es hoch und betrachtete die Intarsien.

»Es gehörte seiner Mutter«, erklärte er, »der siebenundvierzigsten Akh'Eldash, Mirana von Etharold. Er sendet es Euch zum Zeichen seiner aufrichtigen Zuneigung. Ihr werdet auf Hohenvarkas mit Freude erwartet.«

Es war noch immer befremdlich, mit einem weißen Schleier zu reden. Andererseits schürte das zarte Gewebe seine Neugier. Welches Gesicht mochte sich darunter verbergen? Ob es so zierlich war, wie ihre Hände vermuten ließen? Die Akh'Eldash hatte grazile Finger mit perfekt geformten Nägeln. Damit öffnete sie das Kästchen und betrachtete das Medaillon.

Coridan erinnerte sich an die Worte seines Bruders und räusperte sich. »Prinz Siluren trug mir auf, Euch zu versichern, dass er Euer Lager nicht teilen wird, bevor Ihr ihm dieses Medaillon zukommen lasst. Damit könnt Ihr ihm Eure Bereitschaft zeigen, ihn zu empfangen.«

Die Bewegung des Schleiers verriet, dass sie den Kopf hob. »Das ist sehr rücksichtsvoll«, sagte sie und schloss die Schatulle energisch, »aber ich bin bereit, meine Pflicht zu erfüllen.«

Anders als ihrer beider Vater würde es Siluren sicher nicht genügen, dass seine Frau »ihre Pflicht erfüllte«. Aber Gefühlsangelegenheiten waren nicht Coridans Stärke. Siluren würde sicher bessere Worte finden, und so sagte er zur Erklärung nur: »Wir hatten mit einer jüngeren Akh'Eldash gerechnet.«

»Ich bin nicht verantwortlich für die Wahl der Erdmutter.« Sie setzte das Kästchen mit einem dumpfen Ton auf den Tisch zurück. »Wie mein Gemahl muss auch ich auf ihre Weisheit vertrauen.«

Hatte er sie etwa beleidigt?

Wie sollte ein Mann jemals eine Frau verstehen? Coridans Umgang mit ihnen hatte sich bisher auf willige Mägde und kurze Liebschaften mit Bürgerlichen beschränkt. Von den kichernden jungen Damen des Adels hatte er sich ferngehalten, und auch sie hatten zumeist keinen Wert auf Umgang mit dem Bastard des Königs gelegt. Die Akh'Eldash sah sicher nichts anderes in ihm, und vermutlich fühlte sie sich schon allein dadurch beleidigt, dass er sie statt des Kanzlers abholte.

Er straffte die Schultern. Es war klüger, nur noch Fragen zu beantworten, die ihm gestellt wurden. Sie hatte ihn kommen lassen, es war an ihr, den Verlauf des Gespräches zu bestimmen.

Das tat sie auch. Sie griff nach einer Papierröhre und entrollte sie auf dem Tisch: eine Karte des Reiches, deren Enden sie mit Statuetten mythologischer Figuren beschwerte. »Ich möchte den Weg besprechen. Welche Strecke hattet Ihr Euch vorgestellt?«

»Wir folgen der traditionellen Route über Atankaja«, er zeigte ihr die Stadt auf der Karte und ließ seinen Finger dann der Straße folgen. »Von dort nach Mirin, Gut Fengajahr und Liffim. Falls Ihr wünscht, können wir von Mirin aus Eure Familie besuchen, das würde kaum einen Tag Umweg bedeuten.«

»Warum nehmen wir nicht diese Strecke?« Ihr Finger glitt über das Papier. »Sie erscheint mir viel kürzer.«

»Über die Berge?« Er schüttelte den Kopf. »Die Pässe sind im Winter mit der Kutsche nicht befahrbar. Außerdem gibt es dort keine standesgemäße Unterkunft.«

»Ich verstehe. Welche Unterbringung habt Ihr vorgesehen?«

Sie war fordernd, aber sie respektierte vernünftige Argumente. Gut. »Es ist ein jahrhundertealtes Vorrecht einiger

Häuser, die Akh'Eldash auf ihrer Brautreise zu beherbergen. Ich habe sie auf der Herreise bereits angewiesen, alles entsprechend vorzubereiten.«

»Um welche Häuser handelt es sich dabei?«

Er zählte ihr die Namen der Fürsten auf, die sie in den jeweiligen Städten beherbergen würden. »Unsere Gastgeber werden außerdem eine Zusatzeskorte für die jeweils nächste Wegstrecke stellen.«

»Erwartet Ihr Schwierigkeiten?«

»Nein. Es ist lediglich der Würde Eures Amtes angemessen.«

Sie schwieg einen Moment lang, und er hatte den Eindruck, dass ihn hinter dem Schleier aufmerksame Augen musterten. »Ich habe gehört, dass an der Ostgrenze die Wachbesatzungen verstärkt wurden.«

Es erstaunte ihn, dass sie über solche Dinge informiert war. Natürlich, der Tempel war ein Machtfaktor im Reich und die Priesterinnen wussten diese Macht zu bewahren, aber die Akh'Eldash war doch recht jung und gerade erst geweiht. Traditionell war sie nicht mehr als ein Instrument in den Händen der Schwesternschaft.

»Das ist richtig«, sagte er. »Es gibt Hinweise darauf, dass Krolan der Fahle erneut seine Truppen mobilisiert.« Die Briefe der Priorin hatten zwar nichts völlig Neues enthalten, aber sie hatten doch deutlich gemacht, wie ernsthaft der König von Oneräa seine Kriegsvorbereitungen betrieb. Glücklicherweise war auch sein Vater in den vergangenen Monaten nicht untätig gewesen. »Noch ist Winter, Gesalbte. Es ist unwahrscheinlich, dass Krolan in den kommenden Tagen angreift. Anderenfalls hätte König Ruothgar Euch nicht holen lassen.«

»Man führt im Winter keine Kriege?«

»Nicht, wenn man bei Verstand ist, Gesalbte.«

Sie schwieg abwartend. Also erklärte er es ihr.

»Man würde die Truppen unnötigen Fährnissen aussetzen. Die Angreifer würden in ihren Zelten erfrieren, während unsere Leute sich in ihren Städten und Festungen wärmen könnten. Außerdem ist das Schanzen bei gefrorenem Boden kaum möglich.«

»Ich verstehe.« Sie hob die Figurinen hoch, und das Papier rollte sich zusammen. »Wie viele Tage veranschlagt Ihr für die Reise?«

»Fünf. Entsprechend mehr, wenn Ihr Eure Familie zu sehen wünscht.«

»Die Schwesternschaft ist meine Familie. Ein Umweg ist unnötig.«

Das hatte hart geklungen. Hegte sie einen Groll gegen die ihren, oder hatte sie sich schlicht damit abgefunden, dass ihr bisheriges Leben zu Ende war?

»Wie Ihr wünscht.«

»Wann erwartet Ihr mich morgen?«

»Wenn es Euch genehm ist, möchte ich bei Sonnenaufgang aufbrechen.«

»Einverstanden.« Sie nahm die Papierrolle auf. »Von meiner Seite wäre dann alles geklärt. Ich danke für Euer Kommen.«

Tatsächlich? Keine Frage über Siluren oder den König? Keine über Hohenvarkas und die Art, wie man dort lebte?

Sie bemerkte sein Zögern. »Besteht Eurerseits noch Klärungsbedarf, Erlaucht?«

»Nein, ich ... dachte nur, Ihr hättet vielleicht noch andere Fragen. Fragen, die Euren zukünftigen Gatten betreffen.«

Sie ließ das Papier sinken. »Da mir keine Wahl in der Angelegenheit bleibt, ist das unnötig. Ich ziehe es vor, mir meine eigene Meinung zu bilden, sobald ich Gelegenheit dazu habe.«

Das verschlug ihm die Sprache. Für die Akh'Eldash schien diese Verbindung, die doch vom Zauber der Liebe umsponnen sein sollte, tatsächlich mehr eine Geschäftsbeziehung zu sein. Hatte die Göttin für Siluren tatsächlich eine so kalte, hartherzige Gefährtin gewählt?

»Wie Ihr wünscht.« Er verneigte sich knapp und wandte sich zum Gehen. Die Zofe öffnete ihm, doch er blieb an der Tür stehen und drehte sich noch einmal zu der Akh'Eldash um. »Prinz Siluren ist ein guter Mann«, sagte er. »Er hat es verdient, dass Ihr ihm unvoreingenommen gegenübertretet.«

»Das werde ich, Erlaucht, seid Euch dessen gewiss.«

Er überlegte kurz, ob er noch etwas sagen sollte, entschied sich aber dagegen und verließ den Raum.

***

Als der Graf endlich gegangen war, atmete Lynn auf. Was hatte er nur an sich, dass ihr Puls flatterte und ihre Beine zitterten? Sie hasste es, hasste sich selbst dafür, dass sie sich nicht unter Kontrolle hatte.

»Ihr habt ihn ganz schön abgefertigt«, sagte Blinthe, nachdem sie die Tür geschlossen hatte.

»Die sollen gleich wissen, dass sie mich nicht herumschubsen können.« Lynn zog den Schleier vom Kopf und ließ sich auf den Stuhl fallen.

»Und es interessiert Euch gar nicht, wie der Kronprinz so ist?«

»Natürlich interessiert es mich, aber was wird mir sein Bote schon anderes sagen, als was man über einen Prinzen eben sagt?«

Außerdem hatte Lynn bereits ihre neuen Rechte als Akh'Eldash genutzt, um bei Schwester Dregna, der Herrin über die Korrespondenz des Tempels, Erkundigungen über beide Brüder einzuholen.

Siluren führte offenbar selbst einen Briefwechsel mit dem Tempel. Seine klare, geschwungene Schrift wirkte fast feminin, und auch der Inhalt war befremdlich unmännlich. Offenbar tauschte er sich mit Schwester Felingra über die Wirkung und den Anbau von Kräutern aus, und philosophierte mit Schwester Grathania über die Gleichheit der Menschen trotz verschiedener Stände. Immerhin schrieb er präzise und verständlich.

Im Volk bestand noch keine Einigkeit über den Beinamen, den man ihm zulegte. Manche nannten ihn Siluren den Zauderer oder sogar noch unverblümter Prinz Hasenfuß. Bei anderen trug er den Beinamen der Gutherzige. Immerhin das ließ hoffen. »Ich habe genug Lobhudeleien über Prinzen, Erbgrafen und Junker gehört. Sie sind doch alle gleich.«

»Graf Thul ist anders«, sagte Blinthe leise. Offenbar hatte der Mann sie beeindruckt.

»Natürlich. Er ist ein Bastard.« Lynn benutzte mit Absicht das hässliche Wort. Das Wort, das ihn herabwürdigen sollte, ihn verächtlich machen. Seltsamerweise tat es das nicht. Es umgab ihn im Gegenteil mit einer Glorie tragischen Heldentums.

Wie entschlossen er für seinen Bruder eingestanden war – seinen Halbbruder. Den Mann, der alles hatte, was ihm selbst verwehrt bleiben würde, nur, weil er die falsche Mutter hatte. Dabei war er der Ältere von beiden. Und anscheinend der Beeindruckendere. Er führte zwar keine eigene Korrespondenz mit dem Tempel, aber auch von ihm hatte Schwester Dregna berichten können. Coridan der Kaltblütige, durch seines Vaters Gnaden Graf von Thul, war ein Turniersieger und ein Kriegsheld. Trotz seiner Jugend hatte er schon zu einigen Gelegenheiten ein eigenes Regiment in eine Schlacht geführt, und offenbar hatte er vor drei Jahren bei der Rückeroberung Carondims eine bedeutende Rolle gespielt, hatte den Sieg möglich gemacht, weil er unerschütterlich geblieben war, wo andere längst den Kopf verloren hätten.

Verdammt – warum dachte sie schon wieder über ihn nach? Sie fuhr sich mit den Fingern durchs Haar und fühlte den Abdruck des Lorun-Uhn.

»Mein Haar ist ganz zerdrückt«, maulte sie und Blinthe ließ sich nicht lange bitten. Während sie die Bürste über Lynns Locken zog, sagte sie: »Er hat gar kein Schwert getragen.«

»Das wäre auch unhöflich gewesen in den Räumen einer Dame.«

»Ich meine ein Schauschwert.«

Diese leichten, stumpfen Waffen waren unter den Männern des Adels als Statussymbol Mode geworden. Lynn lächelte bei dem Gedanken eines solchen Spielzeuges an seiner Hüfte. »Ich bezweifle, dass Graf Thul eine einzige Waffe besitzt, die nicht zum Kampf taugt.«

»Da habt Ihr wohl recht.« Blinthe seufzte. »Obwohl er keinerlei Waffe bräuchte, um mich zu überwältigen.«

Dieser Satz beschwor in Lynn ein Bild herauf: Der Graf mit dem Schwert in der Hand, erhitzt und schwitzend vom Kampf, wie er mit dem Lächeln eines Siegers den Arm um ihre Hüften legte und sie zu sich heranzog ...

Sie räusperte sich und setzte sich aufrechter hin, um das Bild zu vertreiben. Was war nur los mit ihr? Die Männer, die sie in den letzten Jahren zu sehen bekommen hatte, waren ihr allesamt entweder abstoßend oder lächerlich erschienen. Warum fand sie nichts Lächerliches an ihm?

Weil sie ihn noch nicht lange genug beobachtet hatte! Früher oder später würde er genau wie die anderen seine überragende Männlichkeit und seine eingebildete Überlegenheit beweisen wollen. Er würde in der festen Überzeugung, dass alle Frauen ihn anhimmelten, herumstolzieren. Sie musste ihn nur dazu bringen, die Maske der Gelassenheit fallen zu lassen und sein wahres, überhebliches Ich zu zeigen, dann würde diese merkwürdige

Verzauberung verschwinden und sie würde ihn genauso als Maulheld entlarven, wie sie es sonst auch tat.

Es war ja nicht so, dass ihr Vater in all den Jahren gar keine möglichen Partien gefunden hätte. Das Haus Vallathrys war einflussreich genug, dass sich die eine oder andere Familie von solch einer Verbindung Vorteile versprechen mochte. Aber Lynn hatte jedem der Bewerber gezeigt, dass sie das hohle Gehabe und die leeren Phrasen durchschaute. Sie hatte dafür gesorgt, dass diese Männer sich ihrer eigenen Lächerlichkeit bewusstwurden. Keiner der Kandidaten hatte danach noch großes Interesse an ihr gezeigt.

Das würde ihr mit diesem Bastard-Prinzen auch gelingen. Es würde nur ein wenig länger dauern. Vielleicht sollte sie sich doch noch rasch einen Trell zulegen, nur um ihn zu ärgern.

Kapitel 3

Hier bin ich nun, ein Pfand seiner Macht und Spielball seiner Gelüste.

–23. Akh'Eldash, 7. Eintrag, Vers 3

Shin Fus Werk über den Krieg erwies sich als noch faszinierender, als Siluren gedacht hatte. Dieser Mann war ein General gewesen. Das lag zwar Jahrhunderte zurück und sein Heimatland war so weit entfernt, dass viele nicht einmal von seiner Existenz wussten, doch seine Gedanken waren präzise, seine Ideen originell und seine Anekdoten ebenso erstaunlich wie glaubhaft. Seine Art, über den Krieg zu sprechen, war gänzlich anders als die Berichte Ruothgars und Coridans, die vor Prahlereien und Heldentaten nur so trieften. Shin Fu hatte den Krieg als Kunst und als Wissenschaft betrieben. Erstaunlich, wie dies den Blick darauf veränderte.

Es klopfte, und Siluren hob unwillig den Blick von der Lektüre. »Tritt ein!«

Schon lange hatte er in seinen eigenen Räumen die Türdiener abgeschafft. Es gab genügend andere Arbeiten im Schloss zu erledigen. Niemand musste stundenlang bereitstehen, um Türen zu öffnen und zu schließen, wenn das doch jeder, der hindurchgehen wollte, genauso gut selbst tun konnte.

Die Tür öffnete sich langsam. Der Kopf des Küchenjungen Ilver erschien, dann schob sich der ganze Junge durch den Spalt.

»Was gibt's?«

»Agga, die Köchin, schickt mich. Es gibt Gerüchte.«

Siluren ließ das Buch sinken. »Gerüchte?«

Ilver blickte nach oben, während er sich die Worte ins Gedächtnis rief, die Agga ihn vermutlich hatte auswendig lernen lassen.

»Simmi sagt, es hat einen Angriff gegeben auf Elst... Elst...«

Siluren sprang auf. »Elsthorn?«

Ilver nickte erleichtert.

»Ist die Stadt gefallen?«

»Das weiß ich nicht.«

Selten hatte Siluren den Weg vom Ostflügel in die Räume des Königs in so kurzer Zeit zurückgelegt. Simmi, der Nestwart, war noch bei Ruothgar im kleinen Kabinett, als Siluren eintrat, und Kanzler Panald hielt die typische winzige Papierrolle in der Hand, die ein Schwirrer mit sich trug. Offenbar hatte sich die Neuigkeit über die Münder der Dienerschaft kaum langsamer bewegt als Simmi selbst.

»Ist Elsthorn gefallen?«

Ruothgar zog die Brauen zusammen, fragte aber nicht, woher Siluren von dem Angriff wusste. »Unklar«, sagte er. »Walgarth von Redrim hat den Schwirrer losgeschickt, bevor der Kampf entschieden war, aber wenn wir bis morgen keine weitere Botschaft erhalten, müssen wir wohl davon ausgehen, dass Elsthorn in Feindeshand ist.«

»Wie groß ist Krolans Streitmacht?«

»Jedenfalls nicht achtzigtausend, falls du das wissen willst. Panald – was schreibt Walgarth über die Größe von Krolans Truppen?«

»Er schätzt vierzigtausend Fußsoldaten, Hoheit.«

»Habe ich es nicht gesagt?« Ruothgar schnaubte abfällig. »Achtzigtausend! Die Schätzung eines Feiglings.«

Hauptmann Walgarth war ein erfahrener Soldat, und doch hatte Silurens Gewährsmann von fast achtzigtausend Soldaten berichtet, die sich auf der Ebene vor Darlaam gesammelt haben sollten. Seine Berichte von der Schlacht von Carondim waren alle präzise gewesen und hatten sich mit Coridans Schilderungen gedeckt.

Wenn aber beide recht hatten, stellte sich eine Frage: Wo waren die restlichen vierzigtausend Mann?

Ruothgar beugte sich über den Tisch, auf dem die Karte des Grenzgebietes lag. »Dieses stinkende Stück Ziegen-Scheiße. Noch heute gehen Schwirrer an alle Vasallen. Sie müssen die im Winter versprochenen Truppen sofort bereitstellen. Alle Schreiber sollen herkommen!« Ein Diener lief los.

Kanzler Panald räusperte sich. »Wir sollten den Prinzen in Sicherheit bringen.«

Ruothgar sah Siluren nicht einmal an, als er sagte: »Das ist richtig. Du wirst dich mit Leron nach Krailenhorst zurückziehen und darauf warten, dass ich nach dir schicke.«

»Nein, Vater. Du musst mich nicht in Sicherheit bringen. Ich kann dich unterstützen.«

Ruothgar, beide Hände auf den Tisch gestützt, hob den Kopf und nahm ihn scharf in den Blick. »Tatsächlich«, sagte er lauernd. Es war auf einmal sehr still im Raum. »Wie schwebt dir das vor? Willst du meine Korrespondenz erledigen und dir danach die Finger maniküren?«

Siluren schluckte. »Was immer ich tun kann«, sagte er heiser. »Mein Verhandlungsgeschick ist ...«

»In Elsthorn ist Krieg, Junge!«

Wieder kochte in Siluren der Zorn hoch. »Was vielleicht hätte verhindert werden können!«

»Mit Weibergeschwätz? Wach endlich auf! Du willst mich begleiten? Nichts würde mich mehr erfreuen, mein Sohn.« In seinem Mund klang das Wort fast spöttisch. »Doch du würdest Tage auf einem Ulphanrücken verbringen, in schlammigen, kalten Zelten nächtigen und am nächsten Morgen mit dem Schwert in der Hand dem

Feind gegenübertreten, um sein Blut zu vergießen. Willst du das?«

Das war nicht die Frage. Was viel stärker wog, was ihm Ruothgars verächtlicher Blick allzu deutlich machte: Er würde es nicht können.

Wieder einmal dachten beide an jenen unseligen Karindenbock, und kein Wünschen konnte den Tag ungeschehen machen, der die Fronten zwischen ihnen ein für alle Mal festgeschrieben hatte. Die Erinnerung hing im Raum wie ein fauliger Gestank. Noch einmal, leiser diesmal, fragte Ruothgar: »Bist du heute Manns genug?«

Seine Worte klangen fast bittend. Aber er hatte recht mit seinem Zweifel. Siluren war nicht in der Lage, in einer Schlacht zu stehen, geschweige denn, einem Menschen ein Schwert in den Leib zu rammen. Er senkte den Blick und blieb stumm.

Jetzt trat Ruothgar so dicht an ihn heran, dass Siluren den Wein im Atem des alten Mannes roch. »Ich werde meine Blutlinie nicht in Gefahr bringen, nur um dich wieder einmal versagen zu sehen. Wir werden dir die Akh'Eldash hinterherschicken, und dann kannst du damit beginnen, Söhne zu zeugen. Bei ihrer sprichwörtlichen Heilkraft solltest du zumindest dazu Manns genug sein. Mit etwas Glück werden sie aus einem anderen Holz geschnitzt sein als du.«

Siluren starrte in die Augen seines Vaters, deren Winkel vom Alter gelb verfärbt waren, und stieß mit zusammengebissenen Zähnen hervor: »Was immer du befielst.«

Er ging und stieß dabei mit dem zurückkehrenden Diener zusammen. Auf dem Weg nahm er kaum etwas um sich herum wahr. Was er stattdessen vor sich sah, war jener verfluchte Karindenbock.

Man hatte den Bock festgebundenen, um es dem jungen Kronprinzen leicht zu machen. Der Strick war kurz, das Tier hatte sich schon seit geraumer Zeit erfolglos dagegen gewehrt. Jetzt stand es mit hängendem Kopf da, keuchend, in sein Schicksal ergeben.

Sein Vater reichte Siluren die Armbrust. Sie war bereits gespannt. Auch der Bolzen lag schon an seinem Platz. Siluren würde nur noch zielen und auslösen müssen. Das Gewicht der Waffe fühlte sich vertraut an, das glatte Holz lag angenehm in der Hand. Die Scheibe traf er damit schon ganz passabel. Aber heute würde es mehr sein als eine spielerische Herausforderung. Heute sollte der Schuss ein Leben beenden.

Mit Beklemmung sah Siluren zu dem Bock hinüber. Er wollte folgsam sein, ein guter Sohn, und so hob er die Armbrust an die Wange, zielte über Kimme und Korn. Als spüre das Tier das drohende Unheil, begann es wieder, den Hals in dem Strick zu winden, zerrte daran und bockte, soweit es die Fessel zuließ. Das Schlimmste aber waren seine Augen: in Panik weit aufgerissen, sodass man das Weiß um die onyxschwarzen Halbkugeln sah. Das Tier fühlte die Bedrohung, es fürchtete den Tod.

Silurens Übelkeit verstärkte sich, die Armbrust schwankte.

»Je länger du wartest«, sagte Vater, »desto unsicherer wird der Schuss.«

Das wusste er. Trotzdem wollte sich sein Finger einfach nicht krümmen.

»Na los«, sagte sein Vater. »Ich habe mit zehn schon einen Wisent-Bullen erlegt. Und Coridan war elf, als er seinen ersten Bock geschossen hat, ein Jahr jünger als du.«

Coridan war gut in solchen Dingen. Er verschwendete keinen Gedanken daran, wie der Bolzen Haut und Fleisch durchdringen, welche Qual er verursachen würde. Er stellte sich nicht vor, wie das Tier vor Schmerzen schreiend auf die Hinterläufe brechen und …

»Nun mach schon. Du bist mein Sohn. Eines Tages wirst du König sein. Du wirst in deinem Leben noch mehr Blut vergießen müssen.«

Fast hätte er wieder gesagt: »Ich will gar kein König sein«, aber er erinnerte sich daran, was das letzte Mal geschehen war, und so schwieg er. Er wollte keine Enttäuschung sein. Nicht schon wieder. Er kniff die Augen fest zusammen und löste aus. Natürlich ging der Schuss daneben.

»Nichtsnutz!« Seines Vaters Schlag war mehr als nur symbolisch. »Das war kein Missgeschick! Auf diese Entfernung triffst du sonst das Schwarze in der Scheibe.«

»Tut mir leid!«

»Willst du mich blamieren? Willst du, dass alle Welt denkt, die Frucht meiner Lenden hätte nicht das Zeug zum König?«

»Nein, Vater!« Siluren schossen Tränen in die Augen.

»Hör auf zu heulen!«

Wozu musste ein König Tiere schießen können? Dafür hatten sie doch genügend Jäger. »Ein König muss es doch verstehen zu herrschen, nicht zu jagen.«

»Schluss mit dem Weibergeschwätz! Spann die Armbrust – und diesmal wirst du treffen, oder bei der Großen Mutter, du wirst es bereuen!«

Mit zitternden Händen spannte Siluren die Armbrust neu, aber während sich die Muskeln in seinen Armen spannten und die Sehne sich quälend langsam der Nut näherte, wurde ihm klar, dass es sinnlos war.

Er war nicht wie Coridan und Ruothgar. Vielleicht bedeutete das, dass er nie ein guter König sein würde. Aber falls dem so war, dann konnte er nichts dagegen tun. Nicht das Geringste.

Die Armbrust war gespannt, der Bolzen eingelegt.

»Los!«, sagte Ruothgar.

Siluren legte die Armbrust ins Gras. »Es tut mir leid.«

Ungläubig starrte Ruothgar ihn an. »Was …?« Der Bereich um seine Augen rötete sich. Es würde schlimm werden, schlimmer als die Zornesausbrüche zuvor, und doch war das noch immer besser, als einem gequälten, verängstigten Tier einen Bolzen ins Fleisch zu jagen.

»Es tut mir leid, aber ich werde es nicht tun.« Siluren wandte sich ab und ging, mit weichen Knien und hämmerndem Herzen. Halb erwartete er, dass Ruothgar etwas nach ihm werfen würde, vielleicht sogar mit der Armbrust auf ihn schießen. Doch ihn erreichte nur Ruothgars Brüllen: »Wenn du leben willst wie ein Bauer, wirst du auch essen wie ein Bauer! Bis du zur Vernunft gekommen bist!«

***

Siluren fand Leron mit zwei anderen Männern im Wachhaus beim Frimm-Spiel. Als er eintrat, schaute der Soldat im Range eines Korporals von seinen Karten auf, blieb aber sitzen, die Beine auf die Tischkante gelegt. »Was gibt's?«

»Mein Vater will, dass du mich nach Krailenhorst begleitest.«

Leron lehnte sich im Stuhl zurück und ließ den linken Arm über die Rückenlehne baumeln. »Nach Krailenhorst? Warum das?«

»Elsthorn wurde angegriffen.«

»Was?« Alarmiert nahm Leron die Füße vom Tisch und warf seine Karten hin. »Dann sollten wir doch besser dorthin aufbrechen.«

»Unser Befehl lautet anders.«

Leron ließ einige unflätige Flüche hören. »Wie lange sollen wir in der Felsenburg bleiben?«

»Bis der König nach uns schickt.«

Mit verkniffenem Mund erhob sich Leron. »Dann werde ich mal die Kutsche fertig machen lassen.«

»Das ist nicht nötig. Ich werde reiten, und mein Gepäck passt auf ein Lasttier. Wir brechen morgen früh auf.«

»Krailenhorst ist abgelegen, und das Wetter in den Bergen …«

»Ich weiß, wo Krailenhorst liegt.« Siluren machte eine ungeduldige Geste. »Such entsprechende Tiere aus.« Auch wenn Siluren nicht erpicht darauf war, auf die Felsenburg umzusiedeln, hielt ihn doch nicht viel auf Hohenvarkas. Der bevorzugte Schreiber seines Vaters würde ihn über die Geschehnisse auf dem Laufenden halten.

Der nächste Weg führte ihn zum Turm hinauf, wo die Schwirrer nisteten. Simmi war schon wieder in seine Klause zurückgekehrt und arbeitete an einem Federspiel.

»Ich werde morgen nach Krailenhorst aufbrechen und möchte ein paar Schwirrer mitnehmen, mit denen ich Nachrichten hierher senden kann.«

Schwirrer waren faszinierende Tiere. Pro Jahr schlüpften in einem Nest bis zu zwanzig Individuen. Auf ihrer Jagd nach Nektar und kleineren Insekten legten sie oft weite Strecken zurück, und doch fanden sie immer wieder zurück zu ihren Brüdern und Schwestern in das Nest ihrer Geburt. Schon seit Jahrhunderten hatten sich Menschen diese Fähigkeit zunutze gemacht, um einander Nachrichten zu senden.

Simmi griff nach einem schmalen Buch. Nach kurzem Blättern sagte er: »Auf Krailenhorst sind noch zwei Schwirrer, die gen Hohenvarkas fliegen. Es schadet sicher nichts, den Vorrat aufzustocken. Ich mache Euch sofort einen Käfig bereit.«

»Danke. Haben wir noch einen, der zum Hohen Tempel fliegt?«

»Selbstverständlich, Hoheit.«

»Wie lange wird er unterwegs sein?«

»Einige Stunden, je nach Wetter. Aber ihn jetzt fliegen zu lassen, würde bedeuten, dass er erst bei Dunkelheit dort eintrifft und man ihn wohl erst morgen früh bemerkt.«

»Gib mir Papier und such einen schnellen heraus.«

Viel Platz war nicht auf dem winzigen Streifen. Siluren überlegte sich seine Worte, dann schrieb er: *Elsthorn gefallen. Kehre ohne Akh'Eldash zurück, um Vater zu unterstützen.*

Er rollte das Papier zusammen und steckte es in eine der Blechhülsen, die den Tieren angelegt wurden. Simmi erschien, einen zirpenden Schwirrer in Händen.

Das Tier war so groß wie eine Männerfaust. Ein rotes Band war um die Deckflügel geschlungen und hinderte den Schwirrer so daran, sie zu entfalten. Seine schwarzen Facettenaugen wirkten teilnahmslos, als Simmi ihn auf den Tisch setzte und mit kundigen Fingern die Hülse am letzten Segment des Körpers befestigte. Dann entfernte Simmi das Band und nickte. Siluren öffnete das Fenster.

Zuerst blieb der Schwirrer reglos sitzen, nur seine Fühler gerieten in misstrauische Bewegung. Dann schob er die Deckflügel auseinander, hob sie an und entfaltete mit bedächtiger Sorgfalt die darunterliegenden, durchscheinenden Schwirrflügel. Nur einen Augenblick später stand das Tier eine Handbreit über dem Tisch in der Luft. Ein tiefer Brummton ging von ihm aus – das Geräusch der Schwirrflügel, die so schnell schlugen, dass sie praktisch nicht mehr sichtbar waren. Der Volksglaube dichtete dem Tier an, es könne mit diesen unsichtbaren Flügeln ins körperlose Reich der Geister gelangen.

Der Schwirrer flog etwa eine Elle weit nach links, blieb in der Luft stehen, dann eine Elle weit nach rechts, als wolle er die neugewonnene Freiheit testen. Dann brummte er zielstrebig zum Fenster hinaus.

»Sollen wir noch einen zweiten schicken?«, fragte Simmi. Das war ein Problem der Schwirrer: Sie waren Beutetiere, konnten schnell einem Räuber am Himmel oder am Boden zum Opfer fallen. Und zu weit von seinem Nest entfernt, fand nicht jeder von ihnen den Weg zurück.

Wieder konsultierte Simmi sein Buch. »Wir haben allerdings nur noch drei, die auf den Tempel fliegen. Der König wird es nicht gerne sehen, wenn wir sie alle aufbrauchen.«

»Nein«, sagte Siluren. »Empfehlen wir diesen einen dem Schutz der Erdmutter an.« Stumm betete er, dass der Schwirrer seinen Bruder erreichte, und zwar noch bevor dieser aufbrach.

***

Lynn trat auf die Stufen und hob den Blick missmutig zum grauen Himmel. Es war zwar wärmer geworden, aber das Wetter war so feucht, dass ihr ein kalter, klarer Wintertag lieber gewesen wäre.

Die Kutsche und die Männer standen schon abfahrtbereit im Hof. Lynn hatte den Grafen warten lassen – natürlich. Sie war eine Dame. Es gehörte sich so, dass er wartete.

Hinter ihr hob Blinthe ihren Rock an, damit er nicht über die Stufen schleifte, und gemeinsam schritten sie die Treppe hinunter. Der König hatte eine prunkvolle Kutsche geschickt, ganz in Weiß gehalten mit goldenen Beschlägen. Trotzdem würde sie eng und stickig sein.

Lynn hätte es vorgezogen, zumindest zeitweise auf einem Ulphanrücken zu reisen. Sie war eine gute Reiterin, denn zum Unterricht angehender Adelsgattinnen gehörten auch Reitstunden – schließlich sollte sie ihren Herrn und Gatten später auch bei Vergnügungen wie der Hetz- und der Beizjagd begleiten können. Leider durfte sie diese Reise trotzdem nicht im Sattel antreten.

Graf Thul richtete gerade die Beißstange im Maul seines Ulphans. Am Vortag hatten das samtene Wams und die leinene Hose ihn geradezu umgänglich erscheinen lassen, doch heute trug er wieder das kriegerisch anmutende Leder, in dem sie ihn zum ersten Mal gesehen hatte, und wieder verfehlte der Anblick seine Wirkung nicht. Lynn musste sich geradezu zwingen, das Wort an ihn zu richten. »Ihr werdet uns wohl nicht in der Kutsche Gesellschaft leisten?« Sie war sich nicht sicher, ob sie enttäuscht oder erleichtert darüber war. Womöglich beides.

Er wandte sich zu ihr um und ihr Herz stolperte. Selbst der Blick aus seinen schmalen Augen wirkte gefährlicher als gestern. »Ich begleite Euch zu Eurem Schutz, Gesalbte, nicht zu Eurer Unterhaltung.«

Lynn schoss das Blut in die Wangen – Dank sei dem Lorun-Uhn, der das verbarg. »Und ich hatte erwartet, Ihr würdet mir von meinem zukünftigen Gatten berichten.«

Seine Augen verengten sich noch ein Stück weiter, da sie heute einforderte, was sie gestern noch abgelehnt hatte. »Dazu bleibt unterwegs ausreichend Zeit, Gesalbte.« Er machte eine Geste, mit der er sie aufforderte, in die Kutsche zu steigen. Sie trat darauf zu, blieb dann jedoch stehen.

Siluren der Zauderer, so nannte man seinen Bruder. Wie sehr musste es diesen virilen Bastardprinzen quälen, dass er sich einem Schwächeren zu beugen hatte. Selbstverständlich würde er von seinem Herrn nur Gutes reden, doch wenn sie ihn ein wenig aus der Reserve lockte, würde sich die Wahrheit sicherlich in Gesten und einzelnen Worten zeigen.

Sie wandte sich zu ihm um. »Ich höre, der Kronprinz sei schwächlich und weibisch; kein Mann für den Thron.«

Durch das dünne Gewebe ihres Schleiers beobachtete sie ihn genau, doch nichts in seinem Gesicht verriet seine Gedanken. »Da habt Ihr Falsches gehört.«

»So? Dann sagt mir, wie mein zukünftiger Gatte beschaffen ist. Ist er stark und mächtig? Weiß er seine Feinde zu Boden zu treten?«

Der Graf sah direkt auf den Schleier und sein Blick war offen und freimütig. »Er ist weise. Und was mehr kann man von einem König verlangen?«

Es war ärgerlich, dass er nichts preisgab, nicht den kleinsten Hinweis. Ihr Blick fiel auf das Reittier des Grafen, ein gehörnter Ulphan, mit einer ungewöhnlichen Fellfarbe. »Ihr reitet einen männlichen Ulphan.« Da der Schleier ihr Gesicht verbarg, legte sie den Spott ganz in ihre Stimme. »Ich hörte, dass nur ein echter Mann einen Ulphan-Bullen zu handhaben vermag. Tut der Prinz das auch?«

Er klopfte dem Tier den Hals und zum ersten Mal sah sie so etwas wie ein Lächeln in seinem Gesicht. Genau genommen war es bloß ein halbes Lächeln, nur sein linker Mundwinkel zog sich in die Höhe.

»Dies ist kein Bulle, sondern ein Ulphanide. Er ist kastriert.«

»Oh.« Unter ihrem Schleier errötete Lynn. Man sprach über solche Dinge nicht zu einer Dame, und darum hatte ihr auch niemand erzählt, dass die mächtigen, gehörnten Tiere verschnitten wurden. Sie kam sich reichlich dumm vor.

»Die Hörner sind ein Standes-Erfordernis«, fuhr er fort, »aber niemand wäre so dumm, einen Streit-Ulphan in Friedenszeiten zu reiten.«

Wenn sie schwieg, würde er ihre Verlegenheit erkennen, darum zwang sie sich zu fragen: »Einen Streit-Ulphan?«

»Unkastriert sind die Bullen sehr aggressiv und werden manchmal in Schlachten eingesetzt. Sobald ein Tier kastriert wurde, stellen die Hörner das Wachstum ein, die Hörner der Bullen aber wachsen bis zu ihrem Lebensende.« Er beugte sich zu ihr und sagte: »Sie sind daher um einiges *länger*.«

Sie bemerkte das Grinsen im Gesicht des anderen Mannes, der ihr die Wagentüre öffnete, und fand es ausgesprochen kindisch.

»Wie bedauerlich«, sagte sie schnippisch, »dass es bei Menschen kein ebenso leicht zu deutendes Merkmal gibt. Das würde den Damen viel Kummer ersparen.« Sie raffte ihren Rock, ließ die helfend hingestreckte Hand unbeachtet und stieg in die Kutsche.

***

Kira saß missmutig unter einer Fichte, die nur unzureichend vor dem Schneeregen schützte, und kaute gelangweilt auf einem Pfefferwurzstängel. Sie schwor auf Pfefferwurz, um bei diesem Wetter einem Schnupfen vorzubeugen. Der erfrischende, scharfe Geruch stieg ihr durch den Rachen in die Nase und ließ ihre Augen brennen.

Geran kauerte unter seinem gewachsten Mantel vor ihr und versuchte, den Eindruck zu erwecken, er beobachte die Passstraße unter ihnen. Tatsächlich hörte sie ihn gelegentlich schnarchen. Wie alle Söldner fand er in jeder erdenklichen Situation und Körperhaltung Schlaf.

Das war ihr gleichgültig, solange sie selbst wach genug war, um die Straße im Auge zu behalten. Ihre Jacke aus Schaffell hielt sie warm genug, sie konnte hier noch stundenlang ausharren. Was sie frösteln ließ, war die Erinnerung an jenes letzte Gespräch mit Krolan dem Fahlen. Erstaunlich, wie bedrohlich so eine sanfte Stimme wirken konnte. »Du wirst mich nicht enttäuschen.«

Krolan war sich sehr sicher gewesen, dass Prinz Siluren seinem Spottnamen »Hasenfuß« wieder einmal alle Ehre machen und sich in die Burg Krailenhorst flüchten würde. Manche behaupteten, dass die Geister selbst Krolan solche Kunde zuflüsterten, aber vermutlich hatte er einfach einen Spion am galathräischen Hof.

Bisher hatte sich Krolans Vermutung noch nicht bewahrheitet, aber übersehen würden sie ihre Beute jedenfalls nicht. Es führte kein anderer Weg nach Krailenhorst.

Ein Grollen erklang, und Geran schreckte auf. »Was ist das?«

Kira lauschte auf den Ton, der sich in die Länge zog, anschwoll, über die Felswände hinwegrollte und nur langsam verstummte. Sie schaute zum grauen Himmel hinauf, der unbeirrt matschiges Eis auf sie herabrieseln ließ. »Ein Donner wird es kaum gewesen sein.«

»Klang wie eine Lawine.«

Kira wandte sich um und blickte den Hang hinauf, der irgendwo über ihr im Nebel verschwand. Er wirkte fest und stabil, aber wer konnte da schon sicher sein? Sie kauerte sich wieder zusammen und schob die Pfefferwurz in den anderen Mundwinkel.

Geran hatte sie beobachtet. Jetzt zeigte er grinsend seinen fauligen Schneidezahn. »Hast du Schiss?« Er streckte den Arm aus, der mit dem Mantel wie ein großer Flügel wirkte. »Komm her, Kleine. Ich beschütze dich.«

»Klar«, sagte sie. »Vor dem Steinschlag.«

»Zumindest hättest du's warm. Deine Knöpfchen drücken sich ja schon durch die Felljacke.« Sein Grinsen wurde breiter. »Ich könnte sie reiben, bis dir richtig heiß wird.«

»Meine Knöpfe sind länger als dein Schwanz, also mach dir keine Hoffnungen.« Früher oder später versuchten sie es alle, und bei dem einen oder anderen ließ sie es sich auch gefallen. Aber nicht bei Geran. Er war ein versoffener, stinkender Schwachkopf, der nicht nur aus dem Mund übel roch.

Eine Bewegung lenkte ihre Aufmerksamkeit auf das Tal unter ihnen. Eine Gestalt rannte den Weg entlang.

»Komisch«, sagte Geran. »Sollte der Prinz nicht aus der anderen Richtung kommen?«

Kira verdrehte die Augen. »Ja, und er sollte auch eine Kutsche haben. Und männlich sein.«

Der Wind ließ den Rock der Frau flattern. Sie war dunkel gekleidet, in der Tracht der Gegend.

Gerans Interesse an der Frau war bereits erschöpft, seine schmalen Augen ruhten wieder auf Kira. »Wie fühlt es sich an, zum Verräter am eigenen Volk zu werden?«

Die Frau trug keinen Mantel, nicht einmal ein Tuch um die Schultern. Ob das etwas mit dem seltsamen Geräusch zu tun hatte? Während Kira ihr weiter hinterherblickte, sagte sie: »Das Volk? Glaub mir, den Bauern ist es herzlich egal, wer ihren Zehnten verprasst.« Überhaupt, was wusste Geran schon von Heimat? Genau wie sie hatte er sicher schon die Siegelmarke aller möglichen Armeen getragen. Gerade spielten seine Finger wieder mit dem runden Bleiplättchen, das ihm in Krolans Armee den Sold und eine Getreideration garantierte. Eine haarsträubende Unvorsichtigkeit, dass er es auch in Galathräa mit sich herumtrug.

Geran wandte sich wieder dem Tal zu. »Ich wollte jedenfalls keinen Feigling als König, der sich beim ersten Anzeichen von Ärger in seiner Burg verkriecht.« Er schnaubte belustigt. »Die rennt, als wär ein Rudel Wölfe hinter ihr her.«

Die Frau hatte fast die Stelle erreicht, wo der Weg eine Biegung machte und aus ihrem Blickfeld entschwand. Dort erschienen jetzt vier Reiter in den roten Uniformen königlicher Soldaten. Sie zügelten die Ulphane und auch die Frau blieb stehen. Wankte sie? Einer der Reiter stieg ab und trat auf die Frau zu, fasste ihre Schultern. Offenbar berichtete sie, was geschehen war. Sie gestikulierte in die Richtung, aus der sie gekommen war – und dann brach sie wohl in Tränen aus. Der Mann – ein Offizier? – duldete es, dass sie sich an seine Brust lehnte und legte tröstend den Arm um ihre Schulter. Mit dem anderen unterstrich er die Befehle, die er seinen Männern gab. Er half der Frau, vor einem der Soldaten in den Sattel zu steigen. Der schlug seinen Mantel um sie, wendete das Tier und ritt davon in Richtung Garenberg, der Ortschaft am Talausgang, die wohl das Ziel der Frau gewesen war. Die anderen drei setzten ihren Weg fort – und sie hatten es merklich eilig. Das Trommeln der Hufe klang bis zu Kira herauf.

»Komm.« Kira stand auf und streckte die Beine.

»Wohin willst du?«

»Rote Uniformen. Das sind Männer des Königs.«

»Hast du nicht gesagt, der Prinz werde eine Kutsche haben?«

»Vielleicht ist das die Vorhut. Ich folge ihnen jedenfalls.« Geran ließ die Siegelmarke in die Tasche gleiten. »Ich bleibe hier. Falls der Prinz doch noch kommt.«

»Von mir aus.«

Kira folgte dem Wildwechsel, der an ihrem Beobachtungsposten vorbeiführte. Die Reiter hatten ihre Tiere zu einem scharfen Galopp angetrieben und waren aus Kiras Blickfeld entschwunden, doch schon hinter der nächsten Felsnase entdeckte sie die drei wieder.

Das Grollen war tatsächlich eine Lawine gewesen. Schnee und Geröll waren vom Hang gerutscht und hatten eine einsame Hütte zertrümmert, die sich unter die Felsen duckte. Hätte der Murengang die Hütte direkt getroffen, wäre wohl nichts davon übrig geblieben, doch hatte nur der Rand der Masse das Gebäude gestreift, einen Teil des Daches zerschlagen und die Wände in eine bedrohliche Schräge gedrückt. Offenbar war ausgerechnet die Seite mit der Tür verschüttet.

Stachelziegen liefen herum und keckerten aufgeregt: Jemand hatte ihr Gatter geöffnet, um den Tieren die Flucht vor dem unsicheren Berg zu ermöglichen.

Der Offizier war wieder abgestiegen und sprach mit zwei Kindern, die Hand in Hand vor den Trümmern standen. Er schickte sie offenbar weg, fort von dem noch immer gefährlichen Hang. Oder gab er ihnen Anweisungen? Die Kinder begannen jedenfalls, die Ziegen einzufangen und in sichere Entfernung zu bringen. Nicht dumm. Kira hatte selbst oft genug erlebt, wie eine Aufgabe Furcht und Sorge im Zaum hielt.

Dann machte der Mann sich daran, den Trümmerberg zu besteigen, doch einer seiner Begleiter hielt ihn zurück. Offenbar wollte der Soldat seinen Offizier nicht der Gefahr aussetzen, die diese Masse aus Schlamm und schmelzendem Schnee bedeutete. Sie stritten kurz, dann setzte der Untergebene seinen Fuß prüfend auf den Hang. Er erstieg den Geröllberg, der unter seinen Stiefeln in Bewegung geriet. Erde und Steine rutschten zähflüssig weiter, kamen aber bald wieder zum Stillstand. Der Soldat erreichte die Stelle, an der eine klaffende Lücke Einblick in das zerstörte Haus gewährte, und rief irgendetwas hinein.

Gab es etwa Überlebende? War dort unten jemand verschüttet? Aber warum sollte das die königlichen Soldaten kümmern? Neugierig schlich Kira näher, die kahlen Sträucher und Felsen als Deckung nutzend. Ihre Kleidung aus Leinen und Leder verschmolz mit der graubraunen Landschaft. Zum Glück hatte es aufgehört zu regnen.

Der Soldat am Hang richtete sich auf. Inzwischen war Kira nahe genug herangekommen, dass sie verstand, was er den beiden anderen zurief.

»Er ist unter einem Balken eingeklemmt. Aber wenn wir ihn freibekommen, können wir ihn herausziehen.«

»Kommst du hinein?«, rief der Offizier zurück. Seltsam, dachte Kira. Welcher Hauptmann oder Leutnant brachte seine Männer in Gefahr, um den Besitzer eines abgelegenen Berghofes zu retten?

»Denke schon.«

Während der Soldat in dem schwarzen Spalt verschwand und der Offizier den Hang erstieg, um dessen Platz einzunehmen, schlich Kira noch näher, bis sie einen guten Blick auf alles hatte. Der Anführer war so Anfang zwanzig und das, was man einen »hübschen Jungen« nannte:

schlank und hochgewachsen, mit einem viel zu schönen Gesicht. Die Sorte, die ihre Stellung ausschließlich dem väterlichen Einfluss verdankte. Nur so war es zu erklären, dass so ein junger Kerl gestandene Soldaten herumkommandieren durfte.

Er kniete sich in den Morast, um einen Blick in das Haus zu werfen. »Reich sie hoch, ich kann sie fassen!« Er legte sich auf den Bauch, griff in die gähnende Öffnung nach unten. Als er sich aufrichtete, hielt er ein Bündel im Arm. Einen Säugling.

Der Mann richtete sich auf. »Chem! Komm her und hilf Leron!«

Der dritte Mann ließ die Ulphane zurück. Kira nutzte die Gelegenheit und schlich noch näher, bis sie hinter einem Busch direkt neben den Tieren kauerte.

Der junge Offizier verließ den Geröllberg mit vorsichtigen Schritten. »Breta, komm mal her!«

Das kleine Mädchen, das mit dem Einfangen der Ziegen beschäftigt gewesen war, drückte ihrem Bruder die Stricke in die Hand und lief zu dem Soldaten hinüber. Behutsam nahm sie ihr kleines Geschwisterchen von ihm entgegen.

Er kannte sogar den Namen des Mädchens! Vielleicht stammte er aus der Gegend und kannte daher diesen Bauern und seine Familie. Aber als Offizier musste er ein Fürstensohn sein, und in dieser von der Göttin verlassenen Gegend gab es keinen Fürsten, zumindest keinen, der es auf sich nahm, hier ganzjährig zu leben.

Der Offizier kam jetzt zu den Ulphanen herüber. Kira versuchte, ein Rangabzeichen an ihm zu entdecken, aber seine Hose und sein lederner Mantel waren so voller Schlamm, als hätte man ihn durch eine Pfütze gezogen.

Rasch prüfte er an den Ulphanen die Aufzäumung, entschied sich für eines der beiden Lasttiere und löste das Gepäck, das er achtlos in den Morast setzte. Er änderte die Befestigungen der Riemen und Kira begriff, dass er ein behelfsmäßiges Zuggeschirr daraus machte. Als er aufschaute, trafen sich ihre Blicke. Verdammt. Sie hätte sich nicht so nah heranwagen sollen.

»He, Bursche!« Er winkte sie heran. »Kannst du mit Ulphanen umgehen?«

Kira zögerte, dann erhob sie sich hinter dem Gelbhaselstrauch, der sie mit seinen wenigen verbliebenen Herbstblättern so unzureichend verborgen hatte, und nickte.

»Dann komm her!«

Man hielt sie häufig für einen Jungen. Sie trug Hosen statt eines Kleides, und wenn sie ihr Haar unter einer Kappe verbarg, so wie jetzt, und eine dicke Jacke trug, sah sie tatsächlich wie einer aus.

»Pass auf die Tiere auf. Sie sind schon nervös. Ich will nicht, dass sie auf und davon gehen, falls der Fels noch einmal ins Rutschen gerät.«

Sie übernahm die Zügel und schaute ihm nach, wie er den Ulphan hinüberführte und dann mit ihm den Schuttberg bestieg. Das Tier brummte unruhig, spürte wohl die Bedrohung, doch es setzte folgsam die Hufe voreinander und bewegte sich als Vierbeiner mit größerer Sicherheit über den unebenen Boden als die Menschen zuvor. Trotzdem war es riskant. Unter dem Schutt lag ein halbes Haus. Das bedeutete Hohlräume, die einbrechen und alles in erneute Bewegung versetzen konnten.

Der Offizier brachte das Tier in Position und befestigte am Geschirr ein Seil, das der Soldat, den er Chem genannt hatte, zwischenzeitlich aus dem Loch gezogen hatte. Dann ließ er den Ulphan vorwärts gehen, langsam und sich immer wieder mit dem Mann rückversichernd, dessen Rufe aus dem Inneren des Hauses zu ihnen herausdrangen. Nach dem ersten Schritt stemmte sich das Tier deutlich in sein Geschirr. Kira hielt den Atem an, als ein Knirschen hörbar wurde. Der Schutt geriet in Bewegung, kleinere Steine rollten bergab.

Er zügelte den Ulphan. »Wie sieht es aus?«

Chem lauschte in das Loch hinein, dann gab er weiter: »Noch ein kleines Stück. Leron kann ihn fast schon herausziehen.«

Chem und Leron also. Nur der Name des Anführers blieb noch ein Rätsel. Der führte den Ulphan weiter. Wieder das Knarren. Die ersten größeren Brocken gerieten in Bewegung und rumpelten herab. Die schrägen Wände neigten sich ächzend noch weiter.

»Halt! Gut so!«

Er ließ den Ulphan stehen und ging zum Spalt hinüber. Mit vereinten Kräften zogen sie einen stöhnenden Mann ans Tageslicht, dann den Soldaten.

»Bringt ihn runter!«, befahl der Offizier und beobachtete, wie seine Männer den Bauern hochhoben und in Sicherheit trugen. Die Kinder, die wie erstarrt zugeschaut hatten, stürmten lärmend heran.

»Bleibt zurück!«, herrschte Kira sie an. »Sie bringen euren Vater ja her!« Zu ihrem Erstaunen gehorchten die Kleinen.

Kira ahnte, warum der Offizier ihnen nicht gleich gefolgt war. Er hatte durch das Anheben des Balkens, unter dem der Bauer eingeklemmt gewesen war, das Gleichgewicht von Hütte und Steinmasse noch mehr geschwächt. Wenn er das Seil durchtrennte und der Balken in seine Ausgangsposition zurückfiel, konnte das der Auslöser für den endgültigen Einsturz sein.

Er wartete, bis die Männer in sicherer Entfernung waren, dann zog er sich auf den sattellosen Rücken des Ulphans, kappte das Seil und stieß dem Tier die Hacken in die Seite. Das brachte sich mit einigen befreiten Sätzen in Sicherheit, während sich erneutes Grollen erhob und die Wände des Hauses sich neigten. Holz splitterte mit hässlichem Krachen und das Gestein rutschte nach. Kurz darauf lagen die Wände am Boden und der Hohlraum, der eben noch einen Menschen geborgen hatte, war verschwunden.

Das Grollen war kaum verklungen, als Kira Rufe von der anderen Seite des Tales hörte. Die Frau musste die halbe Ortschaft aufgescheucht haben. Reiter preschten heran, verlangsamten aber ihre Tiere, als sie sahen, dass der Bauer auf der Erde saß und mit beiden Armen winkte, während seine Kinder sich an ihn klammerten. Sein rechtes Bein war blutig, die Hose zerrissen, aber er lachte aus purer Freude darüber, am Leben zu sein, und gleichzeitig liefen ihm die Tränen über die Wangen.

Etwas an diesem Anblick berührte Kira.

Seine Frau sprang von einem Wagen, rannte zu ihrem Mann und schlang die Arme um ihn und die Kinder. Die anderen Dörfler bildeten nach und nach einen Kreis um die Familie.

Dann richtete sich die Frau auf, suchte nach ihrem Retter. Sie tat ein paar Schritte auf ihn zu und ging dann vor ihm in die Knie. »Niemals werde ich Euch ausreichend danken können, Hoheit.«

Hoheit? Das war doch nicht etwa ... Kira sah zu den Ulphanen hinüber. Eines der Tiere hatte tatsächlich Hörner, aber sie waren weder geschmückt noch bemalt. Reiste der Kronprinz tatsächlich so unscheinbar? Mit einer Eskorte von gerade mal drei Mann? Überhaupt hatte sie erwartet, dass Siluren der Zauderer in einer Kutsche und nicht im Sattel nach Krailenhorst unterwegs sein würde.

Doch wenn sie an die Karikaturen dachte, die über ihn in Umlauf waren, dann konnte er das schon sein. Allerdings wurden sie ihm nicht annähernd gerecht. Er hatte in Wirklichkeit ein ausgesprochen hübsches Gesicht.

»Dank nicht mir.« Der Prinz schlug dem neben ihm stehenden Soldaten auf die Schulter. »Korporal Leron hat sich todesmutig ins Haus hineingewagt und deinen Mann befreit.«

Nun drängten sich alle Bürger um den Soldaten, der ihre Dankbarkeit mit verlegenem Stolz entgegennahm, während der Prinz zurücktrat und die Szene mit einem feinen Lächeln beobachtete. Es schien ihn nicht zu stören, dass sein Untergebener den Lohn für das erhielt, was doch eigentlich sein Verdienst war. Aus eigenem Antrieb hätten die Soldaten den Bauern sicher nicht gerettet.

»Gehörst du zu Shimons Hof?«, fragte er unvermittelt. Obgleich er Kira dabei nicht ansah, wusste sie doch, dass die Frage ihr gegolten hatte.

»Nein, ich bin Forstgehilfe.«

Er warf ihr einen Blick zu, beobachtete dann aber weiter, wie jemand – vielleicht der Bader oder Krämer der Ortschaft – das blutige Bein des Verletzten untersuchte. »Ich muss mich bei dir entschuldigen«, sagte er und rieb sich den Schmutz notdürftig von den Handschuhen. »Ich habe dich zuerst tatsächlich für einen Jungen gehalten.«

Das erstaunte sie. Nicht nur, dass er es bemerkt hatte – den Wenigsten fiel es so bald auf, schon gar nicht in der dicken Lammfelljacke. Es verwunderte sie außerdem, dass er seinen Fehler eingestand.

»Tja, und ich entschuldige mich dafür, dass ich Euch für einen einfachen Offizier gehalten habe ... Hoheit.« Sie nickte zu dem Ulphan hin. »Ihr solltet die Hörner einfärben lassen.«

Er lachte. »Wenn man einem Prinzen seinen Stand nicht anmerkt, hilft auch rote Farbe nichts.«

»Tatsächlich?« Kira betrachtete spöttisch seinen schlammverschmierten Aufzug.

Er schaute an sich hinab. »Du hast recht. Vielleicht sollte ich es doch mit der Farbe versuchen.« Sie tauschten ein Grinsen, dann wandte er sich wieder den Menschen zu. Der verwundete Bauer wurde gerade auf eine Kutsche gehoben.

Jetzt, da sie so dicht vor ihm stand, kam Kira erst zu Bewusstsein, wie groß der Prinz war. Er überragte sie fast um Haupteslänge. War das tatsächlich der Prinz, den man den Hasenfuß nannte? Würde Siluren der Zauderer sein Leben auf einem unsicheren Bergsturz riskieren? Oder hatte man zur Irreführung des Feindes einen Doppelgänger nach Krailenhorst geschickt? Vielleicht waren Krolans Informationen falsch, und dies war gar nicht der Prinz, sondern ein Soldat, der seinen Platz eingenommen hatte. Ein Soldat aus dieser Gegend. Aber würde dann die gesamte Ortschaft dieses Spiel mitspielen?

Sie verschränkte die Arme. »Warum habt Ihr Euer Leben riskiert, um einen unbedeutenden Bauern zu retten?«

»Unbedeutend?« Er verzog den Mund in nur halb gespielter Empörung. »Shimon macht den besten Ziegenkäse in den drei Tälern. Ohne ihn wäre Krailenhorst um eine Freude ärmer – und das Dorf ist ohnehin nicht gerade ein Hort des Wohllebens.«

Das war die Sprache eines Fürstensohnes. Aber er kannte den Namen des Bauern. Das passte nicht zusammen.

»Im Ernst«, sagte sie. »Ihr habt das Leben Eurer Männer gefährdet. Ist ein Soldat nicht wichtiger für das Reich als ein Bauer?«

»Es ist die Aufgabe eines Soldaten, das Reich zu schützen. Und was ist das Reich?« Er ließ den Blick schweifen. »Etwa Berge und Wälder? Dann bräuchte ich keine Soldaten, sondern Förster.«

Ein würdig gekleideter, älterer Mann trat auf den Prinzen zu und vollführte mehrere Bücklinge. »Mein Name ist Lipillin, Eure Hoheit, der Vogt von Garenberg. Darf ich Euch für diese Nacht bitten, unser Gast zu sein, um Euch unsere Dankbarkeit zu beweisen?«

Niemand schien zu bezweifeln, dass dies tatsächlich Siluren von Varkaskal war, also würde sie auch erst einmal davon ausgehen. Er hob jetzt den Blick zum Himmel, in den bereits abendliches Grau einzog. Krailenhorst lag noch viele Reitstunden entfernt, und nach dem Erlebnis war er sicher ebenso erschöpft wie seine Männer.

»Ich nehme dein Angebot gerne an«, sagte er, »aber macht euch nicht zu viele Umstände. Wie geht es Shimon?«

»Er wird wohl nur ein paar Narben zurückbehalten.«

»Das ist erfreulich. Geh bitte voran.«

Unter erneuten Verbeugungen führte der Vogt den Prinzen zu einem offenen Zweispänner. Prinz Siluren wandte sich noch einmal um. »Kommst du mit uns, Forstgehilfe?« Er betonte das Wort mit sanftem Spott.

Kira zuckte mit den Schultern. »Ich kann ja Euren Ulphan reiten.«

Er lachte. »Steig mit mir auf den Wagen, dann kannst du zumindest seine Zügel halten.« Er hob die Hand und wies einladend auf die Kutsche.

Er wollte tatsächlich, dass sie ihn begleitete. War er einfach nur freundlich? Unbedarft? Oder versprach er sich am Ende ein Schäferstündchen mit dem hosentragenden Mädchen vom Lande? Nun, er war zumindest kein Schwachkopf und er stank auch nicht. Der Rest würde sich ergeben.

***

Diese junge Frau war Siluren ein Rätsel. Nicht einmal der Vogt hatte es gewagt, zu ihm in die Kutsche zu steigen, doch sie setzte sich so unbefangen neben ihn, als begleite sie alle Tage einen Thronerben. Die Ulphane zogen an und mit einem Ruck setzte sich die Kutsche in Bewegung.

»Wie soll ich dich nennen?«, fragte er.

»Kiron.«

Sie wollte die Rolle des Jungen also weiterspielen. Vielleicht nicht unvernünftig. Es gab Orte, in denen die Menschen zu engstirnig waren, um eine Frau in Männerkleidern zu dulden, und diese abgelegene Berggegend gehörte vermutlich dazu.

Ohne Scheu musterte sie ihn. Große, ausdrucksstarke Augen in einem energischen Gesicht. »Woran habt Ihr es gemerkt?«, fragte sie.

»Die Stimme war es nicht«, antwortete er nachdenklich. »Ich glaube, es waren deine Bewegungen. Zu anmutig für einen Jungen.«

»Die Wenigsten kommen so schnell dahinter.«

Das wunderte ihn nicht. Für manchen war eine Frau in Männerkleidern im wahrsten Sinne des Wortes undenkbar. »Jeder Mensch kann nur das sehen, was seiner Sicht der Welt entspricht.«

»Aber Ihr seht mehr«, stellte sie fest. Es lag eine spöttische Herausforderung in ihren Worten.

»Ich bemühe mich nur, meine Sicht zu erweitern.«

»Wie das?«

Unter anderem durch den kleinen Schatz, den er in seiner Weste trug. Mit leichtem Schrecken fragte er sich, ob er ihn bei dem Abenteuer womöglich verloren hatte. Doch als er in seine Brusttasche fasste, fühlte er beruhigt den seidenen Einband. Er zog das Büchlein ein Stück hervor, sodass sie es sehen konnte.

»Durch Bücher?«, fragte sie verwundert.

»Ja, durch Bücher, Briefe – und Gespräche.« Er schob Shin Fus Gedanken zurück in die Sicherheit seiner Weste. »Gespräche mit außergewöhnlichen Menschen. Was, zum Beispiel, bringt dich dazu, dein Geschlecht zu verleugnen?«

»Es macht einiges leichter.«

»Aber anderes schwerer, etwa das Freien.«

Sie lachte. Es war ein volles, klingendes Lachen, nicht das verschämte Kichern, das Frauen so oft zu eigen war. Überhaupt war ihre Stimme tiefer, fester, offener, als er es vom weiblichen Geschlecht gewöhnt war.

»Ich komme auf meine Kosten, Hoheit, macht Euch keine Sorgen.«

»Ich nehme an, du bist kein Forstgehilfe.«

»Nein.« Ihr Blick war herausfordernd und machte deutlich, dass er würde raten müssen, um mehr zu erfahren. Also betrachtete er sie eingehender. Viel gab die warme Kleidung allerdings nicht preis.

»Du bist kein Handwerker«, sagte er, »du trägst keinerlei Gildentracht. Deine Sprache sagt mir, dass du vermutlich aus dem Tarumin stammst, aber du bist dort nicht geblieben. Ich höre ein wenig vom oneräischen ›R‹ und vom Singsang der Seelande.«

Sie nickte anerkennend, und er begutachtete sie weiter. Eine Ausbeulung der Hose über dem rechten Stiefelschaft weckte seine Aufmerksamkeit. »Du trägst eine verborgene Waffe«, sagte er, »und vermutlich nicht nur eine.«

Sie schwieg, und der Ausdruck in ihren Augen wurde wachsamer.

»Muss ich Angst vor dir haben?«

Sie wägte ihre Worte ab. Schließlich sagte sie: »Ich töte niemals ohne Grund.«

Das war kein klares Nein gewesen. Kanzler Panald hätte vermutlich geraten, sie sofort verhaften und verhören zu lassen, aber Siluren war viel zu fasziniert von diesen großen Augen und dem Rätsel, das diese Frau darstellte.

»Dann werde ich mich hüten, dir einen Grund zu liefern.«

Sie erreichten das Städtchen, die Kutsche hielt vor einem Wirtshaus und der Vogt trat wieder auf sie zu. »Eure

Hoheit, man wird Euch hier aufs Beste verköstigen, und später werdet Ihr in meinem eigenen Bette schlafen.«

Ein Zimmer im Wirtshaus hätte Siluren gereicht, aber eine Weigerung wäre nicht nur albern gewesen, es hätte den Mann auch um den Stolz gebracht, einen Prinzen in seinen Wänden zu beherbergen. So nickte Siluren und erhob sich. »Ich danke dir, Lipillin. Ich merke, du hast alles vorausschauend geregelt. Sag den Leuten, wer von ihnen Shimons und Lerons Geschichte hören will, ist im Wirtshaus willkommen.«

In der Wirtsstube war es warm. Ein Feuer prasselte im Kamin. Vier Mägde standen wie Soldaten in einer Reihe und knicksten, als er den Raum betrat. Er nickte ihnen zu. Ein eifriger Wirt hielt ihm eine Schüssel mit warmem Wasser entgegen, aus dem der Duft von Pfefferwurz stieg. »So hohen Besuch haben wir nicht erwartet, Hoheit, aber meine Frau wird das Beste zubereiten, das unsere Küche zu bieten hat.«

»Davon bin ich überzeugt, guter Mann«. Siluren reinigte Gesicht und Hände. Der scharfe Duft erfrischte angenehm und wärmte zugleich. »Ich freue mich, die Vielfalt der hiesigen Küche zu kosten.« Man würde eine lange Reihe unterschiedlichster Gerichte in viel zu großen Mengen auftragen, wobei jeder einzelne Teller einen ganzen Mann zu sättigen geeignet sein würde. Aber das war kein Problem, denn er würde von jedem kosten und ihn dann weitergeben. Das war die übliche Art eines Königs zu speisen, denn auf diese Weise wurden alle satt. In der Schlossküche erzählte man sich, dass von einem gebratenen Ulphan gefüllt mit einer Ziege, gefüllt mit einem Goldschwan, gefüllt mit einem Bickhuhn, gefüllt mit einem Blausegler, gefüllt mit einer Trimmpilzknolle, der König lediglich den Pilz verzehrte, während der Rest für den Hofstaat benötigt wurde. Nun, für Ruothgar galt das ganz sicher nicht – der Pilz wäre bei all dem Fleisch zweifellos das Letzte, dem er sich zuwenden würde.

Siluren zog den schlammverschmierten Mantel aus und übergab ihn einer Magd. Hemd und Weste waren glücklicherweise trocken geblieben, und die Hosenbeine würden es bald wieder sein. Dann schaute er sich um.

Noch war der Raum leer. Für die Honoratioren hatte man einen Tisch an die Stirnseite des Raumes gerückt. Es erinnerte an die Festtafel auf Hohenvarkas, und doch fühlte es sich gänzlich anders an. Waren es die irdenen Teller? Die niedrige Decke? Das schummrige Licht? Dann erst wurde ihm klar, woher dieses Gefühl von Leichtigkeit kam, das ihn begleitete, seit sie die Mauern Varkaspols hinter sich gelassen hatten. Ruothgar war nicht hier! Es gab niemanden, der jeden seiner Schritte kritisch beurteilte. Was immer er tat, wie immer er sich gab, die Menschen hier würden es hinnehmen als eine Schrulle ihres Prinzen. Wie befreiend das war.

Siluren setzte sich auf den mittleren Platz des Quertisches, den Ehrenplatz, von dem aus er beobachten konnte, dass der Raum sich nur langsam füllte. Lipillin gab dem Wirt letzte Anweisungen. Die drei Soldaten und die junge Frau, die sich Kiron nannte, waren ebenfalls in der Stube. Vom Rest der Stadtbewohner sah Siluren noch nicht viel. Nach der Anzahl verschwommener Gesichter hinter den Scheiben zu schließen, mussten sie in Trauben vor den Fenstern stehen. Das würde sich ändern lassen.

Er winkte Lipillin heran. »Gibt es Musiker im Ort?«

»Oh ja, Hoheit. Wir haben einen Pfeifer, zwei Fiedler, und Bilwin schlägt die Kitalla.«

»Dann ruf sie und sag den Leuten, sie sollen hereinkommen. Ich mag es nicht, alleine zu essen – schon gar nicht in einem so großen Raum.«

»Natürlich, Hoheit, das werde ich. Sie werden alle kommen.«

Tatsächlich füllte sich die Wirtsstube nun rasch. Die junge Frau in Hosen legte die Lammfelljacke ab. Darunter zeigten sich durchaus weibliche Formen, die von der männlichen Kleidung seltsam untermalt wurden. Kein aufbauschender Rock betonte ihre Hüfte, aber das helle Leder der Hose spannte sich so eng über ihren Hintern, dass es die Rundung gefällig zur Geltung brachte.

Diese Frau war ein Rätsel. Männerkleidung zu tragen war sicher hilfreich für eine mutige, gewitzte Frau, die sich nicht aufgrund ihres Geschlechtes einschränken lassen wollte, aber dies dort war keine Verkleidung. Nun, da sie Jacke und Kappe abgelegt hatte und ihr das lange Haar über die Schulter fiel, konnte niemand mehr ihre wahre Natur übersehen. Warum also trug sie Hosen?

Leron trat zu ihm. »Sie gefällt mir nicht«, raunte er.

»Ich sehe nichts, was Missfallen erregen könnte.« Im Gegenteil, sie war die ideale Mischung aus einem jungen, wilden, ungestümen Mädchen und einer erwachsenen Frau.

»Sie passt nicht in dieses abgelegene Tal, und sie hat Euch beobachtet. Ich halte sie für eine Spionin. Vielleicht sogar von Krolan selbst.«

Dieser Gedanke war auch Siluren schon gekommen. »Wenn das wahr ist, dann müssen wir uns das zunutze machen. Vielleicht weiß sie etwas über den Verbleib der Vierzigtausend.« Und um an diese Information zu gelangen, war er durchaus bereit, ein Risiko einzugehen.

»Krolan wird sie wohl kaum in seine geheimsten Pläne eingeweiht haben.«

»Die Menschen wissen oft mehr, als ihnen bewusst ist, und wenn sie wirklich seine Spionin ist, mag sie ihm näher gekommen sein als jeder andere, den wir kennen.«

»Ich halte sie dennoch für gefährlich.«

Siluren lächelte. »Dann musst du gut auf mich aufpassen.«

Plötzlich erklang ein Ausruf. »Aber … das ist ja eine Frau! Eine Frau in Männerkleidern!«

Erstaunte Blicke richteten sich auf die Fremde, aber einige irrten auch zu Siluren hinüber. Die Menschen versuchten abzuschätzen, ob dieser Umstand dem Prinzen vielleicht bekannt war und die gerechte Empörung daher im Zaum gehalten werden musste. Die so Angeklagte hingegen schüttelte sich das Haar in den Nacken und machte ganz den Eindruck, als wolle sie es mit der gesamten Stadt auf einmal aufnehmen.

»Tatsächlich«, sagte Siluren mit gespieltem Erstaunen. »Mir sagte sie, sie sei der Forstgehilfe. Wer bist du wirklich?«

Sie hob das Kinn und blitzte ihn herausfordernd an. »Ich bin Kira Idrastochter, und ich trage die Kleidung, die mir gefällt.«

Lipillin fühlte sich nun offenbar berechtigt, den Stab über die Fremde zu brechen. »Das ist nicht recht. Eine Frau darf sich nicht kleiden wie ein Mann. Das hieße ja, sie wäre ihm ebenbürtig!«

»Nun, wer weiß.« Siluren ließ sich in seinem Stuhl zurücksinken. »Ich könnte mir vorstellen, dass sie kämpfen kann wie ein Mann. Vielleicht kann sie sich dieses Recht verdienen.«

»Soll ich etwa gegen Euch antreten?«, fragte sie respektlos grinsend.

»Mich zu besiegen wäre keine große Kunst.« Er lächelte. »Was ist mit dir, Leron?«

Der Korporal brummte unwillig. »Ich kämpfe nicht gegen Frauen.«

Siluren hätte es ihm befehlen können, doch weder Lerons Sieg noch seine Niederlage schienen ihm ein wünschenswertes Ergebnis. Er sah sich im Kreis der Anwesenden um. »Gibt es jemanden hier, der sich der jungen Frau gewachsen fühlt und ihr zeigen kann, wessen es bedarf, um Männerkleider zu tragen?«

Tuscheln und Geflüster erhoben sich und drangen durch die offene Tür nach draußen. Schließlich entstand Bewegung, und ein breitschultriger Mann drängte nach vorne. Er verneigte sich tief vor dem Prinzen. »Ich bin Markin, der Schmied, Eure Hoheit. Ich werde das kleine Mädchen in seine Schranken weisen. Ich habe auch ein Schwert, das ich holen kann, falls Ihr das wünscht.«

»Keinesfalls!« Siluren hob abwehrend die Hand. »Ich will einen Wettkampf, kein Scharmützel.« Er sah zu der Frau hinüber, die gelassen seine Entscheidung abwartete. Ein Faustkampf hätte die Chancen ungerecht verteilt, aber eine Klinge wollte er ihr nicht in die Hand geben. So beherrscht sie wirkte, er wusste nicht, wie sie unter Druck reagieren würde.

»Stockfechten«, sagte er und achtete auf ihre Reaktion. Mit einem verhaltenen Nicken bedeutete sie ihm ihre Zustimmung. »Darin werden die beiden sich messen. Bringt zwei Stäbe und steckt auf der Gasse ein Kampfrund ab.«

Die Menschen drängten wieder nach draußen und bildeten einen Kreis auf der Gasse, dessen vorderste Reihe Leron und die beiden Soldaten sicherten. Für Siluren hatte man einen Lehnstuhl herbeigeholt und er setzte sich, während Kira zu Markin in die Mitte des Kreises trat.

Der Schmied hielt in jeder Hand einen Kampfstecken. Ihre speckig glänzende Oberfläche zeigte, dass sie in regelmäßigem Gebrauch waren. Markin hatte trotz der Kälte Jacke und Hemd ausgezogen und präsentierte einen massigen Oberkörper und schwellende Muskeln. Besorgt fragte sich Siluren, ob er der jungen Frau nicht doch eine zu schwere Aufgabe stellte, doch dann sagte er sich, dass sie besser gegen einen der Dörfler antrat, als sich gegen alle zu stellen.

»Lasst uns die Regeln festlegen«, sagte er, und das Tuscheln um ihn her verstummte. »Dies ist ein Kräftemessen unter Freunden, und wir wollen das Glück dieses Tages nicht durch eine Verletzung mindern. Kämpft redlich. Das heißt, du zielst nicht zwischen seine Beine, und du nicht auf ihre Brust. Außer den Stöcken und dem Körper selbst werdet ihr keine weiteren Waffen einsetzen. Insbesondere keine mit Klingen.«

Die Kontrahenten nickten einvernehmlich.

»Ich entscheide, wann der Kampf beendet ist, und benenne den Sieger. Dieser Entscheidung werdet ihr euch beugen.«

Wieder nickten beide.

»Falls Markin gewinnt, wirst du, Kira, solange du hier bist, ein Kleid tragen, das der Vogt dir zur Verfügung stellt.«

»Einverstanden.«

»Falls aber Kira gewinnt, wird niemand hier mehr ein Wort darüber verlieren, wie sie sich kleidet oder gibt.« Er schaute streng in die Runde und erntete ernsthaftes Nicken reihum.

»Dann möge der Kampf nun beginnen.«

»Wartet!« Kira hob die Hand, und erschrockenes Murmeln klang auf, als auch sie ihr Hemd öffnete und es auszog. Darunter trug sie ein ledernes Mieder. Das weiche Leder schmiegte sich sie wie eine zweite Haut um den biegsamen, athletischen Körper, betonte die schmale Taille, so wie die Hosen die Länge ihrer schlanken Beine. Nur ein Narr konnte diesen Aufzug noch für Männerkleidung halten.

In Scheiden an Bauch und Rücken steckten schmale Messer. Kira überreichte Leron die Klingen. Dann nahm sie Markin den einen Stecken mit routinierter Leichtigkeit ab. »Wollen wir beginnen?«

Eines war klar: Sie hatte das Hemd nicht nur ausgezogen, um die Messer abzulegen. Es fiel dem Schmied schwer, den Blick von ihrem wogenden Busen zu reißen. Nun, das war nicht gegen die Regeln, die Siluren aufgestellt hatte. Er hob die Hand und senkte sie wieder zum Zeichen, dass sie beginnen sollten.

Was nun folgte, war atemberaubend. Der Schmied war stark und trotz seiner Größe schnell – doch sie war schneller. Mit leichtfüßiger Eleganz wirbelte sie um ihn herum und traf ihn, noch bevor er ihrem Sprung gefolgt war. Sie war wie ein Honigvogel, der um einen schwerfälligen Bären flatterte. Ein einziger Schlag der massigen Tatze konnte den Vogel tödlich zu Boden schmettern, doch dieser Vogel war nicht zu fassen. Kira wich den Hieben des Schmiedes gekonnt aus – niemals zu viel, keine Handbreit zu weit – und traktierte ihren Gegner mit knappen, gezielten Schlägen. Es gelang ihr, seinen Zorn zu reizen, und das machte ihn unvorsichtig. Im Bemühen, sich ihrer Schnelligkeit anzupassen, achtete er nicht mehr darauf, seinen Schwerpunkt zu bewahren, und Kira nutzte diesen Vorteil. Ein Stoß ließ ihn stolpern. Noch hielt er sich auf den Beinen, doch Kira ließ ihm keine Zeit, seine Balance wiederzufinden. Sie rammte den Stab in den Boden, sprang sich daran festhaltend empor und trat dem Riesen mit beiden Beinen zugleich gegen die Brust, sodass er krachend zu Boden ging. Ein erstauntes Keuchen entrang sich den Kehlen einiger Zuschauer. Kira landete direkt auf ihm und er ächzte, als sie ihr Knie in seinen Bauch grub, dann erstarrte er. Die Spitze ihres Stabes lag an seinem Hals und presste gegen seinen Kehlkopf.

»Genug!« Siluren erhob sich. Kira sah wachsam zu ihm hinüber, dann zog sie den Stab zurück und erhob sich.

»Kira Idrastochter, du hast dir das Recht erworben, die Kleidung zu tragen, die dir beliebt. Auch du, Markin der

Schmied, hast gut gekämpft. Seid heute beide Gäste an meinem Tisch.« Siluren trat vor und streckte Markin die Hand entgegen, um ihm aufzuhelfen. Der Schmied zögerte, doch dann griff er zu und stand auf. »Es ist nicht einfach«, murmelte er verlegen, »wenn man noch nie die Hand gegen eine Frau erhoben hat.«

»So spricht ein Mann von Ehre, Markin.« Siluren legte ihm die Hand auf die Schulter. »Trink ein Bier auf mein Wohl. Kommt alle mit in die Wärme und leistet Eurem Prinzen Gesellschaft.«

Diesmal folgten sie ihm mit weniger Scheu. Ein wenig abseits stand Leron mit nachdenklichem Blick. Gut. Wenn es hart auf hart kam, würde er Kira zumindest nicht unterschätzen.

Plötzlich war sie neben ihm. »Ihr wolltet mich kämpfen sehen«, sagte sie. »Warum?«

Er ließ sich Zeit mit der Antwort. »Es ist nützlich, die Fähigkeiten seines Feindes zu kennen.«

»Ich habe nie gesagt, dass ich Euer Feind sei.«

»Nein. Aber das Gegenteil auch nicht.«

***

Kira hatte sich trotz der Aufforderung des Prinzen nicht an dessen Tisch gesetzt. Sie wollte ihn lieber aus der Ferne beobachten, als sich in seinen Bann ziehen zu lassen, denn dass etwas Besonderes von ihm ausging, das war unbestreitbar.

Erstaunlich, wie schnell die Dörfler die Scheu vor ihm verloren. Sein wohlwollendes Verhalten und seine offene Freundlichkeit weckten Vertrauen, ohne anbiedernd zu sein. Es war nicht so, dass der Prinz sich dem gemeinen Volk gleichmachte. Es war eher umgekehrt: Er adelte die Menschen durch seine Anwesenheit. Er trat jedem mit

Würde und Achtung gegenüber, und vielleicht verhielten sich die Menschen deshalb auch entsprechend. Niemand überschritt die angemessenen Grenzen, und obgleich Bier und Wein reichlich flossen, glitt der Abend selbst zu fortgeschrittener Stunde nie ins Ungehörige ab. Kira hatte sich selten so unbefangen wohl gefühlt.

Der Prinz unterhielt sich angeregt mit dem Vogt und den Ältesten, sprach aber auch mit dem Wirt und der Köchin. Kira hatte von den Tellern, die den gesamten Abend über von ihm ausgehend die Runden machten, gekostet und tatsächlich hatte diese Köchin der schlichten, heimischen Küche die besten Gerichte entlockt. Aber etwas war ihr aufgefallen: Der Prinz hatte vom Brot gekostet, vom Getreidebrei und dem Kohl. Er hatte von den Wurzeln, der Suppe und den Hülsenfrüchten gegessen. Das Fleisch aber hatte er nicht angerührt. Kira hatte noch von keinem Fürsten gehört, der ein gutes Wildbret an sich hätte vorbeigehen lassen. Noch ein Rätsel.

Irgendwann ließ sich Siluren die Kitalla geben. Er sang wunderbar mit einer sanften, melodiösen Stimme, und er besaß ein erstaunliches Geschick im Umgang mit dem Instrument. Er kannte lustige ebenso wie getragene Lieder, und er verstand es, die Stimmung im Raum zwanglos von aufgedrehter Begeisterung in abendliche Ruhe überzuleiten.

Als er zum Abschluss ein Lied über die tragische Geschichte von Neran und Haldia sang, schmiegten sich die Paare im Raum aneinander, und selbst der Schmied Markin wischte sich mit seinen mächtigen Pranken verstohlen über die Augen. Die Geschichte des Ritters, der dem Zauber der Akh'Eldash verfallen und mit ihr in den Tod gegangen war, war Teil der Legenden Galathräas. Zu eben diesem Zeitpunkt war wieder eine Akh'Eldash mit einem Ritter unterwegs, dem Bastard des Königs. Sicher hatte Krolan auch zu diesem Prinzen Männer mit speziellen Aufträgen geschickt.

Der Gedanke erinnerte Kira daran, wozu sie hier war, und zerstörte schlagartig das wohlige Gefühl in ihr. Sie durfte nicht vergessen, auf welcher Seite sie stand, denn Krolan war nicht bekannt dafür, zimperlich mit Verrätern umzugehen. Ohnehin meldete sich gerade ihre Blase. Sie stand auf.

Die Tür, die zum Hinterhof führte, war schnell gefunden. Draußen war es noch immer kalt und inzwischen auch dunkel. Im spärlichen Licht, das durch die Fenster des Gasthauses ins Freie fiel, suchte sie sich eine abgelegene Ecke und hockte sich nieder. Das war der einzige Nachteil an Hosen. Mit einem Rock hätte sie bloß den Stoff anheben und die Beine grätschen müssen.

»Pst!«

Kira erkannte mehr den Geruch als die Stimme. »Geran?«

»Du hast wohl jemand anderen erwartet.« Er trat aus den Schatten und schaute auf sie hinab. Sie ließ sich davon nicht stören, ließ ihr Wasser weiter auf den Boden prasseln und erhob sich erst, als ihre Blase leer war. Sie zog die Hose hoch, wobei ihr sein neugieriger Blick auf ihren Schritt nicht entging. Doch was immer er in der Dunkelheit zu sehen meinte, es würde mehr Produkt seiner Fantasie als Wirklichkeit sein.

»Was ist?«, fragte er, ohne den Blick zu heben. »Schlagen wir zu?«

Sie schloss den letzten Hosenknopf. »Unser Auftrag ist erst einmal, ihn zu beobachten. Ich werde es dir sagen, falls ich weitere Befehle erhalte.«

Jetzt hob er doch den Kopf. »Vielleicht sollten wir ihn einfach umbringen, wenn sich die Gelegenheit bietet. Krolan wäre uns sicher dankbar.«

»Das ist aber nicht unser Auftrag. Und außerdem: Umbringen kann man jeden jederzeit. Die Kunst besteht darin, es zu tun, wenn man unbeschadet entkommen kann. Oder willst du seine Soldaten und die halbe Stadt auf den Fersen haben?«

Geran verzog das Gesicht, widersprach aber nicht.

»Wir bleiben bei unserem Plan. Du wirst dich auf der Burg verdingen«

»Und du?«

Sie grinste. »Vielleicht muss ich das gar nicht mehr.«

»Das heißt, ich schlafe in einem zugigen Stall bei den Knechten, während du in der guten Stube dem Prinzen den Schoß wärmst.«

Kira lächelte dünn. »Es geht das Gerücht, dass er Männerhintern nicht verabscheut. Also, wenn du Plätze tauschen möchtest …«

Geran verzog das Gesicht. »Ich melde mich.«

»Tu das«, sagte sie, doch er war schon mit den Schatten verschmolzen. Darin war er gut. Man hätte meinen können, er sei nie da gewesen, hätte ihr nicht noch dieser Gestank in der Nase gesteckt.

Sie wandte sich um und erschrak, als sie die schwarze Silhouette am Haus bemerkte. Hatte man sie beobachtet? Sie schüttelte die Befangenheit ab und ging zum Haus zurück. Es war der Prinz, in dessen gefrierendem Atem sich das Licht aus dem Fenster fing.

»Frische Luft?«, fragte sie.

Er nickte. »Jeder Atemzug da drinnen ist bereits durch zwei andere Lungen gegangen.«

»Ich dachte, Ihr hättet den Abend genossen.«

»Das habe ich. Umso mehr, als es für einige Zeit der letzte in geselliger Runde gewesen sein wird.«

Sie musste nicht fragen. Krailenhorst war eine archaische Burg, halb in den Felsen gehauen, nur mit dem nötigsten

Personal ausgestattet, das je nach Bedarf erweitert wurde, wenn die Herrschaft dort Wohnung nahm. Das war der Preis für ihre sprichwörtliche Uneinnehmbarkeit. Wahrscheinlich hatte es bisher einfach noch niemand der Mühe für wert befunden, es zu versuchen.

»Ihr habt doch Eure Männer«, sagte sie.

»Leron?« Der Prinz nickte. »Leron ist ein ausgezeichneter Soldat, der tut, was man von ihm verlangt. Ohne Fragen, ohne Skrupel. Aber er sprüht nicht gerade vor Geist.« Er richtete den Blick auf die Stelle, an der sie eben noch mit Geran gesprochen hatte, und ließ sie damit wissen, dass er sie gesehen hatte.

»Ihr könntet Euch andere Gesellschaft einladen. Den Käsebauern zum Beispiel.«

»Du meinst Shimon.«

Es verwunderte sie noch immer, dass er den Namen eines einfachen Bauern kannte. »Wie viele Namen habt Ihr eigentlich im Kopf?«

»Keine«, entgegnete er. »Es sind alles Menschen.«

»Es sind Namen von Menschen. Ihr betreibt Wortklauberei.«

Er lächelte. »Wäre Markin auch Schmied geworden, wenn er nicht den Namen eines muskelbepackten Heroen getragen hätte? Was veranlasst eine Frau, die einen Mann im Kampf besiegen kann, sich nach einem kleinen, gelben Vogel zu nennen?«

»Ich wusste nicht, dass es ein Vogel ist«, log sie.

»Also ist es nicht der Name, den deine Mutter dir gegeben hat.«

Kira biss sich auf die Lippen. Sie wollte nicht, dass er so viel über sie wusste – und sie so wenig über ihn. Also wechselte sie lieber das Thema. »Ihr esst kein Fleisch.«

Er nickte anerkennend. »Das ist dir aufgefallen?«

»Es ist seltsam für einen Fürsten.«

»Vermutlich. Aber es ist mir verboten. Auf Befehl des Königs.«

»Ach, und daran haltet Ihr Euch? Selbst hier?« Das war eine ziemlich strenge Pflichtauffassung. Sie zwinkerte ihm zu. »Ich würde Euch nicht verraten.«

»Zu Anfang war es ein Befehl. Es sollte eine Strafe sein. Aber mit der Zeit ... wurde der Gedanke immer abwegiger, ein Wesen zu essen, das Leid, Trauer oder auch Liebe empfinden kann.«

»Liebe?«, wiederholte Kira spöttisch.

»Was ist es denn anderes, wenn ein Wisent sein Kalb gegen einen Wolf verteidigt? Oder wenn ein Hund auf dem Grab seines Herren verhungert?«

»Wir essen keine Hunde.«

»Warum eigentlich nicht? Was unterscheidet einen Hund so sehr von einem Schaf? Sein treuherziger Blick?« Er seufzte. »Es ist auch gleichgültig. Vielleicht hat mein Vater recht: Wenn ich es nicht töten kann, sollte ich es auch nicht essen.«

Siluren der Zauderer. Vielleicht sollte man ihn eher den Weichherzigen nennen. »Wie gesagt: seltsam für einen Fürsten.«

Wieder lächelte er. »Auch nicht seltsamer als für eine Frau, Hosen zu tragen.«

Vermutlich war das für ihn schwer nachzuvollziehen. Kein Junge hatte je versucht, ihm unter den Rock zu spähen oder den Stoff anzuheben. Ihm hatte man niemals verwehrt zu tun, was er wollte und zu gehen, wohin er wollte, weil es unschicklich war. »Man kann in Hosen besser auf Bäume klettern, besser reiten und besser raufen«, sagte sie.

»Wärst du gerne ein Mann?«

Jetzt lachte sie. »Was wäre daran erstrebenswert?«

Er blieb ernst, sah sie nur an.

»Nein«, sagte sie schließlich. »Ich will einfach nur ich sein, Kira Idrastochter, und tun, was mir gefällt.«

Für einen Moment schwiegen sie beide. Irgendwo in der Nähe plätscherte ein Bach. Das Geräusch gab der Nacht etwas Friedliches.

Schließlich fragte er: »Würde es dir gefallen, mich nach Krailenhorst zu begleiten?«

Dieser Auftrag entwickelte sich tatsächlich leichter, als sie erwartet hatte. Trotzdem verschränkte sie die Arme. »Ladet Ihr mich etwa ein? Ich dachte, Ihr haltet mich für eine Feindin.«

Im spärlichen Licht war sein Gesicht kaum zu erkennen, geschweige denn zu deuten. »Gerade in dem Fall hätte ich dich lieber dort, wo ich dich im Auge behalten kann.«

Also misstraute er ihr noch immer. Gut. Aus irgendeinem Grund wollte sie ihn nicht belügen. Töten, ja, wenn es sein musste, aber nicht belügen.

Kapitel 4

Und lehrt auch eure Töchter, schweigend zu dulden, denn das Wesen des Mannes ist Grausamkeit und niemand setzt seinem Grimm Grenzen.

–9. Akh'Eldash, 7. Eintrag, Vers 23

Lynn versuchte, ein wenig im Eldash-Mithral zu lesen, doch das Schwanken und Rattern der Kutsche machte das unerquicklich und ihre dicken Handschuhe erschwerten das Umblättern. So lag das Buch ungelesen in ihrem Schoß und sie begnügte sich damit, den Blick aus dem Fenster schweifen zu lassen, über die Weiler und Gehöfte, die sie passierten.

In den vergangenen Jahren hatte sie die Heiligen Schwestern einige Male zu mildtätigen Werken in die Riefenau begleitet, und jedes Mal hatte sie sich in Tagträumen verfangen, sie würde auf und davon gehen und nie wieder ins Stift zurückkehren. Heute wurde ihr das Herz schwer bei dem Gedanken, dass sie womöglich zum letzten Mal die drei Ammen passierte, die drei riesigen Basaltsäulen, welche die Grenze des heiligen Bezirks markierten. Diese letzten Riesen der Vorzeit hatten der Erdmutter bei der Geburt des Lebens beigestanden, bevor sie versteinert waren, wie all ihre Brüder und Schwestern. Noch so eine tragische Legende. Lynn bevorzugte die fröhlichen, aber davon hatte Galathräa erstaunlich wenige zu bieten.

Sie erinnerte sich, wie sie zum ersten Mal auf dieser Straße gefahren war, ein Kind auf dem Weg zu völlig Fremden, bei denen sie ihr weiteres Leben verbringen sollte. Genau wie heute. Aber auch diesmal war sie nicht ganz allein. Sie sah zu Blinthe hinüber, die die Fahrt und die Aussicht aus den offenen Fenstern sichtlich genoss.

Je weiter sie in die Ebene hinabgelangten, umso weiter traten die Felswände zurück und umso weniger Schnee lag links und rechts des Weges. Es würde noch mindestens zwei Monate dauern, bis die gelben Kiras aus dem Süden zurückkehrten und ihre schnellen, wendigen Flugmanöver zwischen den Felsen vollführten. Ihre schrillen Rufe waren für Lynn zum Klang des Sommers geworden.

Schließlich öffnete sich der Blick in die Ebene der Riefenau, die sich bis zu den Ufern des Südersees zog. Eine weite, offene Landschaft, in der es keinen Schutz, keine Rückzugsmöglichkeiten zu geben schien. Ringsum setzte nichts dem Blick Grenzen. Andere Straßen kreuzten die ihre, vereinigten sich mit ihr und verzweigten sich wieder. Wohin mochten sie alle führen? Und wie konnte man in dieser Fülle an Möglichkeiten sicher sein, den richtigen Weg gewählt zu haben?

Den Menschen, die sie von ihrem Fenster aus sah, waren solche Befürchtungen sicher fremd. Auf den dunklen Äckern lockerten die Bauern bereits den Boden, Hirten führten ihre Schafherden aus den winterlichen Ställen und eine Gruppe Frauen war auf dem Weg zu einem der Dorftempel. Ihre farbigen Kleider leuchteten in der Sonne und sie winkten fröhlich der Kutsche, obwohl sie nicht wissen konnten, wer darin saß. Lynn winkte zurück.

Ihr fiel der Kopfschmuck der Frauen auf: ein Stirnreif mit angedeutetem Schleier. Natürlich kannte Lynn die Tracht der Riefenau, aber zum ersten Mal fragte sie sich, ob dieser Reif vielleicht dem Lorun-Uhn nachempfunden war. Der Schleier reichte den Frauen nur bis zu den Brauen, und außerdem war der Kopfschmuck farbig bestickt und nicht weiß. Trotzdem, die Tradition dieser Trachten mochte ebenso weit zurückreichen wie das Eldash-Mithral, vielleicht weiter, bis in die Zeit der Eldash hinein.

Linkerhand begleiteten sie die Hänge der Thulmark, die von hier unten noch höher wirkten als vom Tempel aus. Ihre weiß-grauen Wände schienen abweisend, fast bedrohlich. Ihre höchsten Gipfel waren das ganze Jahr über von Schnee bedeckt, ein Rückzugsort für die Geister, wenn das Leben wieder in die Täler zurückkehrte.

Nur gelegentlich erhaschte Lynn einen Blick auf den Grafen, der sie aufrecht und mit unermüdlicher Wachsamkeit begleitete. Er gehörte zu jenen Reitern, die sich im Gleichklang mit ihrem Tier bewegten, als seien die beiden zu einer Einheit verschmolzen. Ihr fiel auf, dass er keine Dornen an den Absätzen trug. Offenbar hatte er es nicht nötig, dem Tier seinen Willen durch Schmerzen aufzuzwingen.

Gegen Mittag legten sie eine ausgedehnte Rast ein, die den Männern eine Erholung vom Sattel gewährte und den Frauen vom Durchgerütteltwerden. An einem glitzernden Bergbach breitete Blinthe ein Schaffell über einen Felsen. Die Wolkendecke war aufgebrochen und die Frühlingssonne besaß bereits Kraft. Es war angenehm, in ihrem Schein zu sitzen.

Von dem Proviant, den die Heiligen Schwestern ihnen mitgegeben hatten, aß Lynn kaum etwas, denn es war umständlich, das Essen unter den schulterlangen Schleier zu schieben. Sie würde den Rest später in der Kutsche zu sich nehmen, wo sie die Vorhänge zuziehen und den Lorun-Uhn über den Kopf zurückschlagen konnte – eine Geste, für die die Priorin sie zweifellos getadelt hätte. Dabei war der heilige Schleier auch bloß ein Stück Stoff.

Die Männer hielten sich abseits. Der Kutscher und sein Gehilfe blieben bei den Tieren, die friedlich am Ufer grasten, während der Graf und sein Begleiter, der ihr als Dendar vorgestellt worden war, sich in Sichtweite die Beine vertraten. Man hatte ihr Dendars Familiennamen nicht genannt, und sein Ulphan besaß keine Hörner, aber Lynn musste sich schon sehr irren, wenn er nicht die Stupsnase eines DeHellin besaß.

»Ein recht stattlicher Mann«, sagte Blinthe neben ihr. Erstaunt wandte Lynn sich ihr zu.

»Nicht so stattlich wie der Graf, aber ich würde mir seine Blicke schon gefallen lassen.« Sie zupfte ihren Ausschnitt ein wenig mehr in die Breite.

»Du meinst Dendar?«

»Natürlich. Oder dachtet Ihr, ich rede von dem graubärtigen Kutscher?«

Lynn betrachtete Dendar genauer. Er mochte ein wenig älter sein als der Graf, aber damit war er sicher immer noch zwei, drei Jahre jünger als Blinthe. Andererseits – nach allem, was man so hörte, was das nicht für jeden Mann ein Hinderungsgrund.

Der Graf näherte sich. »Wir würden nun wieder aufbrechen, falls es Euch genehm ist.«

Wie höflich er war. Vermutlich wäre er nicht halb so rücksichtsvoll gewesen, wenn sie nicht den No'Ridahl auf der Stirn getragen hätte.

Sie drehte das Gesicht in die Sonne und wünschte, sie könnte die wärmenden Strahlen ohne den Lorun-Uhn genießen. Aber auch so war es besser als in der Kutsche, wo es nach muffigem Holz und altem Leder stank. »Und falls es mir nicht genehm ist?«

»Dann riskieren wir, Atankaja erst nach Einbruch der Dunkelheit zu erreichen, wenn die Stadttore bereits geschlossen sind.«

»Und dann müsste ich mich wohl fürchten.« Sie seufzte, stand auf und Blinthe begann, die Sachen zusammenzuräumen.

Er hielt ihr den Arm hin. »Ich versichere Euch, Gesalbte, solange ich über Euch wache, besteht keinerlei Grund zur Furcht.«

Da war sie also, die wunderbare männliche Überheblichkeit. Kein Platz für Selbstzweifel, nicht einmal für Realitätssinn. Sie legte die Hand auf seinen Arm, und während er sie zur Kutsche geleitete, sagte sie: »Ich verstehe. Ihr würdet wie der heldenhafte Markin alleine eine ganze Armee zurückschlagen.«

Mit gespielter Besorgnis schaute er sich um. »Hat es denn eine Armee auf Euch abgesehen?« Auf der Straße war bloß ein einsames Bauernpaar unterwegs.

Lynn musste nun doch lächeln, aber der Lorun-Uhn bewahrte dieses Geheimnis.

Er öffnete ihr die Tür. »Eben zu Eurem Schutz gibt es Männer wie mich.«

Bescheidenheit war wahrlich nicht seine Sache. »Gründet Euer Ruhm als der Held von Carondim nicht auf der Erstürmung einer Stadt?« Sie raffte den Rock. »Ohne Männer wie Euch bräuchten unsere Städte vermutlich gar keine Mauern.«

Damit bestieg sie die Kutsche, und er schloss die Tür, zeigte ihr durch das Fenster noch einmal fröhlich seine blendend weißen Zähne und war fort.

Von der anderen Seite stieg Blinthe ein. »Er kann mit Frauen umgehen«, sagte sie.

»Wer? Dein Dendar?«

»Der Graf. Oder vielleicht mag er Euch auch einfach.«

Bisher hatte Lynn ihn nicht als außergewöhnlich charmant empfunden. »Woraus schließt du das?«

»Er lässt Euch stets das letzte Wort. Ist Euch das nicht aufgefallen?«

Lynn ließ sich das durch den Kopf gehen, und es gefiel ihr nicht. »Vielleicht habe ich einfach recht.«

Blinthe lachte, sagte aber nichts mehr. Sie drückte die Schultern bequem in die Kissen, doch dann erklangen draußen Stimmen. Erregte Stimmen. Lynn beugte sich vor, spähte aus dem Fenster.

Die Bauersleute waren herangekommen, ein Mann mit einer langstieligen Hacke über der Schulter und eine Frau, unter deren Kleid sich eine deutliche Wölbung abzeichnete. »Bitte!«, sagte sie gerade zum Grafen. »Fürs Kind!«

»Packt euch! Die Akh'Eldash ist kein Schaustück für Gaffer.« Der Graf machte eine herrische Geste. Die Frau wich davor zurück, und der Bauer packte die Hacke fester. »Helim, steig endlich auf den Kutschbock!«

»So ein ...!« Lynn stieß die Tür auf, hörte noch Blinthes Protest hinter sich, ließ sich davon aber nicht zurückhalten. Schon war sie draußen. »Was gibt es denn?«

»Steigt bitte wieder ein, Gesalbte.«

»Erst wenn ich weiß, was hier los ist.«

Er wandte sich zu ihr um, steif wie ein Soldat bei der Parade – vermutlich ein Zeichen dafür, wie zuwider ihm diese Situation war. »Diese Bauern bitten um den Segen der Akh'Eldash.«

Die Bäuerin knickste. »Schon zwei Knäblein hab ich tot geboren, Gesalbte, und dieses rührt sich nicht mehr in meinem Leib.«

Die arme Frau! Lynn hätte am liebsten den Schleier aufgedeckt, um dem Grafen für seine Grobheit einen vernichtenden Blick zuzuwerfen. Dann erst wurde ihr klar, dass diese Leute Hilfe erwarteten. Von ihr! Mehr als das: Sie erwarteten ein Wunder.

Ein unangenehmes Kribbeln lief Lynn über den Nacken. »Es tut mir sehr leid«, sagte sie, »aber ich bin keine Ärztin.«

Der Bauer kam näher, aber der Graf trat ihm entgegen. Also hielt er Abstand und sagte: »Die Akh'Eldash schenkt Leben. Jedermann weiß das.«

Was nur sollte sie tun? Diese Menschen erwarteten, dass sie eine Totgeburt verhinderte! Sie konnte das Spiel mitspielen. Bei der Geburt des Kindes würde sie ohnehin weit fort sein, würde die schreckliche Enttäuschung in den Augen dieser Menschen nicht sehen müssen. Aber sie wäre eine Scharlatanin.

Der Graf bot ihr einen Ausweg. »Die Akh'Eldash ist müde, und ihre Kraft ist für diesen Tag erschöpft. Es tut mir leid.« Er wandte sich zu ihr um und nickte verhalten. Eine Aufforderung, in die Sicherheit der Kutsche zurückzukehren, wo niemand von ihr erwartete, die Macht der Göttin auf so unmittelbare Weise zu zeigen.

Die Bäuerin sah aus, als wolle sie in Tränen ausbrechen.

»Vielleicht«, sagte der Bauer, »wenn sie's nur möcht' versuchen.«

»Geht jetzt.« Der Graf klang sanfter, als hätte auch er Mitgefühl mit dem Leid dieser Menschen. »Die Akh'Eldash wird heute Abend für euer Kind beten.«

Der Bauer und seine Frau sahen, dass es keine Hoffnung gab. Sie ließen die Köpfe sinken und wandten sich ab.

»Wartet!« Lynn wusste selbst nicht, was sie tun sollte, aber sie konnte die beiden nicht so verzagt gehen lassen. »Selbst ich kenne nicht den Ratschluss der Großen Mutter. Aber was ich tun kann, werde ich tun.«

»Ihr Segen auf Euch!« Die Bäuerin trat nun näher und hob ohne die geringste Scham den Rock, entblößte ihren kugeligen Bauch, aus dem der Nabel sich hervorstülpte. Die Haut, von blauen Adern durchzogen, wirkte schmerzhaft dünn gespannt.

Es erschien Lynn nur angemessen, auch ihren Handschuh auszuziehen. Dann legte sie die Hand auf den Bauch der Frau. Fest erschien die Kugel, geradezu hart. Kaum zu glauben, dass dort drinnen ein kleiner Mensch darauf wartete, ins Leben entlassen zu werden. Leben. Das

Geschenk der Erdmutter, von Generation zu Generation weitergegeben, im ständigen Kampf gegen den Todeskeim der Geister.

»Oh!« Eine Berührung an ihrer Handfläche, wie ein Stoß aus dem Inneren des prallen Bauches. Die Augen der Bäuerin wurden groß. »Es lebt! Große Mutter! Es lebt!« Sie packte Lynns Hand mit ihren kräftigen, von der Feldarbeit schwieligen Fingern und drückte ihr einen Kuss auf den Handrücken. »Die Göttin gebe Euch Gesundheit und langes Leben!«

Jetzt trat der Bauer herzu, legte ebenfalls die Hand auf den Bauch seiner Frau, die lachte und weinte zugleich. Jemand fasste Lynn am Arm. Graf Thul.

»Kommt«, sagte er sanft. »Ihr habt getan, was Ihr konntet.«

Wie eine Träumende ließ sie sich von ihm zur Kutsche zurückführen, blieb stehen, als er ihr die Tür öffnete, betrachtete ihre Hand. Noch immer meinte sie, die Berührungen zu fühlen – die des Ungeborenen auf ihrer Handfläche, die des Kusses auf dem Handrücken. Sie hob den Blick und sah das ernste Gesicht des Grafen.

»Ein alter Volksglaube«, sagte er. »Die Berührung der Akh'Eldash kann heilen.«

»Ich weiß.«

»Das Volk glaubt das auch über die Berührung des Königs und des schwarzen Steines von T'Dor.«

»Ihr nicht?«, fragte sie.

Er zögerte. »Ich glaube an Wunder, aber ich verlasse mich nicht darauf, dass sie eintreten.« Er nickte zur Kutsche hin. »Außerdem glaube ich, dass Ihr nun wirklich erschöpft seid.«

Eigentlich war sie das nicht. Sie war im Gegenteil seltsam euphorisch, von einer Art strahlender, warmer Freude erfüllt. Wenn es so war, die Liebe der Göttin zu wirken, wenn es bedeutete, den Menschen Freude und Hoffnung zu schenken, dann war es vielleicht doch ein Segen und ein Geschenk der Göttin.

***

Lynn zögerte lange, den Handschuh wieder anzuziehen, und tat es erst, als sie schließlich ihr erstes Quartier erreichten – das Stadtpalais des Herzogs von Maruff in Atankaja. Es dämmerte tatsächlich schon und die Glocken der Stadt kündigten das Schließen der Tore an, als sie in den Hof des Palais rollten.

Lynn freute sich darauf, Beringas Familie kennenzulernen. Umso erstaunter war sie, dass bei ihrer Ankunft nur der Haushofmeister zur Begrüßung erschien. Er verneigte sich wiederholt unterwürfig, wich ihren Blicken aus und führte Lynn, Blinthe und den Grafen in einen Saal, in dessen mächtigem, steinernen Kamin ein Feuer brannte.

Blinthe streckte ihre Hände der Wärme entgegen. Der Graf sah sich misstrauisch um. »Das gefällt mir nicht. Der Herzog hätte uns begrüßen müssen.«

»Er hat zwei Töchter im Stift. Vermutlich hatte er gehofft, eine von ihnen würde die Akh'Eldash.«

»Das ist kein Grund für Unhöflichkeit.« Seine Hand lag auf dem Schwertgriff wie an dem Tag, als sie ihn zum ersten Mal gesehen hatte. Doch nun gab sein Blick der Geste etwas Bedrohliches.

Allerdings nicht für sie. Er war hier, um sie zu beschützen, und er nahm diese Aufgabe augenscheinlich ernst. Eigentlich war das etwas, an das sie sich würde gewöhnen können.

»Unhöflichkeit«, sagte sie, »ist aber auch kein Grund für Gewalt.« Als er nicht verstand, wies sie auf sein Schwert.

»Ihr umklammert diese Waffe, als fürchtetet Ihr einen Angriff.«

Das war falsch. Er umklammerte den Griff keineswegs, berührte ihn im Gegenteil mit ruhiger Gelassenheit, und genauso antwortete er ihr auch.

»Meine Hand ist da, wo sie sein sollte.«

»Ich hörte schon, dass Ihr den Kampf nicht scheut.«

»Tatsächlich weiß ich einen erquicklichen Schlagabtausch zu schätzen – selbst einen der gefährlicheren Art.«

Nun war sie es, die nicht verstand, und er zeigte wieder sein halbes Lächeln. »Nicht jeder Mann wagt ein Wortscharmützel mit einer gewitzten Frau.«

»Scharmützel? Ich denke, Ihr Überschätzt die Wirkung von Worten.«

»Mein Bruder sagt, die Zunge schlägt tiefere Wunden als das Schwert, und sie heilen viel langsamer. Nehmt nur Dendar. Nach Eurer Parade heute Morgen hatte er Sorge, Ihr könntet von der Länge seiner Nase auf ... andere Körperteile schließen.«

Darum also hatte er sich die ganze Zeit ferngehalten – zu Blinthes tiefem Kummer. Lynn lachte. »Ich habe schon gehört, dass da ein Zusammenhang bestehen soll. Ich würde ihn für einen DeHellin halten, aber sein Ulphan ist ungehörnt.«

»Das habt Ihr gut erkannt. Er ist Graf Arinams Bastard.«

Das Wort durchzuckte sie, obwohl er es beiläufig aussprach.

»Ein harter Begriff.«

»Es gibt keinen, der es schöner ausdrückt, denn es ist nichts Schönes daran.«

»Immerhin ist er ein Kind der Liebe.«

Sein Lachen überraschte sie. »Ein Kind der Lust vielleicht, aber sicher nicht der Liebe.« Seine dunklen Augen sahen sie freimütig an, aber war er wirklich ganz ohne Schmerz über seine Herkunft? »Ich trage kein schweres

Los, Gesalbte. Mein Vater hat dafür gesorgt, dass jeder mich mit Respekt behandelt.«

»Aber der Thron steht Euch nicht offen.«

»Stimmt, aber dieses grausame Schicksal teile ich mit der überwiegenden Zahl der Männer dieses Landes.«

Sie musste lächeln. »Es ist erfrischend, einem Mann zu begegnen, dem Titel und Äußerlichkeiten so wenig bedeuten.«

»Sagt das nicht. Ich lege viel Wert auf mein kühnes Kinn und die Kerbe darin.«

Sie lachte.

»Im Übrigen war Dendar ausgesprochen wissbegierig, was Euren Schleier betrifft.« Er legte den Kopf schräg. »Wie könnt Ihr damit an einem Bankett teilnehmen?«

Sie ließ das Gewebe durch ihre Finger gleiten. »Es gibt noch andere Versionen des Lorun-Uhn, darunter einige kürzere. Aber es wäre zu umständlich gewesen, Blinthe heute Mittag einen davon aus dem Gepäck suchen zu lassen.«

»Warum ist überhaupt Euer gesamter Kopf bedeckt? Würde es nicht ausreichen, ein Stirnband zu tragen?«

»Im Grunde schon – aber wie leicht könnte das verrutschen? Wenn ich es recht verstehe, hat der Lorun-Uhn zu Anfang nur die Stirn bedeckt, wie bei der Frauentracht der Riefenau. Im Laufe der Jahrhunderte ist er dann immer länger geworden. Nun gehört zum vollen Ornat die schulterlange Version.«

»Es gibt Euch Würde«, stellte Coridan fest, »und etwas Geheimnisvolles.«

»Außerdem«, sagte eine Stimme, »ist es vermutlich eine Hilfe für den König, falls die Akh'Eldash allzu unansehnlich ausfällt.« Ein junger Mann betrat den Saal, die Arme um zwei noch jüngere Frauen gelegt. Seine Rechte hielt ein Kristallglas mit rotem Wein, das über dem deutlich zu weiten Dekolleté seiner Begleiterin schwebte. Sein Schritt war unsicher, sein Lächeln schief.

Das musste Beringas Bruder sein. Lynn verzichtete darauf, ihm auch nur einen Schritt entgegenzugehen. »Prinz Feriwon von Maruff, nehme ich an.«

»*Herzog* Feriwon von Maruff«, korrigierte er.

»Wie kann das sein?« Graf Thul trat halb vor Lynn. Seine Hand lag noch immer am Schwert, locker, beiläufig. »Als ich vor drei Tagen hier war, erfreute Euer Vater sich bester Gesundheit.«

»Jetzt ist er tot.« Die schwankende Haltung des jungen Herzogs stand im Gegensatz zu seinen Augen, die Lynn an eine Schwarznatter denken ließen. Sie straffte die Schultern. »Ihr habt eine seltsame Art, Eurer Trauer Ausdruck zu verleihen.«

»Jeder trauert auf seine Weise. Der Herzog ist tot, es lebe der Herzog.« Er prostete ihr zu und trank, und da er dabei den Arm noch immer um den Hals des Mädchens geschlungen hielt, zog er sie dabei eng an sich. Die junge Frau protestierte nicht, aber sie wirkte auch nicht glücklich. Als das Glas leer war, sagte er: »Obwohl das Haus von Maruff in Trauer ist, kommen wir unserer Pflicht dem König gegenüber selbstverständlich nach.«

Die arme Beringa! Ein schrecklicher Trauerfall so kurz vor der Vermählung. »Wissen Eure Schwestern, was geschehen ist?«

»Wir hatten noch keine Gelegenheit, den Tempel in Kenntnis zu setzen. Aber wozu auch? Für sie wird sich ohnehin nichts ändern.«

»Sie würden ihren Vater sicher beweinen wollen.«

»Ja, das würden sie wohl.« Er musterte sie geringschätzig. »Wer steckt unter dem Schleier? Die Älteste der Vallathrys-Töchter?«

»Richtig.«

»Na sowas. Ich dachte, Ihr wärt inzwischen eine Heilige Jungfrau. Hattet wohl Glück, dass die Erdmutter selbst noch zur Kupplerin wurde.«

»Mäßigt euch«, sagte Graf Thul scharf. »Wenn Ihr den Alkohol nicht vertragt, meidet ihn, wenn Ihr hohe Gäste erwartet.«

»Ganz der edle Ritter.« Feriwon nahm den Arm von der Schulter des einen Mädchens und schob es dem Gast entgegen. »Wie steht's, Graf Thul? Lust, heute Nacht einen Bastard zu zeugen?«

Lynn sah, wie die Schultern des Grafen versteiften.

»Oh, verzeiht mir meine Gedankenlosigkeit.« Feriwons Grinsen war niederträchtig. »Ich vergaß.«

Lynn trat neben den Grafen. »Manche Männer erringen Ehre durch ihre Taten.« Im Ton beißender Verachtung, den sie lange kultiviert hatte, fügte sie an: »Andere haben nichts als ihren Namen.«

Der hasserfüllte Blick zeigte, dass Feriwon nicht halb so betrunken war, wie er sich gab.

Graf Thul sagte: »Wenn die Dienerschaft uns jetzt unsere Gemächer zeigen könnte?«

»Natürlich.« Feriwon winkte zu der halboffenen Tür hinüber, und ein eilfertiger Diener trat ein. »Zeig unseren Gästen ihre Unterkunft.« Dann wandte er sich wieder an Lynn. »Und natürlich seid Ihr eingeladen, an unserer Tafel zu speisen. Es wird aufgetragen, sobald die Glocken schlagen.«

»Ich werde da sein, Hoheit.« Tatsächlich hätte sie lieber gehungert, als diesem abscheulichen Mann noch einmal gegenüberzutreten, aber diese Blöße würde sie sich nicht geben.

Feriwon wandte sich ab, und sein Blick streifte dabei den Grafen. »Natürlich ist Euer Wachhund auch eingeladen.«

Sie folgten dem Diener durch abenddunkle Gänge. Der Graf ging mit steifen Bewegungen neben ihr, und seine Wangenknochen arbeiteten. Schließlich sagte er: »Bitte entschuldigt diesen Affront. Hätte ich auch nur geahnt, was Euch hier erwartet ...« Er führte den Satz nicht zu Ende. Lynn sagte: »Er hat auch Euch beleidigt.«

Er warf ihr einen erstaunten Blick zu, als sei ihm das nicht bewusst gewesen. Dann stieß er die Luft durch die Nase aus. »Ein Mann entscheidet selbst, von wem er sich beleidigen lässt. Nimmt man sich die Schmähungen eines Lumpen zu Herzen, gibt man ihm mehr Bedeutung, als ihm zukommt.«

»Das ist eine sehr überlegene Haltung.«

Der Diener öffnete eine Tür und machte eine einladende Geste. »Die Räume der Akh'Eldash.«

Der Graf trat zuerst ein und sah sich um. Man hatte Lynns Gepäck bereits heraufgebracht, und Blinthe machte sich sofort daran, die Abendgarderobe herauszusuchen. Sie ließ sich dabei von ihm nicht stören.

Thul wandte sich an den Hausdiener. »Wo werde ich schlafen?«

»Im Raum gleich nebenan, Erlaucht.«

»Wo ist der Rest unserer Leute untergebracht?«

»Im Personalflügel.«

»Inakzeptabel. Sie werden das Zimmer gegenüber erhalten.«

Der Blick des Dieners flackerte, doch er verneigte sich. »Ich werde das veranlassen.«

Nachdem der Mann gegangen war, fragte Lynn: »Erwartet Ihr Probleme?«

Er untersuchte die Seitenwand. »Ich kann mir nicht vorstellen, dass Feriwon zulassen würde, dass Euch etwas passiert. Nicht in seinem eigenen Haus. Er kann es sich nicht leisten, sich den König offen zum Feind zu machen.«

Jetzt erst wandte er sich ihr zu. »Aber sein Auftritt vorhin, der plötzliche Tod des Herzogs – ich möchte kein Risiko eingehen.«

»Wie furchtbar das alles ist«, sagte Blinthe. »Prinzessin Beringa wird untröstlich sein.«

Thul wandte sich an sie. »Du schläfst heute Nacht bei deiner Herrin?«

»Gewiss.«

»Gut. Dendar wird im Gang vor Eurer Tür nächtigen.«

»Nicht Ihr selbst?«, frage Lynn halb spöttisch.

»Ich schlafe vor dieser.« Er nickte zu der Wand hin, und erst jetzt bemerkte Lynn die Tapetentür darin. Er zog einen schweren Stuhl davor. Unauffällig würde so niemand mehr den Raum betreten können.

»Ihr seid sehr gewissenhaft«, sagte Lynn.

»Ich habe eine Aufgabe zu erfüllen.« Er sah sich noch einmal prüfend um, dann wandte er sich zum Gehen. »Wenn die Glocken läuten, hole ich Euch ab. Wartet, falls ich mich verspäte.«

»Das ist nicht nötig.«

»Ich hole Euch ab«, wiederholte er mit Nachdruck. Dann ging er.

Seufzend ließ Lynn sich auf einen gepolsterten Lehnstuhl fallen und sah zu, wie Blinthe den Inhalt der Truhen umschichtete.

»Ich frage mich«, sagte Lynn, »was passiert ist. Vielleicht war es ein Unfall, oder vielleicht ist der Herzog gestürzt.«

Blinthe fuhr fort, Kleidungsstücke zu sortieren, bis sie Lynns Blick bemerkte und unsicher zu ihr herübersah. »Erwartet Ihr von mir eine Antwort darauf?«

»Sonst muss ich dich zum Sprechen nicht erst auffordern.«

Blinthe ließ den Stoff sinken und machte ein sorgenvolles Gesicht. »In diesem Haus«, sagte sie, »herrscht ein unguter Geist.«

»Und er heißt Feriwon«, bestätigte Lynn.

»Das meine ich nicht. Ich habe es schon wahrgenommen, als wir in den Hof eingefahren sind. Etwas Dunkles ist hier, etwas Böses.«

»Du denkst, der Herzog ist durch Zauberei gestorben?«

»Wundern würde es mich nicht. Habt Ihr nicht Feriwons bandagierten Arm gesehen?«

»Nein. Wann?«

»Als er den Arm von dem Mädchen nahm, ist der Ärmel seiner Jacke ein wenig nach oben gerutscht. Ich bin sicher, dass ich darunter einen Verband gesehen habe.«

»Was hat das deiner Meinung nach zu bedeuten?«

»Die Geister verlangen Blut, um ihren Zauber zu wirken.«

Lynn schüttelte den Kopf. »Er kann sich aus allen möglichen Gründen verletzt haben.« Manchmal waren ihr Blinthes Ansichten doch etwas zu verschroben. »Aber vielleicht weiß die Dienerschaft ja mehr über den Tod des Herzogs.«

Blinthe begriff sofort. »Ich werde mal gehen und um neue Laken bitten. Diese hier sind schmutzig.«

***

Coridan machte eine Runde durch das Haus, um zu sehen, ob sich in den wenigen Tagen seit seinem letzten Besuch irgendetwas Wesentliches verändert hatte. Wie alle alten Gebäude war es nicht einheitlich strukturiert, sondern hatte im Laufe seines Bestehens durch Erweiterungen und Modeströmungen einige Änderungen erfahren. Es schien allerdings, dass die Umbauten alle längere Zeit zurücklagen. Rissiger Putz und rostige Türangeln zeigten, dass die Gerüchte stimmten: Der alte Herzog von Maruff war ein notorischer Geizkragen gewesen. In den Gängen hatten nicht einmal alle Fenster eine Verglasung aufzuweisen. Die leeren Öffnungen gingen in den Hof hinaus, wo gerade ein

Mann in Uniform, vermutlich ein Mann der Stadtwache, einem Diener ein Schreiben übergab.

Ein Räuspern hinter ihm veranlasste Cor, sich umzudrehen. Ein Diener verbeugte sich. »Wonach immer Ihr sucht – darf ich Euch den Weg weisen?«

»Ich würde dem Herzog gern die letzte Ehre erweisen.«

Der Diener verbeugte sich erneut. »Bitte folgt mir.«

Man hatte den Herzog in der Gruft aufgebahrt, die auch seine letzte Ruhestätte werden würde. Viel zu viele Kerzen brannten zu Häupten des Verstorbenen. Die Wärme, die sie in dem kühlen Gewölbe verbreiteten, würde den Leichnam vorzeitig verfallen lassen, und tatsächlich lag bereits ein ekelerregender Gestank in der Luft. Vermutlich war das Absicht, ebenso wie die offensichtliche Verschwendung, die dem Herzog sicher nicht gefallen hätte.

Der Leichnam war mit einem Tuch abgedeckt, das die Formen des Toten erkennen ließ. »Der Sarkophag ist noch nicht fertiggestellt«, sagte der Diener entschuldigend. Niemand hielt die Totenwache, nicht einmal ein Diener. Das wäre nur zu erklären, wenn Feriwon es verboten hätte.

»Gestatte mir einen Augenblick des Abschiedes«, bat Coridan. »Ich finde allein zurück.«

Der Diener zögerte, dann verbeugte er sich erneut. »Ich warte am Ausgang der Gruft auf Euch.« Offenbar wollte man ihn nicht unbegleitet durch das Schloss wandern lassen.

Coridan wartete, bis er alleine war, dann hob er das Tuch vom Gesicht des Toten.

Der Herzog war schon zu Lebzeiten kein schöner Mann gewesen, und der Tod hatte sich nicht vorteilhaft ausgewirkt. Coridan hatte Tote gesehen, deren Gesicht Frieden ausstrahlte, doch auf Maruff traf das ganz und gar nicht zu. Geiz und Missgunst hatten seine Züge hart werden lassen. Die wächserne Blässe ging bereits ins Bläuliche über, seine

Augen waren einen Spalt weit geöffnet, die Kinnbinde saß zu locker und ließ den Blick auf gelbe Zähne zu.

Doch Coridan war nicht hier, um eine morbide Schaulust zu befriedigen. Er deckte den Toten weiter auf, lüftete das Totenhemd, um nach einer Wunde zu suchen, irgendetwas, das ihm erklären konnte, wie ein Mann, der noch vor wenigen Tagen energisch und rüstig aufgetreten war, so plötzlich hatte versterben können. Doch da war nichts. Nichts Offensichtliches jedenfalls. Er hob den Toten sogar seitlich an, um dessen Rücken abtasten zu können, aber auch dort war nichts zu entdecken. Ohnehin traute er Feriwon eher Gift als einen hinterrücks geschwungenen Dolch zu. Aber der alte Maruff war misstrauisch gewesen. Ihn zu vergiften wäre nicht einfach gewesen, nicht einmal für seinen Sohn.

Gerade als er den Toten wieder zudecken wollte, fiel ihm doch etwas auf: Eine Schnittverletzung am rechten Daumenballen. Richtig, vor einigen Tagen war Coridan der Verband bereits aufgefallen. Aber der Herzog hatte nicht geschwächt gewirkt, und die Wunde war offenbar bereits fast verheilt gewesen. Sie sah nicht so aus, als habe darin eine Entzündung gewütet, oder gar, als sei hier Gift eingedrungen.

Er deckte den Toten wieder zu und ließ sich von dem Hausdiener zurück zu den Gästeräumen führen. Dort fand er Dendar, Helim und Srimm vor, die bereits gegessen hatten.

»Ein merkwürdiges Haus«, sagte Dendar. »Der Herzog ist kaum kalt, doch sein Sohn tafelt jeden Tag wie ein … nun ja, Herzog.«

»Maruff war für seinen Geiz bekannt. Vermutlich hat Feriwon Nachholbedarf.«

»Das Personal fürchtet ihn«, warf Helim ein. »Sie bewegen sich vorsichtig und leise, als wollten sie vermeiden, eine Bestie zu wecken.«

Coridan lächelte schwach. »Ganz wie daheim.« Er sah Dendar an. »Du wirst heute Nacht vor der Tür der Akh'Eldash schlafen.«

»Was immer du befielst. Aber wäre das nicht deine Aufgabe, mein Prinz?« Dendar setzte sich an den Tisch und nahm ein Kartenspiel auf. »Du hast nur fünf Tage. Vielleicht sechs, wenn wir uns nicht allzu sehr beeilen.«

»Wofür?«

»Um ihr Herz zu erobern.«

Coridan erstarrte, doch Dendar bemerkte es nicht. Er mischte unbekümmert weiter die Karten. »Sie ist die Akh'Eldash. Wenn sie sich für den fähigeren Prinzen entscheidet, dann ist das doch in gewisser Weise eine Entscheidung der Göttin, oder nicht?« Er sah auf und begegnete Coridans Blick. Unwillkürlich weiteten sich seine Augen und seine Hände stockten. »Verzeih, mein Prinz, ich wollte nicht –«

»Noch ein Wort«, unterbrach ihn Coridan, und seine Stimme war bedrohlich leise, »und ich lasse dich wegen Hochverrats einkerkern.«

»Nur ein Scherz, mein Prinz, und ein dummer dazu.« Dendar senkte den Blick und mischte mit übertriebener Konzentration weiter.

Coridan wandte sich ab. Dendar hatte nie einen Hehl daraus gemacht, dass er ihn dem Kronprinzen vorzog. In seinen Augen war Siluren zu schwach und vor allen Dingen zu korrekt. Er nannte ihn den Quengler, seit Siluren öffentlich eine Gruppe ausbeuterischer Beamter angeprangert und den König damit zum Handeln gezwungen hatte. Sein Vater hatte das ungern getan, denn ein Teil der Bestechungsgelder war in die Staatstruhen geflossen, und auch Dendar hatte seine Spieleinsätze in der Folgezeit merklich verringern müssen. Die Handwerker der Hauptstadt allerdings hatten eine Dankesdelegation geschickt.

Das helle Läuten einer Glocke zeigte an, dass das Abendessen angerichtet war. Coridan zog seine Weste glatt und ging zum Zimmer der Akh'Eldash hinüber. Auf sein Klopfen hin öffnete Blinthe. »Wir sind gleich so weit.« Und die Tür schloss sich wieder.

Coridan ging den Gang auf und ab. Bei dem Gedanken an die Akh'Eldash musste er unwillkürlich lächeln. Sie nutzte ihre Worte wie ein Florett: leicht, flink, aber durchaus gefährlich, und er genoss die kleinen Geplänkel mit ihr. Sicherlich würde Siluren ihren wachen Geist ebenfalls zu schätzen wissen.

Erst nach einer Weile öffnete sich die Tür erneut, und die Akh'Eldash erschien. Tatsächlich trug sie nun einen anderen Schleier, der nicht mehr ihr gesamtes Gesicht verbarg. Er reichte nur bis zur Nasenwurzel, bedeckte also Oberkopf, Stirn und Augen – ganz so, als solle der No'Ridahl ausreichend umfänglich geschützt bleiben.

Bei ihrer ersten Begegnung hatte Coridan nur ihr attraktives Dekolleté und ihren langen Hals zu sehen bekommen, später ihre zierlichen Hände. Nun zeigten sich ein ovales Kinn und volle Lippen.

Diese stückweise Enthüllung hatte durchaus ihren Reiz. Welche Farbe mochten wohl ihre Augen haben? Braun? Oder blau? Ob er sie je zu Gesicht bekommen würde?

Er bot ihr den Arm an, und ihre Hand legte sich leicht wie ein Vogel darauf. Dann schritt sie mit raschelndem Kleid neben ihm her. Die Zofe folgte ihnen in gebührendem Abstand – weit genug weg, dass ihr Gespräch eine gewisse Vertraulichkeit behielt, doch so nah, wie es ihre Pflicht als Anstandsdame eben verlangte.

»Es wäre nicht nötig gewesen«, sagte Lynn leichthin, »dass Ihr mich zum Essen eskortiert. Blinthe hat den Weg zum Speisesaal bereits vorausschauend erkundet.«

Wieder hatte er das Gefühl, sie habe ein Florett zum en garde erhoben, und wieder nahm er die Herausforderung an.

»Ich wollte mich keinesfalls in die Verantwortlichkeit Eurer Dienerschaft mischen.«

Sie lächelte und Grübchen erschienen auf ihren Wangen. »Ich bezweifle auch, dass Ihr die Aufgaben einer Zofe mit Blinthes Meisterschaft erfüllen könntet.«

»Das käme auf einen Versuch an. Was tut Blinthe so? Euer Haar bürsten, Euch entkl...« Er zerbiss das Wort, bevor es seine Lippen ganz verlassen hatte. Was, bei der Göttin, hatte ihn geritten, so etwas zu sagen?

Sie ging ohne zu stocken weiter, doch er meinte, dass eine zarte Röte ihre Wangen überzog. Dennoch hatte sie offenbar nicht vor, verschämt zu verstummen. »Ich ziehe es vor, mit unversehrter *Garderobe* bei meinem Bräutigam einzutreffen.«

»Ich würde nie etwas beschädigen, das dem Prinzen gehört.«

»Ein Krieger zerstört oft mehr, als er beabsichtigt, Graf.«

»Ihr fürchtet also, ein Mann wie ich könne mit zartem Gewebe nicht umgehen.«

»Oh, das Gewebe ist widerstandsfähiger, als die meisten Männer vermuten. Doch was man fallen lässt, wird unvermeidlich beschmutzt.«

»Im Allgemeinen lasse ich nicht fallen, was ich einmal in Händen halte.«

Sie hatten den Speisesaal erreicht. Die Akh'Eldash blieb stehen und wandte sich ihm zu. »Was Ihr habt, ist nicht viel, wie man hört – und auch diese Garderobe«, sie wies auf ihr Kleid und damit auf sich, »ist nicht die Eure.«

Er verneigte sich. »Ein Jammer. Ich denke, der Lorun-Uhn würde mir stehen.« Es war ein magerer Scherz, aber er reichte aus, um die Grübchen noch einmal erscheinen zu lassen, und das war jeden mageren Scherz wert.

Cor klopfte, und die Tür wurde von innen geöffnet. Sie traten in einen Saal mit hoher Decke, deren farbig verzierter Stuck sich bis zur Mitte der Wände hinab zog. Auch hier sprach die Pracht von altem Glanz, denn die Farben waren verblasst und der Stuck von Staub verdunkelt. Ringsum an den Wänden standen Diener bereit und Helim hatte recht: Ihre Haltung drückte Furcht aus, Vorsicht lag in jedem Blick, in jeder Geste.

In der Mitte des Saales präsentierte ein großer Tisch üppige Speisen. Der Duft gebratenen Fleischs wehte ihnen entgegen. Feriwon hatte bereits zu essen begonnen. Als sie eintraten, schaute er auf und wischte sich das Fett vom Kinn. »Ah, meine verehrten Gäste bequemen sich auch zu Tisch. Setzt Euch.« Er machte eine unbestimmte Handbewegung und aß weiter.

Cor schob der Akh'Eldash den Stuhl zurecht und setzte sich neben sie.

»Wie ich höre«, sagte die Akh'Eldash, während sie das Fingertuch auffaltete und über ihren Schoß breitete, »wurde Euer Vater bereits in die Gruft hinabgebracht. Gab es einen Grund dafür, ihm die Tradition der dreitägigen Totenwache zu verweigern?«

Oha, dachte Cor, das war der Höflichkeit eines Gastes auch nicht gerade angemessen. Der Abend konnte spannend werden.

Feriwon, der an einem Bikhuhnschenkel kaute, stockte. Langsam hob er den Blick. »Ich wüsste nicht, womit er sie verdient hätte.«

»Darf ich fragen, wie er gestorben ist?« Sie winkte einen Diener heran und deutete auf die Suppenschüssel. Offenbar bewegten sie die gleichen Fragen wie Cor.

»Warum interessiert Euch das?«

Sie lächelte, während der Diener ihre Schale füllte. »Ich versuche nur, etwas Konversation zu betreiben, Durchlaucht. Außerdem wäre meine liebe Freundin Beringa sicher froh, Näheres über den Tod ihres Vaters zu erfahren. Ich nehme Euch gerne die lästige Pflicht ab, einen Brief zu verfassen.«

»Beringa wird bald heiraten, und dann gehört sie ohnehin nicht mehr zur Familie.« Feriwon warf den halb abgenagten Knochen auf seinen Teller, lehnte sich zurück und fixierte sie mit schmalen Augen. »Eure Fragen erscheinen mir recht aufdringlich.«

»Das tut mir leid. Dann lasst uns das Thema wechseln.« Sie nahm den Löffel auf und kostete die Suppe. »Eine ausgezeichnete Perrim-Crimm. Dient dieser Koch schon lange in Eurer Familie?«

Feriwon schwieg, und seine Natternaugen musterten sie ohne zu blinzeln. Dann beugte er sich mit einem Ruck vor. »Lasst mich *Euch* etwas fragen. Was habt Ihr getan, damit die Erdmutter Euch erwählt hat?«

Die Akh'Eldash überlegte kurz. »Ich denke nicht, dass die Erdmutter einen Menschen für das erwählt, was er tut – sondern dafür, wer er ist.«

Feriwon nahm einen Papierstreifen, der neben seinem Teller lag, etwa in der Größe einer Schwirrerbotschaft, und hielt ihn in eine der Kerzenflammen. »Wer seid Ihr, dass sie ausgerechnet Euch erwählt hat?« Das Papier fing Feuer und Feriwon ließ es auf seinen Teller fallen, wo es rasch verbrannte.

»Das wage ich nicht zu beurteilen.«

Cor dachte an das Geschehen im Burghof. War dies das Schreiben, das der Wächter gebracht hatte? Seltsam, dass Feriwon es so demonstrativ vor ihren Augen verbrannte.

Inzwischen fuhr die Akh'Eldash fort: »Der Ratschluss der Großen Mutter ist nicht immer zu erkennen. Sie schenkt Leben und nimmt es, wie es ihr gefällt.«

»Leben nehmen kann jeder«, sagte Feriwon verächtlich.

»Da stimme ich Euch zu, Durchlaucht. Einen anderen zu töten vermag jeder bedeutungslose Narr.«

Cor vergaß für einen Moment zu atmen, während er beobachtete, wie sich Feriwons Gesicht rötete. Wenn der junge Herzog seinen Vater tatsächlich selbst ermordet hatte, dann spielte die Akh'Eldash gerade mit dem Feuer. Das war unvorsichtig von ihr – aber es imponierte ihm auch. Er beugte sich vor und stieß seine Gabel in eine Scheibe des Bratens, der direkt vor ihm stand.

Feriwon fixierte die Akh'Eldash noch immer mit brennendem Blick. »Das kommt wohl auf die Bedeutung des Mannes an, den der *Narr* gefällt hat.« Fast wirkte es, als bettele er um ihre Anerkennung, doch die Akh'Eldash schien seinen Blick nicht zu bemerken.

»Ich hörte von einem König, der von einer Sumpfratte gebissen wurde und an der Entzündung starb. Doch wozu macht das die Ratte, außer zu einem schmutzigen Parasiten?«

Mit einem Knall landete die Hand des Herzogs auf der Tischplatte. Er sprang auf und lief im Raum auf und nieder. Cor beobachtete ihn wachsam, während er den – wirklich vorzüglichen – Braten aß.

Schließlich schien Feriwon ein Gedanke zu kommen. Er kehrte zu seinem Platz zurück, setzte sich jedoch nicht, sondern stützte die Hände auf den Tisch. »Wenn der König ein Tyrann war, macht es die Ratte zum Retter des Volkes.«

Die Akh'Eldash neigte zustimmend den Kopf. »Meint Ihr tatsächlich, die Beweggründe der Ratte waren so nobel? Oder wollte sie nicht nur ihren eigenen Bauch füllen?«

»Spielt das eine Rolle? Sie hat es getan!«

»Ihr meint also, man sollte eine Ratte auf den Thron heben, nur weil sie in der Lage ist, einen König zu töten?«

»Nein. Ich ... meine nur ...« Er starrte sie an. Dann stieß er sich von der Tischplatte ab und warf die Arme in die

Luft. »Warum diskutiere ich solche Dinge überhaupt mit einem Weibsbild?«

»Zum letzten Mal«, mahnte Cor. »Ihr sprecht mit der Akh'Eldash und Braut des Kronprinzen.«

Offenbar froh, einen neuen Feind gefunden zu haben, senkte Feriwon den Blick und fixierte Cor wie ein wütender Ulphan-Bulle. »Ein Bastard sollte schweigen, wenn Fürsten sich unterhalten. Habt Ihr das Eurem Wachhund-Mischling nicht beigebracht, Gesalbte?«

Cors erster Impuls war, den Herzog zu fordern. Mit dem Schwert in der Hand würde er diesen selbstgefälligen Knaben mit Leichtigkeit in seine Schranken weisen. Doch er rang seinen Ärger nieder. Seine Aufgabe war die Akh'Eldash, und er würde ihre Sicherheit nicht gefährden – auch wenn sie selbst gerade allzu sorglos damit spielte. Darum blieb er stumm und starrte auf seinen Teller, während ihm das Blut in den Ohren rauschte.

Vermutlich hielt sie ihn jetzt für einen Feigling. Er musste sich daran erinnern, dass es nicht wichtig war, was andere dachten, dass er nur sich selbst und seinem eigenen Gewissen verantwortlich war. Doch heute fiel ihm das schwer.

»*Graf* Coridan von Thul«, sagte die Akh'Eldash betont, »ist ein Vasall des Königs wie Ihr auch.« Sie erhob sich, und ein Diener sprang herbei, um ihren Stuhl zurückzuziehen. »Ich danke für Eure Gastfreundschaft, Durchlaucht. Ich bitte um Nachsicht, dass die Strapazen der Reise mich frühzeitig zu Bett zwingen.«

Der Herzog machte eine nachlässige Handbewegung, und die beiden verließen den Saal.

Blinthe, die vor der Tür gewartet hatte, schloss sich ihnen wie zuvor an, und Cor knurrte: »Es war nicht nötig, dass Ihr mich verteidigt.«

»Ich wollte ein Duell vermeiden.«

»Tatsächlich? Eure Fragen waren nicht gerade geeignet, ihn zu besänftigen.«

»Das waren nur Worte, Graf. Ihr hingegen saht aus, als wolltet Ihr ihm die Kehle durchbeißen.«

»Das hätte ich auch gern getan – aber selbst ich weiß einzuschätzen, wann ein Blutbad taktlos wäre.«

Da waren sie wieder, diese Grübchen, die es ihm unmöglich machten, ihr böse zu sein. Doch dann blieb sie stehen und wandte sich ihm zu. »Haltet Ihr es für möglich, dass er seinen eigenen Vater ermordet hat?«

»Wenn Ihr das glaubt, warum habt Ihr dann versucht, ihn zu reizen?«

»Ich wollte erkennen, was für ein Mensch er ist. Er ist wankelmütig, schwach und reizbar, aber er kennt seine Grenzen. Ich denke nicht, dass er mir heute Nacht etwas antun wird.«

»Weil er den Zorn des Königs fürchtet?«

»Wenn er glaubte, er werde damit durchkommen, hätte er mit dem Mord geprahlt. Aber so weit geht seine Hybris nicht.«

»Dendar wird trotzdem vor Eurer Tür schlafen.«

»Das beruhigt mich.« Sie nahmen den Weg wieder auf. »Im Übrigen ist Blinthe der Meinung, Feriwon hätte seinen Vater mit Hilfe der Geister getötet. Der Herzog hatte sich vor einigen Tagen einen Schnitt an der Hand zugezogen, und Feriwon hat den Arzt offenbar um das blutige Tuch gebeten.«

»Ich weiß von der Verletzung, aber sie war sicherlich nicht die Todesursache.« Er schüttelte den Kopf. »Was ist das nur mit der Dienerschaft und dem Aberglauben?«

Sie waren vor den Gästeräumen angekommen und sie blieb stehen, zögerte, dann wandte sie sich noch einmal zu ihm um. »Ihr hättet ihn besiegen können«, sagte sie. »Feriwon, meine ich.«

»Vermutlich. Aber es hätte Euch in Gefahr gebracht.«

»Das war sehr ...« sie suchte nach dem richtigen Wort, und als sie es fand, überraschte es ihn, »... souverän. Viele Männer in dieser Situation hätten beweisen wollen, dass sie überlegen sind.«

»Es kommt nicht darauf an, andere zu übertrumpfen, sondern sich selbst.« Das war es, was sein Vater nie verstanden hatte.

»Siluren?«, fragte sie.

»Siluren«, bestätigte er.

Sie schmunzelte. »Ich frage mich, ob ich dieser Tage auch noch einmal einen klugen Satz zu hören bekomme, der Eurem eigenen Kopf entsprungen ist.«

»Ich werde mich bemühen, Gesalbte.« Er verneigte sich und verließ sie für die Nacht.

Erst später fiel Coridan das Papier wieder ein, das Feriwon so demonstrativ vor ihnen verbrannt hatte. Plötzlich war er sich sicher, dass diese Nachricht für ihn und die Akh'Eldash bestimmt gewesen war. Vielleicht eine Botschaft, die der Tempel ihnen nachgesendet hatte.

Doch der Akh'Eldash ein an sie gerichtetes Schreiben vorzuenthalten, so weit würde nicht einmal ein Wurm wie Feriwon gehen. Zumindest hoffte er das. Doch all diese Gedanken waren müßig. An wen immer die Worte gerichtet gewesen waren, sie waren zu Asche verbrannt.

***

Kira lag im Lazarett. Um sie herum Stöhnen und Klagen, der widerwärtige Gestank nach Blut und Kot. Die Verwundeten lagen auf dem Boden, eingehüllt in graue Decken. Körper reihte sich an Körper, Sterbender an Sterbender, bis in den blauen Dunst der Ferne.

Kira schlug die Decke zurück und richtete sich auf. Die Narbe zog sich wie ein roter Wurm wulstig über ihren Bauch bis zur Hüfte. Der Wurm hob den Kopf und zischte sie böse an. Dann schmiegte er sich wieder an ihren Leib und verursachte ein Ziehen auf der Haut, als er mit ihr verschmolz.

»Sie quält dich noch immer.« Vor ihrem Bett stand der König: groß, schlank, ganz in schwarz gekleidet, die Hände auf dem Rücken. Auch sein Haar war schwarz, ebenso wie der fein gestutzte Bart. Die Haut seines Gesichtes jedoch schimmerte geisterhaft fahl und die Iris in den stechenden Augen war von einem so hellen Grau, dass sie fast weiß erschien. Krolan der Fahle.

Noch immer hielt Kira den Stoff ihres Hemdes hoch und Krolan betrachtete den Wurm. »Du solltest den Geistern für dieses Geschenk danken.« Seine Stimme war wie immer sanft und freundlich. Der Klang verursachte ihr eine Gänsehaut. Sie hatte gehört, wie er mit dieser Stimme Todesurteile gefällt hatte. »Es scheint gänzlich verheilt zu sein. Oder ist dies ein Wunschtraum?«

Ein Traum? Sie blickte sich um. Das Lazarettzelt war zusammengeschrumpft. Keine anderen Verwundeten mehr, nur noch sie. Aber war das nicht immer so, wenn der König erschien?

»Ja, dies ist ein Traum«, bestätigte der. »Du musst dir das bewusst machen, damit du dich an alles aus deinem wachen Leben erinnerst.«

Dieses Lazarett war Vergangenheit. Dort hatte ihr Leben aus kaum etwas anderem bestanden als Schlaf. Ein Schlaf, in dem sie immer seltener alleine gewesen war. Nach dem Erwachen hatte sie sich nie an Einzelheiten erinnern können, nur an ein diffuses Gefühl und an die Stimme, hinter deren sanftem Klang so viel Kälte lag.

Sie ließ den Stoff über den Wurm fallen. Oder nein, über die Narbe.

Krolan richtete sich auf. »Haben sich die Voraussagen meiner Ärzte erfüllt?«

»Meine monatlichen Blutungen sind nicht zurückgekehrt, falls Ihr das meint.« Sie sagte das mit einem gewissen Trotz. Es war nichts, was sie üblicherweise mit einem Mann besprechen würde, nicht mal in einem Traum. Aber Krolan wusste es ohnehin, und vermutlich verdankte sie dieser Tatsache seine besondere Aufmerksamkeit. Sie, die das Leben der Erdmutter nicht mehr weitertragen konnte, war für einen Anhänger der Geister vermutlich die einzig akzeptable Sorte Frau. Ohne Krolans persönlichen Leibarzt hätte sie vermutlich noch viel mehr verloren als nur ihre Fruchtbarkeit.

Krolan richtete den Blick auf die Zeltwände. »Erstaunlich, dass es immer wieder hier beginnt.«

»Ich dachte, das wäre Euer Werk. Um mich daran zu erinnern, dass ich Euch mein Leben verdanke.«

»Keineswegs. Dies ist dein Traum, den dein Geist gestaltet.«

Das wäre wohl anders, wenn es der seine wäre. Manche behaupteten, Krolan wäre sogar in der Lage, jemanden durch einen Traum zu töten. Doch Kira hatte den Verdacht, dass das Eindringen in fremde Träume ihn etwas kostete, dass es schwierig oder anstrengend war. Oder vielleicht genoss er es einfach mehr, Menschen zu pfählen, statt sie im Schlaf zu vernichten. So oder so war es besser, seinen Zorn nicht zu wecken. Nicht, dass sie ihn jemals zornig erlebt hätte. Stets war er sanft und freundlich. Jenem ungeschickten Diener hatte er mit beiläufiger Bewegung und einem Lächeln die Kehle durchgeschnitten.

Krolan machte eine umfassende Handbewegung. »Etwas hält dich hier fest, im Leid, im Schmerz.« Er lächelte, als gefiele ihm das.

»Keineswegs.« Sie stand auf. »Wir können diesen Ort sofort verlassen.« Sie trat aus dem Zelt in einen hohen Giebelsaal, der ihr unbekannt war. Von den Deckenbalken hingen Käfige mit menschlichen Überresten. Hungerdünne Arme und Beine ragten zwischen den Stäben hervor, manche bereits skelettiert. Dies war ganz sicher nicht mehr *ihr* Traum. Offenbar zeigte ihr Krolan mehr von sich, als sie überhaupt wissen wollte, doch so leicht ließ sie sich nicht einschüchtern.

Er erwartete sie an einem Tisch in der Mitte des Raumes, und während sie nähertrat, hob sie den Finger zu den Käfigen. »Wer sind diese Leute?«

Wieder diese sanfte, weiche Stimme. »Menschen, die mir Unrecht getan haben.«

»Ihr habt sie alle getötet?«

»Nur in meinen Träumen. Da sind sie alle einen langsamen, qualvollen Tod gestorben. Mehr konnte ich nicht tun – damals.« Er lehnte sich zurück. »Hast du den Zauderer gefunden?«

Es war beruhigend, das bejahen zu können. »Ihr hattet recht: Er ist auf dem Weg nach Krailenhorst.«

»Konntest du in seine Dienste treten?«

»Er hat mich sogar auf die Burg eingeladen.«

Ein anerkennendes Lächeln. »Ich wusste, ich kann auf dich zählen.«

»Geran brennt darauf, ihn zu töten.«

»Auf keinen Fall!« Er beugte sich aufgeregt vor, zwang sich aber ganz offensichtlich zur Ruhe. »Tot nützt er mir nichts. Sorge also dafür, dass ihm nichts geschieht.«

»Ich habe Geran klargemacht, dass unsere Befehle anders lauten.«

»Gut.« Er schien beruhigt. »Noch etwas. Wenn ich ihn brauche, wäre mir daran gelegen, dass der Zauderer nicht in einer abgelegenen, uneinnehmbaren Festung verschanzt ist. Kannst du dafür sorgen?«

»Ihr traut mir vieles zu, Hoheit.«

»Mehr als den meisten. Du bist ein Liebling der Geister.« Er hob den Blick zu den Käfigen. »Und du solltest dafür

Sorge tragen, meine Erwartungen nicht zu enttäuschen.« Als er sich ihr wieder zuwandte, war sein Blick so kalt, dass sein Lächeln zu einer absurden Maske geriet. »Sag es: Der Prinz darf nicht auf Krailenhorst bleiben. Wiederhole es, bis ich dir sage, dass es genug ist.«

***

Kira erwachte vom Klang ihrer eigenen Stimme. Sie murmelte etwas vor sich hin, und erst als sie sich auf die Worte konzentrierte, wurde sie sich deren Bedeutung bewusst: »Der Prinz darf nicht auf Krailenhorst bleiben.«

Eine Botschaft aus ihrem Traum? Sicher ein Befehl Krolans. Allein bei dem Gedanken an den fahlen König kroch Kälte ihren Rücken hinauf. Doch die Eindrücke waren bereits verblasst, waren ungreifbar und ließen nur ein Gefühl der Verunsicherung zurück, wie nach einem Albtraum.

Sie lag in der kleinen Kammer, die man ihr im Gasthaus zugewiesen hatte. Mit leisem Schrecken stellte sie fest, dass die Morgensonne bereits durch die Butzenglasscheiben schien. Ob der Prinz schon aufgebrochen war? Er hatte im Haus des Vogtes übernachtet, und sie wusste nicht, ob er ins Gasthaus zurückkehren würde.

Doch ihre Sorge war unberechtigt. Als sie ihr Zimmer verließ, hörte sie seine Stimme und folgte dem Klang und dem Duft nach frisch gebackenem Brot bis zur Stiege. Sie wusste, dass die Stufen knarrten. Darum blieb sie vorerst oben stehen und blickte hinunter in den Schankraum.

Auf einem Tisch in der Mitte waren Berge an Brot, Wurst, Käse, Eiern und eingemachtem Obst angehäuft worden. Dabei befand sich im Schankraum niemand außer dem Prinzen und seinen drei Begleitern in ihren roten Uniformen. Der Prinz selbst trug seinen Ledermantel über der Schulter, den jemand ausgebürstet und vom Schlamm befreit hatte.

Die vier Männer beugten sich über eine Karte, die einen ganzen Tisch bedeckte. Seltsam, der Weg nach Krailenhorst war ihnen doch bekannt und nicht zu verfehlen. Korporal Leron fuhr gerade mit dem Finger über das Papier. »Er könnte sie auch über Ebreskol nach Carondim geschickt haben, um die Mark von Osten her aufzurollen.«

»Das wäre aber eine ziemlich langgezogene Frontlinie.«

Kira beugte sich lauschend vor und dadurch knarrte nun doch eine Diele unter ihrem Fuß.

Ohne den Blick von der Karte zu heben, sagte der Prinz: »Guten Morgen, Kira. Ich hoffe, du hattest eine angenehme Nacht.«

»Hatte ich.« Sie stieg die Stufen hinunter, wobei Leron sie nicht aus den Augen ließ. Er hatte das Talent, gleichmütig und wachsam zugleich zu wirken. »Ich hoffe, Eure Hoheit ebenso.«

Er antwortete nicht, und erst als sie unten angekommen war, drehte er sich zu ihr um. Er sah nicht gerade übernächtigt aus, aber auch nicht so, als habe er ausgiebig geschlafen. Als sie gegangen war, hatte er noch mit dem Vogt, der ansässigen Dienerin der Erdmutter und einem Krämer geredet. Nach dem Krämer hatte er sogar extra schicken lassen. Alles Menschen, bei denen Nachrichten zusammenliefen, selbst in einer abgelegenen Gegend wie dieser. Unwahrscheinlich, dass der Prinz nur an geistreichen Gesprächen interessiert war. Er verfolgte einen Plan.

Der Blick, mit dem er sie jetzt betrachtete, war nachdenklich, aber nicht feindselig. Seine Präsenz war entschieden anders als am Vorabend. Da war nichts mehr von dem leutseligen Prinzen, der die Kitalla spielte. Heute lag etwas Königliches in seinem Auftreten. Vielleicht war das dem Ledermantel geschuldet, der ihn breitschultriger erscheinen ließ.

»Wie lautet dein Auftrag?«

Oha. Das klang auch nicht nach Siluren dem Zauderer.

Sie lehnte sich betont entspannt gegen das Treppengeländer und hakte die Daumen in den Hosenbund – so war ihre Hand nah am Griff des verborgenen Dolches. »Ich weiß nicht, was Ihr meint.«

Leron lehnte sich mit verschränkten Armen gegen einen Tisch. Ein Tisch, wie ihr klar wurde, der zwischen ihr und dem Ausgang stand. Die beiden anderen Soldaten hatten sich strategisch an den Fenstern platziert und betrachteten sie mit wachsamen Mienen. Verdammt, diese Männer hatten sie kämpfen sehen. Sie würden die Frau in Hosen nicht unterschätzen.

»Schau *mich* an«, sagte der Prinz. »Nicht sie.«

Sie gehorchte. Es lag kein Zorn in seinen Augen, aber auch kein bisschen Nachgiebigkeit. Der Zauderer – von wegen.

»Krolan der Fahle«, sagte er. Der Name war wie Eiswasser in ihrem Nacken. »Er hat dir einen Auftrag gegeben. Welchen?«

»Nein, er ...« Sie stockte. Über Lügen waren sie hinaus, das wusste sie so gut wie er. »Beobachten«, sagte sie schließlich, »und berichten.«

»Wie viele seid ihr?«

Geran hatte er bereits gesehen – oder zumindest dessen Schatten. Sie vergab sich nichts, wenn sie das verriet. »Zwei«, sagte sie.

Nichts in seinem Gesicht verriet, ob er ihr glaubte. »Hast du deine Befehle in Darlaam erhalten? Oder erst in Elsthorn?«

»Ist das wichtig?«

Der wache Blick des Prinzen schien ihre Gedanken zu erforschen. Er fragte nicht weiter, wartete darauf, dass sie aussprach, was sie noch zurückhielt. Vermutete er, dass sie mehr wusste, als sie gesagt hatte? Was würde er tun, wenn er mit ihren Antworten nicht zufrieden war? Sein

Schweigen war quälender als jede Frage, und je länger es sich hinzog, desto stärker fühlte Kira den Drang, es zu brechen. Schließlich sagte sie: »In Darlaam. Aber ich gehöre nicht zum Führungsstab. Man sagt mir nicht mehr, als ich wissen muss.«

»Aber du bist nicht dumm. Du machst dir deine Gedanken.«

»Bisher aber nicht über Darlaam.«

Wieder dieses Schweigen, der forschende Blick. Dann, plötzlich, nickte er und wandte sich wieder der Karte zu. »Nimm dir etwas zu Essen. Das Brot ist ausgezeichnet.«

Mit einiger Verwirrung sah sie auf seinen Rücken. War das alles gewesen? Sie wurde das Gefühl nicht los, dass er mit ihr spielte, und das gefiel ihr ganz und gar nicht.

»Wenn du gegessen hast«, sagte er, »pack deine Sachen. Du wirst uns nach Krailenhorst begleiten.«

Das war keine Bitte mehr wie gestern Abend, keine Einladung, und genau das weckte ihren Widerspruch. »Was, wenn ich nicht will?«

»Du hast keine Wahl.«

»Warum? Wegen Darlaam?«

Er wandte kurz den Kopf und sah sie an, würdigte ihre Frage aber keiner Antwort.

Bemüht, sich ihren Ärger nicht anmerken zu lassen, griff sie nach einem der noch warmen Teiglinge und brach ihn auf. Während sie sein dampfendes Inneres mit Schinken und Käse füllte, versuchte sie zu ergründen, was es mit Darlaam auf sich haben mochte.

Natürlich, es war die Hauptstadt von Oneräa. Dort lag das Schloss, von dem aus Krolan regierte. Auf der Ebene vor der Stadt hatte er seine Armee gesammelt, bevor er sie geteilt …

Ihre Hand stockte. Krolan hatte die Truppen geteilt und war mit der Hauptstreitmacht Richtung Elsthorn gezogen.

Das hätte sie natürlich nicht gewusst, wenn sie erst dort in seinen Dienst getreten wäre. Darum hatte der Prinz sie danach gefragt.

»Was ist dir eingefallen?«

Sie begegnete seinem Blick. Er hatte sie beobachtet. Verdammt, sie kannte sich nicht aus in der Kunst der Befragung. Vielleicht sollte sie das Schwert ziehen und sich nach draußen durchkämpfen. Doch gegen die Leibwache des Prinzen war sicher schwerer zu bestehen als gegen einen Schmied.

Sie leckte sich die Lippen, die mit einem Mal ganz trocken waren. »Nichts. Mir ist gar nichts eingefallen.«

»Bitte«, sagte er leise. »Zwing mich nicht.« In seinen Augen lag eine sanfte Traurigkeit, die ihr sagte, dass es ihn schmerzen würde, sie dem zu unterziehen, was man eine nachdrückliche Befragung nannte. Aber selbst der feigste Prinz würde eine solche Befragung anordnen, wenn sie außer Sicht- und Hörweite durchgeführt wurde.

Er sah kurz zu Leron hinüber, und ihr fiel ein, was er über den Mann gesagt hatte: Leron tut, was man von ihm verlangt – ohne Fragen, ohne Skrupel. Der Korporal stand noch immer in der Nähe der Tür und sein völlig ausdrucksloser Blick verursachte ihr eine Gänsehaut.

»Ich weiß nur«, wiederholte sie, »dass der König seine Truppen geteilt hat.«

»Zwei Heere«, sagte er. »Zu je vierzigtausend Mann.«

Verdammt, woher wusste er das?

Er nickte, hatte die Bestätigung wohl in ihrem Gesicht gelesen. Schon wieder übertölpelt.

»Ein Heer ist auf dem Weg nach Elsthorn. Wohin marschiert das andere?«

»Das weiß ich nicht. Ich bin vor ihnen aufgebrochen.« Das war eine Lüge, und er konnte die Menschen ganz offenbar lesen. Sie bemühte sich darum, seinem Blick offen zu begegnen, und nach einem Moment nickte er knapp und wandte sich ab. Er glaubte ihr. Oder wartete er nur auf eine weitere Gelegenheit, bei der er sie dazu bringen konnte, dass sie sich verplapperte? Beim schwarzen Waruzin, diese Taktik war vermutlich wirkungsvoller als eine nachdrückliche Befragung. Sie konnte nur hoffen, dass Krolan nichts davon erfuhr, wie viel sie hier preisgegeben hatte. Für einen normalen Menschen wie sie war es schwierig, die eigenen Träume zu lenken.

»Tiro, bring mir einen Schwirrer für Hohenvarkas und ein Brieföllchen. Chem, hol ihre Sachen.«

Kira war der Appetit vergangen. Sie beobachtete den Prinzen dabei, wie er sich von den Wirtsleuten verabschiedete. Natürlich bezahlte er nicht für seinen Aufenthalt – schließlich gehörte alles im Land ohnehin dem König –, aber er hinterließ, wie es üblich war, ein gesiegeltes Schreiben, das es dem Inhaber erlaubte, eine mindere Gunst von der Krone zu erbitten.

Eine offene Kutsche stand für ihn bereit. Menschen säumten die Straßen und winkten aus den Fenstern, auch Lipillin war erschienen, um seinen Lehnsherren zu verabschieden. Der Prinz grüßte, während sie durch die Straßen fuhren, doch das Ende des Städtchens war bald erreicht und der Wagen bog auf die Landstraße ein, die nach Krailenhorst führte.

Diesmal saß Kira dem Prinzen gegenüber und beobachtete, wie tiefer Ernst sein Gesicht überschattete, sobald sie die Menschen hinter sich gelassen hatten. Sein Blick glitt abwesend an den Felsen entlang.

Vermutlich war es besser, wenn sie einfach den Mund hielt. Aber das Schweigen störte sie. Vielleicht würde Krolan die ihr bereits entschlüpften Worte nachsehen, wenn sie ihm seinerseits etwas zu hinterbringen hatte – und dann gab es ja noch diesen Befehl: Der Prinz darf nicht auf Krailenhorst bleiben.

Sie räusperte sich. »Euer Vater ist sicherlich inzwischen auf dem Weg nach Elsthorn.«

Der Prinz richtete den Blick auf sie. Woran lag es nur, dass man den Eindruck hatte, vor diesen Augen nichts verbergen zu können? Dass er tatsächlich *sie* sah, nicht die Maske – und dass sie sich wünschte, ihm möge gefallen, was er sah?

Unvermittelt sagte er: »Krolan der Fahle.« Wieder berührte der Name sie kalt wie eine Geisterhand. »Du bist ihm begegnet.«

»Wieso denkt Ihr das?«

Es war eine dumme Frage, und er würdigte sie keiner Antwort. Stattdessen fragte er: »Was ist er für ein Mensch? Was treibt ihn?«

Sie zuckte mit den Schultern. »Er ist ein König. Ich nehme an, er will, was alle Könige wollen: Macht und Gold.«

»Ist es wahr, dass er die Geister verehrt?«

»So sagt man.« Sie erwiderte seinen Blick direkt. »Was ist mit Euch, Prinz Siluren von Varkaskal? Was treibt Euch?«

Er schwieg einen Moment lang. Dann antwortete er: »Früher oder später musst du entscheiden, auf welcher Seite du stehen willst.«

»Ich stehe immer auf meiner eigenen Seite.« Der Satz hatte selbstbewusst klingen sollen, doch unter seinem Blick merkte sie selbst, wie leer und trotzig er war.

»Das ist eine sehr einsame Position.«

Einsam. Das Wort hallte in ihr nach. Plötzlich war da dieser Druck auf ihrer Brust, der das Atmen schwer machte. Verärgert holte sie Luft. Sie hatte sich ihren Stand im Leben erkämpft, und das würde er ihr nicht schlecht reden.

***

Siluren beobachtete, wie Kiras rotbraunes Haar, das weder durch einen Zopf noch durch eine Haube gebändigt war, im Fahrtwind wehte. Dreimal hatte Leron ihm davon abgeraten, Kira mit nach Krailenhorst zu nehmen. »Wie soll ich Euch beschützen, wenn Ihr Euch die Viper ins eigene Haus holt?« Aber so hatte er sie zumindest im Blick, wusste, wo sie sich aufhielt, mit wem sie sprach. Am vergangenen Abend hatte er die zweite Gestalt nicht gut genug sehen können. Ihm würde nicht auffallen, wenn sich diese Person auf Krailenhorst im Stall oder der Küche verdingte. Kira mochte der Schlüssel sein, um diesen zweiten Spion zu entlarven.

Außerdem hoffte er, dass sie mehr wusste, als sie bisher preisgegeben hatte, vielleicht mehr, als ihr selbst klar war. Sie beobachtete – und sie hatte Krolan persönlich getroffen, ganz sicher. Da war dieses kaum merkliche Stocken, der verborgene Schrecken in ihren Augen, wann immer Krolans Name fiel. Vielleicht konnte er ihr deutlich machen, dass sie an seiner, Silurens, Seite mehr zu gewinnen als zu verlieren hatte.

»Darlaam«, sagte sie und räusperte sich wieder. Dieses Räuspern war ein Zeichen dafür, dass sie bei dem, was sie als Nächstes sagen wollte, Hintergedanken hatte. Eine gute Frimm-Spielerin würde sie nie werden. »Ich nehme an, der Schwirrer bringt Eurem Vater Nachricht darüber, dass es eine zweite Armee gibt.«

Wenn er Offenheit von ihr wollte, musste er auch ihr gegenüber offen sein. Zumindest, soweit er es vertreten konnte. Er seufzte. »Das habe ich Vater bereits gesagt, und er wird mir jetzt kaum mehr Glauben schenken als zuvor. Und selbst wenn – was nützt das schon, wenn ich nicht weiß, wohin diese Armee unterwegs ist?«

Vierzigtausend Mann. Wie gelang es Krolan nur, so viele Soldaten zu verbergen? Dazu das Kriegsgerät, das er brauchen würde: Waffen, Rüstungen, Katapulte. Doch niemand schien von einer solchen Armee gehört zu haben. Kein Wunder, dass Ruothgar nicht an dieses Geisterheer glaubte.

»Euer Vater«, sagte Kira, »legt wohl nicht viel Wert auf Eure Meinung.«

»Das ist noch untertrieben.« Daran würde sich auch in absehbarer Zeit nichts ändern. War er ein folgsamer Sohn und ging nach Krailenhorst, würde Ruothgar ihn dafür verachten. Widersetzte er sich jedoch und blieb an der Seite des Vaters, würde Ruothgar ihn als Last empfinden.

Kira hatte ihn beobachtet. Jetzt schüttelte sie sich die Haare aus dem Gesicht, die der Fahrtwind immer wieder dorthin zurück blies. »Seht Ihr?«, sagte sie. »Darum bin ich froh, keine Familie zu haben.« Sie klang überzeugt, glaubte sicher selbst, was sie da sagte.

»Es gibt niemanden?«, fragte er. »Keinen Menschen, den du liebst?«

»Liebt Ihr etwa Euren Vater?«

»Natürlich.« Er sagte das voller Überzeugung. Leiser fügte er hinzu: »Ich mag ihn nur nicht sonderlich.«

Sie lachte. Dann drehte sie sich um und hielt ihre Nase in den Wind. Ihr langes, offenes Haar wirbelte wie eine Flagge hinter ihr her: die Fahne der Kira, der nur sie alleine folgte.

Vielleicht war das wirklich eine einfachere Art zu leben. Nur die eigenen Vorstellungen zu verwirklichen und sich nicht darum zu scheren, was andere darüber dachten. Andererseits – er hatte gestern erst gesehen, dass dies auch bedeutete, jederzeit zum Kampf bereit zu sein. Und genau das war er nicht, war er nie gewesen. Und er wollte es auch nicht sein.

Kampf und Konfrontation – das waren die zerstörerischen Kräfte dieser Welt. Vertrauensvolles Zusammenwirken hatte sich so oft schon als viel fruchtbarer und segensreicher erwiesen. Das Miteinander war es, das die Welt voranbrachte, nicht das Gegeneinander.

Doch was Menschen sich im Frieden über Jahre aufbauten, zerstörte die Gewalt eines einzigen Tages. Mochte der friedliebende Mensch auch der bessere sein, er war doch immer auch der schwächere.

Manchmal wünschte er sich, er könne mehr so sein wie Coridan: ein Held, der der Gefahr ins Gesicht lachte. Wie Kira folgte auch Cor seinem Herzen, ohne kleinliche Furcht und Bedenken. Aber Coridans Wagemut führte nur deshalb zum Erfolg, weil er eben war, wie er war: tapfer und stark. Hätte Siluren ähnliches versucht, es hätte nur in einer Katastrophe geendet.

Sie erreichten Shimons Tal. Eine Handvoll Menschen durchsuchten die Trümmer des Hauses, räumten Balken und Bretter zusammen, die noch brauchbar waren. Die Ziegen mit dem stacheligen Fell waren in einem neuen Gatter untergebracht, daneben stapelten sich die aus den Trümmern geborgenen Habseligkeiten. Die Menschen unterbrachen ihre Arbeit, als sie die Kutsche sahen, und schoben die Mützen von den Köpfen. Ein Kind rannte los, um möglichst lange mit der Kutsche auf einer Höhe zu bleiben: Shimons Tochter Breta. Sie winkte wild mit beiden Armen. Siluren winkte zurück und fühlte sich doch mutlos. Einer Familie hatte er helfen können – aber wie viele würden in diesem Krieg sterben, der sich zusammenbraute?

Kira sah dem Kind nach, bis es ihren Blicken entschwunden war. Auch sie lächelte nicht. Leise sagte sie: »Wenn König Krolan an Bauern vorbeifährt, dann verneigen sie sich. Tief. Niemandem würde es einfallen, zu winken.«

Da war etwas Neues in ihrem Gesicht. Unter der trotzigen Stärke schimmerte eine Traurigkeit, eine Sehnsucht. Aber eine Sehnsucht wonach?

»Warum dienst du ihm?«, fragte er.

»Das frage ich mich langsam auch.« Sie sah ihn direkt an. »Warum gehorcht Ihr Eurem Vater?«

»Er ist mein Vater und mein König.«

»Also ist es Treue?«

Das war es wohl. »Ja – und bei dir?«

»Ich stehe gern auf der Seite der Sieger.«

»Du glaubst nicht, dass wir gewinnen können?«

»Krolan ist nicht nur stark. Er ist rücksichtslos.«

Siluren lächelte bitter. »Du solltest meinen Vater nicht unterschätzen.« Ruothgar mochte weder kultiviert noch belesen sein, doch er gehörte noch zu den Monarchen, die ihren Truppen voranritten. Siluren war zwölf gewesen, als er von der Feste Schwarzenstein aus die Schlacht am Schwarzen See beobachtet hatte. Immer war das blaue Banner, das die Position des Königs anzeigte, mitten im Gefecht gewesen. Seine Männer liebten Ruothgar dafür, sein Mut und seine Zuversicht übertrugen sich auf sie und führten sie zum Sieg. Einem großen, verdienten Sieg.

Das war auch die Schlacht, in der der dreizehnjährige Coridan einen Ulphan gestohlen und sich mit wirbelndem Schwert zum Vater durchgekämpft hatte. Seit diesem Tag hatte Cor in jeder Schlacht an Ruothgars Seite gestanden. Das war die Art von Herrschern, die diese Welt brauchte. Denn Gewalt herrschte überall, und nur Gewalt konnte sie in ihre Schranken weisen.

Jetzt waren Ruothgar und Coridan viele Tagesritte voneinander entfernt. Hoffentlich hatte der Schwirrer Cor erreicht.

Kira seufzte. »Wisst Ihr, was Krolan mit Verrätern macht?«

Siluren war mit seinen Gedanken ganz woanders, und da er schwieg, gab sie sich die Antwort selbst. »Er pfählt sie.«

Siluren hatte von dieser Hinrichtungsmethode gehört, bei der Menschen auf einen angespitzten Holzpfahl gesetzt wurden. Mehrere Tage qualvollen Sterbens, in denen das eigene Gewicht das Holz allmählich durch den Köper trieb, und das bei vollem Bewusstsein der Verurteilten.

Kira wurde noch leiser, fast flüsterte sie. »Sie versuchen zuerst, die Beine um den Pfahl zusammenzuhalten, obenauf zu bleiben, aber irgendwann erlahmen die Muskeln, und es beginnt. Sie können nichts dagegen tun und doch versuchen sie es, wieder und wieder. Jede Handbreit ein neuer Kampf, der zum Scheitern verurteilt ist. Es ist der grässlichste Tod, den ich mir vorstellen kann.«

Er hatte es sich noch nie so bildhaft ausgemalt. »Warum sagst du mir das?«

»Vielleicht, damit Ihr es zu würdigen wisst.« Sie schwieg einen Moment, und er begriff. Doch er drängte sie nicht, ließ ihr Zeit. Schließlich holte sie tief Luft. »Die Vierzigtausend sind von Darlaam aus nach Süden marschiert. Nicht nach Ebreskol, nach Jimriff.«

Nach Süden. Nicht auf die Ostmark zu. Die Soldaten sollten den Rimbeth also auf der Südbrücke bei Talvarian überqueren. Aber welchen Sinn hatte es, eine so mächtige Armee aufzuspalten und so weit auseinanderzuziehen? »Wer befehligt die Vierzigtausend?«

»General Trenkar, ein erfahrener, umsichtiger Mann.«

Trenkar. Der Mann, der Ulberin eingenommen hatte und Burg Furwing bis auf die Grundmauern hatte schleifen lassen. Ein General, der wusste, wie man eine Stadt ohne langwierige Belagerung stürmte. Warum hatte Krolan diesen Mann nicht mit nach Elsthorn genommen? Welchen Auftrag hatte Trenkar?

»Chem! Anhalten!«

Der Kutscher gehorchte, und sogleich war Lerons Ulphan neben ihnen. »Was gibt es?«

Siluren winkte ungeduldig. »Die Karte!« Kurz darauf hatte er sie auf den Knien ausgebreitet. Kira hielt das obere Ende fest, das der Wind immer wieder umschlagen wollte.

»Sie sind auf dem Weg nach Jimriff.« Siluren zeigte den Weg auf der Karte. »Von dort wollen sie vermutlich weiter nach Talvarian.«

»So weit in den Süden? Krolan wäre ein Narr, zwei ganz unterschiedliche und so weit voneinander entfernte Ziele anzugreifen.«

Siluren suchte die Karte nach einer Antwort ab. Was gab es im Süden, das Krolan nützen konnte? Dann durchzuckte es ihn heiß.

»Der Mutterschoß«, sagte er. »Er will die Akh'Eldash.«

Leron verzog skeptisch das Gesicht. »Mit vierzigtausend Mann?«

Das war tatsächlich unwahrscheinlich. Für das kleine Gefolge der Akh'Eldash genügten ein Stoßtrupp oder ein paar gedungene Schurken. Große Mutter, hoffentlich hatte der Schwirrer Coridan erreicht! Hoffentlich hatte er die Akh'Eldash im Tempel zurückgelassen, wo sie sicher war!

»Und überhaupt«, sagte Leron. »Es wäre unseren Leuten in Talvarian aufgefallen, wenn eine solche Masse an Soldaten die Grenze überschritten hätte, oder wenn er gar T'Dor angegriffen hätte. Das Nest auf Hohenvarkas hätte gebrummt vor eintreffenden Schwirrern.«

Siluren hob den Blick und sah Kira an. Ihr Blick sprach Bände. »Woran denkst du?«

Sie antwortete nicht.

»Kira, du hast dich bereits entschieden. Du tust immer das, was du für das Richtige hältst, und du weißt genau, was das jetzt ist.«

Sie schluckte. Dann sagte sie mit belegter Stimme: »Sie waren nicht wie Soldaten gekleidet. Viele von ihnen trugen das gelbe Pilgertuch.«

Das Sonnenfest! Natürlich! So schleuste Trenkar seine Männer ein. Selbst Wagen würden auf dem Weg nach

T'Dor kaum auffallen, brachte man doch zum Sonnenfest Vorräte von überall her nach T'Dor. Unter Fässern, Stroh oder Feldfrüchten ließ sich Kriegsgerät leicht verbergen.

»Was hatten sie dabei?«, fragte er. »Katapulte? Wandeltürme?«

»Wandeltürme?« Kira zog die Brauen zusammen. Dann hellte sich ihr Gesicht auf. »Ach, *das* waren diese Balken!«

Leron beugte sich vor und stützte sich mit einer Hand auf den Rand der Kutsche. »Hoheit. Sie ist eine Spionin. Sie könnte Euch falsche Informationen geben, um Euch in die Irre zu führen.«

»Ja«, sagte Siluren, »das könnte sie.«

Kira wich seinem Blick nicht aus. Sie erschien ihm glaubwürdig. Andererseits – selbst ihn ließ seine Menschenkenntnis gelegentlich im Stich. »Aber es ist das Erste, das Sinn ergibt.«

»Vielleicht soll sie es genau deshalb sagen. Und warum sollte Krolan Pilger nach T'Dor schicken?«

Vielleicht lag die Antwort doch in der Karte. T'Dor. Das war kein lohnendes Ziel. Die Stadt hatte nicht einmal eine nennenswerte Stadtmauer, weil sie ohnehin immerzu voll von Pilgern war. Ganz anders als Nirandoth oder ...

»Bethelgard!« Siluren legte den Finger auf die Karte. »Das ist sein Ziel.«

Leron betrachtete nun ebenfalls die Karte und Siluren erklärte es ihm ungeduldig. »Sie können durch den Wald von Tarum nach Norden marschieren, ohne dass es jemandem auffällt. Sie nehmen Bethelgard ein, und stoßen dann durch den Niedersee nach Adelmund vor.«

»Er nimmt uns bei Adelmund von zwei Seiten in die Zange«, sagte Leron.

»Bethelgard ist gut befestigt, aber sie haben nicht mehr als – was? Fünftausend waffenfähige Männer?«

»Ein Verhältnis von acht zu eins«, sagte Leron.

Das war ein ausgesprochen konservativer Ansatz beim Sturm auf eine Stadt. Ein jüngerer Mann hätte sich vielleicht mit weniger Männern zufriedengegeben, um sich zu beweisen, aber ein General wie Trenkar, gewissenhaft und umsichtig ...

»Das ist eine Erfolgsgarantie. Mit Adelmund, Bethelgard und Talvarian kontrolliert Krolan dann alle Brücken über den Rimbeth. Damit hätte er die Ostmark vom Reich abgeschnitten.« Siluren ließ sich zurücksinken. »Das also ist sein Plan.« Er fühlte eine gewisse Befriedigung, wie immer, wenn er ein Rätsel gelöst hatte. Allerdings war diese Lösung erschreckend. Wenn es Krolan tatsächlich gelang, die Ostmark vom Reich abzutrennen, würde Ruothgar wüten. Das bedeutete weitere Aushebungen, weitere Schlachten, bis beide Länder vollständig im Krieg versanken.

»Was werdet Ihr jetzt tun?«, fragte Kira.

Einen Moment lang sah er sie nur stumm an. Dann sagte er: »Nichts.«

Sie hob die Brauen.

»Was kann ich schon tun? Wir haben keinen Schwirrer dabei, der auf Bethelgard fliegt, und mein Vater ist schon lange nicht mehr auf Hohenvarkas.«

»Was, wenn Ihr selbst nach Bethelgard reist, um die Stadt zu warnen?«

»Ha!«, rief Leron. »Daher also weht der Wind!«

Siluren hob die Hand, und Leron verstummte.

Er wurde aus dieser Frau nicht schlau. Hatte sie ihm Naivität vorgespielt, um ihn nach Bethelgard zu locken? Aber weshalb sollte sie das tun? Falls die Stadt tatsächlich angegriffen wurde, war er ja gewarnt, und falls nicht ... welchen Sinn würde das haben? Würde ihn dort ein Hinterhalt erwarten? Aber warum erst dort?

Langsam sagte er: »Ich würde einen direkten, sehr klaren Befehl des Königs missachten.«

»Für einen folgsamen Sohn ist das natürlich undenkbar.« Sie lächelte. »Einen, der seinen Vater liebt – auch wenn er ihn nicht sonderlich mag.«

War das Krolans Plan: ihn gegen den König aufzustacheln? Was versprach er sich von einem Aufstand des Prinzen Hasenfuß, dem Zauderer, den nicht einmal sein eigener Vater ernst nahm?

»Vermutlich bin ich einfach nicht leidenschaftlich genug für Ungehorsam.«

»Weil Ungehorsam nie planvoll und überlegt geschehen kann.«

Sollte sie einfach nur Unfrieden zu sähen? Ein fruchtloses Unterfangen, denn das Verhältnis zu seinem Vater konnte nicht noch schlechter werden.

Andererseits konnte es sich bessern. Was würde Coridan jetzt tun? Keine Frage: Er würde sich aufmachen nach Bethelgard, würde die Stadt retten und dann seinem Vater zu Hilfe eilen.

Coridan wäre womöglich in der Lage, die Stadt zu retten, während er selbst ...

»Hoheit«, sagte Leron eindringlich. »Ihr habt es selbst gesagt: Ihr habt einen Befehl, und das Risiko ist zu hoch.«

Das Risiko hatte für Coridan niemals eine Rolle gespielt. Er tat das, was er für das Richtige hielt. So wie Kira. Und wenn Siluren sich jetzt fragte, was das Richtige wäre, war die Antwort klar.

Entschlossen faltete er die Karte zusammen. Er würde seinem Vater zwar nicht auf einem gestohlenen Ulphan in die Schlacht folgen, aber wenn er Bethelgard warnte und Krolans Pläne durchkreuzte, vielleicht würde das Ruothgar endlich beweisen, dass sein Sohn mehr war als eine Last.

»Wir kehren um«, sagte er. »Wir brauchen Dinjis, wenn wir über den Kamm nach Liffim wollen.« Dort konnten sie einen Kahn den Tarumbeth entlang nehmen – der schnellste Weg nach Bethelgard.

Leron stöhnte. »Hoheit! Wir haben unsere Befehle vom König selbst!«

»*Ich* habe meine Befehle vom König«, stellte Siluren klar, »*ihr* bekommt eure Befehle von mir.«

Kapitel 5

Doch wir Frauen sind es, die das Geschenk der Erdmutter weitertragen. Sollten dann nicht auch wir die Krone tragen?

–26. Akh'Eldash, 19. Eintrag, Vers 28

Die Akh'Eldash behielt recht – Feriwon versuchte in dieser Nacht weder sie noch Coridan zu ermorden. Da niemand Wert auf ein gemeinsames Frühstück legte, brachen sie zeitig auf. Wie schon zur Ankunft war auch zum Abschied nur der Haushofmeister zugegen, der sich bemüht für die Unpässlichkeit seines Herrn entschuldigte.

Der Herzog hatte ihnen vereinbarungsgemäß eine Eskorte von sechs Mann gestellt, auf die Coridan gerne verzichtet hätte. Nur einer der Männer, ein verschlossenes Narbengesicht namens Barastes Riehm, schien überhaupt Erfahrung im Umgang mit seinem Ulphan zu haben. Die Art, wie er Jorand musterte, gefiel Coridan nicht sonderlich. Bewunderung oder Neugier weckte der Kupfer-Ulphan allenthalben, aber in Riehms Augen glitzerte schlecht verborgene Gier.

Die anderen fünf Begleiter, schmächtige Diener, erwarteten verschüchtert ihre Befehle und wichen jedem Blick aus.

Die Akh'Eldash saß bereits in ihrer Kutsche, als Coridan noch den Sitz seines Sattels überprüfte. Fast hätte er ihren Ruf überhört, aber als er zu ihr hinübersah, winkte sie ihn durch das Fenster der Kutsche heran.

»Was gibt es?«

Sie senkte die Stimme. Offenbar wollte sie ihm etwas sagen, das nur für seine Ohren bestimmt war. »Blinthe hat sich ein wenig mit einer der Mägde angefreundet und eine überaus seltsame Geschichte gehört.«

»Worüber?«

»Über den Tod des Herzogs. Er ist vor zwei Tagen nicht mehr aus dem Schlaf erwacht.«

»Im Schlaf zu sterben ist sicher nicht ruhmvoll, aber auch nicht ungewöhnlich für einen Mann seines Alters.«

»Er ist nicht im Schlaf gestorben. Als man ihn am Morgen fand, schlief er, aber sein Kammerdiener konnte ihn trotz aller Anstrengungen nicht wecken.«

Cor wollte nicht, dass die Akh'Eldash sich unnötig sorgte. »Auch das ist nicht ungewöhnlich. Es gibt eine tiefe Bewusstlosigkeit, die dem Schlaf sehr ähnlich ist. Ich habe sie oft bei Verwundeten und Sterbenden erlebt.«

Doch die Akh'Eldash schüttelte unwillig den Kopf. »Findet Ihr das Folgende auch erklärlich? Als man Feriwon alarmieren wollte, war auch der in tiefen Schlaf versunken, aus dem niemand ihn wecken konnte. Die Dienerschaft schickte nach Ärzten, die sich aber keinen Rat wussten, bis schließlich, etwa eine Stunde vor dem Mittag, der Herzog einfach aufhörte zu atmen, während Feriwon erwachte. Er war nicht im Mindesten überrascht, als man ihm von dem plötzlichen Tod seines Vaters berichtete. Als hätte er es bereits gewusst!«

Jetzt begriff Cor, worauf sie hinauswollte. »Gesalbte«, sagte er geduldig. »Auch ich kenne solche Geschichten. Männer, die in die Träume anderer eindringen, um sie dort zu verletzen oder gar zu töten. Aber seht Ihr in Feriwon tatsächlich einen Mann, der über die dazu nötige Selbstbeherrschung verfügt? Denkt Ihr wirklich, er könne sich so tief sammeln, dass er seinen träumenden Geist und dazu noch den eines anderen lenken könnte?«

Sie presste die Lippen aufeinander und schwieg. Schließlich lehnte sie sich in die Kissen zurück.

Cor gab Helim ein Zeichen, und die Kutsche setzte sich ratternd in Bewegung.

Der Tag war trübe, ein kalter Wind riss vereinzelte Schneeflocken aus den Wolken, und Coridan schlug den Kragen seines Mantels hoch. Er ließ Dendar voranreiten und bildete die Nachhut – er wollte die Männer des Herzogs im Blick behalten. Die Räder rumpelten über das Pflaster der Straße und der Klang hallte laut von den Hauswänden wieder. Trotz der frühen Stunde waren die Straßen bevölkert, und die Passanten blieben stehen und sahen der Kutsche nach. Die meisten erkannten das Wappen des Königs und verneigten sich oder nahmen doch zumindest die Mütze vom Kopf. Einige Zeit liefen eine Handvoll schmutziger Kinder lärmend neben ihnen her, und da Coridan befürchtete, sie könnten unter die Hufe geraten, warf er ein paar Münzen auf die Straße, um die sie sich balgten und zurückblieben.

Schon bald passierten sie das Stadttor Atankajas und bogen auf die Landstraße nach Mirin ein. Die alte Handelsroute war heute nicht sonderlich frequentiert, was Coridan verwunderte. Auf dem Hinweg hatte reger Verkehr geherrscht, insbesondere Pilger und Händler, die zum Sonnenfest nach T'Dor unterwegs gewesen waren, doch heute überholten sie nur einen Bauern, der einen alten Ulphan-Bullen mit abgesägten Hörnern am Strick führte, und einen Hirten, der seine Schafherde am Wegesrand weiden ließ. Aus der Ferne wirkten die Tiere mit den kurzen Beinen und den breiten, mit blaugrauer Wolle bedeckten Rücken wie wandelnde Bürsten. Der Hirte stützte sich auf seinen Stab und schaute den Reisenden reglos entgegen. In seinem Beruf gab es offenbar keinerlei Grund zu eifriger Geschäftigkeit.

Coridan zügelte den Ulphan neben ihm und ließ die Kutsche vorausfahren. »Es sind ungewöhnlich wenig Reisende unterwegs.«

Der Mann änderte seine Haltung nicht. Er drehte nur den Kopf und schaute die Straße entlang, als käme ihm jetzt erst zu Bewusstsein, dass sie überhaupt da war. Dann zuckte er die Achseln.

»Weißt du, warum?«

Die Antwort ließ auf sich warten und war dann auch noch unergiebig, denn sie bestand aus einem Kopfschütteln.

Siluren hätte dem Mann sicher mehr Neuigkeiten entlockt. Bei der Göttin, vermutlich hätte er den wortkargen Hirten zum geschwätzigen Waschweib gemacht! Aber Coridan würde hier nicht mehr erfahren. Er verzichtete darauf, sich zu bedanken, und schloss wieder zur Kutsche auf.

Im Laufe der Vormittages überholten sie einen Kaufmann und eine Gruppe Männer mit gelben Pilgertüchern an den Hüten. Sie würden wohl zu spät in T'Dor eintreffen und die Öffnung des Sonnentempels verpassen. Vermutlich war das der Grund für die leeren Straßen: Zu dieser Jahreszeit lag T'Dor wie ein Pfropf auf der Ost-West-Route. Tatsächlich berichteten die wenigen Reisenden, die ihnen entgegenkamen, dass sie aus dem Norden, über Liffim oder Bethelgard kamen, und T'Dor nicht auf ihrer Route gelegen hatte.

Die Straße führte sie in einen Wald, dessen immergrüne Fiederbäume jedes Licht zu verschlucken schienen. Bartmoos hing von den Ästen, und zwischen den Stämmen hielt sich selbst zur Mittagszeit noch der Nebel. Überhaupt war der Tag seit ihrem Aufbruch nur unwesentlich heller geworden.

Riehm ließ sich zurückfallen, bis sein Ulphan neben Coridans trabte. »Ich kenne einen Rastplatz in der Nähe«, sagte er. Er hatte einen fremden Zungenschlag, doch Coridan war nicht sonderlich gut darin, Dialekte zu erkennen. »Der Platz liegt etwas abseits des Weges, aber wir könnten die Tiere tränken.«

Coridan wusste, dass sie noch wenigstens zwei Stunden durch den Wald unterwegs sein würden, und vermutlich konnten sie alle eine Pause vertragen. Aber es widerstrebte ihm, einem Vorschlag Riehms zu folgen.

»Für die Akh'Eldash ziehe ich ein Wirtshaus vor. Wir werden erst rasten, wenn wir den Wald durchquert haben.«

»Wie Ihr wünscht.« Riehm verneigte sich im Sattel und kehrte zu seinem Platz neben der Kutsche zurück.

Auch im Wald begegnete ihnen niemand. Kein Händler, kein Pilger teilte die Straße mit ihnen. Das beunruhigte Coridan. Er musste sehen, wie er an Neuigkeiten aus dem Osten kam.

Riehm zügelte seinen Ulphan und stieg ab.

»Was ist los?«, herrschte Coridan ihn an, als er ihn erreichte.

»Ich glaube, sie hat sich etwas eingetreten.« Riehm klopfte der Ulphan-Kuh beruhigend auf den Schenkel und bückte sich, um ihren Huf anzuheben.

»Ich habe nicht gesehen, dass sie gehinkt hätte.«

Riehm richtete sich wieder auf und begegnete Coridans Blick gleichmütig. »Reitet nur weiter, ich hole Euch schon wieder ein.«

Coridan sah unschlüssig der Kutsche nach, die weitergefahren war. Er wollte den Mann nicht ohne Aufsicht zurückzulassen, aber sein Platz war bei der Akh'Eldash. Plötzlich erklang ein hohes Sirren, Helim rief etwas, ein Ulphan brüllte.

Aus den Augenwinkeln sah Coridan eine Bewegung, warf sich im Sattel zurück und entging so Riehms Stoß mit der Klinge. Er trat Riehm den Stiefel ins Gesicht und der taumelte zurück. Dann trieb Cor Jorand zur Kutsche und zog dabei sein eigenes Schwert.

Einer der vier Kutsch-Ulphane lag tot am Boden, die Diener aus Maruff flohen in alle Richtungen. Aus dem Wald tauchten Männer mit gezogenen Schwertern auf – Dendar stellte sich ihnen mit blanker Klinge entgegen. Doch er konnte nicht alle gleichzeitig angreifen. Einer von ihnen erreichte die Kutsche, riss die Tür auf. Coridan prescht heran und stieß dem Mann sein Schwert zwischen die Schulterblätter. »Bleibt im Wagen!«, brüllte er und trat die Tür zu. Dann wendete er den Ulphan und trieb ihn auf die Gegner zu, die auf Helim und Srimm eindrangen. Sein Schwert sang durch die Luft, traf und Blut spritzte. Dann stieg Jorand mit schmerzerfülltem Schrei auf die Hinterhufe. Es gelang Coridan, aus dem Sattel zu gleiten, ehe Jorand bockte oder stürzte. Vier Männer standen gegen ihn. Er wehrte ihre Klingen ab, dann nahm er einen Stich gegen den Arm in Kauf, um einem von ihnen das Schwert zwischen die Rippen stoßen zu können. Es waren zu viele. Alles, worauf sie hoffen konnten, war, der Akh'Eldash zur Flucht zu verhelfen. »Schneidet den toten Ulphan los!« Er trieb seine Gegner mit wuchtigen Schlägen zurück, um sich zu den Zugtieren durchzukämpfen.

»Dreht Euch nicht um, Graf!« Das war *ihre* Stimme. Verdammt, warum blieb sie nicht im Wagen? Er begriff erst, was sie tat, als ein Ruck durch seine Gegner ging. Es war nur ein winziges Zögern, ein Augenblick der Verwirrung, doch es reichte Coridan, um zwei von ihnen die Kehlen aufzuschlitzen. Der Dritte suchte sein Heil in der Flucht.

»Nicht umschauen, Dendar!« Er kam dem Freund zur Hilfe, und rasch war das Verhältnis der Gegner ausgeglichen – zumindest, was die Anzahl betraf. Die Männer waren Strauchdiebe, nicht sonderlich motiviert, ihr Leben für die Aufgabe zu lassen, für die man sie bezahlt hatte. Die überlebenden Angreifer flohen. Coridan brüllte hinter ihnen her, als sie zwischen den Bäumen verschwanden.

Er ließ das Schwert sinken. Dendar presste fluchend seine Hand auf eine Wunde. Helim und Srimm lagen ein paar

Schritte weiter reglos am Boden. Als Coridan sich umdrehen wollte, fiel ihm ein, dass hinter ihm die Akh'Eldash stand, und seine Nackenhaare stellten sich auf. »Seid Ihr bedeckt?«, fragte er.

»Ja. Ihr könnt Euch jetzt umdrehen.«

Sie stand in der geöffneten Wagentür, schmal und zerbrechlich in ihrem weißen Kleid. Zorn loderte in ihm auf. »Was habt Ihr Euch dabei gedacht?«, brüllte er. »Ich habe gesagt, dass Ihr im Wagen bleiben sollt!«

Sie hob das Kinn. »Ich bin die Akh'Eldash und Tochter eines Herzogs. Ich nehme keine Anweisungen von Grafen entgegen.«

Sie sprang vom Wagen, wollte an ihm vorbei, doch er packte sie am Arm und riss sie zu sich herum. »Verdammt, ich bin für Euer Leben verantwortlich!«

Der Schleier bewegte sich – sie schaute auf seine Finger, die sich tief in ihren Oberarm gruben. Vermutlich tat er ihr weh. Aber verdammt, er wollte ihr wehtun. Am liebsten hätte er sie übers Knie gelegt.

»Ihr befleckt das Kleid der Akh'Eldash.«

Seine Hand war voll Blut – und ihr Ärmel nun auch. Er ließ sie los. »Ihr könntet tot sein.«

»Ihr auch.« Sie ließ ihn stehen und ging zu Dendar hinüber.

Sie war störrisch wie ein Dinji, aber sie hatte recht. Vermutlich hatte sie sein Leben gerettet. Und trotzdem – sie hätte verdammt noch mal gehorchen sollen.

Blinthe kam ebenfalls aus der Kutsche, und nach einigen tiefen Atemzügen folgte Coridan ihr zu Dendar hinüber. Blinthe kauerte sich nieder und begutachtete dessen Verletzung.

»Wie schlimm ist es?«, fragte Coridan.

Sie schaute nicht auf. »Es lässt sich versorgen. Gesalbte, darf ich die Eure Sticknadeln verwenden?«

»Natürlich. Brauchst du auch den Faden?«

»Ein paar Haare aus dem Schweif eines Ulphans sollten bessere Dienste tun.« Blinthe erhob sich. »Sucht nach dem Obstbrand. Ich bin mir sicher, der Kutscher hat irgendwo eine Flasche davon versteckt.«

»Auf dem Kutschbock«, sagte Coridan. »Unter der Bank.« Er sah Dendar fragend an und der nickte beruhigend. Also drehte Coridan sich zu Helim und Srimm um.

Helims Augen waren starr in die Baumkronen gerichtet. Seine Weste hatte sich mit dunklem Blut vollgesogen. Verdammt, der alte Mann hätte einen längeren Lebensabend verdient gehabt.

Neben ihm lag Srimm und blutete heftig aus einer Stirnwunde, doch als Coridan ihn an der Schulter berührte, stöhnte er und schlug die Augen auf. Im ersten Moment drückte sein Blick Verwirrung aus, dann klärte er sich. »Haben wir gesiegt?«

Coridan nickte. Wenn die Kopfwunde Srimms einzige Verletzung war, dann war er glimpflich davongekommen. »Kannst du den Kutschbock übernehmen?«

Srimm schien zuerst nicht zu begreifen, dann keuchte er: »Helim!« Mit einem Ruck richtete er sich auf, stöhnte aber gleich darauf gequält.

»Hast du noch mehr Wunden als die am Kopf?«

»Ich ... denke nicht.« Srimm blinzelte, da ihm Blut über das rechte Auge tröpfelte. »Was ist mit Helim?«

Coridan drehte sich um und betrachtete die vertrauten Züge des Alten. So lange er zurückdenken konnte, war Helim Teil der königlichen Stallungen gewesen, hatte die Ulphane betreut und die jungen Knechte eingewiesen. Und nun hatte der Tod ihn hier ereilt, fern der Heimat. Dies hätte eine friedliche Reise sein sollen, ein Brautgeleit, dem die Menschen fröhlich zuwinkten. Wer hätte ahnen können, dass die Akh'Eldash Ziel eines Angriffes würde?

Behutsam legte Cor die Hand auf das Gesicht des Toten, spürte das knochige Gesicht und die altersschlaffe Haut unter den Fingern, während er ihm die Augen schloss. »Deine Tochter wird erfahren, dass du tapfer und aufrecht gestorben bist.«

Hinter ihm kam Srimm auf die Beine. »Diese Schweine.«

Auch Coridan stand auf und betrachtete das Schlachtfeld, das keine Zeit für Trauer ließ. Jorand stand bei den überlebenden Zugtieren. Eine kurze Untersuchung ergab, dass der Reitulphan nicht schwer verletzt war. Es war wohl eher der Schreck gewesen, der ihn hatte steigen lassen.

Fünf Angreifer waren tot, einer röchelte noch. Mit jedem keuchenden Atemzug sprühte Blut aus seinem Mund. Trotzdem fragte Coridan: »Wer hat euch beauftragt?«

Der Mann wollte sprechen, aber der Versuch produzierte nur blutige Blasen vor seinen Lippen. Er sah Coridan flehend an, und der zog noch einmal sein Schwert. Danach wandte er sich um und schaute zu Dendar hinüber, den Blinthe gerade versorgte.

»Wir müssen uns aufteilen.«

Dendar, der mit versteinertem Gesicht Blinthes Nähkünste über sich ergehen ließ, sah auf. »Ist das dein Ernst? Wenn sie zurückkommen, sollten wir eher mehr sein als weniger.«

»Wir hatten Glück. Aber wir dürfen nicht hoffen, dass es beim nächsten Mal ebenso ausgeht.«

»Das war kein Glück«, brummte Dendar mit einem Seitenblick auf die Akh'Eldash. »Wir hatten Hilfe.«

Musste Dendar ihm in den Rücken fallen und die Akh'Eldash für ihre Unbesonnenheit auch noch loben? »Wenn wir sie nicht überwältigen können, müssen wir sie überlisten. Blinthe wird die Rolle der Akh'Eldash übernehmen und mit euch weiterziehen, während ich die Gesalbte nach Thul geleite.« Er wandte sich zu dieser um. »Könnt Ihr reiten?«

Sie nickte stumm.

Dendar runzelte die Stirn. »Du willst über die Thulmark nach Hohenvarkas? Denkst du, die Pässe sind schon offen?«

»Laut Helim sollten sie für Reiter zu bezwingen sein. Thul ist für die Akh'Eldash im Moment der sicherste Ort, und er liegt nur einen Tagesritt entfernt.«

»Ihr könntet mich auch zurück zum Tempel bringen«, schlug sie vor.

»Das werden die erwarten.«

»Wer auch immer ›die‹ sind«, brummte Dendar. »Wer bei den Geistern greift die Akh'Eldash an?«

Coridan fiel nur eine Antwort ein. »Jemand mit politischen Ambitionen.«

»Du meinst, die Männer von Maruff waren nicht einfach nur feige, sondern gekauft?«

»Riehm hat mich angegriffen.« Coridan schaute zurück, doch von dem Mann und seinem Ulphan fehlte jede Spur. Hätte Riehm mit dem Schwert zugeschlagen statt zugestoßen, dann hätte Cor dem Angriff nicht ausweichen können. Vermutlich hatte Riehm den kostbaren Kupfer-Ulphan nicht verletzen wollen. Seine Gier hatte sie alle gerettet. »Noch ein Grund, warum wir nicht umkehren können – wir müssten die Ländereien von Maruff erneut durchqueren.«

Dendar schüttelte den Kopf. »Feriwon kann doch kaum hoffen, König zu werden, nur weil er die Akh'Eldash entführt.«

»Wenn das Feriwons Absicht wäre, hätte er uns letzte Nacht in unseren Betten ermordet.«

Dendar hob die Schultern und Blinthe zischte: »Halt still!«

»Ihr vermutet also«, sagte die Akh'Eldash, »er wollte sich einem Mächtigeren gefällig erweisen, der mit der Akh'Eldash auch den Thron erobern will. Aber ohne sich den König offen zum Feind zu machen.«

»So würde ich das sehen.«

»Aber wer soll dieser Mächtigere sein?«, fragte Dendar. »Einer der Herzöge? Ein Markgraf?«

Coridan zögerte. »Dieser Riehm – hat jemand seinen Akzent erkannt?«

»Er kam aus Oneräa«, sagte Blinthe. Sie hatte Dendars Versorgung beendet und hielt die blutigen Hände vor sich. »Wer ist der Nächste?«

»Srimm.« Coridan nickte zu dem jungen Mann hinüber.

»Was ist mit Euch, Erlaucht?« Sie sah auf seinen Arm, und als er dem Blick folgte, bemerkte er den blutdurchtränkten Ärmel.

»Das ist nicht meins ... denke ich.« Er griff nach seinem Oberarm und merkte, dass er unrecht hatte. Leise fluchend zog er den Arm aus der Jacke, verbreiterte den Riss in seinem Hemd und entdeckte eine klaffende Wunde. Als fiele seinem Körper ein, dass er etwas Wichtiges übersehen habe, setzte nun auch der Schmerz ein.

»Blinthe«, sagte die Akh'Eldash, »du kümmerst dich um Srimm, während ich den Grafen versorge.« Sie machte eine einladende Geste zur Kutsche hin, deren Tür noch immer offen stand. »Bitte. Setzt Euch.«

Coridan wandte sich an Dendar. »Wir müssen den toten Ulphan in den Wald schleifen und die Tiere umspannen.« Dann folgte er der Bitte der Akh'Eldash.

Für eine Kutschentür war die Öffnung zwar breit – aber doch so schmal, dass sie eng beieinandersitzen mussten. Die Akh'Eldash riss den Stoff seines Hemdes auseinander und betrachtete die Wunde. Dann nahm sie den Obstbrand, tränkte ein Tuch mit dem Alkohol und säuberte die Ränder der Wunde. Coridan bemühte sich, stoisch zu wirken, obwohl es brannte wie ein Geisterkuss.

Es war einfacher, zu reden, als stumm ein Stöhnen zu unterdrücken, und so fragte er: »Verstehen sich alle Kanonissen des Stiftes auf Wundversorgung?«

»Blinthes Vater war Wundarzt im Blauperlen-Krieg.« Obgleich sie behutsam vorging, entließ die Wunde doch immer neue, dunkelrote Rinnsale. Es war ein hässlicher, klaffender Riss und Coridan schämte sich, dass sie ihn verwundet sah.

Die Akh'Eldash ließ die Hände sinken. »Es tut mir leid, ich denke nicht, dass ich in der Lage bin, die Wunde zu nähen.« Irgendetwas war falsch an ihrer Stimme.

»Es sah vorhin nicht sonderlich kompliziert aus.«

»Ich weiß, aber ...« Sie verstummte. Auf dem Schleier bildeten sich feuchte Stellen dort, wo das Gewebe ihre Wangen berührte. Coridan stutzte. »Weint Ihr?«

Sie sprang auf und wandte sich ab.

Was für ein Dummkopf er war! Das musste der erste Kampf ihres Lebens gewesen sein. Sicher war sie aufgewühlt, verängstigt, verwirrt. Er hätte wahrlich feinfühliger sein können. Doch als sie sich rasch entfernte, fiel ihm bloß ein, ihr nachzurufen: »Geht nicht zu weit fort!« Es konnten noch Angreifer in der Nähe sein.

***

Lynn lehnte sich gegen die Rückwand der Kutsche und bemühte sich, langsam und tief zu atmen. Ihre Finger zitterten und kneteten das Tuch, das von Blut durchtränkt war – seinem Blut.

Diese Wunde hätte in seiner Brust oder in seiner Kehle klaffen können. Der Gedanke, ihn sterben zu sehen, krampfte ihren ganzen Leib zusammen.

»Geht es Euch gut?« Blinthe schaute um die Ecke.

Lynn nickte. »Kümmerst du dich bitte um ihn?«

»Ich werde Euren schwarzen Ritter schon wieder zusammenflicken.« Sie streckte auffordernd die Hand aus. »Gebt mir das Tuch. Fürstenblut muss man verbrennen, sonst bringt es Unglück.«

Lynn gab ihr das Tuch, brauchte aber noch einige Atemzüge, bis sie sich wieder unter Kontrolle hatte. Sie trocknete ihre Tränen und schnäuzte sich. Erst dann kam sie hinter dem Wagen hervor.

Srimm und Dendar waren dabei, den toten Kutscher in eine Decke einzuschlagen. Natürlich würden sie ihn mitnehmen und nicht einfach hier im Wald verscharren. Der stille, alte Mann hatte es verdient, seine letzte Ruhe in heiliger Erde zu finden.

Vor der Kutsche saß der Graf im Schneidersitz auf dem Boden und ergab sich Blinthes kundigen Händen. Bei der Vorstellung, dass sie die Nadel durch sein Fleisch trieb, schloss Lynn kurz die Augen. Sie würde nie wieder eine Stickerei zur Hand nehmen können, ohne daran zu denken.

»Fertig«, sagte Blinthe und ließ die Hände sinken. Er hob den Arm und betrachtete die Naht kritisch, dann nickte er anerkennend.

Lynn trat näher, darauf bedacht, nicht noch einen Blick auf die Verletzung zu erhaschen. Er schaute zu ihr auf und grinste schief. »Ihr habt Euer Kleid beschmutzt.«

Sie folgte seinem Blick und bemerkte erst jetzt, dass die Spitzenmanschetten ihrer Ärmel sein Blut aufgesogen hatten.

»Soweit ich verstanden habe, werde ich dieses Kleid in den nächsten Tagen ohnehin nicht tragen.«

»Was das betrifft«, sagte Dendar, »ich halte es für keine gute Idee, uns aufzuteilen. Wir sollten alle gemeinsam nach Thul reisen.«

Seltsam, dass der Graf ihm gestattete, seine Entscheidung immer wieder in Frage zu stellen. Statt Dendar in seine Schranken zu weisen, erklärte sich der Graf.

»Sobald sie das bemerken, haben wir sie auf den Fersen. Aber wenn sie glauben, die Akh'Eldash sei noch in

Reichweite und sie müssten nur auf ihre Chance warten, verschafft uns das einen Vorsprung.«

»Aber wie lange werden wir sie auf diese Weise täuschen können?«

»Da wir in entgegengesetzte Richtungen reisen, vergrößert jede Stunde die Entfernung zwischen uns um zwei.«

Dendar schüttelte den Kopf. »Die Akh'Eldash wird nicht einmal eine Kutsche haben. Ein einzelner Pfeil könnte sie aus dem Sattel holen.«

»Ihr Tod war nicht das Ziel dieses Überfalls.«

»Vielleicht«, sagte Lynn, »sollte ich entscheiden. Schließlich geht es um mich.«

Beide Männer sahen sie an, offenbar erstaunt darüber, dass eine Frau das Recht einforderte, ihr eigenes Schicksal mitzuentscheiden. Aber sie war eben keine Ulphan-Kuh, die man zum Marktplatz trieb.

Coridans Lippen waren schmal. Vermutlich erwartete er Widerspruch, nur weil es sein Vorschlag war, und für einen Moment war da wie ein Stachel der Drang, genau das zu tun.

Aber dies war nicht die Zeit für Kindereien. Dies war Ernst. Man trachtete ihr nach dem Leben, und ihr Beschützer hatte bewiesen, dass er nicht zögerte, das seine zu wagen, um sie zu retten. Also sagte sie: »Sie werden nicht damit rechnen, dass ich die Kutsche verlasse, und darum sollten wir genau das tun. Graf Thul, ich lege mein Leben ohne Zögern in Eure Hände.«

Sie hatte nicht erwartet, dass ihre Worte ihn sprachlos machen würden, aber es hatte etwas Befriedigendes. Sein Blick ruhte scheinbar eine Ewigkeit auf ihr. Schließlich nickte er. »Dann ist es entschieden. Dendar, du wirst auf Jorand reiten, damit das Ganze glaubwürdiger wirkt.«

»Ein Gemeiner auf einem gehörnten Ulphan? Dafür könnte ich hängen.«

»Dann hängst du zumindest für König und Gesalbte und nicht wegen deiner Spielschulden.« Der Graf erhob sich und zog die Jacke an, ohne das geringste Anzeichen von Schmerz zu zeigen.

»Dann muss ich den Lorun-Uhn wohl nicht mehr tragen.« Lynn schlug den Schleier zurück, und alle drei Männer ließen erschrockene Laute hören. Aber natürlich blieb der Reif über ihrer Stirn, sodass der No'Ridahl bedeckt blieb. Nur ihr Gesicht war enthüllt.

Lynn lächelte. »Keine Angst. Blinthe wird sich schon etwas ausdenken. Ein Stirnband vielleicht, oder eine Haube.« Sie begegnete Graf Thuls Blick und fragte sich, warum er sie so anstarrte.

»Grün«, sagte er rätselhaft. Einen Moment noch sah er sie an, bis ihm wohl auffiel, wie ungebührlich das war. »Verzeiht. Ihr solltet mit Eurer Zofe die Frage der Kleidung und des Gepäcks klären, während wir alles andere vorbereiten.« Er wandte sich um. »Wir schaffen die Toten in die Büsche.«

Blinthe stieß Lynn mit dem Ellbogen an und schmunzelte. »Grün«, raunte sie bedeutungsvoll.

»Was hat er damit gemeint?«, flüsterte Lynn.

»Die Farbe Eurer Augen, natürlich. Mir scheint, dass Ihr für Euren schwarzen Ritter nicht mal den Kuss der Göttin bemühen müsst.«

»Sprich nicht so! Mein Bräutigam ist sein Bruder.«

Dennoch ließ der Gedanke, der Graf von Thul könnte etwas für sie empfinden, ihr ganzes Inneres jubeln. Denn wenn es so war, dann würde dieses Gefühl tatsächlich *sie* meinen, Lynneth von Vallathrys, und nicht die Akh'Eldash, die ihn mit dem Zauber der Göttin bezwang.

Doch in den Aufruhr dieser unerwarteten Hoffnung mischte sich die Bitterkeit darüber, dass es niemals sein durfte, niemals sein konnte. Sie war die Akh'Eldash und seinem Bruder versprochen. Es war ihre Pflicht, jeden anderen abzuwehren. Sie musste ihr Herz vor Coridan von Thul verschließen und durfte ihm keinerlei Hoffnung machen. Wenn er der Versuchung erlag, musste sie stark für sie beide sein. Alles andere bedeutete nicht nur ihren Untergang, sondern vor allem den seinen.

Mit einem Mal hatte der Gedanke, mit ihm allein unterwegs zu sein, etwas Bedrückendes.

***

Der Schrei einer Kraile veranlasste Kira, den Blick in den Himmel zu heben, wo der mächtige Vogel seine Kreise zog. Dieser Anblick hatte sie schon immer berührt. Als Kind hatte sie die Arme ausgebreitet und sich vorgestellt, mit ihr fortzufliegen.

Ein Stein rollte zur Seite, und Kira senkte den Blick auf die Reiter vor sich. Prinz Siluren hatte die Spitze ihrer Reisegesellschaft übernommen, Korporal Leron bildete die Nachhut. Kira selbst ritt genau in der Mitte zwischen den vier Männern – zur Sicherheit, hatte der Prinz gesagt, doch sie war sich nicht klar darüber, wessen Sicherheit gemeint war. Er behandelte sie nun wieder freundlich und zuvorkommend, aber hieß das auch, dass er ihr vertraute? Oder zeigte der Platz, den er ihr zugewiesen hatte, sein Misstrauen? Die Wege im Gebirge waren jedenfalls so schmal, dass Kira weder ausscheren noch zurückbleiben konnte.

Prinz Siluren hatte die Ulphane zurückgelassen und stattdessen einige Dinjis übernommen, die kleiner und schmaler waren, aber sich auf den geröllbedeckten Bergpfaden ihren Weg mit gelassener Sicherheit suchten. Mit ihrem langen Zottelfell und ihrem bedächtigen Gemüt wirkten sie unbedarft, doch in felsigem Gebiet waren Dinjis die weitaus besseren Last- und Reittiere.

Der Weg nach Liffim führte sie zunächst etwas höher den Attalan hinauf, bevor er sie wieder in die Ebene hinuntergeleitete. Nach einem trockenen Morgen setzte am Nachmittag wieder Nieselregen ein, und Kira legte sich ihre Decke über Kopf und Schultern und zog sie sich tief ins Gesicht. Das gab ihr Gelegenheit, unauffällig nach Geran Ausschau zu halten, und tatsächlich entdeckte sie weit hinter ihnen eine einzelne Gestalt. Das konnte auch ein Reisender sein, der nur zufällig den gleichen Weg hatte, aber wahrscheinlicher war, dass es sich um Geran handelte, auch wenn die Gestalt ebenfalls auf einem Dinji saß. Vermutlich hatte er es irgendwo gestohlen.

Der Abend kam früh und in den Bergen mit doppelter Geschwindigkeit, doch als das Licht blau wurde, sahen sie bereits ins Flachland hinunter. Die Windungen des Tarumbeth durchschnitten die Ebene, und an seinem jenseitigen Ufer lagen die Zelte und Feuer eines Heerlagers. Offenbar sammelte der hiesige Fürst seine Truppen, um seinem König zu Hilfe zu eilen.

Diesseits des Flusses war Liffim als Ansammlung von Häusern zu erkennen, aus deren Fenstern abendlicher Lichtschein blinkte. Bis dorthin würden sie noch mehrere Stunden unterwegs sein.

Die Reiter entzündeten die mitgebrachten Sturmlaternen, und die Dinjis trotteten mit treuer Unbeirrbarkeit weiter. Siluren hatte um Tiere gebeten, denen der Weg nach Liffim vertraut war, und vermutlich hofften auch sie auf ein spätes Abendessen und ein warmes Nachtlager.

Es ging auf Mitternacht zu, als sie schließlich das Stadttor von Liffim erreichten. Sie hätten – wie jeder Reisende – in einer der Herbergen vor der Stadt noch eine Übernachtungsmöglichkeit gefunden, doch der Prinz entschied, den Torwächter aus seinem Turm zu trommeln und einen der Magistrate aus dem Bett holen zu lassen. Nachdem man den Prinzen erkannt hatte, bemühten sich alle eifrig, seinen Wünschen nachzukommen.

»Wir brauchen ein Schiff, das uns nach Bethelgard bringt.«

»Jetzt?« Der Magistrat riss die Augen auf.

»In einer Stunde. Kümmert Euch darum!«

»Natürlich. Ich werde alles veranlassen.«

»Ist Herzog Etharold in der Stadt?«

»Nein, Hoheit. Er ist bei seinen Truppen, südlich des Flusses.«

»Ich will mit ihm sprechen, ehe ich aufbreche.«

Nach einigen Bücklingen ließ der Magistrat die fünf Reisenden in der Ratsstube alleine. Prinz Siluren ließ sich auf einen Stuhl sinken und stütze sich mit beiden Armen auf die Tischplatte. Sein Kinn war über den Tag stopplig geworden, sein Haar zerzaust. Er sah müde aus.

Sie waren alle erschöpft, aber auf seinen Schultern lastete noch mehr: Der Ungehorsam gegen seinen Vater und König, die Verantwortung für die Stadt Bethelgard – und damit vielleicht für ganz Galathräa. Doch Kira bezweifelte, dass diese Last ihn niederdrücken konnte.

Der Zauderer. Der Hasenfuß. Was wussten die Menschen schon von ihm? Nur, was man sich erzählte: Noch nie hatte er in einem Turnier gefochten, noch nie an einer Schlacht teilgenommen, wozu die Unternehmungen seines Vaters und die Angriffe aus Oneräa ausreichend Gelegenheit geboten hätten. Selbst bei den Jagden fehlte er. Stattdessen frönte er so weibischem Zeitvertreib wie dem Lesen und dem Musizieren.

Dennoch war er stark. Vielleicht stärker, als ihm selbst bewusst war. Auf eine andere, tiefere Art. Irgendwann würden die Menschen das erkennen. Eines Tages würde er durch die Straßen reiten, und die Menschen würden ihm zujubeln. Es wäre schön, das zu sehen. Mit ihnen zu jubeln.

Was, bei den Schatten der Geister, tat sie hier gerade?! Verfiel sie tatsächlich in mädchenhafte Schwärmerei für einen Prinzen? Das fehlte gerade noch! Nun, sie wusste, wie sie es beenden konnte. Er war zwar ganz anders als die Soldaten und Offiziere, die bisher ihr Interesse geweckt hatten, und doch war er auch nur ein Mann. Er würde sich ebenso bereitwillig verführen lassen wie andere, und am nächsten Morgen wäre sie dann ernüchtert und von der närrischen Verliebtheit geheilt. Nach Orren hatte sie mit keinem Mann ein zweites Mal geschlafen. Nicht freiwillig, jedenfalls.

Er hob den Blick. »Der Mann, der uns gefolgt ist«, sagte er, »ist das dein Begleiter?«

Sie zögerte. »Ich nehme es an.«

»Dann geh und suche ihn. Sorg dafür, dass er auf unserem Boot anheuert oder uns anderweitig folgt.«

Ungläubig fragte sie: »Seid Ihr sicher?«

»Du bist jetzt eine Doppelagentin. Wir müssen dafür sorgen, dass es so bleibt.«

»Er ist bereit, Euch zu töten, sobald die Gelegenheit günstig ist.«

»Dann müssen wir solche Gelegenheiten vermeiden. Geh, aber sei in einer Stunde am Hafen.«

Sie erhob sich widerstrebend. Sie hasste es, Figur in einem Spiel zu sein, das andere bestimmten. Aber so war es wohl, wenn man dumm genug war, sich den Herrschenden zu nähern.

Nun, sie konnte immer noch ihr eigenes Spiel spielen und sich aussuchen, auf welcher Seite sie am Ende stehen wollte. Wieder kamen ihr die Verräter in den Sinn, die Krolan hatte pfählen lassen. Es hatte nur Vorteile, wenn Geran sie noch immer auf seiner Seite sah.

***

Der ›Hafen‹ von Liffim bestand aus gerade mal drei Anlegestellen – was nur folgerichtig war, denn der Tarumbeth war hier oben weder sehr breit noch besonders tief. Auch das angeforderte Schiff war lediglich ein Kahn ohne Aufbauten. Typisch für die Kähne auf dem Tarumbeth, besaß es wenig Tiefgang, war aber gut zehn Schritte lang und damit groß genug, um neben der vierköpfigen Besatzung auch Fracht und Passagiere aufzunehmen.

Herzog Elim von Etharold, der Bruder von Silurens Mutter, wartete am Pier. Siluren trat auf ihn zu und umarmte seinen Onkel. Elim war zwei Jahrzehnte älter als er selbst, und in seinem blonden Bart zeigte sich erstes Grau.

»Was tust du hier, Junge? Es hieß, du hättest dich nach Krailenhorst zurückgezogen.«

»Das war Vaters Plan. Aber ich habe Gründe anzunehmen, dass Bethelgard in Gefahr ist.«

»Bethelgard? Unsinn.« Elim schüttelte den Kopf. »Krolan hat Elsthorn angegriffen und wird jetzt auf Adelmund marschieren. Dorthin brechen wir morgen auf.«

»Natürlich marschiert er auf Adelmund, aber ehe er Elsthorn genommen hat, hat er vierzigtausend Männer nach Süden geschickt.«

Elim runzelte die Stirn. »Wir hätten davon gehört, wenn sich ein Heer dieser Größe durch die Ostmark bewegen würde.«

»Es sei denn, er tarnt seine Männer als Pilger.«

Elim stutzte, dann pfiff er leise durch die Zähne. »T'Dor«, sagte er. »Ich habe gehört, dass dieses Jahr besonders viele Besucher zum Sonnenfest unterwegs waren.« Er musterte Siluren. »Du willst also, dass ich auf dem Weg nach Norden einen Abstecher nach Bethelgard mache. Das würde mich einige Tage kosten.«

»Wenn du es nicht tust, könnte uns das Bethelgard kosten.«

Elim war ein erfahrener Kriegsherr, das zeigte sich daran, wie schnell er die Situation erfasste. »Wenn Krolan dann auch noch Adelmund nimmt, gehört ihm die Ostmark.« Er brauchte nicht lange, um sich zu entscheiden. »Also schön«, sagte er. »Marschieren wir nach Bethelgard. Allerdings habe ich nicht einmal zwanzigtausend Mann. Wenn du recht hast, sind wir ihm selbst mit den Leuten von Bethelgard zwei zu eins unterlegen.«

»Aber wir haben sie in der Zange und könnten sie zwischen deinem Heer und Bethelgard aufreiben. Außerdem haben wir die Überraschung auf unserer Seite.«

»Wenn sie die Stadt nicht bereits eingenommen haben. Dann sitzen sie hinter den Mauern und wir stehen draußen.«

»Das werde ich herausfinden.« Siluren nickte zu dem Boot hinüber, das auf sie wartete.

»Du willst also nicht mit mir ziehen?«

»Nein. Du brauchst mit der Armee zwei Tage bis nach Bethelgard, ich kann es mit dem Boot morgen schon erreichen. Wenn Bethelgard nicht in Gefahr ist, lasse ich dir eine Nachricht zukommen. Falls doch ...«

»... sitzt du in der Falle«, vollendete Elim den Satz.

»Dann solltest du schnell kommen und mich retten.«

Elim verzog das Gesicht.

»Noch etwas.« Ein Gedanke war Siluren schon den ganzen Ritt über durch den Kopf gegangen. »Wenn Krolan so weit vorausplant, hat er es womöglich auch auf die Akh'Eldash abgesehen. Coridan geleitet sie nach Hohenvarkas. Sende ihnen eine Eskorte entgegen – nur zur Sicherheit.«

»Das werde ich.« Elim legte Siluren die Hand auf die Schulter. »Möge die Göttin ihre Hand über dich halten.«

»Und über dich.«

Siluren wandte sich zu seinen Männern um, die respektvoll außer Hörweite gewartet hatten. Kira stand bei ihnen, und als er sie ansah, nickte sie verstohlen.

Er winkte die vier heran, und sie bestiegen das wartende Boot. Siluren begrüßte den Bootsmann. »Ist alles an Bord, was auf meiner Liste stand?«

»Natürlich, Hoheit.«

Er ließ sich auch die drei Gehilfen vorstellen, reichte jedem von ihnen die Hand. Sie alle sahen nicht nur übernächtigt aus, sondern so, als dröhne das Bier vom vergangenen Abend noch in ihren Köpfen.

Das Boot war mit wenig Fracht beladen. Auf jeder Seite steckten drei Fackeln in Halterungen, und wäre es nicht so kalt gewesen, hätte der Anblick durchaus etwas Romantisches gehabt. Für die Passagiere hatte man in der Mitte des Kahns Decken und Felle bereitgelegt. Siluren setzte sich und winkte Kira zu sich. Sie ließ sich neben ihm nieder, und er deckte einen Dinji-Winterpelz über sie beide.

»Welcher ist es?«, flüsterte er, und als sie den Kopf hob, sagte er: »Nicht anschauen. Beschreiben.«

»Er rollt gerade die Taue zusammen.«

Siluren beugte sich über sie, legte ihr den Pelz um die Schulter und nutzte die Bewegung, um einen unauffälligen Blick auf den Mann zu werfen. Es war der Kleine mit dem strähnigen Haar und den hinterhältigen Augen. »Er hat sich als Geran anheuern lassen. Ist das sein richtiger Name?«

Sie verdrehte die Augen. »Ja. Geran, der Idiot.«

Siluren ließ sich zurücksinken und sah in den Himmel hinauf. Weiß beleuchtet vom fast vollen Mond zogen Wolken über das nachtschwarze Firmament. Das Boot schwankte, als sie abstießen, und die Wellen gluckten gegen die Planken, doch schon kurz darauf glitten sie mit gespenstischer Lautlosigkeit voran.

Leron und seine Männer saßen ein Stück vor ihnen. Sie waren mit der Zuverlässigkeit von Soldaten eingeschlafen, sobald es keine Notwendigkeit mehr zum Wachen gab. Leron schnarchte sogar ein wenig. Siluren hingegen war von jener täuschenden Wachheit erfüllt, die dem Punkt tiefster Müdigkeit folgt.

So still und friedlich fuhren sie auf eine wahrscheinlich belagerte Stadt zu. Seltsam, wie rasch und reibungslos bisher alles verlaufen war. Siluren hatte sich dem Befehl seines Vaters widersetzt, hatte sich die Hilfe einer Armee von zwanzigtausend Mann gesichert, und schon am nächsten Morgen würde er in Bethelgard sein.

Dann würde seine Glückssträhne zweifellos abreißen. Ihm würde ein Kriegsmann gegenüberstehen, ein General, der zehn Hauptmänner unter sich hatte. Trenkar – erfahren, sorgfältig und bedacht. Ein Mann, der keine übereilten Entscheidungen traf. Und der vierzigtausend Mann befehligte.

Siluren wurde schlecht bei dem Gedanken. Was hatte er sich nur gedacht? Im Grunde gar nichts. Er hatte sich mitreißen lassen vom Lauf der Ereignisse, von der Leichtigkeit des Vorankommens. Er hatte sich verführen lassen von dem Hochgefühl des Erfolges, und nun gab es kein Zurück mehr. Er konnte nur zur Göttin flehen, dass er keinen Fehler gemacht hatte.

Kira räkelte sich neben ihm und unter der Decke legte sie ihre Hand auf seine Brust. War sie schon eingeschlafen, und ihre Bewegung eine unbewusste? Offenbar nicht. Ihre Augen waren offen. Und nun tastete sie unter der Decke nach den Knöpfen seiner Jacke, öffnete den ersten. Was zum …?

»Was tust du da?«

»Ich mache Euch ein Angebot.«

Sein Blick flackerte zu Leron hinüber, dem das Kinn auf die Brust gesunken war. Auch Tiro schnarchte.

Kira kicherte. »Nicht doch. Das heute soll nur eine Anzahlung sein. Das Versprechen auf mehr.« Ihre Hand glitt in seine Jacke.

Unter der Decke fasste er ihren Arm und schob ihn von sich.

Das missfiel ihr offenbar. »Wir müssen Geran in Sicherheit wiegen. Wie soll er sich sonst erklären, dass Ihr mir vertraut?«

»Er wird sich auch so seine Gedanken machen, da werden wir kaum nachhelfen müssen.«

Sie wirkte gekränkt. »Bin ich denn so viel weniger ansehnlich als die Mägde, die sonst Euer Bett wärmen?«

Diese Unterstellung verschlug ihm für einen Moment die Sprache. »Ich ... habe nie ...« Er verstummte. Er musste sich ihr nicht erklären, musste sich nicht verteidigen dafür, was er getan oder vielmehr nicht getan hatte. Noch etwas, das sein Vater ihm immer wieder vorhielt, und das am Hofe zu Spekulationen Anlass gab. Aber so, wie er bei einem Stück Fleisch nicht vergessen konnte, dass es einst Teil eines Tieres gewesen war, so konnte er in einer Frau nicht bloß das schöne Gesicht und den begehrenswerten Körper sehen. Viele Frauen hatten das Bett seines Vaters geteilt, oder auch das von Coridan, aber keine von ihnen reizte Siluren, nicht die dumpfe Ergebenheit der Mägde, nicht das geschäftsmäßige Schauspiel der Huren, nicht die Machtgier der Konkubinen.

Erstaunen und Spott lagen in Kiras Stimme, als sie sagte: »Habt Ihr denn etwas einzuwenden gegen Lust?«

»Es ist niemals nur Lust. Es ist immer Mittel zum Zweck.« Er sah sie direkt an. »Welchen Zweck verfolgst du, Kira? Und denkst du wirklich, er wäre mit so plumpen Mitteln zu erreichen?«

Ihr Gesicht wurde hart. »Kann eine Frau nicht auch einfach nur Begehren empfinden? Warum wird es verurteilt, wenn wir es ebenso offen zeigen, wie ihr Männer es immerzu tut?« Sie drehte sich um und zog sich das Dinjifell über die Schultern.

Einen Moment lang starrte er auf ihren Rücken. Hatte er sie tatsächlich gekränkt? Oder spielte sie mit ihm? »Vielleicht«, sagte er, »weil wir Männer immer hoffen, dass ihr besser seid als wir.«

Sie antwortete nicht darauf, rührte sich auch nicht. Nun gut. Es war ohnehin besser, wenn sie noch ein bisschen Schlaf fanden, bevor sie in Bethelgard eintrafen.

Bethelgard. Die Stadt der Kanäle. Wie oft hatte er sich gewünscht, die Stadt zu sehen, und jetzt würde er bei dem Versuch womöglich sterben. Er hatte mit Leron, Chem und Tiro Pläne gemacht, sie hatten alle Vorkehrungen getroffen, aber niemand konnte sagen, ob es gelingen würde.

Vertrau dir selbst. Das hätte Coridan jetzt vermutlich gesagt. *Und wenn dir das nicht gelingt, vertrau der Göttin.* Er wandte den Blick zur Seite, wo das Ufer als schwarze Silhouette still vorbeiglitt. Der riesige, schlafende Leib der Großen Mutter. Wieder einmal würde sie erleben müssen, wie ihre Kinder gegenseitig ihr Blut vergossen. Wie konnte er dabei auf ihren Beistand erhoffen?

So schloss er in sein stummes Gebet um Beistand nur Coridan und die Akh'Eldash ein. Hoffentlich fanden Elims Soldaten sie beide wohlauf.

***

Lynn trug nun einen Stirnreif, wie er zur Tracht der Bäuerinnen in der Riefenau gehörte – gesegnet sei Blinthes Voraussicht beim Packen. Es war befreiend, die Welt nicht mehr durch den Schleier sehen zu müssen.

Sie hauchte in die Luft und schaute ihren Atemwolken nach. Über der Thulmark war die Nacht hereingebrochen und sie war klar und kalt. Eine Handbreit über den schneeweißen, mondbeschienenen Gipfeln erstrahlten die fünf Makellosen. Wie in allen Geschichten über die Thulmark im Sagenschatz Galathräas, ging es auch hier um einen tragischen Tod, in diesem Fall den von fünf Geschwistern. Die Göttin hatte sie wegen ihrer berückenden Schönheit als Sterne ans Firmament gesetzt. Es blieb zu hoffen, dass Graf Thul und sie selbst nicht ebenfalls als tragische Legende endeten.

Der Graf musterte kritisch den Deckenstapel, den er unter einem überhängenden Felsen aufgeschichtet hatte. »Tut mir leid, dass ich Euch kein besseres Nachtlager bieten kann. Später werden wir die Glut in die Erde stampfen, dann liegt Ihr wenigstens auf warmem Boden.«

»Es wird schon gehen.« Seltsam, wie wenig sie diese Nacht unter den Sternen fürchtete – die erste ihres Lebens. In der Gegenwart Coridans Graf von Thul schien es keinen Platz für Furcht zu geben. »Aber wo werdet Ihr schlafen?«

Er wies auf den gefrorenen Boden, von dem er den Schnee gefegt hatte. »Zwischen Euch und der Nacht.«

»Wenn das Feuer das Erdreich taut, wird es feucht werden.« Unter ihrem Felsen war es wenigstens trocken.

»Macht Euch keine Gedanken, Gesalbte. Ich komme schon zurecht.« Er hob den Blick gen Himmel, wo der Mond die vorbeiziehenden Wolken weiß aufleuchten ließ.

Die Thulmark war die höchstgelegene Grafschaft Galathräas und der Weg zur Burg gewunden und steil, sodass sie ihre Ulphane schließlich am Zügel hatten führen müssen. Schon bald hatte der Schnee links und rechts des Weges gezeigt, dass der Winter hier oben noch lange nicht vorhatte, seine Herrschaft abzugeben.

In einem Bergwald war es dem Grafen gelungen, einen Hasen zu erlegen, dann hatte er zielstrebig diesen Platz aufgesucht, um das Nachtlager aufzuschlagen.

»Wenn man gleich früh morgens von Süden in die Thulmark einsteigt«, erklärte er, »erreicht man bis zum Abend wenigstens eines der Bergdörfer. Aber uns hat der Überfall zu viel Zeit gekostet.« Außerdem hatten sie zur Abzweigung in die Thulmark den Weg ein Stück zurückgehen müssen.

Lynn setzte sich neben das Lagerfeuer auf ihr »Bett«, schlang die Arme um die angezogenen Knie und beobachtete, wie ihr Beschützer den Feldhasen mit geübten Griffen häutete. Sie hatten noch Brot und harten Käse in ihren Satteltaschen, doch gegen frisches Fleisch war nichts einzuwenden. Als der Graf die Bauchdecke des Tieres zerschnitt und grünschwarze Innereien herausglitten, stockte er plötzlich. »Verzeiht, Gesalbte. Das ist vermutlich kein Anblick für die Augen einer Dame.«

Tatsächlich hatte sie den Blick im ersten Moment abgewandt, doch gleichzeitig ging eine deutliche Faszination von dem Gedanken aus, dass dieser Mann fähig wäre, sich – und sie – in jeder Lage zu versorgen. Sie lächelte zaghaft. »Wenn ich es esse, sollte ich es auch sehen können.«

Er nickte, offenbar zufrieden mit ihrer Antwort. »Ich hatte erwartet, ein unreifes Mädchen vorzufinden. Stattdessen traf ich auf eine Frau.«

Sein Lob erfüllte sie mit Stolz, und ihr stieg Hitze in die Wangen. Zum Glück sah er das nicht, denn er rollte den Balg mit den Innereien zusammen, erhob sich und warf ihn ein paar Schritte entfernt in eine Schlucht. Auf dem Rückweg griff er in den Schnee, reinigte seine blutigen Hände damit und warf die letzten Reste ins Feuer, dass es zischte. »Zu schade um den Winterpelz«, sagte er, »aber der frische Blutgeruch könnte Raubtiere anlocken.«

»Vergossenes Blut zieht Unglück an.« Das hatte Blinthe gesagt, als sie nach der Wundversorgung die blutigen Stoffe verbrannt hatte. Offenbar galt das auch für das Blut eines Feldhasen.

Der Graf durchsuchte jetzt die Satteltaschen. »Das wird leider nur ein schlichtes Mahl, Gesalbte.«

»Ich heiße Lynneth«, sagte sie und setzte dann etwas verlegen hinzu: »Meine Freundinnen nennen mich Lynn.«

Erstaunt sah er auf. Vermutlich war sie wieder einmal zu forsch gewesen. Sie versuchte, sich zu verteidigen. »Ich denke nur, wenn wir verdeckt reisen, solltet Ihr mich vielleicht nicht ständig mit meinem Titel ansprechen. Außerdem werdet Ihr doch schon bald mein Schwager sein, nicht wahr?«

Er überlegte einen Moment, dann nickte er. »Coridan.« Aus der Satteltasche förderte er ein paar Pflanzen zutage. Sie hatte beobachtet, dass er sie unterwegs gesammelt hatte.

»Was ist das?«, fragte sie neugierig.

»Zwiebelbeeren und Lauchgras. Das Gras ist nicht mehr sehr aromatisch zu dieser Jahreszeit, aber die Beeren behalten ihre Würze den ganzen Winter über, auch wenn sie eingetrocknet an den Büschen hängen.«

Ohne sein Fell war der Hase erstaunlich mager. Coridan füllte ihn mit dem Gras und den Beeren.

»Ihr könnt kochen«, stellte sie erstaunt fest.

»Ein Soldat muss sich ernähren können.«

»Nur, dass Ihr kein Soldat seid. Oder zahlt Euer Vater Euch etwa einen Sold?«

Wie sie gehofft hatte, zog ihre Bemerkung seinen linken Mundwinkel zu diesem halben Lächeln hoch, das so charakteristisch für ihn war. Wenn sie es sah, tat ihr Herz jedes Mal einen kleinen Sprung.

»Nein«, gab er zu, »aber ein Befehlshaber sollte nicht weniger Fertigkeiten haben als die Männer, die er befehligt.«

»Eine kluge Maxime.«

Er seufzte und wiegte den Kopf. Wie aus einem Munde sagten sie beide: »Siluren«, und lachten.

Coridan schob einen längeren Ast quer durch das aufgeschnittene Tier, dann verschloss er den Braten mithilfe eines biegsamen Zweiges. »Siluren hat unserem Vater diesen Satz entgegengehalten, als er«, er überlegte kurz, »zehn oder elf war.«

Einer der Ulphane brummte, und Coridan spähte wachsam hinaus in die zunehmende Dunkelheit. Dann hängte er den Braten über das Feuer. »Wartet hier.« Durch seine dunkle Kleidung verschmolz er geradezu mit der Nacht und entschwand vollständig Lynns Blick. Eine Weile blieb er fort und nur einmal hörte sie seine Schritte über das Geröll des Weges knirschen. Schließlich kehrte er zurück.

»Nun?«, fragte sie.

Er schüttelte den Kopf. »Vielleicht hat er das Blut des Hasen in die Nüstern bekommen. Oder es war der Rauch. Das Feuer wird uns wilde Tiere vom Leib halten.« Er hatte weitere Äste mitgebracht, die er neben dem Feuer ablegte. Die Hitze presste Dampf aus dem feuchten Holz. »Diese Kutsch-Ulphane haben ihr Leben in Ställen und auf Weiden verbracht. Sie sind es nicht gewohnt, einen Sattel zu tragen und in der Wildnis zu übernachten.«

Das Letztere traf auch auf Lynn zu. »Es ist Euch schwergefallen, Euren Ulphan Dendar zu überlassen.«

»Jorand ist etwas ganz Besonderes.« Mit grimmiger Miene stocherte er in der Glut herum. »Wenn Dendar ihn mir verdirbt, erwürge ich ihn.«

»Ihr tragt keinen Sporn.«

»Unnötig. Jorand ist ein Renner. Er will seine Beine gebrauchen. So war er schon als Kalb.«

»Dann habt Ihr ihn selbst zugritten?«

»Wenn Ihr es so nennen wollt.«

Sie schwieg und wartete auf eine Erklärung. Schließlich steckte er den Stock in die Glut. »Das Reiten steht erst ganz am Ende. Vorher muss man vom Boden aus arbeiten, Vertrauen aufbauen. Ulphane sind zum Laufen geschaffen. Wenn man von einem Wesen nur das verlangt, wofür die Göttin es geschaffen hat, dann muss man es zu nichts zwingen.«

Das klang einleuchtend. Wenn sich doch über einen Menschen nur ebenso leicht sagen ließe, wozu die Göttin ihn geschaffen hatte. Aber Menschen waren verworren und der Plan der Göttin für sie nicht leicht zu erkennen. Und hieß es nicht, wer der Göttin dienen wolle, müsse seinen eigenen Willen auslöschen? So wie man das auch bei Ulphanen tat?

»Mir sagte mal ein Stallbursche, man müsse den Willen eines Ulphans brechen, um ihn reiten zu können.«

Coridan seufzte. »Was soll dabei herauskommen, außer gebrochenen Tieren? Wenn ich meinen Ulphan behandele wie einen Feind, werde ich ihn mir nie zum Freund machen können.«

Da war wirklich so etwas wie ein freundschaftliches Einvernehmen zwischen Coridan und dem kupferfarbenen Ulphan. »Und ich habe gedacht, ein Mann wie Ihr müsste den Kampf lieben.«

»Ein Mann wie ich?«, wiederholte er erstaunt.

»Der Held von Carondim.«

»Verstehe.« Mehr sagte er nicht. Offenbar hatte er nicht das Bedürfnis, mit seiner Heldentat zu prahlen, so wenig wie mit dem heutigen Sieg.

Wie weit dieser bereits zurückzuliegen schien. Es waren nicht die ersten Toten in Lynns Leben gewesen. Sie hatte Schwester Jeldringas Hand gehalten, als deren Geist zurück in den der Mutter geflossen war. Doch jener Tod war friedlich gewesen, aufgefangen und getragen in der Gemeinschaft der Gefährtinnen und der Großen Mutter selbst.

Helims Tod war verstrickt gewesen in Gewalt, in Schmerz und Gebrüll. Von einem Moment auf den anderen war das Leben des freundlichen, alten Kutschers ausgelöscht worden. Selbst der Tod der Strauchdiebe fühlte sich schrecklich falsch an, auch wenn Coridan diese Männer zu Lynns Schutz getötet hatte. Wie mochte es erst sein, wenn sich Hunderte, oder gar Tausende von Männern gegenseitig erschlugen?

»Wie ist das«, fragte sie, »in einer Schlacht zu stehen? Habt Ihr da keine Angst?«

»Wer behauptet, keine Angst zu haben, lügt.« Sein ins Feuer gerichteter Blick wurde sinnend, als suche er nach Worten. »Aber es gibt einen Moment, da verwandelt die Göttin all die Angst und die Wut in etwas anderes. Etwas Mächtiges. Man vermag Dinge zu tun, die einem sonst unmöglich wären, ist schneller, wacher, stärker. Man fühlt sich ... lebendiger.«

Lebendiger. Sie konnte nicht behaupten, das zu begreifen. »Also kämpft Ihr gerne.«

Er antwortete nicht gleich, und was er schließlich sagte, war keine Antwort. »In Carondim habe ich zwanzig Mann gegen ein Katapult geführt.«

Das also war seine Heldentat gewesen. »Wie viele davon kanntet Ihr mit Namen?«

Erstaunt sah er auf. Offenbar war sie die Erste, die diese Frage stellte. Doch über die Antwort musste er nicht nachdenken. »Acht. Drei davon langjährige Gefährten.« Er blickte einen Moment ins Feuer, bevor er fortfuhr: »Das Katapult hat großen Schaden in unseren Reihen angerichtet, und es wurde heftig verteidigt. Als wir es erobert hatten und es wenden konnten, hat uns das den Sieg gebracht.«

Ein erstaunlich kurzer, glanzloser Bericht für eine Heldentat. Sein nächster Satz ließ sie begreifen, warum das so war.

»Von den zwanzig Mann haben nur drei überlebt.«

»Und von den acht?«

»Kein einziger.«

Schweigen senkte sich über sie, nur gelegentlich untermalt vom Schnaufen der Ulphane. Das Fett des Hasen troff zischend in die Glut und Coridan beugte sich vor, um den Braten zu drehen. Als er sich wieder zurücklehnte, sagte er: »Vielleicht hat die Göttin mich für den Krieg geschaffen.« Er sah nicht aus, als mache ihn dieser Gedanke glücklich.

»Vielleicht schenkt die Göttin uns nur Fähigkeiten. Wozu wir sie nutzen, entscheiden wir.« Aber was sollte eine Akh'Eldash mit einer spitzen Zunge und einem scharfen Verstand anfangen?

»Mein Vater sagt gern, die Göttin schuf die Starken, um zu herrschen, und die Schwachen, um ihnen zu dienen.«

Lynn hatte diesen Satz schon von vielen Fürstensöhnen gehört, doch meist mit mehr Inbrunst. »Was meint Ihr dazu?«

»Ich stelle mir lieber vor, sie habe die Starken geschaffen, damit sie die Schwachen beschützen.«

Ein schöner Gedanke. Doch je länger Lynn ihn wälzte, desto fragwürdiger erschien er ihr. »Vielleicht war das einmal so. Aber wir haben feste Häuser gegen die Stürme gebaut, die wilden Tiere in die Einöde zurückgedrängt und die Verbrecher dem Gesetz unterworfen. Wozu braucht man die Starken noch?«

Er nickte. »Wie Ihr sagtet: Ohne Männer wie mich bräuchten unsere Städte keine Mauern.«

Die Starken hatten eine Welt geschaffen, die ihnen entsprach, in der sie gebraucht wurden, und die Schwachen würden das nicht ändern.

»Vielleicht«, sagte er, »wird es irgendwann Städte ohne Mauern geben. Aber eine solche Zukunft werden nicht Männer wie mein Vater schaffen, sondern nur einer wie Siluren.«

Siluren. Sie begann, diesen Namen zu fürchten, denn er bezeichnete das Ende ihrer Reise mit Coridan. Das war sicher unvernünftig, denn schließlich würde sie den Rest ihres Lebens an Silurens Seite verbringen, und doch ließ sich dieses Gefühl nicht so einfach abschütteln.

Sie waren Brüder, Coridan und Siluren. Halbbrüder zumindest. Sollte sie das nicht hoffen lassen?

Vorsichtig fragte sie: »Ist Euer Bruder Euch ähnlich?«

»Ganz und gar nicht. Wir sind so verschieden wie Licht und Dunkelheit.« Sein linker Mundwinkel zuckte. »Ihr werdet ihn mögen.«

***

Etwas berührte Kiras Schulter, und sie erwachte. Verschlafen tastete sie nach der verrutschten Decke und griff in dichten Dinji-Pelz. Jetzt schlug sie die Augen auf.

Prinz Siluren saß neben ihr und sah zum südlichen Ufer hinüber. Kira stemmte sich hoch und schaute sich um.

Es war noch früh. Nebel kroch über das Wasser, bleich beleuchtet von der Morgensonne. Auch über den angrenzenden Schwemmwiesen waberten dichte Schleier. Aus ihnen erhoben sich die Spitzen von Zelten und hölzernen Belagerungstürmen. Der Prinz hatte recht behalten!

Der Fährmann bewegte das Ruder, und das Wasser gluckste erschreckend laut durch die morgendliche Stille. Mit Schaudern dachte Kira daran, dass sie kein Schutzdach auf diesem offenen Kahn hatten. Wenn man sie entdeckte, würden die Pfeile nur so auf sie niederprasseln.

Doch das Wasser beruhigte sich schnell wieder, und dann glitten sie lautlos wie ein Geisterschiff durch den Nebel, der Stadt entgegen, deren Türme sich in der Ferne erhoben. Kira wagte aus Angst, etwas könnte die Aufmerksamkeit der Soldaten erregen, kaum zu atmen. Ihr Blick glitt am Südufer entlang: Hohes Wassergras und Sumpfkolben behinderten den Zugang zum Fluss, der hier von

Ufer zu Ufer an die zwanzig Schritte breit sein mochte. Ein einzelner Vogel zirpte in der morgendlichen Stille. Dann näherten sie sich einer Stelle, an der das Ufer schlammig und zertreten war. Ein Mann schöpfte Wasser.

Leron, der auf einem Knie im Boot kauerte, hatte eine Armbrust in der Hand. Kurz sah er zu seinem Prinzen hinüber. Der war blass und hatte die Augen vor Furcht weit geöffnet, doch er nickte.

Leron hob die Waffe an die Wange. Noch wartete er, zielte nur unverwandt auf den ahnungslosen Gegner, während sie näher glitten.

Der Mann am Ufer richtete sich auf, hob den Krug auf seine Schulter, warf noch einen Blick über das Wasser – und entdeckte sie. Erst jetzt schoss Leron. Mit einem hohen Sirren verließ der Bolzen den Schaft und traf den Mann, der mit einem Ausdruck des Erstaunens im Gesicht nach hinten fiel. Sofort spannte Leron erneut, doch er brauchte zu lange – ein zweiter Mann war aus dem Nebel getreten. Er erfasste die Situation mit einem Blick, drehte sich um und tauchte in den Nebel zurück. Leron schickte ihm einen Bolzen hinterher, der aber offenbar nicht traf. Er legte die Waffe zur Seite und sagte nur ein Wort: »Ruder.«

Bislang hatten sie sich neben dem sanften Stoß der Treidelstange nur dem Fluss und seiner Strömung überlassen, doch nun legten die Männer sechs Ruder in die dafür vorgesehenen Vertiefungen, und bald nahm der Kahn erstaunlich an Fahrt auf. Das Nordufer, in dessen Nähe sie sich hielten, rauschte nur so vorüber.

Lautlos waren sie so nicht mehr, aber das war nun ohnehin gleichgültig – ein Hornsignal meldete bereits ihre Entdeckung.

»Schilde!«, befahl Leron, dem der Prinz offenbar den Oberbefehl erteilt hatte. »Kira, auf Chems Posten!«

Kira übernahm das Ruder von Chem und bemühte sich, den Riemen ebenso kraftvoll durchzuziehen, wie sie es bei den Männern beobachtet hatte. Schnell erkannte sie, dass es wichtiger war, im Gleichklang mit den anderen zu bleiben, damit sich die Ruder nicht gegenseitig behinderten. Da das Boot bereits gut in Fahrt war, fiel das Rudern nicht allzu schwer.

Chem kroch derweil nach vorne, wo die Waren lagerten, und schlug eine Decke zur Seite. Darunter lagen rechteckige Schilde, die er nach hinten reichte. Mit dem hölzernen Schutz, unter dem sie sich zur Not verkriechen konnte, fühlte Kira sich nun schon um einiges sicherer. Nun konnten ihnen höchstens noch Brandpfeile gefährlich werden, doch Wasser zum Löschen war ja ausreichend vorhanden.

»Tiro und Belwin – ihr rudert weiter. Ihr anderen deckt sie mit. Geran – du schützt den Steuermann.«

Belwin musste einer der Fährknechte sein.

Am Ufer geriet der Nebel in Bewegung. In einer langen Reihe stellten sich die Bogenschützen auf, eine Phalanx auf einer Länge von fast fünfzig Schritten. Sie würden eine Weile brauchen, um sie zu passieren. Hastig holte Kira das Ruder ein und griff nach dem Schild. Der Prinz tat es ihr gleich. Fast wirkte es, als diene sie ihm als Vorbild. Große Göttin, war er blass! Er sah aus, als sei er nahe daran, sich zu übergeben. Schon erklang das unverkennbare Zischen, mit dem die Pfeile von den Sehnen schnellten, Dutzende von ihnen. Kira hob den Schild. Die Wucht, mit der die Pfeile trafen, ließ das Holz in ihrer Hand beben.

Bögen ließen sich schneller spannen als Armbrüste. Wieder sirrten Pfeile, und diesmal brannten sie. Der Schiffer fluchte lauthals, während sich die Männer mühten, das Feuer zu löschen, ohne in den Pfeilregen zu geraten. Am einfachsten schien es ihnen, die brennende Ladung über

Bord zu werfen – was den Fährmann umso lauter fluchen ließ. Alle Pfeile zu löschen war aussichtslos, es hätte erfordert, sich unter der Deckung hervorzuwagen, doch die Bogenschützen ließen nun keine Pause mehr entstehen. Die Masse der Pfeile auf den Schilden machten sie schwer und zogen sie nach vorne. Kira konnte ihren kaum noch halten. Ihr Vorteil im Kampf war immer Wendigkeit und Geschick gewesen, doch das half ihr hier wenig.

»Zurück!«, rief Leron und zog sein Schwert. Sie begriff, kroch mitsamt dem Schild nach hinten, und er hieb die ragenden Schäfte ab, zuerst bei ihr, dann bei dem Prinzen. Dann tat sie den gleichen Dienst für ihn. Plötzlich ein Knall, der sie zusammenschrecken ließ, und ein zweiter. Der Rand von Lerons Schild splitterte. Hakenbüchsen! Der Geruch von Schwefel hing in der Luft oder vielleicht bildete sie sich das auch nur ein. Sie kannte diese Waffen, wusste, was diese Bleikugeln anrichten konnten, die sogar Plattenpanzer durchschlugen. Doch die Schützen benötigten zu viel Zeit zum Nachladen, schon war das Boot an ihnen vorüber. Nur die Pfeile flogen noch immer. Kira wagte einen Blick hinter dem Schild hervor und sah das Ende der Schützenreihe. »Wir haben es fast ge...« Das Wort blieb ihr in der Kehle stecken, als sie das aufragende Gerät am Ende der Phalanx erkannte.

»Katapult!«, schrie Leron.

Kira hatte Steine erwartet, aber was geflogen kam, waren Tontöpfe. Einige von ihnen zerbarsten an Reling und Planken, Öl ergoss sich über das Schiff, das sich an den Brandpfeilen entzündete. Im Nu stand alles in Flammen, und Chem schrie – sein Bein brannte.

Jetzt erhob sich die Stimme des Prinzen. »Ins Wasser! Hinters Boot!«

»Ich kann nicht schwimmen!«, jammerte Geran.

»Dann halt dich am Kahn fest!«

Kira sprang. Das eisige Wasser traf sie wie ein Schlag, sodass sie sich für einen Moment nicht bewegen konnte.

»Festhalten, Mädchen!« Leron packte ihr Handgelenk und zog sie ans Boot heran, bis sie zugreifen konnte. Gut, dass der Kahn so lang war. Auf diese Weise hatte jeder einen Platz zum Festhalten. Kira fand sich zwischen Leron auf der einen und dem Prinzen auf der anderen Seite wieder.

Lange würden sie es im Wasser allerdings nicht aushalten, und die Stadt schien noch unendlich weit entfernt. Überhaupt – hatte irgendjemand sich Gedanken darüber gemacht, wie sie die Mauer überwinden sollten?

Die Strömung zog sie weiter. Chem, der die Position an der Spitze hatte, meldete: »Drei Boote voraus!«

Voraus?! Verflucht sei General Trenkar und seine besonnene, vorausschauende Art. Man würde sie abfangen.

»Tiro«, sagte der Prinz, »es ist Zeit!«

Der junge Mann löste sich vom Kahn und schwamm in Richtung Nordufer. Vermutlich würde er Herzog Etharold Meldung machen.

Der Pfeilregen ließ nach. Offenbar wollten die Oneräer ihre eigenen Männer in den Abfangbooten nicht gefährden – oder die Bogenschützen konnten ihnen nicht so schnell folgen.

»Hoheit.« Leron sah zu dem Prinzen hinüber, dann nickte er zum rettenden Ufer hin. Das Angebot war deutlich. Der Prinz, dem das blonde Haar am Kopf klebte, schien es einen Augenblick lang zu erwägen. Fast sehnsüchtig blickte er auf das vorbeiziehende Röhricht. Doch dann presste er die vor Kälte blauen Lippen aufeinander und schüttelte den Kopf. »Zurück ins Boot.«

Leron nickte knapp, dann wiederholte er den Befehl in Kommandolautstärke. »Zurück ins Boot!«

Kiras Muskeln waren kalt und steif und wollten ihr kaum gehorchen. Wieder war es Leron, der ihr hinaufhalf. Das

Öl war verbrannt. Mithilfe von nassen Decken war es nun nicht mehr schwer, die Brände zu löschen, doch der Kahn würde keine weitere Fahrt mehr unternehmen. Das verkohlte Holz dampfte und aus kleinen Löchern sprudelte Wasser in den Schiffsrumpf. Sie hatten Glück, wenn es sie noch bis zur Stadt trug.

Die Feinde kamen ihnen auf dem Fluss entgegen, drei Boote besetzt mit Soldaten im gelben Rock Oneräas. Im Nebel wirkten die Uniformen fahl wie Krolans Haut.

»An die Ruder!«, schrie Leron. Die Bootsleute und Chem gehorchten. Der Steuermann gab mit rhythmischen Rufen das Tempo vor, die anderen warteten mit gezückten Schwertern auf ihre Gegner. Wieder gewann das Boot erstaunlich an Fahrt, und näherte sich wie ein rasender Ulphanbulle den Booten der Oneräer, die den Fluss vor ihnen abriegelten. Kira stand breitbeinig, das Rapier in beiden Händen, und mühte sich, die schwankende Bewegung des Kahnes auszugleichen. Der Wind strich über ihre nasse Kleidung und ihre Zähne klapperten aufeinander.

Leron grinste sie an, während Wasser aus seinen Haaren troff. »Nur die Ruhe, Mädchen. Du kannst deine Zähne bald in ihr Fleisch schlagen.« Er schien fast, als mache ihm diese Hölle Spaß.

»Schneller!«, rief Siluren. Die erschöpften Männer legten sich mit doppelter Kraft in die Riemen und das Boot schoss vorwärts, direkt auf den liken der gegnerischen Kähne zu und Kira machte sich auf den Aufprall gefasst. Trotzdem riss es sie um. Sie fiel auf die Knie, doch sie war sofort wieder auf den Beinen und stürzte sich in das Kampfgetümmel. Singende Klingen, das war mehr nach ihrem Geschmack. Aber der Platz auf dem Boot war so beschränkt, dass nicht jeder einen Gegner fand. Überhaupt erwiesen sich die Ruder als die besseren Waffen. Mit ihrer höheren Reichweite stießen die Fährknechte, die sich viel sicherer auf dem schwankenden Boden hielten, gegnerische Soldaten ins Wasser, während ihr Boot das andere zur Seite schob und sich unbeirrbar weiter auf die Stadt zubewegte. Die Ruderer hatten ihm genügend Antrieb gegeben und die Strömung tat ihr Übriges. Die Boote kamen nebeneinander zu liegen, und die ersten Oneräer sprangen herüber. Jetzt erst kamen Kiras leichtes Rapier und ihr Stilett wirklich auf ihre Kosten und richteten unter den Angreifern einigen Schaden an. Dann waren sie hindurch. Wieder sirrten Pfeile, doch diesmal flogen sie über ihre Köpfe hinweg, waren für ihre Feinde bestimmt. Sie waren endlich in Schussnähe der Stadtmauer und von dort regneten gezielte Geschosse herab. Die Boote, die sie passiert hatten, und die ihnen nun folgten, drehten ab. Doch die Oneräer, die auf ihr Boot gesprungen waren, kämpften verbissen. Zwischen zwei Hieben sah Kira, dass der Fluss durch einen Durchstich in der Stadtmauer direkt in die Stadt hineinfloss. Mit lautem Rasseln hob sich ein Fallgitter.

»Runter!«

Kira warf sich in das knöcheltief im Boot stehende Wasser, glitt unter den tropfenden, algenbehangenen Metallspitzen hindurch. Ihr Gegner hatte nicht so schnell reagiert – er wurde von den Beinen gerissen und stürzte in den Fluss. Das herabschnellende Gitter traf ihn und riss ihn mit, nagelte ihn vermutlich auf den Grund.

»Genug!«, brüllte jemand. Leron. Zwei Gelbröcke standen noch auf dem Kahn, die Waffen in den Fäusten, aber sie erkannten die Aussichtlosigkeit ihrer Situation, gefangen in der Stadt des Feindes, und warfen ihre Schwerter weg. Das Boot war in einen Tunnel mit gemauerter Uferbefestigung eingefahren. Sie waren in Sicherheit.

Kira atmete auf und steckte ihre Waffen fort. Noch zitterten ihre Hände von der Erregung des Kampfes und vom

Gefühl des Triumphs. Ihr Blick traf den des Prinzen, und auch in seinem Gesicht fand sie diese Mischung aus fiebriger Erregung und Erleichterung.

Weiter vorne flutete linker Hand Tageslicht durch steinerne Bögen herein. Männer liefen ihnen am Ufer entgegen, warfen den Bootsleuten Taue zu, und die zogen den Kahn an die Kaimauer.

»Führt die Gefangenen ab!«, befahl Leron, während er an Land sprang. Der Prinz folgte ihm und fügte an: »Aber behandelt sie gut. Ich will später mit ihnen sprechen.«

Kira mühte sich erst einmal, zu Atem zu kommen, während der Kahn vertäut wurde, erst dann stieg sie auf den steinernen Kai, um Siluren und den Soldaten zu folgen, die bereits ein gutes Stück voraus waren. Geran hielt sie zurück. »Was hat er vor?«

»Keine Ahnung«, zischte sie. »Die Stadt verteidigen, vermutlich.«

»Wir hätten nie zulassen dürfen, dass er hier ankommt!«

Sie sah ihn spöttisch an. »Hast du nicht eben selbst einen der Gelbröcke ins Wasser gestoßen?«

»Weil er mich sonst aufgeschlitzt hätte. Ich habe mein Leben verteidigt!«

»Dann tu das schön weiter.« Sie entwand sich seinem Griff und beeilte sich, zu den anderen aufzuschließen.

»Was wollte Geran?«, fragte der Prinz, als sie neben ihm lief. Ihm entging offenbar gar nichts.

»Sein schlechtes Gewissen beruhigen.«

»Finde heraus, wo er unterkommt. Wir brauchen ihn noch.«

Kira nickte, auch wenn ihr nicht klar war, wozu in aller Welt man Geran wohl brauchen konnte.

***

Siluren konnte es selbst kaum glauben. Er hatte recht behalten, Bethelgard wurde tatsächlich belagert. Und nicht nur das: Sie hatten sich durch die feindlichen Reihen gekämpft und die Stadt erreicht.

Was für ein Kampf! Was für ein Sieg! Als sie durch den Nebel geglitten waren, hatte er vor lauter Furcht nicht einmal zu atmen gewagt. Aber dann, als der Kampf begonnen hatte, da hatte es keine Zeit mehr gegeben für Furcht. Da hatte er reagieren müssen, beobachten, Befehle geben, zuschlagen. Und als das Fallgitter hinter ihnen das Wasser hatte aufspritzen lassen, hätte er beinahe aufgejubelt. Sie waren in Sicherheit! Niemals hatte er auch nur geahnt, welches Hochgefühl überstandene Gefahr auslösen konnte. Ein Zittern der Erwartung in seinen Gliedern, eine wache Aufmerksamkeit in seinem Geist. Er fühlte sich ... stark. Mächtig. Fähig. Ein gutes Gefühl.

Eine Gruppe Soldaten kam ihnen entgegen, angeführt von einem jungen Leutnant, aus dessen spitzem Gesicht der Hochmut leuchtete. »Was sollte denn das für ein Heldenstück werden?«, rief er schon von Weitem. »Wenn ihr nicht den roten Rock trügt, hätten wir das Tor gar nicht erst geöffnet! Wer seid ihr überhaupt?«

»Ich bin Siluren von Varkaskal, und Ihr?«

Siluren war selbst überrascht über seine forsche Replik. Die Verblüffung im Gesicht des Mannes war allerdings außerordentlich befriedigend.

»Siluren von ... *Prinz* Siluren?«

Leron trat vor. »Kennt Ihr noch einen anderen?«, blaffte er. »Wir brauchen einen warmen Raum, trockene Kleidung und einen Arzt!«

»Das ... natürlich.«

»Ich will außerdem mit dem Stadtvogt und dem Oberbefehlshaber sprechen«, fügte Siluren an. Er sah zu Geran und dem Steuermann zurück, die noch am Boot standen.

»Sorgt dafür, dass die beiden Schiffer gut untergebracht werden. Wir hatten noch zwei weitere Bootsleute. Ich will wissen, ob sie tot oder in Gefangenschaft geraten sind.«

»Jawohl, Hoheit.« Der Mann hatte sich gefangen. Er gab einigen seiner Begleiter Anweisungen und die eilten davon. »Bitte, folgt mir, Hoheit.«

Sie traten aus dem Gewölbe unter der Stadtmauer auf eine Gasse hinaus, neben der ein Kanal verlief. Bethelgard, die Stadt der Kanäle. Die Stadt Albuins des Weisen. Mit stiller Ehrfurcht legte Siluren eine Hand auf die Steine. Dann folgte er dem jungen Leutnant durch die Gassen und über Brücken.

Jenes Hochgefühl nach dem Kampf verblasste bereits. Vielleicht lag es daran, dass es auf seltsame Weise nicht seines war. Es gehörte Coridan und seinem Vater, nicht ihm. Es war ihm fremd und fühlte sich im Nachhinein falsch an. Wie damals, als er den Rausch des Riefenkrautes ausprobiert hatte. Obgleich die Erfahrung angenehm gewesen war, hatte er sie niemals wiederholt, denn die Art, wie es ihn selbst und die Welt zu verändern schien, hatte ihn erschreckt. Er war ein kritischer Geist, hielt sich viel darauf zugute. Sein Leben lang hatte er nach Wissen und Fakten gesucht, hatte diejenigen verabscheut, die sich – wie sein Vater – in die eigene Tasche logen. Riefenkraut tat genau das, es täuschte Wohlbefinden und Geborgenheit vor. Was, wenn sein Verstand irgendwann nicht mehr in der Lage war, den Traum von der Wirklichkeit zu unterscheiden? Wenn die Sehnsucht nach dem falschen Glück zu groß wurde?

Die gleiche Furcht beschlich ihn nun.

Er hatte sich stark gefühlt, geradezu unbesiegbar. Doch das war er nicht. Er hatte gekämpft, hatte sich verteidigt. Er hatte Schläge abgewehrt, einen Mann ins Wasser gestoßen, doch als es darauf angekommen war, als er die Klinge dem

Gegner in den Leib hätte stoßen müssen, da hatte er gezögert. Siluren der Zauderer. Plötzlich hatte die Spitze von Lerons Klinge aus der Brust des Mannes geragt. Der Anblick war Siluren wie Eis durch die Glieder gefahren. Noch immer sah er den brechenden Blick des Mannes vor sich.

Wie durch ein Wunder war er selbst fast unverletzt geblieben, bis auf ein paar Brandblasen und die Wunde in seinem linken Daumenballen, die einer der Pfeile gerissen hatte. Der dumpf pochende Schmerz musste ihm eine Warnung sein. Er war kein Kämpfer, kein Kriegsherr, noch nicht einmal ein voll ausgebildeter Ritter. Das durfte er auf keinen Fall vergessen.

***

Die Haut an Kiras Armen schien zu hartem Eis zu gefrieren, während man sie durch viel zu lange und viel zu kalte Gassen führte, bis hin zu einem Marktplatz, an dem sich das Rathaus protzig erhob. Ein Portal, eine pompöse Treppe, ein Saal mit einem Tisch aus schwarzem Breckenholz, aufwändig geschnitzten Stühlen – und einem wunderbaren, geradezu himmlischen Feuer, das im Kamin knisterte. Allein der Anblick wärmte Kira. Zudem lag ein ganzer Stapel Decken bereit, und Kira nahm sich eine davon. Scham war hier fehl am Platz – noch immer schlugen ihre Zähne aufeinander und ihre Haut war taub vor Kälte.

Sie schälte sich aus den nassen Kleidern, wickelte sich in die weiche Wolldecke und steckte sie über dem Busen fest. Viel besser! Dann stellte sie sich neben das Feuer, hielt die Hände den Flammen entgegen und schaute über die Schulter zurück.

Die Männer hatten ihr ritterlich die Rücken zugekehrt. »Wie sieht es mit Verletzungen aus?«, fragte Siluren. »Zeigt mal her.«

Sie schmunzelte. Die Anweisungen hatten nun zumindest wieder Satzlänge. Sie wandte sich vom Feuer ab zu den dreien, die ihre Decken lässig nur um die Hüften geschlungen hatten. Lerons Brust wurde, wie sie erwartet hatte, von schwarzer, krauser Wolle bedeckt und Chem besaß einen hellen, rotblonden Flaum. Silurens Oberkörper hingegen war glatt und dennoch ausgesprochen gut ausgebildet. Die Brust eines Mannes mit der Haut eines Knaben. Ein verwirrender Anblick. Offenbar hatte er seine Zeit doch nicht ausschließlich mit Papier und Tinte verbracht. Auf dem Boot hatte er sein Schwert jedenfalls zu gebrauchen gewusst.

Zuerst begutachteten sie Chems Bein, und während sie das taten, erschien auch der Arzt. Chems Brandwunden hatte das eisige Wasser gutgetan, der Arzt ließ ihn dennoch von seinem Gehilfen fortbringen, damit man ihm in der Medizinalstube einen Kräuterverband anlegte.

Die übrigen Verletzungen waren geringer. Einige Abschürfungen, Platz- und Schnittwunden, die der Arzt mit dem üblichen Gemisch aus Essig und Salz auswusch. Der Prinz hatte im linken Handballen einen Schnitt, den der Arzt genäht wissen wollte. Also setzte der Prinz sich an den Ratstisch und legte die Hand darauf, die Handfläche nach oben gekehrt. Auch Kira zog sich einen Stuhl heran. Vielleicht konnte sie ihn ein wenig ablenken, während der Arzt sein Werk verrichtete.

Der Mann mit dem grauen, sorgfältig gestutzten Bart tastete behutsam über den Ballen. »Das wird jetzt ein wenig wehtun, Hoheit.«

Ein Lächeln huschte über das Gesicht des Prinzen, was nicht nur Kira erstaunte. »Was amüsiert Euch?«, fragte der Arzt.

»Mein Bruder würde sagen: Es bringt dich nicht um.«

Kira schürzte die Lippen. »Klingt, als wäre er ein harter Kerl.«

»Das ist er.« Er nickte dem Arzt zu und der beeilte sich, der Aufforderung nachzukommen.

»Ich hätte nicht gedacht«, sagte Kira, »dass Ihr Eurem Halbbruder sonderlich nahesteht.«

Er vermied es, auf die Nadel zu sehen, die sein Fleisch durchdrang, sondern hielt den Blick auf sie gerichtet. »Als Kinder hatten wir nur einander. Wir waren uns gegenseitig Lehrer und Schüler.«

»Wer war der Lehrer?«

»Das kam auf den Gegenstand der Lektion an.«

»Tja, und jetzt eskortiert er die Akh'Eldash.« Sie lehnte sich zurück und verschränkte die Arme. »Ist Euch schon einmal der Gedanke gekommen, dass er mit der Akh'Eldash auch den Thron erobern könnte?«

Er schnaubte in der Andeutung eines Lachens. Aber sie hatte das durchaus nicht als Scherz gemeint. »Ich kann an diesem Gedanken nichts Komisches finden. Wenn er ...«

»Nicht, Kira.« Sein Blick war mit einem Mal hart. »Du hast große Narrenfreiheit. Aber versuche nicht, mich und meinen Bruder gegeneinander auszuspielen. Niemals.«

Sie schluckte und senkte den Blick.

Jetzt wandte er sich an Leron. »Schau nach, wo die Kleider bleiben. Ich möchte dem Vogt ungern im Lendenschurz gegenübertreten.«

Obwohl er selbst in eine Decke gewickelt ganz Herrscher war, dachte Kira. Sie sah Leron nach, um dem Blick des Prinzen noch nicht wieder begegnen zu müssen. »Leron ist ein seltsamer Mann«, sagte sie. »Zwischendurch hatte ich fast das Gefühl, es würde ihm Spaß machen.«

Siluren lachte leise. »Darin ähnelt er meinem Bruder. Cor wird sich ärgern, diese Bootsfahrt verpasst zu haben.«

Er hatte ihr eine Warnung zukommen lassen, aber er nahm ihr die Worte offenbar nicht übel. Sie wandte sich ihm wieder zu. »Ihr seid nicht der Stubenhocker, als den man Euch beschreibt.«

»Ich wäre es – ohne Coridan. Als mein Vater es endlich aufgegeben hat, das Unmögliche zu verlangen, hat Cor das Mögliche erreicht.« Der Arzt schnitt den Faden ab, und Siluren betrachtete die Naht. »Ich bin nicht überragend«, sagte er, »aber es reicht, um mich zu verteidigen. Zumindest gegen Männer, die man von der Werkbank weg rekrutiert hat.«

Damit hatte er wohl recht. Es war ihr Glück, dass Oneräa kein stehendes Heer besaß. Wie Ruothgar hatte auch König Krolan Aushebungen in allen Städten und Dörfern vorgenommen. Hätten ihnen in den Booten erfahrene Söldner gegenübergestanden, wären sie vermutlich nicht so glimpflich davongekommen.

Die Hand des Prinzen war nun verbunden, der Arzt packte seine Sachen zusammen. Sorgfältig wischte er die letzten Blutstropfen vom Tisch und warf den Stoff dann in die Flammen, wie es der Tradition entsprach. »Ich werde jetzt nach dem Mann mit den Brandwunden sehen. Ich komme später noch einmal.«

Dann waren sie allein. Es war mit einem Mal still im Raum. Nur das Knistern des Feuers war zu hören. Kira und der Prinz saßen einander gegenüber, sahen sich stumm an. Sie würden nur die Decken abstreifen müssen, um nackt voreinander zu stehen.

Kira konnte den Blick nicht von seinem Körper wenden. Er war nicht übertrieben muskulös, aber gut gebaut. Keine einzige Narbe störte die glatte Perfektion seiner Haut. Noch ehe sie begriff, was sie da tat, hob sie die Hand. Sie wollte, sie musste ihn einfach berühren. Doch dann zögerte sie. Wovor fürchtete sie sich? Er mochte ein Prinz sein, aber er war doch auch ein Mann. Nur ein Mann in einer Wolldecke.

Er bewegte sich nicht, sagte nichts, sah sie nur an, halb fragend, halb erwartungsvoll. Da er es nicht verbot, legte sie ihre Handfläche sachte auf die Muskeln, die sich unter seiner Haut abzeichneten. Es fühlte sich warm an, glatt und hart. Große Mutter, wie sehr wollte sie sich an diese Härte schmiegen.

Auch er hob jetzt die Hand. Mit den Fingerrücken strich er über ihre Wange, und die Zartheit dieser Liebkosung berührte sie tief. Sein Finger glitt über ihr Kinn, streichelte ihren Hals hinab, über das Schlüsselbein und erreichte die Wölbung ihrer Brust. Er zögerte an der Barriere, die der Wollstoff bildete. Kira spürte die Spannung der Decke überdeutlich, als sie einatmete. Schließlich schob er die Finger sanft unter den Stoff in das Tal zwischen ihren Brüsten. Er würde nur ziehen müssen, und die zusammengesteckte Wolle würde auseinanderfallen.

Die Tür flog auf, und Kira zuckte zusammen.

»Ich habe endlich jemanden gefunden, der ...« Leron stockte, als er die Situation erfasste. Er starrte die beiden einen Augenblick lang an, dann wandte er sich zur Tür. »Vergebt mir.«

»Nein, bleib hier.« Jetzt erst ließ Siluren die Hand sinken. »Wie ich sehe, hast du Kleidung gefunden.«

Leron trug inzwischen zivile Kleidung – eine dunkle Hose und ein Hemd mit Weste, die ihn fast betulich erscheinen ließen. »Sie hatten Schwierigkeiten, etwas zu finden, das sie für angemessen hielten.« Er winkte zur Tür. »Ich konnte ihnen verdeutlichen, dass *alles* angemessener ist als eine Wolldecke.«

Eine schüchterne Dienerin trat ein, einen Stapel zusammengefalteter Kleidung auf den Armen. Sie knickste und wagte nicht, den Blick zu heben.

»Verzeiht, Hoheit. Ich kannte die Maße Eurer Begleiter nicht.«

»Das ist schon in Ordnung.« Siluren hob das erste Kleidungsstück vom Stapel und ließ es sich entfalten – eine Hose, in die Kira vermutlich zweimal hineinpassen würde. Er schmunzelte. »Solange Gürtel dabei sind.«

Kapitel 6

Ein weiser Mann nimmt eine Belehrung an, eine kluge Frau holt einen Ratschlag ein.

–39. Akh'Eldash, 59. Eintrag, Vers 15

Kira trug nun tatsächlich Männerkleidung – ihr Ledermieder hatte sie nie als solche begriffen. Der Gehrock aus festem, selbarischem Tuch und die üppige Halsbinde verdeckten ihre ohnehin spärlichen Rundungen ausreichend. Kira verstärkte den Eindruck, sie sei ein Jüngling, indem sie ihr Haar nach Art der Oneräer im Nacken zusammenfasste. Siluren wies Leron und den Arzt an, sie als Kiron anzusprechen und auch sonst ihr Geheimnis zu wahren. Auf diese Weise würde sie sich nicht wieder und wieder erklären müssen.

Was den Prinzen betraf, so hatten die guten Bürger von Bethelgard sich wirklich Mühe gegeben, ihm mit der Kleidung gerecht zu werden. Sie hatten einen weinroten Überrock mit langen Schößen und ein Spitzenhemd herausgesucht. Die Seidenhose lehnte er allerdings ab und entschied sich stattdessen für einen dunklen Webstoff. So in seiner Würde wiederhergestellt, empfing er den Stadtvogt Woring und den fülligen Oberst Huddert, seines Zeichens nach Hauptmann der Stadtwache. Der Prinz erwartete sie stehend, Kira und Leron zu beiden Seiten wie Leibwächter. Im Grunde waren sie das ja auch.

»Es ehrt uns, dass Ihr selbst zu uns kommt, Hoheit.« Woring war ein drahtiger, grauhaariger Mann, dem man ansah, dass er sich sein Brot als Rimbeth-Fischer verdiente.

Auch die Falten auf seinem Gesicht waren wie mit einem Fischermesser eingekerbt. »Aber um ehrlich zu sein, wäre uns ein Entsatzheer lieber gewesen.«

Kira ärgerte diese kaum verhohlene Kritik, doch der Prinz ging nicht darauf ein. »Herzog Etharold ist auf dem Weg hierher, aber man kann zwanzigtausend Mann nicht mit Booten auf dem Tarumbeth befördern.«

»Zwanzigtausend.« Oberst Huddert strich sich über den Bart, der sein Doppelkinn nicht vollständig zu bedecken vermochte. Entweder war Bethelgard ein sehr friedlicher Ort, oder der Hauptmann überließ die körperlich fordernden Einsätze seinen Untergebenen. »Wir schätzen, dass an die vierzigtausend Oneräer vor der Stadt lagern.«

»Das dürfte wohl hinkommen. Seit wann sind sie hier?«

Woring übernahm es, zu berichten. Er tat es in einer knappen, emotionslosen Art, die den altgedienten Soldaten verriet. Man hatte schon vor Tagen Gerüchte über oneräische Soldaten gehört und darum umso genauer kontrolliert, wer durch die Stadttore ein- und ausging. Trotzdem waren die oneräischen Soldaten am Vortag so überraschend aus dem Wald von Tarum herausgetreten, dass man kaum Zeit gefunden hatte, die Tore zu schließen. In einer eilig einberufenen Sitzung des Rates hatte man Woring den Oberbefehl über die Verteidigung gegeben, da er offenbar über Kampferfahrung verfügte. Zur Erklärung sagte er: »Ich habe Eurem Vater beim Briscalon-Feldzug und am Schwarzen See gedient.«

»Als Offizier?«, fragte Siluren, und Kira teilte sein Erstaunen. Woring war kein Mann von Adel.

»Natürlich nicht, Hoheit. Ich war zuerst Soldat und später Adjutant des Fürsten DeHellin. Aber Bethelgard ist eine freie Reichsstadt. Sie untersteht keinem Fürsten, und die Herren von Adel, die zurzeit in unseren Mauern weilen, erschienen dem Rat für diese Aufgabe wenig geeignet.« Sein sehr direkter Blick machte deutlich, dass sich dies in seinen Augen nicht geändert hatte.

Wusste dieser Mann denn nicht, dass er seinem Prinzen Respekt schuldete? Hatte man ihm nicht berichtet, wie sie sich durch die Reihe der Feinde gekämpft hatten? Es wäre angebracht gewesen, Woring in seine Schranken zu weisen, und dessen gereckte Schultern sprachen dafür, dass er genau das erwartete.

Aber Prinz Siluren tat nichts dergleichen. Stattdessen sagte er: »Ich sehe, der Rat hat eine wohlüberlegte Entscheidung getroffen. Ich stehe Euch und der Stadt zur Verfügung.«

Es war fast komisch zu sehen, wie Woring einen Moment lang nicht wusste, was er tun sollte. Er stand da wie ein Mann, der vollgerüstet zum Duell erschien und feststellen musste, dass es sich um ein Bankett handelt.

Der Prinz wandte sich an Huddert. »Gibt es einen Ort, von dem aus man das Umland überschauen kann?«

»Natürlich, Hoheit. Folgt mir.«

Man sprach ihn mit dem Ehrentitel an, und doch schien etwas von dieser Hoheit verblasst zu sein. Wo war der wohlwollende Herrscher geblieben, dem die Menschen zuwinkten? Natürlich, auch hier behandelte man ihn höflich und zuvorkommend. Doch es wurde deutlich, dass der Respekt seinem Titel galt, nicht ihm – und er duldete das.

Auf dem Weg hinaus sah Kira zu Leron hinüber. Falls ihm das Verhalten des Prinzen missfiel, zeigte er es nicht – vielleicht, weil es ihm nicht zustand, vielleicht, weil er wusste, dass er ohnehin nichts würde ändern können. Siluren der Zauderer. Sie begann zu verstehen, weshalb man ihm diesen Namen gegeben hatte.

Würde Woring den Prinzen jetzt noch für voll nehmen? Würde er dessen Pläne und Ideen wohlwollend in Erwägung ziehen? Nun, das würde er, wenn er ein verständiger

Mann war, und vermutlich blieb ihm ohnehin keine Wahl. Der Zauderer war schließlich immer noch der Kronprinz.

Auf dem Weg zum Rathaus hatte Kira frierend und erschöpft kaum einen Blick für die Stadt gehabt, aber nun rief Woring ein Boot heran und ihr wurde bewusst, dass Bethelgard sich sehr von anderen Städten unterschied. Nannte man sie nicht auch die Stadt der Kanäle?

Woring und Oberst Huddert waren offenbar vertraut mit dem schwankenden Grund eines Bootes. Sie selbst hingegen war froh, als sie ihren Platz im Kahn erreicht hatte und sich setzen konnte. Der Schiffer stieß sich ab und sie glitten voran.

Ein Netz aus Kanälen durchzog die gesamte Stadt. Oft standen die Häuser direkt am Wasser, ohne dass noch Raum für einen noch so schmalen Weg gewesen wäre, und wo einer war, führten hier und dort steinerne Treppen zum Wasser hinab. Die Wasserwege bildeten mit den Straßen ein gemeinsames Netz, beide ergänzten sich. Dieser Eindruck wurde verstärkt durch die unzähligen Boote, die ihnen entgegenkamen und vorausliefen, während sie sachte unter Brücken hindurchglitten, vorbei an Staumauern und Einmündungen.

Sie fing Silurens Blick auf. Er sah nicht auf die fremdartige Umgebung, sondern auf sie, beobachtete ihre Verwunderung. Sie nickte zu einem Wehr hin, über welches das Wasser schäumte. »Das wirkt alles sehr ausgeklügelt«, sagte sie.

»Vieles hier basiert auf Plänen des Gelehrten Albuin von Bramil.«

»Albuin der Weise?« Selbst sie hatte von dem Mann gehört, der nicht nur Verbesserungen an Mühlrädern und Zeitmessern erfunden hatte, sondern auch Kriegsgerät. Allerdings hatte sie keinerlei Vorstellung davon, wann er gelebt hatte – oder lebte er etwa noch hier, und sein Erfindergeist würde ihnen bei der Verteidigung der Stadt helfen können? Sie wollte danach fragen, doch ihr Schiffer legte gerade an einer der steinernen Treppen an. Sie verließen das Boot, erreichten bald darauf die Stadtmauer und bestiegen einen Turm, der sich direkt über der Stelle erhob, an welcher der Tarumbeth in die Stadt hineinfloss. Vor wenigen Stunden noch hatten sie genau dort unten um ihr Leben gekämpft. Es war der westlichste Punkt des Halbkreises, den die Stadt um den Rimbeth bildete.

Die Aussicht war beeindruckend. Man konnte über die Ebene bis zum frühlingskahlen Wald von Tarum schauen, flaches Schwemmland, das berühmt war für seine Fruchtbarkeit. Südlich des Tarumbeth wimmelten die Wiesen und Äcker vor Soldaten. In der Ferne erkannte Kira das Feldlager der Oneräer. Näher an der Mauer, aber zu weit entfernt für Bogenschützen, bauten Soldaten an Belagerungstürmen, Schutzwällen, Katapulten und anderem Kriegsgerät.

Neugierig folgte sie der Mauer um die Turmspitze herum. Im Osten, jenseits der ineinander geschachtelten Dächer Bethelgards, verlief das beeindruckende Band des Rimbeth, der die Grenze zur Ostmark bildete. An dieser Stelle war der mächtige Strom siebenhundert, vielleicht achthundert Schritte breit. Eine steinerne Brücke überspannte ihn in vier majestätischen Bögen.

Als sie die Männer wieder erreichte, fing sie Oberst Hudderts misstrauischen Blick auf. Sie reckte die Schultern und erwiderte den Blick herausfordernd, bis der Oberst sich an den Prinzen wandte. »Ist dieser Bursche aus Oneräa?«

Sein Misstrauen war verständlich. Langes Haar, im Nacken zusammengefasst, war seit einigen Jahren Mode bei jungen Männern in Oneräa. Wie würde der Prinz das erklären?

Er tat es gar nicht. Er warf ihr nur einen kurzen Seitenblick zu und sagte schlicht: »Nein.« Dann legte er die

Hände auf die Balustrade und sah auf das Gewimmel der Soldaten hinunter. »Sie sind schon ziemlich weit mit dem Bau ihrer Türme und Katapulte.«

Woring bestätigte das. »Sie müssen die Geräte in Einzelteilen auf Karren transportiert haben. Was sie an grobem Holz zusätzlich benötigen, schlagen sie im Wald von Tarum.«

»Wie diesen Stamm dort hinten. Es sieht aus, als solle er als Rammbock dienen. Wie stark ist das Südtor?«

Woring wiegte den Kopf. »Die Brücke und die Häfen sind gut befestigt – noch aus der Zeit, als die Ostmark oneräisch war. Aber mit einem Angriff aus Galathräa rechnet seit Generationen niemand mehr.«

»Also wird es nicht lange standhalten.«

»Die Zimmerleute sind schon dabei, Verstärkungen zu bauen, aber ein Stamm wie dieser da ...« Er schüttelte den Kopf. Leise fügte er an: »Ich habe das Tor von Carondim gesehen, damals, und was mit der Stadt danach geschehen ist.«

Eine Weile herrschte Schweigen. Dann sagte Woring: »Und dabei können wir noch von Glück reden, dass die Abordnung noch nicht abgezogen ist.«

»Abordnung?«, fragte der Prinz.

»Vor wenigen Tagen erreichte uns der Befehl Eures Vaters, zweitausend Mann nach Ineef zu entsenden. Sie hätten heute aufbrechen sollen.«

»Die Ereignisse haben die Schwirrer überholt, aber seid versichert, dass die Krone Euch nicht vergisst.«

»Die Nachricht enthielt keinen Grund für diese Anforderung. Nicht, dass der König sich uns zu erklären hätte, aber ...«

»Vor wenigen Tagen hat Krolan Elsthorn überrannt. Er marschiert in diesem Moment mit vierzigtausend Mann auf Adelmund.«

Oberst Huddert keuchte. »Elsthorn ist gefallen?«

Mit knappen, präzisen Worten schilderte der Prinz den beiden Männern Krolans Plan, soweit sie alle ihn sich zusammengereimt hatten: Galathräas gesamte Abwehr auf Adelmund zu konzentrieren, Soldaten als angebliche Pilger über Talvarian und T'Dor ins Land zu schleusen, Bethelgard mit der Übermacht schnell zu erobern und dann König Ruothgar bei Adelmund in den Rücken zu fallen.

Woring nickte nachdenklich. »Darum also hat Trenkar sich auf keinerlei Verhandlungen eingelassen. Und darum auch die Geschwindigkeit, mit der sie ihr Gerät zusammenbauen.«

»Richtig. Sie haben nicht vor, es auf eine lange Belagerung ankommen zu lassen.«

»Das wäre auch sinnlos. Wasser haben wir genug, und über den Rimbeth kommen wir immer wieder an Lebensmittel aus der Ostmark, selbst wenn sie die Brücke zerstören sollten. Aber wir haben gestern schon einen Schwirrer nach Varkaspol geschickt.«

»Mein Vater ist nicht mehr auf Hohenvarkas. Er hat sich nach Ineef aufgemacht, sobald er vom Fall Elsthorns gehört hat, und ich nehme an, Ihr habt keine Schwirrer, die auf Ineef fliegen.«

Woring und Huddert sahen sich betreten an.

»Und selbst wenn er die Botschaft erhält: Soll er Krolan den Rücken kehren und die Straße nach Varkaspol freigeben, um Bethelgard zu retten?«

»Ohnehin«, sagte Woring, »würde er viele Tage brauchen, um mit Truppen den Niedersee zu umgehen. Bis unsere Hilfe eintrifft, wäre Bethelgard längst gefallen und Krolans Truppen könnten in der eroberten Stadt den Angriff abwehren. Die galathräische Armee, die ohnehin noch dabei ist, sich zu sammeln, wäre zusätzlich geteilt und geschwächt.«

Es war ein erschreckendes Bild, das die beiden da zeichneten, und bisher war noch kein Wort gefallen, das Kiras Besorgnis zerstreut hätte. »Wenn das alles stimmt«, sagte sie, »hat Trenkar es eilig. Dann wird er im Morgengrauen zum Angriff blasen, und wenn Herzog Etharold übermorgen eintrifft, wird es zu spät sein.«

Der Prinz nickte. »Ein Tag«, murmelte er. »Wir brauchen nur einen einzigen Tag.« Er schob die Hand in die Jacke, tastete dort nach etwas.

Ein Soldat erschien auf der Plattform und salutierte. »Eure Hoheit hatten Meldung befohlen, wenn die gefallenen Schiffsknechte gefunden wären.«

»Ja und?«

»Der eine mit Namen Arnat hat sich halb erfroren an die Bäckerpforte geschleppt und dort Einlass gefunden. Die Leiche des anderen hat man im Flussgatter gefunden.«

»Danke. Ich will die anderen beiden Schiffer im Ratssaal sprechen. Bring sie in einer Stunde zu mir.«

»Zwei Schiffer, Ratssaal, eine Stunde. Verstanden.« Der Mann salutierte, drehte sich auf dem Absatz um und verschwand. Siluren wandte sich an Woring. »Ich bin kein Kriegsherr, aber ich habe einige Ideen, die ich mit Euch besprechen will. Und ich bin bereit, Euch mit allem zu unterstützen, was Ihr von mir benötigt. Sagt, lebt der große Albuin von Bramil noch?«

Woring und Huddert sahen sich an. »Ja, Eure Hoheit, aber ...«

»Ich will ihn besuchen.« Der Prinz ging wieder hinunter, und die anderen schlossen sich ihm an. Kira aber wollte sich noch nicht von dem Ausblick trennen. Sie musste dem Prinzen ja nicht nachlaufen wie ein Küken.

Einen Augenblick lang betrachtete sie das Gewimmel der Soldaten im Südwesten. Im Gegensatz dazu riegelte den nordwestlichen Bogen der Stadtmauer – auf der anderen Seite des Tarumbeth – nur eine schmale Kette von Soldaten ab, deren Aufgabe es vermutlich war, zu beobachten und Bericht zu erstatten. Ob sie dort vielleicht leichter hätten durchbrechen können als auf dem Fluss? Nun, für solche Gedanken war es zu spät.

Dann bemerkte sie, dass auch Leron auf der Plattform geblieben war. Er trat neben sie und schaute in die Ferne. Auf dem Boot hatte er zweimal eingegriffen, als sie Hilfe gebraucht hatte, und sie ahnte, welchem Umstand sie diese besondere Eilfertigkeit verdankte.

»Der Prinz hat dir wohl befohlen, mich im Auge zu behalten.«

»Ja«, entgegnete er schlicht.

Sie wandte sich um, lehnte sich rücklings an die Brüstung und straffte die Schultern. »Sollst du mich beschützen oder überwachen?«

»Beides.«

Ein treuer Soldat, der den Auftrag seines Herrn ausführte, ohne Fragen zu stellen. Trotzdem würde er sich seine Gedanken machen, und sie hatte das Gefühl, sich ihm erklären zu müssen.

»Das vorhin«, sagte sie, »als du in den Ratssaal kamst, das hat nichts zu bedeuten. Ich will ihn nicht verführen.«

»Doch«, sagte er trocken, »und das geht in Ordnung. Ein wenig Entspannung würde ihm guttun.«

Sie betrachtete ihn scharf, doch da war nichts von der Geringschätzung, die sie in so vielen Männergesichtern gesehen hatte. Der Prinz war nicht wie andere Männer, und offenbar war sein Korporal es auch nicht.

Sie wandte sich wieder der Ebene zu und dachte an das Gespräch im Ratssaal. »Auf seinen Bruder lässt er wohl nichts kommen.«

»Er ist ein kluger Mann«, sagte Leron, »aber auch der klügste Mann hat einen blinden Fleck. Seiner ist Coridan.«

»Ist es nicht deine Aufgabe, ihn davor zu schützen?«

»Man kann einen Mann nicht vor sich selbst beschützen.«

»Aber man kann ihn warnen.«

»Das hast du doch versucht.« Er wandte sich um und sah sie an. »Am Ende ist er es, der befiehlt, und wir müssen gehorchen. Selbst wenn es seinen Untergang bedeutet.«

Vermutlich sollte sie es genau so sehen. Was sollte es sie kümmern, wenn ein weiterer Prinz in sein Unglück lief? Sie legte die Hände auf den Sims und schaute in die Ferne. Andererseits – Siluren kannte die Menschen und seinen Bruder. Vielleicht war ihre Sorge tatsächlich unbegründet.

»Vielleicht machen wir uns unnötige Gedanken«, sagte sie. »Siluren sagte, Coridan sei dir ähnlich. Vielleicht stimmt das, vielleicht hat er das Herz eines Soldaten.«

»Genau das macht mir Sorgen. Wenn ich eine solche Chance hätte – ich würde sie nicht ungenutzt lassen.«

Welcher Mann würde das schon? Und nach dem, was man sich so erzählte von Coridan dem Kaltblütigen, dem Bastardprinzen, ging er einem Kampf nicht aus dem Weg. Vielleicht hatte Leron recht, vielleicht war Siluren auf diesem Auge blind. Vielleicht würde es an ihr liegen, ihn vor seiner eigenen Arglosigkeit zu beschützen.

»Kiron!« Der Prinz steckte den Kopf durch die Tür. »Du sagtest, Geran würde mich töten wollen.«

»Sobald er Gelegenheit dazu hat.«

»Gut. Was wäre für solch eine Gelegenheit vonnöten?«

***

Geran schreckte hoch. Ein forderndes Klopfen. Wo war er? Ein zweites Bett stand im Raum, darin saß ein Mann, offenbar ebenfalls aus tiefem Schlaf gerissen. Richtig, mit diesem Schiffer war er nach der gemeinsamen Höllenfahrt untergekommen. Wie der Schiffer aussah und er sich fühlte, konnten sie kaum mehr als ein paar Stunden geschlafen haben.

Wieder klopfte es, und nun erklang auch eine gebieterische Stimme. »Der Prinz befiehlt euer Erscheinen! Öffnet die Tür!«

Der Schiffer schälte sich aus dem Bett und schob den Riegel zurück. Vor der Tür stand ein junger Soldat der Stadtwache, der vor dem Mann in Unterhose mit dem zerzausten Haar salutierte. »Kapitän Renwick?«

»Äh, ja?«

»Der Prinz will dich und deine Männer sehen.«

»Äh, jetzt gleich?«

»Ja, jetzt gleich. Kleide dich an.«

Renwick nickte. »Wir sind gleich fertig.« Er schloss die Tür und fluchte.

Sie hatten ihre Kleidung vor dem Kaminfeuer aufgehängt, aber sie war noch immer klamm, und es war widerlich hineinzusteigen. Doch was konnten sie schon tun, wenn ein Prinz befahl?

Geran war sich nicht sicher, ob es klug war, der Einladung zu folgen. Doch er wagte es auch nicht, dem Soldaten Widerstand zu leisten. Das Beste würde sein, sich im Hintergrund zu halten und nicht aufzufallen. Auf jeden Fall nahm er alle seine Habseligkeiten mit. Seiner Erfahrung nach hielt das Leben viele Überraschungen bereit. Man wusste nie, ob man an einen Ort zurückkehren würde.

Der Soldat führte sie ins Ratsgebäude. In einem kahlen Vorraum warteten sie mit zwei Wachsoldaten vor einer Tür, die schließlich zwei besorgt aussehende Soldaten ausspuckte – der Fette war vermutlich ein ranghoher Mann der Stadtwache.

Man wies sie an, einzutreten. Renwick schob sich die Mütze vom Kopf und gehorchte, Geran folgte ihm.

Das Zimmer wurde beherrscht von einem protzigen Schrank. Davor stand ein Tisch mit einer Karte und der Prinz beugte sich gerade darüber. Er hob den Kopf, als sie eintraten. »Kapitän Renwick. Ich weiß, Ihr könntet jetzt Schlaf gebrauchen, aber Zeit ist ein Gut, das dieser Tage knapp bemessen ist. Ich wollte Euch wissen lassen, dass Arnat gefunden wurde. Er ist wohlauf und erwartet Euch im Wirtshaus zur springenden Niralle.«

Dazu hatte der Prinz sie holen lassen? Um ihnen das persönlich zu sagen? Geran war misstrauisch.

»Danke, Hoheit.« Renwick verneigte sich. »Hat man auch Belwin gefunden?«

Die Miene des Prinzen wurde ernst. »Ja. Doch leider hat die Göttin es für klug befunden, ihn in ihre Arme zu schließen.«

Das war eine schöne Formulierung für eine hässliche Tatsache. Renwick knetete schweigend die Mütze in seinen Händen.

»Kanntet Ihr ihn gut?«, fragte der Prinz.

»Er war mein Schwager, Hoheit.«

»Belwin hatte also Familie.«

»Eine Frau und zwei Kinder, aber wir werden uns um sie kümmern.«

Der Prinz nahm ein Blatt und schrieb ein paar Zeilen darauf. Dann faltete er es, nahm einen Stängel Siegelwachs und hielt ihn in die Kerzenflamme. »Niemand weiß, was die kommenden Monate bringen«, sagte er dabei, »aber der Mann hat sein Leben für mich gegeben, obwohl er kein Soldat war, sondern ein einfacher Bootsknecht.« Er tropfte das Wachs auf das Papier und drückte seinen Ring hinein. Dann reichte er es dem Schiffer. »Das hier gibt seiner Witwe das Recht, mich daran zu erinnern, sollte sie je Hilfe benötigen.«

Was sollte das? Was bezweckte der Prinz damit, einer Fischerswitwe ein solches Geschenk zu machen?

Renwick nahm das Blatt entgegen und verneigte sich. »Danke, Hoheit.«

»Ihr habt gesehen, dass diese Stadt belagert wird«, fuhr der Prinz fort. »Es ist nicht Eure Stadt, und doch brauchen wir jeden Kämpfer auf der Mauer.«

Daher wehte der Wind. Der Prinz machte ein Geschenk, um sich einen Kämpfer zu verpflichten, und mit ein wenig Glück würde Renwick fallen, und seine Schwester würde das Geschenk niemals einlösen.

Geran unterdrückte ein abfälliges Grinsen. Ihm würde der Prinz nicht so leicht Honig ums Maul schmieren. Es war nicht schwer, sich ein Seil zu besorgen und außen an der Mauer hinabzuklettern. Dann würde er General Trenkar Bericht erstatten – auch darüber, dass Kira, diese Schlampe, die Seiten gewechselt hatte. Dann wäre der Nächste, für den sie die Beine breit machte, ein mächtiger Holzpfahl.

Der Schiffer verneigte sich. »Natürlich werde ich kämpfen, Eure Hoheit. Wenn Bethelgard fällt, werden die Soldaten von Oneräa nicht nach meinem Bürgerrecht fragen.«

»Seht die Sache nicht zu düster.« Der Prinz lächelte. »Ihr wisst sicher, dass der große Erfinder Albuin von Bramil in Bethelgard lebt. Er hat einige Ideen, mit denen wir den Oneräern einen besonderen Empfang bereiten können, und die Vorbereitungen werden bereits getroffen. Glaubt mir, sie bräuchten mehr als vierzigtausend Mann, um diese Stadt einzunehmen.«

Albuin? Selbst Geran hatte den Namen schon einmal gehört. Es hieß, dass er die großen Katapultarmbrüste entwickelt hatte, die inzwischen überall eingesetzt wurden, und dass er auch an der Entwicklung des Pulvers mitgearbeitet hatte, das für die Hakenbüchsen verwendet wurde. Ob Trenkar wusste, dass er einem so gefährlichen Gegner gegenüberstand?

»Danke, Renwick. Die Soldaten draußen werden Euch sagen, wo Ihr Euch einteilen lassen könnt.«

Renwick verabschiedete sich mit wiederholten Bücklingen. Als er die Tür öffnete, rief der Prinz die beiden Soldaten herein. »Ich brauche keine Bewachung. Meldet euch beim Hauptmann und lasst euch zum Dienst an der Mauer einteilen.«

Die Männer salutierten, wandten sich zum Gehen, und Geran konnte sein Glück kaum fassen. Das war sie, die Gelegenheit, auf die er gewartet hatte. Er allein mit dem Prinzen und der Fluchtweg frei und unbewacht. Wenn er später zu Trenkar stieß, würde er ihm nicht nur über die Kriegslisten Albuins, sondern auch über einen toten Kronprinzen und eine zerschlagene Moral des Feindes berichten können.

Nun stellte der Prinz sich auch noch mit auf den Rücken verschränkten Händen ans Fenster und schaute hinaus – als zwinkere die Erdmutter ihm zu! Geran hatte es schon immer gehasst, seinen Opfern beim Töten ins Gesicht zu schauen – insbesondere, weil ihm dann meistens auch deren Hände zugewandt waren.

»Kira sagte, du seist ein guter Freund.«

Das überraschte Geran. Wusste das Miststück am Ende doch noch, wo ihre Pflichten lagen? Behutsam zog er den Dolch. »Wir kennen uns schon eine ganze Weile.« Lautlos trat er näher. Der Prinz stand direkt neben dem mächtigen Schrank. Geran roch das Bienenwachs, mit dem das Holz gepflegt wurde. Er hob den Dolch.

Die Schranktür prallte knallend gegen seine Nase. Er schrie auf, taumelte zurück, sah sich plötzlich dem grimmig blickenden Korporal gegenüber, der ihm ein Schwert an die Kehle hielt. Es war klüger, das Messer fallen zu lassen. Klirrend landete es auf dem Boden.

»Ich habe Kira gesagt, man kann dir nicht trauen.« Der Prinz musterte ihn finster. »Sie wollte es nicht glauben.«

»Hoheit, ich kann das erklären ...«

»Das wirst du, aber nicht hier und nicht jetzt.« Er nickte dem Korporal zu. »Leron hier wird alles aus dir herausbekommen, was ich wissen will.«

Bei der barmherzigen Mutter! Geran hatte in Krolans Lager gesehen, wozu Folterknechte fähig waren. »Bitte, Herr, Hoheit, ich ...«

»Bring ihn zum Schweigen, Leron.«

Die Faust des Soldaten war hart wie Eisen, und Geran taumelte zurück, stieß mit dem Rücken gegen die Wand, hob die Hände schützend vor das Gesicht, doch der nächste Schlag traf seinen Magen und er krümmte sich zusammen. »Bitte!«, keuchte er und streckte abwehrend die Hände vor. Widerstandslos ließ er es dann zu, dass der Korporal ihm die Handgelenke fesselte und ihn nach weiteren Waffen abtastete. Der Soldat fand das andere Messer im Gürtel, übersah aber das im Stiefel. Immerhin. Dann zerrte der Korporal ihn vorwärts. »Hinaus, du Wurm!« Ein unsanfter Stoß ließ Geran vorwärtstaumeln.

Da hatte er sich ja schön in die Scheiße geritten! Er war bereit, alles preiszugeben, was er wusste, um der Folter zu entgehen – nur leider wusste er nicht viel. Er bezweifelte allerdings, dass dieser finster dreinschauende Korporal ihm das glauben würde.

Der Vorraum war tatsächlich leer, ebenso der überdachte Wandelgang dahinter, an dessen Ende eine Treppe direkt auf die Straße hinunterführte. Doch mit gefesselten Händen würde er nicht schnell genug laufen können. Wenn er eine Zeit lang irgendwo unbeobachtet wäre, könnte er an das Messer im Stiefelschaft gelangen, doch im Moment blieb ihm nichts anderes übrig, als eine günstige Gelegenheit abzuwarten.

Am Ende des Ganges kam ihnen Kira entgegen. Ausgerechnet! Geran war sich nicht mehr sicher, wo sie eigentlich stand. Wieder einmal war sie gekleidet wie ein Mann, trug dazu die Haare wie ein Oneräer. Sie bemerkte seine Fesseln. »Was ist denn geschehen?«

»Was wir vermutet haben«, brummte Leron unwillig. »Er hat versucht, den Prinzen zu ermorden.«

»Das glaube ich nicht.« Sie verstellte ihnen den Weg. »Das würde Geran niemals tun!« Sie stand so nah vor Geran, dass sein Bewacher nicht sehen konnte, dass sie die kleine Klinge aus ihrem Ärmel schob. Hoffnung durchflutete Geran heiß. In dem Moment, als seine Fesseln zu Boden fielen, trat Kira einen Schritt zurück. »Lauf!«, schrie sie und zückte zugleich ihre beiden Klingen. Geran ließ sich das nicht zweimal sagen. Er sprang über den Handlauf und rannte los, während hinter ihm der Korporal wütend brüllte und Eisen auf Eisen klirrte. Er lief, schlug Haken, bog in unbekannte Straßen ein, drückte sich schließlich in einen Hauseingang in irgendeiner dunklen Gasse und spähte nach Verfolgern. Doch offenbar hatten sie seine Spur verloren – oder gar nicht erst aufgenommen. Kira war gut. Es war nicht unwahrscheinlich, dass sie diesem verdammten Korporal ihr Stilett in die Kehle gerammt hatte.

Sie hatte ihm tatsächlich das Leben gerettet! Das würde seinen feuchten Träumen ganz neue Höhepunkte bescheren, so viel stand fest.

Ob er zurückgehen sollte und nachschauen, ob sie nun seine Hilfe benötigte? Nichts da. Sie konnte auf sich selbst aufpassen. Außerdem half er ihr vermutlich am besten, wenn er Trenkar so schnell wie möglich erreichte und ihn über alles informierte, was er wusste. Wenn sie diese Stadt erst einmal besiegt hatten, würde er Kira aus irgendeinem feuchten Kerker befreien, und sie würde ihm ihre Dankbarkeit zeigen. Aber so richtig. Am besten, noch bevor er ihr die Ketten abnahm.

Geran rief sich selbst zur Ordnung, bevor seine Fantasien seinen Verstand mit sich forttrugen. Jetzt musste er erst einmal an ein Seil kommen.

***

Leron war gut. Kira hatte ihn auf dem Boot kämpfen sehen, aber da war sie selbst zu beschäftigt gewesen, um seine Fähigkeiten vollständig würdigen zu können. Jetzt war sie umso beeindruckter von der Schnelligkeit, mit der er ihre Attacken parierte, und von der Kraft seiner Schläge. Doch was ihm fehlte, war Fantasie. Seine Attacken waren vorhersehbar, seine Paraden schienen direkt einem Lehrbuch entnommen. Sie täuschte eine Deckungslücke vor, auf die er sofort ansprang. Er lief ihr in die Falle, und im nächsten Moment lag ihre Klinge an seiner Kehle. Ihre erhitzten, schwitzenden Körper atmeten keuchend gegeneinander.

»Glaubst du«, fragte er, »Geran sieht uns noch zu?«

»Der hat seinen schmutzigen Hals längst in Sicherheit gebracht.« Sie nahm die Klinge von dem seinem und trat einen Schritt zurück.

»Beeindruckend«, sagte eine Stimme hinter ihr. Es war Prinz Siluren. »Sie ist dir tatsächlich gewachsen, Leron.«

Leron wich dem Blick des Prinzen verlegen aus und schob sein Schwert in die Scheide. »Ich bin es nicht gewohnt, die Hand gegen eine Frau zu erheben.«

Der Prinz lachte. »Die gleiche Ausrede hatte Markin, der Schmied. Vielleicht sollten wir die Stadtmauer mit Frauen besetzen.«

»Da Ihr gerade Stadtmauer sagt.« Leron sah über die Schulter. »Soll ich nachsehen, wie es da oben steht?«

»Tu das. Und finde heraus, ob unser Freund die Stadt tatsächlich verlassen konnte.«

Auch Kira hatte ihre Klingen wieder fortgesteckt. »Ist alles so verlaufen, wie Ihr es geplant habt?«

»Ich denke schon. Leron hat wie immer großartig mitgespielt, einfach, indem er nichts gesagt hat.«

Leron verzog den Mund. »Ihr habt ganz offenkundig Freude daran, mich als Folterknecht hinzustellen.«

»Es tut mir leid. Du hast einfach das passende Gesicht dazu.« Der Prinz sah zur Mauer hinüber. »Berichte mir später, wie weit die Vorbereitungen sind. Ich werde derweil Albuin besuchen.«

»Albuin?«, sagte Kira. »Das Genie, von dem alle sprechen?«

»Möchtest du mitkommen?«

»Auf jeden Fall.« Man hatte begonnen, Fässer zum Stadttor zu rollen und Stangen mit merkwürdigen Verbindungsseilen auf dem Kamm der südlichen Stadtmauer zu errichten. Kira war erpicht zu erfahren, was hinter diesen merkwürdigen Vorbereitungen steckte.

Sie gingen zu einer jener Anlegestellen hinüber, an der Kähne Passagiere aufnahmen. Dort warteten bereits zwei Frauen mit Körben und ein älterer Mann, doch als sie den Prinzen erkannten, machten sie ihm ehrfürchtig Platz. Vermutlich hatten sie ihn an der Uniform mit der goldenen Kordel erkannt, oder vielleicht ähnelte er doch ausreichend den Karikaturen, die über ihn in Umlauf waren. Und wie es so seine Art war, bedankte er sich bei den einfachen Menschen für diese Selbstverständlichkeit und begann eine Plauderei über den Inhalt der Körbe. Währenddessen trat ein Mann in einem schwarzen, bodenlangen Mantel auf sie zu, anhand seines Schmuckes eindeutig als ein Geisterverehrer zu erkennen. Er verneigte sich tief.

»Eure Hoheit, mein Name ist Magus Inselm, und ich biete Euch meine Dienste an.«

Noch nie hatte Kira gesehen, dass der Prinz einen Fremden so feindselig gemustert hatte. »Ich habe keinen Bedarf für deine Künste.« Er wandte sich ab.

»Aber Ihr möchtet sicher wissen, was die Geister zum Ausgang der morgigen Schlacht sagen.«

Noch einmal wandte der Prinz sich um. »Ich wünsche nicht, von dir und deinesgleichen noch einmal belästigt zu werden. Andernfalls lasse ich dich einkerkern, bis ich Bethelgard wieder verlassen habe. Hast du das verstanden?«

Der Magus, verdattert, nickte stumm. Glücklicherweise kam gerade ein Kahn. Das Einsteigen in die schwankenden Gefährte fiel Kira immer leichter. Dieses Boot hatte Sitzbänke, bequem mit Kissen und Lehnen bestückt und einander zugekehrt, sodass Kira dem Prinzen nun gegenübersaß. Als ihr Schiffer abgestoßen hatte, fragte sie leise: »Ist es klug, sich einen mächtigen Mann zum Feind zu machen?«

»Mächtig?« Der Prinz schnaubte verärgert. »Alles Scharlatane. Sie nutzen Furcht und Unwissenheit der Menschen zu ihrem eigenen Vorteil.«

»Auch wenn Ihr nicht daran glaubt, kann es wahr sein. Ich habe von Magoi gehört, die aus der Ferne töten können.«

»Mit dem richtigen Gift ist das ein Leichtes.«

»Die in anderer Menschen Träume eindringen können.«

Er seufzte. »Kira. Das sind Schauergeschichten, die diese Männer selbst in Umlauf bringen. Die einzigen Wunder auf der Welt wirkt die Erdmutter. Alles andere ist Lug und Trug.«

»Also glaubt Ihr zumindest an die Kraft des No'Ridahl.«

Er presste die Kiefer aufeinander. Falls er an diese Macht glaubte, machte es ihn jedenfalls nicht glücklich. Doch er ließ dieses Thema auf sich beruhen. »Du hingegen glaubst offenbar an die Macht der Geister. Etwa wegen Krolan?«

»Ich … habe Dinge gesehen …« Sie stockte.

»Welche Dinge?«

Sie zögerte. »Es ist möglich«, sagte sie dann, »die eigenen Träume zu beherrschen.«

»Davon habe ich gehört, aber es klingt wenig bedrohlich.«

»Manche vermögen es, in die Träume anderer einzudringen.«

»Ach, und du glaubst, Krolan kann das?«

Kira glaubte es nicht nur, sie wusste es. Sie schwieg, aber wieder einmal las er die Antwort in ihrem Gesicht.

»Dann glaubst du wohl auch, dass er Menschen durch deren Träume töten kann.«

»Zumindest behaupten manche das.«

»Warum tötet er meinen Vater dann nicht einfach im Traum, statt gegen ihn ins Feld zu ziehen?«

»Weil er dazu das Blut seines Opfers benötigt.«

Forschend musterte er sie. Dann lehnte er sich zurück gegen die gepolsterte Lehne der Bank, als sei ihm eine Erkenntnis gekommen. »Er besitzt *dein* Blut.«

Sie wich seinem Blick aus, sah stattdessen auf die schimmernde Wasseroberfläche des Kanals. Doch statt der tanzenden kleinen Wellen sah sie die Leinenbinden vor sich, die man von ihrem Körper geschält hatte, Lage um Lage, steif und dunkel vor Blut.

Noch immer betrachtete der Prinz sie nachdenklich. Oder war das etwa Mitleid? Schließlich sagte er: »Du hast mich gefragt, ob ich an die Macht der Geister glaube. Ich denke, sie haben so viel Macht über uns, wie wir ihnen gewähren, und die Magoi schüren den Glauben an sie, weil sie ihren Nutzen daraus ziehen.«

Das klang wohlbedacht. Aber bedachtsam war er dem Magus eben nicht gegenübergetreten. »Das erklärt nicht Euren Zorn.«

Er zögerte. »Meine Amme«, sagte er schließlich, »ist für mich das, was einer Mutter am nächsten kommt. Ihre

Schwester Marget ist einem solchen Magus auf den Leim gegangen. Sie hat ihr gesamtes Hab und Gut aufgewendet, weil er ihr vormachte, den Geist ihres verstorbenen Mannes beschwören zu können. Ich habe sein Haus Stück für Stück auseinandernehmen lassen, bis wir die verborgenen Röhren in den Wänden gefunden haben.«

Kira hatte nicht gewusst, dass diese Männer solchen Betrug anwandten, um ihre Kräfte glaubhaft zu machen. Vielleicht hatte er recht, und das meiste war nur Scharlatanerie. Und doch, es gab Männer, die mehr konnten. Männer, die eine bedrohliche Dunkelheit zu umgeben schien. Männer wie König Krolan.

»Genug davon.« Der Prinz atmete tief ein, als wollte er seine Gedanken von der Düsternis befreien, die dieses Gespräch über sie gelegt hatte. »Warst du schon einmal in Bethelgard?«

Das war sie nicht, und sie war selbst nur allzu bereit, die Gedanken an Krolan den Fahlen abzuschütteln. Während der Kahn sie nun an den Häusern vorbei trug, erläuterte ihr der Prinz, was sie sahen. Die Kanäle waren nicht einfach wassergefüllte Becken, sie waren Abzweigungen des Rimbeth, Flüsse mit einer eigenen Strömung, und überall trieben sie neben den Booten auch Wasserräder an. Lagerhäuser und schmucke Handelskontore lagen an ihren Kaimauern und zeugten vom Reichtum dieser Stadt.

Doch der Prinz wies Kira auch auf Kleinigkeiten hin: einen grimmigen Wolfskopf im Stuck eines Handelshauses, einen Bickhahn als Schmuck im Geländer einer Brücke. Immer wusste er eine Geschichte dazu, und nur selten steuerte ihr Schiffer hier und dort noch ein Detail bei.

»Ihr wart wohl schon oft hier«, vermutete Kira.

»Im Gegenteil. Ich sehe das alles wie du zum ersten Mal.« Er lächelte. »Aber ich habe viel über Bethelgard gelesen, die Stadt Albuins des Weisen.«

Sie verließen das Boot in einem Handwerkerviertel, passierten die Werkstätten eines Schreiners, zweier Schmiede, eines Wagners und eines Sattlers. Rauch lag in der Luft, und das Hämmern und Rufen der Arbeiter hallte durch die Straße.

Verwundert sah Kira sich um. »Warum wohnt Albuin nicht in einem der schönen Häuser entlang der Kanäle? Dort hätte er Ruhe zum Nachdenken, und reich genug ist er doch sicher.«

»Es gibt nichts Besseres als das Ausprobieren, wenn man lernen will, und hier hatte er immer jemanden zur Hand, der seine Ideen gleich umsetzen konnte.« Der Prinz blieb vor einem schmalen Haus mit krummen Balken stehen, das zwischen zwei Werkstätten eingezwängt war. Erst als er klopfte, fiel Kira auf, dass er in der Vergangenheit gesprochen hatte.

Eine junge Frau öffnete, und ihr fragender Blick wandelte sich in Erstaunen, als sie ihren Besucher erkannte. »Hoheit!«

»Du musst Zara sein.«

Die junge Frau sank in einen tiefen Knicks, doch der Prinz nahm ihre Hand und richtete sie auf. »Wie geht es ihm?«

»Er ... hat einen guten Tag. Ich bringe Euch zu ihm.«

Sie stiegen eine schmale Treppe hinauf und betraten einen Raum, dessen hintere Wand von drei Fenstern durchbrochen war. Ein mit Decken ausgepolsterter Lehnstuhl stand diesen halb zugekehrt. Darin saß ein alter Mann, gekrümmt und in sich zusammengesunken, auf den Knien ein aufgeschlagenes Buch, das er aber nicht zu beachten schien.

»Großvater«, sprach ihn Zara behutsam an. »Du hast einen Gast.«

Der Greis reagierte nicht. Regungslos starrte er aus dem Fenster, ohne dass er den Kanal zu sehen schien, der dahinter verlief.

»*Das* ist er?«, flüsterte Kira und konnte nicht verhindern, dass das Erschrecken in ihrer Stimme hörbar wurde. »Das ist das große Genie?«

»Das ist Albuin von Bramil«, bestätigte Siluren.

»Aber ... er ist ein alter Narr.« War das der Ratgeber, auf den der Prinz zählte? Siluren selbst schien nicht sonderlich überrascht von dem, was er sah. »Wenn ein Mann große Taten vollbringt«, sagte er, »sammelt sich deren Kraft in seinem Namen.«

Albuin richtete sich lauschend auf. Seine klauenartigen Hände umfassten die Lehnen, mühsam wandte er Kopf und Oberkörper. Sein Gesicht war voller Falten, die Nase scharf gebogen, die Ohren waren unförmig. Als sein Blick auf Siluren fiel, hellte seine Miene sich auf. »Ah, Irwin. Komm und hilf mir.«

»Irwin?«, fragte der Prinz leise.

»Sein verstorbener Sohn«, erwiderte Zara, dann wandte sie sich an Albuin. »Großvater, das ist nicht ...«

Prinz Siluren legte ihr die Hand auf die Schulter. »Schon gut.« Er ging zu dem alten Mann hinüber. »Wobei kann ich dir helfen?«

»Das Licht ist zu trübe für meine Augen.« Albuin hielt ihm das Buch hin, das in seinen Händen bebte. »Lies mir vor.«

Vor den hellen Fenstern waren die beiden nicht mehr als Silhouetten, und dennoch – oder vielleicht gerade deshalb – brannte sich das Bild tief in Kiras Erinnerung: hier der schmächtige Greis, halb versunken in seinen Polstern, und dort der Prinz, von dessen Schultern der Mantel wallte und der sich auf einem viel zu zierlichen Stuhl über das Buch beugte, um für den alten Mann zu lesen.

»Kommt«, sagte Zara leise. »Lassen wir ihnen diesen Moment.«

Kira folgte der jungen Frau die Treppe hinunter in die Küche. »Du bist seine Enkelin«, stellte sie fest.

»Urenkelin.« Zara goss Wasser in einen Tonbecher und reichte ihn Kira. »Ich kümmere mich um ihn.«

»Wie lange schon?«

»So lange ich denken kann. Früher habe ich meine Mutter unterstützt, aber heute bin ich zumeist alleine für ihn verantwortlich.« Sie schenkte sich selbst ebenfalls ein und schaute Kira dann neugierig an. »Ihr seid der Page des Prinzen?«

Kira hätte sich beinahe verschluckt. »Was? Nein. Ich ... habe ihn nur herbegleitet.«

»Ich verstehe.« Zara senkte verlegen den Blick. »Ich bin ein einfaches Mädchen und verstehe nicht viel von diesen Dingen.«

Während Kira noch überlegte, was die junge Frau damit meinte, hob Zara lauschend den Kopf. Aus der Stube drang nun nicht mehr nur die ruhige Stimme des Prinzen. Offenbar disputierte Albuin mit ihm, sie tauschten Gedanken aus. Zara lächelte. »Er hat schon lange nicht mehr so viel gesprochen.«

»Was ist mit ihm?«, fragte Kira. »Ist er krank?«

»Er ist alt.«

Sie lauschten nun beide auf die Stimmen, und Kira schnappte Worte wie »Kraftarm« und »Schleuderstrecke« auf. Vielleicht war der Greis doch nicht so nutzlos, wie sie befürchtet hatte.

Irgendwann verstummten die Stimmen. Die Treppenstufen knarrten, dann stand der Prinz in der Tür. »Mit einem Mal war er fort.«

Zara nickte. »Das ist so. Aber es war das längste Gespräch, das er seit Monaten geführt hat. Ich bin Euch dankbar, dass Ihr hier wart, Hoheit.« Sie sah sich verlegen um. »Ich habe keinen Wein im Hause, nur Bier und Wasser ...«

»Danke, aber wir müssen zurück.« Er sah Kira auffordernd an, und sie stellte den Becher ab. Als sie auf die

Straße hinaustraten, fragte sie hoffnungsvoll: »Hat er etwas erfunden? Wird es uns helfen, die Stadt zu verteidigen?«

Er seufzte. »Seine Entdeckungen liegen viele Jahre zurück. Sein Geist lebt in der Vergangenheit.«

Sie starrte ihn an, doch als sie die sanfte Schwermut in seinen Augen sah, begriff sie. »Ihr habt es gewusst.«

Er blickte zurück auf das schmale Haus zwischen den Werkstätten. »Ich war noch ein Knabe, als mich seine Schriften zum ersten Mal begeisterten. Meister Albuin war damals schon ein alter Mann. Irgendwann schrieb ich ihm, und er antwortete mir. Das heißt, Zara schrieb auf, was er ihr diktierte. Bis seine Worte keinen Sinn mehr ergaben.« Er senkte den Blick. Es musste schwer sein, den Helden seiner Jugend so zerbrochen zu sehen, nur mehr die Asche eines großen Geistes.

»Es tut mir leid«, sagte sie leise.

Sein Lächeln war voller Traurigkeit und doch war es echt. »Das muss es nicht. Ich habe mit ihm sprechen können – und er hat mich ›Sohn‹ genannt.«

***

Im Rathaus kam Woring auf sie zu und nahm den Prinzen in Beschlag. Kira hatte erst fragen wollen, was in den Fässern war, die er zum Tor hatte rollen lassen, und was es mit den Stangen auf der Mauer auf sich hatte. Aber dann hatte sie sich dagegen entschieden, nur für den Fall, dass Krolan sie in dieser Nacht besuchte. In den vergangenen Tagen war es ihr fast gelungen zu vergessen, in wessen Diensten sie eigentlich stand, doch die Begegnung mit dem Magus hatte sie schmerzlich daran erinnert.

Also zog sie sich zurück in ihre Kammer – eine Bezeichnung, die dem gemütlichen Raum kaum gerecht wurde. Auf ihrem Bett fand sie eine Rüstung vor. Keine schwere

Plattenrüstung. Es war ein ledernes Wams, auf das Metallstücke genäht waren. Immer noch schwer, aber als Kira es anlegte, verteilte sich das Gewicht auf angenehme Weise. Auch ein Helm mit Polsterkappe lag auf ihrem Bett – zierlich und mit feinen Gravuren versehen. Dennoch war es kein Paradehelm, sondern ein wirklicher Schutz. Kira zog ihn auf. Er war selbst mit der Polsterkappe nicht bequem, aber sicherlich bequemer als eine Schwertklinge im Schädel. Sie zog ihre Waffen und führte ein paar Paraden aus. Die Rüstung fühlte sich schnell so vertraut an, als habe Kira niemals etwas anderes getragen. Dieses Wams würde sie schützen ohne einzuengen. Sie lächelte. Endlich ein Mann, der sie verstand.

Sie legte nur Rüstung und Waffen ab und legte sich ansonsten angekleidet aufs Bett. Trenkar liebte den Morgen. Er würde zum Angriff blasen, sobald der Tag hell genug war, um den Gegner zu erkennen.

Aber er würde die Mauern nicht überwinden. Einen Tag benötigten sie, einen Tag, damit die Verstärkung sie erreichen konnte. Und diesen Tag würden sie sich erkämpfen.

Sie schlief tief und traumlos – zumindest, soweit sie sich erinnern konnte –, bis Leron an ihre Türe klopfte. »Aufstehen, es wird Zeit!«

Es war noch dunkel, und sie tastete ein wenig herum, bis sie die Schwefelhölzer fand und die Lampe entzünden konnte. Der Schlaf in der Kleidung hatte ihr steife Glieder beschert und sie lockerte sie. Das war ihre Morgentoilette. Dann zog sie Waffenrock und Helm an, legte das Rapier um und trat in den Gang hinaus.

Eine Frau hastete vorüber, eine der drei Mägde, die dem Hausmarschall unterstanden. Kira packte sie am Arm. »Wo ist der Prinz?«

Ein unsicherer Blick, ein fahriger Knicks. »Er ist ... auf dem Westturm, junger Herr.« Dann beeilte sie sich fortzukommen.

Kira verstand, dass die Anwesenheit des Kronprinzen die Mägde verunsicherte, aber dass sie auch ihr gegenüber eine solch verlegene Scheu an den Tag legten, verwunderte sie. Zwar hatte Siluren niemandem erklärt, wer sie eigentlich war – er war der Prinz und niemandem Rechenschaft schuldig – aber dass sie nicht von Adel war, das durfte doch selbst den schlichtesten Gemütern klar sein.

Oben auf dem Turm war es kalt und windig. Die frühe Stunde ließ die Welt unwirklich erscheinen. Kira hob den Blick zu der blauen Fahne Galathräas mit der goldenen Krone darauf, die auf der Spitze des Turmes wehte und anzeigte, dass ein Mitglied der königlichen Familie selbst die Verteidiger führte. Die Fahne war riesig, drei auf vier Schritte, in einem einzigen Stück gewebt. Doch weil sie aus sephrimischer Seide bestand, war sie trotzdem so leicht, dass selbst der schwächste Wind sie unablässig bauschte und blähte.

Beim Blick auf die Ebene allerdings hatte Kira einen faden Geschmack im Mund. Trenkar hatte seine Truppen bereits aufmarschieren lassen. In der kaum merklichen Dämmerung waren einzelne Soldaten nicht zu erkennen, wohl aber ihre Masse, der vage Umriss des Unheils, das sich unter ihnen sammelte. Vierzigtausend Mann. Kira hatte sich nicht klargemacht, wie viele das waren. Bisher hatte sie in Schlachten gekämpft, bei denen zwanzig, vielleicht dreißigtausend aufeinandergetroffen waren. Nun standen vierzigtausend allein auf der anderen Seite – und auf der ihren? Bethelgard hatte vielleicht vier-, fünftausend wehrfähige Männer, mehr nicht. Eine erschreckend kleine Zahl.

Der Prinz reichte ihr sein Fernrohr. »Sag mir, was du neben dem Wandelturm siehst.«

Nach einigem Suchen fand sie die Spitze des Turmes, die sich gegen den leicht helleren Himmel abhob. Sie folgte dem Gestell nach unten zu den überdimensionierten Rädern, mit denen man den Turm an die Mauer heranrollen würde. Daneben, noch kaum zu erkennen im Dunkel, stand … was eigentlich?

»Ein Baumstamm«, sagte sie schließlich. »Vielleicht ein Rammbock? Nein, es ist ein Rohr! Auf einem Holzgestell.«

Leron, der auf des Prinzen anderer Seite stand, fluchte. »Also haben sie tatsächlich ein Geschütz. Vermutlich sogar mehrere.«

Kira ließ das Fernrohr sinken. »Ich dachte, solche Kaliber ließen sich nicht gießen.«

»Zumindest bisher nicht«, sagte der Prinz. »Bisher hat die Menge an Pulver, die nötig ist, um eine pfundschwere Steinkugel zu schleudern, noch jedes Rohr zerrissen. Aber sie würden sich nicht die Mühe machen, sie mitzubringen, wenn sie nicht schussfähig wären.« Er spähte hinunter, angespannt, die Lippen schmal. »Ich habe Vater gesagt, er solle den Gießern mehr Zeit und mehr Geld zugestehen. Viel mehr Geld.«

»Ob sie damit auch Elsthorn eingenommen haben?«, fragte Leron.

»Es würde mich nicht wundern – und bald steht Ruothgar ihnen im Feld gegenüber.«

Oberst Huddert betrat keuchend die Plattform, gefolgt von einem jungen Mann, der ein Signalhorn über der Schulter trug.

»Ist alles bereit?«, fragte Woring.

»Alles steht bereit und erwartet deinen Befehl.« Huddert zog ein Tuch aus der Tasche und wischte sich Stirn und Nacken ab. »Ich halte den Plan noch immer für gewagt. Eure Hoheit mögen mir verzeihen.«

»Der Plan *ist* gewagt«, sagte der Prinz.

»Welcher Plan?«, fragte Kira. »Was ist in den Fässern? Schwarzpulver?«

Der Prinz schüttelte den Kopf. »Es gibt in der ganzen Stadt nicht genug Schwarzpulver, um sie auch nur eine Handbreit hoch zu füllen.«

»Was dann?«

Ehe er antworten konnte, ertönte eine einzelne Trompete, dann eine zweite. Trommeln klangen dumpf zu ihnen hinauf und das Heer unter ihnen setzte sich in Bewegung. Schon ließen sich im grauen Morgen einzelne Regimenter unterscheiden. Der Soldat nahm das Signalhorn von der Schulter und sah Woring fragend an. Der gab den Blick an den Prinzen weiter. Die Anspannung der Männer war greifbar.

»Noch nicht«, sagte Siluren. »Noch bringt er seine Truppen nur in Stellung. Lasst es noch heller werden. Er soll genau sehen können, was vor sich geht.«

Kira stellte sich neben Leron. »Was genau geht hier vor sich?«, fragte sie. »Was ist in diesen Fässern?«

Lerons Lippen waren schmal, als er antwortete: »Nichts.«

»Nichts?«, wiederholte sie ungläubig. »Was sollen dann die Stangen und Seile auf den Mauern?«

»Das sind nichts als Stangen und Seile.«

Eine kalte Übelkeit ballte sich in ihrem Magen zusammen. Was für ein Plan sollte das sein, mit leeren Fässern und sinnlosen Gestellen gegen Geschütze, die pfundschwere Steinkugeln schleuderten? Als sie den Kopf hob, begegnete sie dem Blick des Prinzen.

»Geran«, sagte er nur, als könne dies als Erklärung ausreichen. Doch was, bei der Göttin, erklärte das? Natürlich, Geran hatte die Vorbereitungen gesehen, und er musste sich darüber genauso gewundert haben wie sie. Dann war er über die Mauer entkommen, mit dem Wissen, dass ... der große Albuin in Bethelgard lebte, der Erfinder von Waffen und Kriegslisten. Von dessen Geisteszustand wusste er nichts. Geran hatte Trenkar mit genau dem Wissen erreicht, das Prinz Siluren beabsichtigt hatte.

Geran war für Trenkar als Spion absolut vertrauenswürdig, denn er wusste selbst nicht einmal, wie wertlos das Wissen war, das er mit sich brachte, und die bleierne Soldatenmarke Krolans wies ihn als Mann der »richtigen« Seite aus.

An diesem Punkt ihrer Überlegung angekommen, hob sie erneut den Blick und stellte fest, dass Siluren sie noch immer musterte. »Es ist eine Täuschung«, sagte sie.

Er nickte. »Nichts, was ich in diese Fässer hineingeben könnte, kann so schlimm sein wie das, was Trenkar sich gerade ausmalt.«

»Aber sobald er die Fässer erreicht, wird er wissen, dass Ihr ihn getäuscht habt.«

»Also müssen wir verhindern, dass er sie erreicht.« Der Prinz wandte sich wieder um und winkte den Signalgeber zu sich. Auch Kira trat an die Mauer und sah auf die Ebene hinunter, auf der sich nun immer mehr Einzelheiten abzeichneten: Katapulte. Leitern. Blinkende Hellebarden. Ein Trompetensignal erscholl, wurde weitergegeben, und mit einem Mal schien sich die gesamte Ebene in Bewegung zu setzen, wie ein Schneebrett auf einem Dach ins Rutschen gerät. Die Männer marschierten, die Katapulte und Kanonen rollten, sogar die beiden Belagerungstürme setzten sich schwerfällig in schwankende Bewegung. Es war, als würde ein Meer gegen sie Anlauf nehmen.

Ein Gerät bildete die Spitze des Marsches: Männer schoben einen Holzrahmen, in dem ein Baumstamm an Seilen aufgehängt war. Ein Rammbock, der auf das südliche Tor zurollte. Ein hölzernes Dach über ihm würde die Männer, die ihn betätigten, vor den herabgeschleuderten Steinen und Pfeilen schützen. Es würde vielleicht einige Stunden dauern, aber irgendwann würde das Tor nachgeben und dann … dann würden die Feinde die Stadt stürmen. Bei einem Verhältnis von zehn zu eins war der Ausgang nicht fraglich.

»Leere Fässer«, flüsterte sie. »Um vierzigtausend Mann aufzuhalten.«

»Nicht vierzigtausend«, widersprach der Prinz. »Nur einen: Trenkar.« Er nickte dem Signalgeber zu und der hob das Horn an die Lippen. Klar und voll erklang der Ton in der Morgenluft.

»Was geschieht jetzt?«, fragte Kira.

Lerons Stimme verriet, wie wenig Vertrauen er in den Plan seines Prinzen hatte. »Sie öffnen das Stadttor.«

»Sie *öffnen* es?« Zu der Übelkeit gesellte sich nun auch noch Schwindel. Auch im Gesicht des Prinzen lag Anspannung, während er nach unten spähte.

»Sie werden die Fässer sehen«, sagte er leise, fast mehr zu sich selbst, »und zwei Männer, die den Boden hinter dem Tor wässern.«

»Den Boden wässern?« Klang ihre Stimme tatsächlich so schrill, wie es ihr vorkam? »Sagtet Ihr nicht, wir müssten Trenkar von den Fässern fernhalten?«

»Genau.« Er spähte weiter hinab, die Hände in unbewusster Anspannung fest auf die steinerne Mauer gepresst. Sie verstand den Plan nicht. Wie konnte ein offenes Tor ein angriffsbereites Heer aufhalten?

Wieder ertönte eine Trompete im oneräischen Lager, doch das Signal war ein anderes. Der Vormarsch stockte. Selbst von hier oben erkannte Kira die Verwirrung in den Reihen der Angreifer. Was, bei den drei Ammen, geschah hier?

»Gelobt sei General Trenkar«, sagte der Prinz. »Ein besonnener Mann, der keine übereilten Entscheidungen trifft.«

Trenkar hatte sein Heer tatsächlich anhalten lassen. Kira wusste aus eigener Erfahrung, was das mit seinen Männern machte. Eben noch entschlossen und siegeshungrig, breiteten sich nun Zweifel in ihren Herzen aus. Wusste ihr General, was er tat? Schickte er sie in den Triumph – oder in den sicheren Tod? Mit jedem Viertelstrich der Stundenkerze, den er verstreichen ließ, würden ihre Zuversicht und ihr Kampfgeist mehr und mehr schwinden.

Doch Trenkar hatte keine Wahl. Wenn er Bethelgard nicht angriff, würde König Krolan das als Verrat ansehen – und er wusste, wie Krolan mit Verrätern verfuhr. »Das wird ihn nicht ewig aufhalten«, sagte sie.

»Das muss es auch nicht. Nur für einen Tag. Für Trenkar ist es nur eine kleine Verzögerung. Ein kleiner Preis, um sich darüber klar zu werden, wie er weiter vorgehen will. Für uns bedeutet er den Unterschied zwischen Leben und Tod.«

Noch immer stand das Heer wie festgefroren, erstarrt in der Zeit. Wie in der Sage von der Königin von Betra, deren Blick ganze Armeen hatte zu Stein werden lassen.

»Warum bläst er nicht zum Rückzug?«, fragte Kira.

»Weil er der Mann ist, der er ist. Besonnen. Hoffentlich besonnen genug.«

So warteten sie. Das Licht wurde heller, vertrieb den Morgennebel und die Wolken. Der Tag wurde sonnig, fast schon warm. Ein wunderbarer Frühlingstag, den man hätte genießen können – wäre da nicht diese Armee vor den Mauern gewesen, und zwischen ihr und den Verteidigern nicht mehr als ein offenes Tor und ein paar leere Fässer. Zum Lachen, wäre die Bedrohung nicht so nah, nicht so real. So standen sie alle auf dem Turm – der Prinz und der Oberst, Woring, Leron und Kira, dazu eine Handvoll Soldaten – und verfolgten das Geschehen unter ihnen, wiesen einander auf Entdeckungen und Beobachtungen hin.

»Vier Geschütze also«, stellte der Prinz fest. »Wir müssen einen Weg finden, wie wir heute Nacht eine Nachricht an Herzog Etharold schmuggeln können. Wenn er seinen

Angriff auf eines oder zwei dieser Geschütze konzentriert, kann er es erobern und gegen ihre Reihen wenden.«

Schon lange stand Trenkars Armee nicht mehr. Fast alle Soldaten hatten sich hingesetzt, hatten die Helme von der schweißnassen Stirn genommen, manche hatten gar Teile ihrer Rüstungen abgelegt. Mit dem Fernrohr holte Kira einzelne näher an ihr Auge, fand solche, die sorgenvoll miteinander sprachen und andere, die nur in dumpfer Lethargie vor sich hin starrten. Sie fand sogar solche, die Karten oder Würfel ausgepackt hatten. Endlich, es war fast Mittag, erklang ein erneutes Trompetensignal, und es überraschte Kira nicht, dass es das Signal zum Rückzug war. Siluren nickte dem Oberst zu. »Ihr könnt das Tor jetzt schließen lassen.«

Die Erleichterung in dem feisten Gesicht war nicht zu übersehen und der Oberst verabschiedete sich mit einer eiligen Verbeugung. Siluren ließ die Soldaten als Beobachter zurück und stieg mit Leron und Kira in den Turmsaal hinab, wo die drei Hausmägde unter der Aufsicht des Marshalls gerade Brot und einen dampfenden Kessel bereitstellten. Sie füllten Teller mit einer sämigen Gemüsesuppe und stellten die kleinen, gesottenen Fische dazu, für die Bethelgard berühmt war. Der Duft ließ Kira ihren Hunger spüren und sie trat an den Tisch, um zu schnuppern. »Das riecht großartig.« Ihr Blick traf sich mit einem der Mägde und die junge Frau wandte sich wie ertappt ab. Eine andere begann zu kichern, doch der Hausmarschall brachte sie mit einem scharfen Wort zum Schweigen. Als die vier gegangen waren, schüttelte Kira den Kopf.

»Was ist nur mit diesen Weibern los?«

Siluren setzte sich und griff nach einem Stück Brot. »Das weißt du tatsächlich nicht?«

Sie wusste es nicht, aber da schien sie die Einzige zu sein. Auch Leron wich ihrem Blick aus und löffelte tief über den Teller gebeugt seine Suppe.

Während der Prinz das Brot in die Suppe brockte, sagte er: »Du trägst die Kleidung eines Mannes, aber als solcher wärst du sehr jung, da dir noch kein Bart wächst. Du bist stets an meiner Seite, und ich gewähre dir große Freiheiten mir gegenüber.« Er hob den Löffel und sah sie an. »Sie halten dich für meinen Lustknaben.«

»Was?« Sie suchte in seinem Blick nach einem Hinweis darauf, dass er einen Scherz gemacht hatte. Als sie keinen fand, stammelte sie: »Das ... tut mir entsetzlich leid.« Sie hatte nicht gedacht, dass ihre Kleidung ihn solchen Verleumdungen aussetzen würde. »Ich werde die Magd bitten, mir ein Kleid zu besorgen.«

»Nicht nötig. Falls wir morgen nicht standhalten können, ist es besser für dich, wenn man dich nicht gleich als Frau erkennt.« Er stockte, dann fügte er hinzu: »Außerdem hast du dir das Recht erstritten, diese Kleidung zu tragen. Ich werde mein Wort nicht zurücknehmen.«

»Aber Euer Ruf ...«

Er lächelte schwach. »Was die Leute über meine Bettgelüste reden, ist im Augenblick das kleinste meiner Probleme.«

Prinz Hasenfuß – wusste er, dass man ihn so nannte? Wie falsch die Menschen damit lagen! »Eines Tages«, sagte sie leise, »werden alle sehen, wie breit eure Schultern sind, und wie viel ihr damit tragt.«

Wenn sein Blick leuchtend und warm wurde, so wie jetzt, wollte sie nur noch mit einem Seufzen in seine Arme sinken.

Doch das hätte noch mehr Gerüchte geschürt. Energisch zog sie sich den Stuhl zurecht und setzte sich ihm gegenüber. »Wenn diese Schlacht gewonnen ist«, sagte sie, »dann werde ich zur Feier des Sieges ein Kleid tragen. Dann werden sich alle schämen müssen, die solche Gerüchte in die Welt gesetzt haben.«

Sein Lächeln vertiefte sich. »Ich würde dich gern in einem Kleid sehen.«

Mit einem Mal lag mehr als Wärme in seinem Blick. Konnte es sein, dass er sie tatsächlich begehrte? Würde ihr wirklich eine Nacht in seinen Armen vergönnt sein? Wie mochte sich die Umarmung dieses Mannes anfühlen, der direkt in ihre Seele zu blicken schien?

Der Schmerz ihrer Sehnsucht brachte sie zur Vernunft. Natürlich würde er mit ihr schlafen. Der Gedanke war weder abwegig noch etwas Besonderes. Er war ein Mann, dazu noch ein Adliger. Sie würde nicht die erste Frau in seinem Bett sein und nicht die letzte.

Sie lächelte ihm kokett zu und nahm den Löffel auf. »Hoffentlich ist das ein weiterer Anreiz für Euch, dafür zu sorgen, dass wir gewinnen.«

Noch während sie aßen, kehrte der Oberst zurück und machte sich ebenfalls über Brot, Fisch und Suppe her. »Das war ein großes Wagnis«, sagte er kauend, »aber am Ende habt Ihr recht behalten.«

»Meine größte Sorge war, Trenkar könne nicht nur besonnen, sondern auch belesen sein.«

»Wieso das?«

»Dieser Plan ist nicht meinem Kopf entsprungen.« Der Prinz zog das mit rotem Stoff bezogene Büchlein aus der Weste, das Kira schon einmal gesehen hatte, und legte es neben seinen Teller. »Eine ähnliche List wurde vor Hunderten von Jahren schon einmal angewandt.«

Leron sah von seinem Teller auf. »Ich sollte diesen Shin Fu wohl auch einmal lesen.«

»Schaden könnte es jedenfalls nicht.«

»Das heißt«, sagte Kira, »wenn Trenkar dieses Buch auch gekannt hätte ...«

»... hätte er die List vermutlich durchschaut, ja.«

»War das nicht ein großes Risiko?«

»Es war ein Risiko. Aber groß ...« Er legte die Hand auf das Buch, streichelte es fast zärtlich. »Shin Fu lebte in einem fernen Land, in dem sich die Frauen die Köpfe rasieren und Männer auf Pferden reiten.«

»Auf Pferden?« Kira lachte. »Sind sie so klein, oder schleifen ihre Füße beim Reiten auf dem Boden?«

»Ich vermute, ihre Pferde sind größer, und offenbar sind Hörner dort kein Standeserfordernis. Vor drei Jahren habe ich zum ersten Mal gerüchteweise von dieser Schrift gehört, und seitdem habe ich mich bemüht, ein Exemplar zu erhalten. Dies ist die Übersetzung einer Übersetzung, speziell in meinem Auftrage angefertigt. Ich halte es für unwahrscheinlich, dass es noch ein weiteres Exemplar diesseits der Kupferberge gibt.«

»Unwahrscheinlich«, sagte Leron, »aber nicht unmöglich.«

»Was ist schon unmöglich?«

Der seidene Einband des Buches schimmerte im Licht der Lampen, und zum ersten Mal in ihrem Leben bedauerte Kira es, nicht lesen zu können. Wie mochte das sein, die Gedanken eines Mannes zu teilen, der vor Hunderten von Jahren gelebt hatte, in einem fernen und fremden Land, in dem sogar die Tiere anders aussahen.

Als sie alle gesättigt waren, entrollte der Oberst eine Karte der Stadt und des Umlandes. Siluren trat etwas abseits und winkte Kira zu sich. »Was du mir auf dem Boot erzählt hast«, raunte er. »Darüber, dass Krolan dich in deinen Träumen aufsucht.«

»Glaubt Ihr mir jetzt etwa?«

Er zögerte. »Ich habe darüber nachgedacht. Ich kann es mir nicht leisten, es völlig zu verwerfen.«

Sie verstand, worauf er hinauswollte. Die Männer würden nun die nächsten Schritte planen, würden abwägen, welche Informationen sie Herzog Etharold zukommen ließen und auf welchem Wege. Und er wollte nicht, dass sie dabei war. Entschuldigend sagte er: »Wenn es nur um mein Leben ginge ...«

»Ich weiß, Hoheit. Es geht um eine ganze Stadt.«

»Eine Stadt?« Er hob die Schultern. »Was ist das schon? Nur Häuser und Straßen. Es geht um so viel mehr. Etwa um Lorina, Nehja und Finny.«

Verwirrt versuchte sie, die Namen zuzuordnen. »Wer ist das?«

»Die drei Mägde hier im Hause.«

Es war beschämend. Man hatte ihnen die Mägde vorgestellt, doch Kira hatte sich nicht einmal die Mühe gemacht, dabei richtig hinzuhören. Er aber vergaß offenbar nie, was wirklich zählte – die Menschen.

»Ich bin keine weitere Last auf Euren Schultern«, sagte sie. »Das werde ich niemals sein.«

***

Ohnehin hatte Kira Wichtigeres zu tun. Es dauerte seine Zeit, bis sie sich zum Haus des Magus durchgefragt hatte, aber schließlich stand sie vor einem Torbogen, der durch ein schmiedeeisernes Gitter verschlossen wurde. Dahinter führte ein Gang zu einem Innenhof, wie er oft von Stadthäusern gebildet wurde.

Kira rüttelte an den Stangen, bis das Scheppern einen Bediensteten auf den Plan rief, einen Jungen in knielangem, grauem Gewand, der im Hof stehen blieb und ihr zurief: »Was gibt es?«

»Ich muss mit Magus Inselm sprechen.«

»Der Magus ist sehr beschäftigt. Kommt ein andermal wieder.«

»Er schien wenig beschäftigt, als er gestern den Kronprinzen angesprochen hat.«

Der Knabe machte ein paar unschlüssige Schritte auf sie zu und musterte sie misstrauisch. »Gehört Ihr zum Gefolge des Prinzen?«

»Allerdings!«

Ein Zögern, ein Blick über die Schulter. »Wartet hier.«

Als er zurückkehrte, hatte er einen Schlüssel dabei, mit dem er das Tor aufsperrte. »Bitte, folgt mir.«

Der Torgang war so lang, wie das darüberliegende Haus tief war. Er öffnete sich in einen engen Innenhof, dessen Treppenaufgänge und umlaufende Galerien mit schwarzem Tuch verhängt waren. Weiße Symbole waren darauf gestickt. Der Hof wurde von allen Seiten von drei Stockwerken umgeben und öffnete sich oben zu einem erstaunlich kleinen Stück Himmel.

»Ich grüße Euch!« Der schwarzgekleidete Magus stand auf der unteren Galerie – aber doch hoch genug, dass Kira den Kopf in den Nacken legen musste, um zu ihm aufzublicken. »Ich erkenne Euch wieder. Ihr seid der Page des Kronprinzen.«

»Richtig.« Sie legte die Hand demonstrativ auf den Griff ihres Rapiers. »Ihr habt dem Kronprinzen gestern Eure Dienste angeboten. Gilt das auch für sein Gefolge?«

»Der Prinz hat deutlich gemacht, dass er meine Dienste nicht wünscht.«

»Er nicht. Ich schon.«

»Weiß der Prinz, dass Ihr hier seid?«

»Nein, und er darf es auch nicht erfahren.«

Der Magus schwieg einen Augenblick lang, versuchte wohl abzuschätzen, ob bei einem Geschäft mit ihr die Vorteile oder die Nachteile überwogen. Schließlich machte er eine auffordernde Handbewegung zum Treppenaufgang hin. »Ich werde mir Euer Anliegen anhören.«

Als sie oben angekommen war, war der Magus fort, aber der Junge ging voran und öffnete eine knarrende Eichentür für sie. Sie betrat einen abgedunkelten, ganz mit schwarzem Tuch ausgeschlagenen Raum. Zwei Kräuterkerzen verbreiteten einen schweren, süßlichen Duft.

Der Magus erwartete sie an einem Tisch sitzend, umgeben von Symbolen des Todes: ausgestopfte Tiere, Skulpturen aus Knochen und getrockneten Sehnen, Gemälde dämonischer Fratzen. Ein menschlicher Schädel grinste sie von einem Wandbord aus an.

Sie setzte sich dem Magus gegenüber. Groß und bedrohlich thronte er in seiner schwarzen Kutte über ihr, ein mächtiger Jünger der Geister.

Seltsam, so groß war er ihr am Pier gar nicht erschienen. Silurens Bezeichnung für seinesgleichen kam ihr in den Sinn: *Scharlatane*. Sie durfte sich nicht einschüchtern lassen, musste sicher sein, dass dieser Mann wusste, wovon er sprach.

Sie erhob sich wieder, trat ein paar Schritte zur Seite. Das gefiel ihm offenbar nicht. »Was tut Ihr?«

Der eine Blick genügte. Der Stuhl des Magus war schlicht höher als der ihre. So einfach war das.

Sie blieb stehen, verschränkte die Arme. »Ich bin nicht hier, um mich von Euren Kniffen beeindrucken zu lassen. Keine vagen Zukunftsvorhersagen, keine Geisterstimmen aus Röhren in den Wänden. Ich brauche einen Rat, und ich muss sicher sein, dass Ihr mir den zu geben imstande seid. Außerdem«, sie sah sich um, »muss ich sicher sein, dass wir unter vier Augen sprechen.«

Er zögerte, dann nickte er zu einer der Wände hinüber. Sie folgte seinem Blick schnell genug, um zu sehen, wie auf einem der Bilder die Augen der dargestellten Fratze zurück auf ihren Platz glitten. Vermutlich hatte der Junge im Nebenraum auf geheime Zeichen und Anweisungen seines Lehrmeisters gewartet.

»Nun sind wir alleine«, sagte der Magus. »Sagt mir also, wie kann ich der Krone dienen?«

Sie blieb weiterhin stehen. »Kennt Ihr Euch aus mit der Beherrschung von Träumen?«

»Auf der körperlosen Welt liegt unser ganzes Augenmerk. Daher ist jeder Magus bewandert in der Kunst lichter Träume.«

»Auch darin, in die Träume anderer einzudringen?«

Er hob die Brauen, wurde sichtlich vorsichtiger. »Ist das Euer Begehr? Ihr solltet bedenken, dass den Geistern nichts an unserem Wohl ...«

»Im Gegenteil«, unterbrach sie ihn. »Ich will wissen, wie ich es verhindern kann.«

Jetzt lächelte er herablassend. »Solche Bitten höre ich oft. Meist von Frauen mit dem unbestimmten Eindruck, ein ungewollter Buhle habe sich Zutritt zu ihren Träumen verschafft.«

»Es ist kein unbestimmter Eindruck.«

»Das ist durchaus unwahrscheinlich. Ein solcher Magus müsste eine gefühlsmäßige Verbindung zu Euch haben, um Euren Geist in der Vielzahl der Wirbel zu finden. Außerdem benötigte er etwas Essentielles: Euer Blut.«

Sie zögerte, ihr Geheimnis preiszugeben, aber ihr blieb nichts anderes übrig, wenn sie Hilfe haben wollte. »Was, wenn er das bereits besitzt?«

Das ließ ihn einen Moment lang schweigen. »Ihr glaubt, dass er große Macht besitzt.«

»Er kann Menschen in einen Traum einsperren, sodass sie erst erwachen, wenn er es will. Man sagt sogar, er könne Menschen in einem solchen Schlaf töten.«

Er musterte sie schweigend. Lange. Schließlich sagte er: »Weiß der Prinz, dass er einen unfreiwilligen Spion unter seinen engsten Vertrauten hat?«

Kira presste die Lippen aufeinander. Vermutlich war das einem scharfsinnigen Mann wie Inselm Antwort genug.

Abrupt stand er auf und ging zur anderen Seite des Zimmers, kehrte dann wieder zum Tisch zurück, setzte sich aber nicht. »Ihr glaubt also tatsächlich, König Krolan selbst würde sich Eurer Träume bemächtigen.«

Sie hob das Kinn. »Ihr klingt ängstlich, Magus Inselm.«

Er zögerte. »Um eine Macht zu erlangen, wie man sie König Krolan nachsagt, muss man sich ganz den Geistern ausliefern. Das ist ein enormes Opfer. Sein Geist wird nicht in den der Großen Mutter zurückkehren.«

Das widersprach allem, was Kira gelernt hatte. »Wie kann das sein? Wo geht er hin?«

»Er wird endgültig vergehen, und das wird die Mutter schwächen, denn ein Teil von ihr wird auf ewig verloren sein. Das ist bei jedem Tun das höchste Ziel der Geister.«

Ein solches Opfer, nur um den Thron von Galathräa zu erobern? Andererseits, wenn Kiras eigener Geist dereinst zurück in den der Mutter fließen würde, wäre sie auch nicht mehr Kira, nicht mehr sie selbst. Dieser Gedanke hatte ihr schon immer Angst gemacht, und sie schüttelte ihn energisch ab. »Könnt Ihr mir nun helfen oder nicht?«

Wieder schwieg er, versuchte wohl, sie einzuschätzen. »Wie bewandert seid Ihr selbst in den Schwarzen Künsten? Erkennt Ihr, wenn Ihr träumt?«

»Gelegentlich.« Insbesondere dann, wenn Krolan sie darauf hinwies. Verdammt, wie sollte sie einem Magus wie ihm irgendetwas entgegensetzen?

»Das ist nicht viel.« Magus Inselms Worte waren ein Echo ihrer eigenen Gedanken. »Aber«, sagte er dann, »es ist ein Anfang.«

Kapitel 7

Neran von Fherrn, Neran von Fherrn, immer wieder will ich diesen Namen schreiben, bis der Federkiel zerschlissen ist, will ihn flüstern, will ihn singen, will ihn von allen Zinnen rufen: Neran von Fherrn. Gab es je einen schöneren Klang?

–24. Akh'Eldash, 32. Eintrag, Vers 1

Burg Thul war aus dem grauen Stein der Gegend gebaut und aus der Ferne kaum von den Felsen zu unterscheiden. Sie war eine Wehrburg, kein Schloss, und die Bequemlichkeiten, die sie zu bieten hatte, waren ausgesprochen begrenzt. Aber immerhin würde die Akh'Eldash nicht mehr unter freiem Himmel nächtigen müssen.

Nicht Akh'Eldash. Lynneth. Coridan konnte sich noch nicht daran gewöhnen, sie so zu nennen, nicht einmal in Gedanken. Sie ritt neben ihm und betrachtete die Burg, die sich zwischen schroffen Felsen über einem Dorf aus flachen, halb im Schnee versunkenen Hütten erhob. »Sieht malerisch aus«, sagte sie. »Irgendwie romantisch.«

»Malerisch ist ein anderes Wort für Mühsal, die man selbst nicht hat.«

Sie sah ihn an. »Siluren?«

»Das ist zur Abwechslung meine eigene Einsicht.« Eigentlich wollte er die Geschichte nicht erzählen, aber ihr Blick ruhte fragend auf ihm, und so seufzte er ergeben. »Als Kinder haben wir bei einer Beizjagd ein Lager von Wanderarbeitern entdeckt. Siluren und ich wollten den Leuten einen Streich spielen, aber als wir uns anschlichen, sahen wir, dass sie gerade einen der ihren zu Grabe trugen. Sie haben ihn einfach am Waldrand verscharrt. Die Leute waren in Lumpen gekleidet, viele von ihnen krank oder verwachsen. Vor allem aber waren sie entsetzlich mager.« Das Bild hatte ihn regelrecht verfolgt: Menschen wie Gerippe, bei denen sich die Knochen unter der Haut abzeichneten. Leise sagte er: »Ich hatte zuvor noch nie so magere Menschen gesehen.« Noch heute grauste ihn, wenn er daran dachte. In Varkaspol mussten selbst die Bettler, die von der Mildtätigkeit der Bürger und des Tempels lebten, zumindest nicht verhungern. »Später, bei einem üppigen Abendessen, redete eine Comtesse darüber, wie malerisch sie das Lager der Wanderleute fand. Seitdem mag ich das Wort nicht mehr.«

Siluren und er hatten an dem Abend doch noch einen Streich ausgeheckt. Sie hatten dafür gesorgt, dass die üppigen Reste des Festmahles ihren Weg zu den Wanderarbeitern fanden. Das allerdings war wieder Silurens Idee gewesen, ebenso wie die Strategie, mit der sie die Menschen zu dem Fund lockten. »Sie sollen sich nicht wie Almosenempfänger fühlen«, hatte er gesagt, »sondern wie Glückspilze.« Aus einem Versteck heraus hatten die Jungen das Geschehen beobachtet, das Erstaunen und das Glück in den schmutzigen, mageren Gesichtern. Auf dem ganzen Rückweg war Cor wie auf Wolken gegangen. Vielleicht war genau das Silurens besondere Gabe, diese Art von Gefühl zu wecken: das Glück und die Befriedigung, die aus guten Taten fließen.

All das erzählte er nicht mehr, denn er sprach nicht gern über das, was in ihm vorging, aber als er zu Lynn hinübersah, merkte er, dass ihr Blick noch immer aufmerksam auf ihm ruhte. Jetzt nickte sie, als habe sie auch die nicht ausgesprochenen Worte gehört.

»Ihr habt recht«, sagte sie. »Verzicht ist leicht, wenn man weiß, dass man bald zu den Annehmlichkeiten seines

Lebens zurückkehren wird.« Jetzt erschienen ihre Grübchen. »Dennoch habe ich es genossen, mit Euch am Feuer zu sitzen, Schneehase zu essen und unter den Sternen zu schlafen.«

»Die Entbehrungen sind noch nicht vorüber.« Er nickte zur Burg hin. »Das ist ein kaltes, zugiges Gemäuer.«

»Es ist Eure Burg, Eure Grafschaft.« Sie wandte sich im Sattel um und ließ den Blick über die Landschaft schweifen. »Sie passt zu Euch. Hart und karg.«

Helim hatte das Wort »unbarmherzig« verwendet. Cor hätte sich gewünscht, dass Lynn ihn anders sehen würde. Wenigstens sie.

Sie betrachtete ihn mit einem Lächeln. »Ich würde gern erleben, was der Frühling daraus macht. Wie die Sonne den harten Fels mit samtenem Grün überzieht, wie Leben, Helligkeit und Freude hier einkehren.«

Etwas in ihrem Blick verriet ihm, dass sie nicht nur über die Landschaft sprach.

»Ich bin kein freudloser Mensch«, sagte er.

»Natürlich nicht. Aber ich möchte es trotzdem gern erleben.«

Er lächelte schwach. »Vielleicht, wenn Ihr in Sicherheit seid.«

»Das nehme ich als Versprechen.« Sie zwinkerte ihm zu und trieb ihren Ulphan zu einer rascheren Gangart an. Coridan folgte ihr, und schon bald erreichten sie das Dorf am Fuße der Burg.

Erstaunlich viele Menschen gingen im Freien ihrer Beschäftigung nach. Vermutlich waren sie die Kälte gewöhnt, und der Sonnenschein mochte sie zusätzlich nach draußen gelockt haben. Als sie die Ankömmlinge bemerkten, ließen sie ihre Arbeit liegen und sahen ihnen entgegen. Die Thulmark war abgelegen, keine Gegend mit vielen Reisenden, schon gar nicht zu dieser Jahreszeit.

Coridan war nur ein einziges Mal hier gewesen, und er bezweifelte, dass die Menschen sich seiner erinnerten. Allerdings erkannten sie das Wappen der Thulmark auf seiner Satteldecke: Morgenstern und Kette, schwarz auf grauem Grund. So entblößten sie die Köpfe und verneigten sich, als er vorüberritt. Andere liefen los, um die Nachricht von seinem Eintreffen weiterzutragen. Er ließ sein Tier langsamer gehen, um ihnen einen Vorsprung zu geben.

»Sie haben Euch nicht vergessen«, sagte Lynn.

»Natürlich nicht. Ich bin der ideale Herrscher für sie.«

»Ach, meint Ihr?«

»Gewiss doch. Ich bin nur selten hier.«

Vor dem Schloss kam ihnen ein Mann entgegen, in dem Coridan den Verwalter der Burg erkannte. Siluren hätte seinen Namen gewusst, aber Cor konnte sich bei bestem Willen nicht mehr daran erinnern.

»Erlaucht!«, rief der Kastellan schon von Weitem und beklagte, dass niemand ihn über ihr Eintreffen in Kenntnis gesetzt hatte. Zumindest vermutete Coridan das, denn obwohl der Verwalter sich hörbar bemühte, deutlich zu sprechen, fiel Coridan das Verstehen schwer. Er würde Zeit brauchen, um sich wieder in den Dialekt der Menschen hier hineinzuhören. »Es war eine kurzfristige Entscheidung.« Er zügelte den Ulphan und stieg ab. »Ich hoffe, du kannst uns dennoch unterbringen.«

Der Verwalter versicherte das und ging unter wiederholten Bücklingen zum Burgtor voran, das diesen Namen eigentlich nicht verdiente. Die gesamte Burg war ein besserer Turm und die Tür so schmal, dass Coridan sie mit einer Rüstung nur seitwärts würde durchschreiten können.

Er hielt Lynneth die Hand hin. »Ihr werdet absteigen müssen. Die Ulphane bleiben im Dorf.«

Coridan hatte gesehen, wie sie mit dem Ulphan umging, und wusste, dass sie seine Hand nicht brauchte. Trotzdem griff sie danach. Dass sie sich helfen ließ, tat der anmutigen Eleganz, mit der sie aus dem Sattel glitt, keinen Abbruch.

Derweil hatte der Kastellan einen mächtigen Schlüssel im Schloss der Pforte gedreht und öffnete die Tür in einen dunklen, fensterlosen Raum. Von dort, wusste Coridan, führte eine gewundene Treppe in die Wohnräume hinauf – ideal zu verteidigen. Coridan fragte sich allerdings, was bei der Großen Mutter die Erbauer der Burg Thul hier so grimmig hatten verteidigen wollen. Die Thulmark war wahrlich kein umkämpftes Stück Land in Galathräa.

Inzwischen hatten sich hinter ihnen einige Menschen eingefunden, die wohl die bedarfsweise Dienerschaft der Burg darstellten. Zwei junge Männer trugen Brennholz auf den Armen, eine ältere Frau band sich die Haube unter dem Kinn zusammen, jemand reichte Coridan eine Laterne.

Er fing Lynneths skeptischen Blick auf und lächelte. »Willkommen in meinem bescheidenen Heim.«

»Bescheiden – ja. Aber Heim?«

»Es wird noch besser. Wenn auch nicht viel.« Er folgte dem Kastellan die Treppe hinauf und hielt dabei die Lampe hinter sich, um Lynneth zu leuchten.

Zuerst erreichten sie den Wachraum, einen kahlen Saal mit schmalen, verschlossenen Schießscharten, der von den Dorfbewohnern offenbar als Lagerraum genutzt wurde. Truhen und Säcke standen ringsum an den Wänden, Lehm verschmutzte den Boden.

Eine weitere Wendeltreppe führte in den großen Wohnraum. Hier zog der Kastellan eilig die Tücher von den Möbeln und enthüllte dunkles Holz und grobe Schnitzereien. Der eine Bursche beeilte sich, ein Feuer im Kamin zu entfachen, während der andere seine Last in die Schlafräume hinauftrug. Die alte Frau – Coridan glaubte sich zu erinnern, dass sie die Frau des Verwalters war – entzündete die herumstehenden Kerzen, denn da die Fensterluken keine Glaseinsätze besaßen, waren sie gegen die Kälte mit Holzläden verschlossen.

Lynneth sah sich neugierig um, ging zu der gepolsterten Bank hinüber und betrachtete die geschnitzten Figuren an den Armlehnen.

»Ich weiß«, sagte Coridan, »nicht sonderlich kunstvoll.«

»Das würde ich nicht sagen.« Sie ließ die Finger über einen geschnitzten Wolfskopf gleiten. »Der Drechsler hat das erbarmungslose Wesen dieser Räuber beeindruckend sicher eingefangen.«

»Ich nehme an, von Erbarmungslosigkeit verstehen die Menschen hier etwas.« Das Feuer brannte inzwischen und verbreitete noch keine Wärme, doch immerhin Behaglichkeit. Lynneth zog die Handschuhe aus und hielt ihre Finger den Flammen entgegen.

Coridan wandte sich an die Frau des Kastellans. »Kann man ein warmes Bad anrichten?«

Sie antwortete ihm in dem knarrenden Dialekt der Gegend, und er kam zu dem Schluss, dass es wohl möglich war. Er drehte sich zu Lynneth um. »Nichts wärmt besser als ein Bad.«

Sie lächelte. Dann ging sie zu der Bank hinüber. »Lassen wir den guten Leuten ein wenig Zeit, alles vorzubereiten.« Sie setzte sich und tippte mit den Fingern auffordernd auf die Sitzfläche neben sich.

Nur zögernd setzte er sich. Auf seltsame Weise schien es ihm gefährlich, so nah bei ihr zu sein.

»Wie lange werden wir hierbleiben?«, fragte sie, den Blick auf die Flammen gerichtet.

»Seid Ihr der Burg etwa schon überdrüssig? Ihr habt noch gar nicht alles gesehen.«

Ihr Blick machte deutlich, dass sie nicht in der Stimmung für Neckereien war. »Je länger wir hierbleiben, desto kleiner wird unser Vorsprung.«

»Dies ist eine Burg. Hier kann ich Euch gegen jeden Angreifer verteidigen.«

»Aber für wie lange?«

»Für alle Zeit, wenn es sein muss.«

»Nein – nur, bis die Vorräte verbraucht sind.« Sie lächelte schwach. »Aber meine Aufgabe ist es, an der Seite des Königs zu stehen.«

Ihm fiel auf, dass sie das Wort »Heirat« vermied, aber das hatte vermutlich nichts zu bedeuten. »Der König wird uns Hilfe schicken. So lange müssen wir ausharren.«

»Wirklich?« Sie wandte den Blick wieder dem Feuer zu. »Falls die Kutsche noch einmal überfallen wurde, wie soll der König erfahren, dass wir hier sind?« Sie blinzelte ein paarmal. Vermutlich dachte sie an das Schicksal ihrer Zofe. »Wenn er uns für tot hält, hat er keinen Grund, Hilfe zu schicken.«

»Wir könnten ihm einen Boten schicken.«

»Diese Männer waren bereit, einen Fürsten und Königssohn zu töten. Sie werden nicht davor zurückschrecken, ein paar Bauern abzuschlachten, um uns unter Druck zu setzen.« Sie sah ihn eindringlich an. »Ich will nicht auf meiner Seele lasten haben, dass ein ganzes Dorf um meinetwillen ausgelöscht wurde.«

Sie, die Tochter eines Herzogs, Braut eines Königs und Erwählte der Göttin, sorgte sich um ihre Zofe und ein paar Bergbauern. Mit einem gewissen Widerstreben gestand er sich ein: Wenn es eine Frau gab, die man als Seelenverwandte Silurens bezeichnen konnte, dann war es sicherlich Lynneth von Vallathrys. Die Erdmutter hatte tatsächlich eine gute Wahl getroffen.

»Außerdem«, fuhr sie fort, »sind wir noch nicht einmal sicher, dass der König in der Lage ist, Hilfe zu schicken.«

»Wieso das?«

»Was denkt Ihr, wer einen anmaßenden Wurm wie Feriwon von Maruff dazu bringen kann, seinen Vater zu ermorden und der Akh'Eldash seinen Schutz zu entziehen?«

»Jemand, der ihm viel verspricht.«

»Zum Beispiel einen Posten als Reichsverweser. Oder ein neues Lehen.« Sie starrte in die Flammen. »Seid Ihr sicher, dass im Winter kein Krieg geführt wird?«

Coridan zögerte. »Üblicherweise nicht, aber wenn Krolan so gut über die Vorgänge in Galathräa informiert ist, wie es den Anschein hat, wäre jetzt der ideale Zeitpunkt für einen Angriff. Der König ist krank, der Kronprinz noch ohne Macht und die neue Akh'Eldash erwählt und verwundbar.«

»Er hat zudem die Überraschung auf seiner Seite, weil niemand erwartet, dass er zu dieser Jahreszeit angreift. Vielleicht muss er nicht mal Krieg führen. Wenn er die Akh'Eldash entführt und die Söhne des kranken Königs tötet, wer würde ihm den Doppelthron noch streitig machen?«

Das hatte sie beeindruckend klar erkannt. »Was schlagt Ihr also vor?«

»Dass wir uns hier mit Proviant versorgen, uns ausschlafen und morgen in aller Frühe aufbrechen. Wir überqueren den Pass und stoßen zu Eurem Bruder, um ihn zu warnen.«

Wenn Siluren überhaupt noch lebte. Nein, daran durfte er gar nicht denken. Silurens kommende Herrschaft war die Hoffnung dieses Landes, seine Zukunft.

Es war trotzdem gefährlich. Hier war ihre Sicherheit für Wochen und Monate gewährleistet, hier konnten sie selbst einen Krieg aussitzen.

Aber ein Blick auf Lynn belehrte ihn eines Besseren. Sie war schön und besaß Herz und Verstand einer Königin. Schon jetzt drängten sich Bilder und Gefühle in seinen Geist, die er kaum vor sich selbst einzugestehen wagte. Wie lange würde er in einem Haus mit ihr leben können, ohne zum Verräter zu werden? Und dann wäre Krolan nur eines ihrer Probleme. Dann würde ein Krieg zwischen den Prinzen Galathräa verheeren.

»Ihr habt recht«, sagte er heiser. »Wir werden morgen früh aufbrechen.« Er erhob sich. »Ich werde sehen, dass ich im Dorf einige Dinjis auftreibe. Die werden uns beim Weg über den Pass bessere Dienste leisten als die Ulphane.«

Als er den Raum verließ, fühlte er ihren Blick wie flüssiges Metall in seinem Rücken. Siluren hatte es vorhergesagt, hatte die Gründe durchschaut, aus denen der König Coridan zum Tempel der Erdmutter geschickt hatte. Doch Coridan würde nicht schwach werden. Er hatte Siluren sein Wort gegeben, und er wollte verdammt sein, wenn Vaters Plan aufginge.

Er warf sich den Mantel um, schloss ihn aber nicht, als er hinaus in den Schnee stapfte. Die Kälte würde seinen überhitzten Gedanken guttun.

Im Dorf fand er tatsächlich Dinjis, aber der Bauer wollte sie ihm nur ungern überlassen. Die Menschen hier waren ehrerbietig, aber nicht unterwürfig, und weich schon gar nicht. Coridans Münzen bedeuteten dem Mann nicht viel, aber im Tausch gegen die beiden Ulphane war er bereit, Coridan zwei Dinjis und ein drittes als Lasttier zu überlassen. Das Geschäft hatte eindeutig der Bauer gemacht, und als Coridan aus der niedrigen Kate trat, dachte er an das alte Sprichwort: Willst du einen Thuler übervorteilen, musst du einen Thuler mitbringen.

Immerhin hatten die harten Verhandlungen ihn auf andere Gedanken gebracht und er war einigermaßen guter Dinge, als er bei Einbruch der Dämmerung in die Burg zurückkehrte.

Der Wohnraum lag verlassen da, eine einzelne Flamme züngelte noch über die Glut im Kamin. Lynn hatte sich offenbar bereits zurückgezogen. Vielleicht nicht die schlechteste Idee. Sie sollten den kommenden Tag früh und ausgeruht beginnen.

So stieg Coridan die Stufen zu den drei Schlafräumen hinauf und fand das Grafenzimmer, das er auch bei seinem letzten Besuch bewohnt hatte, geheizt und wohlbereitet vor. Er warf seinen Mantel aufs Bett und trat sich die Stiefel von den Füßen, während er den Blick schweifen ließ.

Hier hatte sich seit seinem letzten Besuch vor nicht ganz zwei Jahren nichts verändert. Eine hölzerne, bunt bemalte Wand zeigte in ungelenken Bildern ausgerechnet die Sage von Neran und Haldia. Natürlich – als die Liebenden hier oben erfroren waren, war dies das einzige Mal gewesen, dass die Thulmark Anteil an der großen Geschichte Galathräas gehabt hatte. Außerdem entsprach diese Sage mit ihrem unglücklichen Ausgang durchaus dem Gemüt der Thuler.

Die Wand trennte ein kleineres Nebenzimmer ab, das wahlweise zur Unterbringung des Gepäcks oder eines Pagen dienen konnte. Sie hatten keines von beiden, und so verwunderte es Coridan, dass die Tür einen Spalt offen stand. Er ging auf bloßen Füßen hinüber, um sie zu schließen, doch eine Bewegung weckte seine Aufmerksamkeit. War die Hauswartin etwa noch zugange? Nein, dieses Bein gehörte sicherlich nicht der stämmigen Thulerin, denn es war schlank, wohlgeformt – und nackt.

Coridan fuhr zurück. Dennoch konnte er den Blick nicht von dem Spalt wenden. Da waren Tücher, eine hölzerne Wanne … und Lynneth. Sie stand neben dem Bottich und war gänzlich nackt. Nein, nicht gänzlich. Sie trug tatsächlich noch das Stirnband.

Als wäre der No'Ridahl noch vonnöten, wenn ein Mann erst einmal diesen perfekt geformten Körper gesehen hatte, die geschmeidige Bewegung dieses Rückens, den sanften Schwung dieser Hüften und die pralle Rundung dieses Hinterns. Coridan hätte sich auf der Stelle abwenden sollen. Er durfte nicht hier sein. Aber nun drehte sie sich ein wenig und das Licht der Kerzen schimmerte über die wunderbarsten Rundungen. Ihr war kalt, das war nicht zu übersehen.

Sie berühren, sie wärmen zu dürfen, bis ihr Körper nicht mehr vor Kälte erzitterte, sondern erhitzt von dem, was er ihr schenkte! Coridan ballte die Finger zur Faust, bis das Leder seines Handschuhs knarrte.

Sie hob ihr schlankes Bein und setzte den Fuß ins dampfende Wasser. Wenn sie jetzt den Kopf wandte, nur ein kleines Stück, würde sie ihn unvermeidlich sehen. Das Wasser gluckste, als sie langsam darin versank, und dann ließ sie ein wohliges Stöhnen hören. Ein Seufzer aus tiefster Seele, verschwendet an ein profanes Bad. Welche Laute mochten sich ihr erst entringen, wenn wahre Lust sie durchflutete?

Erst als die hölzerne Wanne die Vollkommenheit ihres Körpers verdeckte, gelang es Coridan, aus ihrem Blickfeld zu treten, doch genau diese Bewegung weckte ihre Aufmerksamkeit.

»Ist da jemand?«

Er wagte kaum zu atmen. Wenn sie jetzt aus der Wanne stieg und nur von einem Tuch verhüllt zu ihm kam, dann wäre alles verloren.

»Mistress Emirell?«

Offenbar wartete sie auf die Frau des Kastellans. Die durfte ihn hier auf keinen Fall vorfinden.

Er schlich zum Bett zurück, nahm Mantel und Stiefel und beeilte sich, aus dem Zimmer zu kommen. Dabei verfluchte er sich. Natürlich hatte die Hauswartin das Grafenzimmer, den schönsten Raum des Hauses, der Dame in seiner Begleitung zugewiesen. Er ging zur nächsten Tür hinüber und fand auch im Jägerzimmer das Bett bereitet und das Feuer entzündet. Aufatmend schloss er die Tür und lehnte sich dagegen.

Die Göttin hatte die ideale Wahl getroffen. Lynneth war klug, entschlossen und wunderschön. Das Bild ihres nackten Leibes wollte ihm nicht aus dem Sinn gehen.

Bei der Göttin, es durfte nicht noch einen Krieg geben, wie damals. Galather und Oneron, zwei Brüder, zwei Reiche. Coridan hatte sich geschworen, dass dies nicht geschehen würde, und er hatte diesen Schwur für leicht gehalten. Was für ein Narr war er gewesen.

Noch nie hatte er Siluren irgendetwas missgönnt – nicht seinen Titel, den Thron oder seinen überragenden Verstand. Heute zum ersten Mal erhob der Neid seine hässliche Fratze, und er war so stark, dass es Coridan die Kehle zuschnürte.

***

Als Lynn am Morgen vor das Burgtor trat, blendete sie das Sonnenlicht. Unter einem strahlend blauen Himmel lag die verschneite Thulmark in grandioser Erhabenheit: Weiß die Hänge, bedeckt von Wald, und ebenso weiß die Gipfel, die den Himmel zu berühren schienen. In der Nacht hatte es erneut geschneit. Der frische Schnee lag dick auf allen Formen, bildete glitzernde Kissen, sodass die Landschaft rund und weich wie ein Federbett erschien.

Gerade sattelte man die Dinjis. Geduldig standen sie zwischen den herumeilenden Menschen, zerrieben mit mahlenden Zähnen die vergangenen Mahlzeiten erneut und dampften ihren Atem in die kalte Morgenluft. Das zottige, rotbraune Fell, das ihnen sogar über die Augen hing, verbreitete einen angenehmen, erdigen Duft; ganz anders als bei den Ulphanen, deren Geruch immer auch etwas Scharfes hatte.

Lynn kannte Dinjis nur als Lasttiere, geritten war sie noch auf keinem. Aber sie mochte die ruhigen, genügsamen Tiere. Sie zog einen Handschuh aus, klaubte ein paar herumliegende Halme vom Schnee und hielt sie dem vorderen Tier unter die Schnauze. Das Dinji blähte prüfend die Nüstern, dann nahm es ihr ohne Eile und mit sanften Lippen die Halme aus der Hand.

Coridan trat in Begleitung des Kastellans aus dem Stall. Lynn rief ihm ein fröhliches »Guten Morgen!« zu, doch er antwortete nur mit einem Nicken. Er wirkte anders als gestern – verschlossener, grimmiger. Vielleicht befürchtete er, auf dem Ritt weiteren Gefahren zu begegnen. Oder haderte er etwa noch immer mit ihrer Entscheidung, wieder aufzubrechen? Nun, er hatte einen Mund, er konnte seine Meinung kundtun. Und wenn er das nicht tat, musste es nicht ihre Sorge sein.

Master Emirell verabschiedete sie mit brummiger Freundlichkeit, seine Frau gab Lynn noch einige gute Wünsche mit auf den Weg sowie ein schönes, graublaues Schaffell, dass sie sich über die Schultern legen konnte. Lynns Mantel bestand zwar aus dichtem Filz, aber er war ganz gewiss nicht für einen Ritt durch die verschneite Thulmark ausgelegt. Sie bedankte sich mit Herzlichkeit bei den guten Leuten für die liebenswürdige Betreuung, dann beeilte sie sich, zu Coridan aufzuschließen, der bereits angeritten war. Hinter ihr zottelte das Packtier einher, dessen lange Leine an Lynns Sattelknopf befestigt war.

In Dorfnähe war der Weg noch gut zu bewältigen, der Schnee von vielen Füßen niedergetreten und der Neuschnee nur ein dünner Schleier darauf. Doch schon bald wurde das Fortkommen mühsamer. Coridans Dinji stapfte eine erste Spur in den Schnee. Zwar lag der nicht so hoch, dass er die Brust der Tiere erreicht hätte – dann wäre ein Vorwärtskommen nur schwer möglich gewesen – doch an manchen Stellen musste Lynn immerhin die Füße heben, damit sie nicht durch die weiße Pracht pflügten. An den

Bäuchen der Tiere waren die Fellzotteln jetzt schon weiß und verklebt.

Trotzdem gab Coridan ein gutes Tempo vor. Er hatte noch nicht ein Wort an sie gerichtet. Der Pfad, dem sie folgten, war zu schmal, um nebeneinander reiten zu können, und so folgte Lynn ihm, ebenfalls stumm.

Immerhin entschädigte sie der Anblick der Landschaft für das Schweigen. Lynn kannte die Schönheit des Winters durchaus – immerhin lag ja auch der Haupttempel in den Bergen – doch die menschenleere Weite der Thulmark beeindruckte mit immer neuen Eindrücken. Bäume, deren reifummantelte Zweige sich wie glitzernde Klöppelspitze vor dem blauen Himmel erhoben, Felsen, von denen Eismassen wie erstarrte Ströme herabflossen, bizarre Schneeformationen, vom Wind geschliffen und geformt. Die ganze Welt erschien wie erstarrt. Keine Bewegung außer einer gelegentlichen, zarten Schneefahne, die der Wind über eine Kante wehte, kein Geräusch außer dem Knirschen unter den Hufen der Dinjis.

Und doch: immer wieder kreuzten Fährten ihren Weg: kleine, die kaum in den Schnee eingesunken waren, und andere, deren Urheber tiefe Löcher und Furchen hinterlassen hatten.

Coridan würde sie sicher deuten können, aber nach Stunden des Reitens machte er noch immer keine Anstalten, ihr auch nur einen Blick zuzuwerfen. Würde er es überhaupt bemerken, wenn sie nicht mehr hinter ihm war? Sie versuchte es, ließ ihr Dinji langsamer werden. Der Abstand vergrößerte sich, doch erst als gut sechs Manneslängen zwischen ihnen lagen, drehte er sich im Sattel um. Dann zügelte er sein Tier, wartete, bis sie zu ihm aufgeschlossen hatte. »Gibt es ein Problem?«

Was war das für eine barsche Frage? Noch dazu gestellt ohne ein Lächeln. Sie würdigte ihn keiner Antwort, sondern ließ sich stumm aus dem Sattel gleiten. Nach Stunden der Reise würde er sich denken können, wozu sie hinter den Büschen verschwinden musste.

Der Weg führte hier durch eine Gruppe dichtstehender Fichten, und so lag nur wenig Schnee auf dem Boden. Das meiste hatte sich auf den Zweigen über ihr gesammelt. Trotzdem biss die Kälte in Lynns Waden, als sie die Röcke hob. Jetzt erst wurde ihr bewusst, wie sehr die Körperwärme ihres Reittiers auch sie gewärmt hatte, und sie beeilte sich, zu ihrem Dinji zurückzukommen.

Auch Coridan war abgestiegen, vertrat sich die Beine und musterte dabei eine Fährte im Schnee. Er sah kurz zu ihr hinüber und wandte den Blick wieder ab.

Nun war es genug. Über Stunden war sie seinem schweigenden Rücken gefolgt, aber sie würde sich sein Verhalten nicht länger gefallen lassen. Sie verschränkte die Arme und wiederholte seine Frage von vorher. »Gibt es ein Problem?«

Nun sah er doch zu ihr herüber. »Was? Nein.«

»Es scheint mir aber so.«

»Da irrt Ihr, Gesalbte.«

Gesalbte. Das war fast wie ein Schlag. Was hatte sie getan, dass er sie nun wieder von sich stieß? Einen Augenblick lang schwankte sie zwischen dem Wunsch, ihn um eine Erklärung anzuflehen, und dem Drang, ihm eine Ohrfeige zu verpassen. Schließlich entschied sie sich für: »Ihr wollt es also wieder auf die förmliche Ebene heben, Graf.«

Er wich ihrem Blick aus. »Wir sollten nicht vergessen, dass Ihr die Akh'Eldash seid, die Braut des Kronprinzen.«

Des Kronprinzen. Gestern hatte er von ihm noch als seinem Bruder gesprochen. Was war in dieser einen Nacht nur geschehen?

Nun, was immer es war, ihr Fehler konnte es nicht gewesen sein, denn sie hatte ihn seit dem Gespräch am Kamin nicht mehr zu Gesicht bekommen. Gut, vielleicht war es besser so. Es würde den Schmerz der Trennung mildern, die ja unweigerlich kommen musste. Sie zog sich in den Sattel und sah auf ihn hinab. »Ist mir recht, wenn Ihr dann aufhört zu schmollen!«

Er öffnete den Mund – und schloss ihn wieder. Es dauerte einen Moment, bis er hervorbrachte: »Ich schmolle nicht.«

»Doch, das tut Ihr. Und Ihr habt keinerlei Grund dazu!« Sie beugte sich zu ihm und sah ihm fest in die Augen. »Sagt mir, Erlaucht«, sie betonte die Anrede. »Habe ich Euch Anlass zu der Annahme gegeben, dass ich irgendetwas anderes zu tun gedenke, als meine Pflicht zu erfüllen und den Kronprinzen zu ehelichen?«

Er zögerte. »Das habt Ihr nicht, Gesalbte.«

»Dann macht Eure Gedanken, welcher Art sie auch sein mögen, nicht mir zum Vorwurf!« Sie ließ ihm keine Zeit für eine Erwiderung, sondern trieb das Dinji an. Sollte er für eine Weile ruhig einmal ihren Rücken zu sehen bekommen.

Eine Zeit lang hielt ihr Zorn sie aufrecht. Was bildete er sich eigentlich ein? Dass sie nur wegen ein paar vertrauter Tage und freundlicher Worte vergessen würde, was ihre Pflicht war? Hielt er sie etwa für ein unreifes Mädchen? Oder sich selbst für so unwiderstehlich, dass er sie sich nur mit Unverschämtheiten vom Hals halten konnte? Die Selbstüberschätzung der Männer kannte offenbar wirklich keine Grenzen.

Doch je länger sie ritt und je tiefer die Stille der verschneiten Thulmark in sie einsank, desto ruhiger wurde sie. Die Strenge dieser Schneelandschaft brachte eine Art unbarmherziger Klarheit auch in ihre Gedanken.

Es lag doch auf der Hand: Nichts wünschte sie sich mehr, als sich von den Pflichten und Zwängen loszusagen, die Macht der Göttin zu nutzen und den falschen Prinzen an sich zu binden. Ihr Zorn war nichts als Heuchelei und

Selbstbetrug. Am Abend in seinen Armen einzuschlafen und am Morgen an seiner Seite zu erwachen ... Die Sehnsucht, die diese Vorstellung weckte, schmerzte so sehr, dass sie sich die Augen wischen musste. Kein Thron, kein Königreich, keine Pflichterfüllung würden jemals heranreichen an diesen Traum.

Doch es durfte nicht sein. Nicht nur um ihretwillen oder um das Land zu schützen. Auch um seinetwillen. Coridan, der treue Vasall, der liebende Bruder, der opferbereite Soldat. Wenn es etwas gab, das seinem Wesen fremd war, dann Verrat. Wenn sie ihn verzauberte, ihn zum Verräter machte, dann würde sie ihn damit unweigerlich zerstören. Der Coridan, der sie liebte, würde nicht mehr der Coridan sein, den sie liebte.

Irgendwann erreichte sie eine Weggabelung. Es war die erste seit ihrem Aufbruch am Morgen, und inzwischen neigte sich der kurze Tag bereits wieder dem Ende zu. Lynn hielt an, damit Coridan sich wieder an die Spitze ihres kleinen Zuges setzen und den Weg bestimmen konnte. Doch er überholte sie nicht, zügelte stattdessen sein Dinji neben ihr. Sie wagte nicht, ihn anzuschauen, hielt den Blick geradeaus gerichtet und die Hände geradezu um die Zügel verkrampft. Schließlich sagte er: »Bitte vergebt mir. Es war mein Fehler, eine Vertrautheit zuzulassen, die nicht angemessen war. Ihr werdet zukünftig keinen Grund zum Tadel mehr an mir finden.«

Nun sah sie ihn doch an – und wünschte, sie hätte es nicht getan. Sein Bart spross nun schon den zweiten Tag ungeschnitten und die ungebändigte Locke fiel ihm in die Stirn. So musste der verwegene Räuberhauptmann in Beringas geliebter Ballade ausgesehen haben.

»Es gibt keinen Grund, sich zu entschuldigen«, sagte sie. »Ihr habt völlig recht, wir müssen die angemessene Distanz wahren. Schon um Gerüchten vorzubeugen.« Was müßig war. Sie war ohne Ehrendame unterwegs, und sobald das bekannt wurde, würden die Bänkelsänger in ganz Galathräa genug Stoff für zotige Lieder darin finden. Ach, es war besser, über dieses ganze Thema nicht mehr zu sprechen. »Ich nehme an, Ihr wisst, welcher dieser beiden Wege über den Pass führt?«

»Der linke«, sagte er prompt. »Aber der rechte führt zu einer Hütte, in der wir übernachten werden.«

»Dann weist also den Weg, Erlaucht.«

***

Die Hütte diente offenbar genau jenem Zweck, zu dem sie sie nun nutzten: um Reisende zu beherbergen. Sie war niedrig und nicht besonders groß, verfügte über einen gemauerten Kamin und ein breites Bett, dessen Liegefläche aus Holzbrettern allerdings keinen bequemen Eindruck machte.

Ein Unterstand für die Dinjis schützte auch ein wenig aufgestapeltes Brennholz. Coridan – Graf Thul, wie Lynn sich in Gedanken berichtigte – versorgte draußen die Tiere mit dem mitgeführten Heu, während sie selbst sich bemühte, im Kamin ein Feuer in Gang zu bringen. Sie hatte Blinthe oft genug dabei beobachtet, und es war ihr einfach erschienen, doch hatte ihre Zofe immer ausreichend Zunder und eine brennende Kerze zur Verfügung gehabt. Die Funken, die Lynn aus dem bereitliegenden Eisen schlug, verglühten aber, bevor sie das Holz auch nur angesengt hatten.

Als Coridan eintrat, sah sie resigniert auf und ließ die Hände mit Stein und Eisen in ihren Schoß sinken.

Er ging neben ihr in die Knie, in der Hand ein wenig Heu, das er wie zu einem Nest aufgewickelt hatte. »Schlagt die Funken hier hinein.«

»In Eure Hand?«

»So ist es am einfachsten.«

Sie tat es. Ein Funke sprang auf das Gras über, ließ eine dünne Rauchfahne aufsteigen – und erlosch.

»Noch einmal.«

Diesmal hielt der Funke länger. Coridan nährte ihn durch sachtes Anblasen, bis aus dem Heu, das er behutsam wie ein Küken mit beiden Händen schirmte, eine erste Flamme aufsprang. Jetzt schob er das Gras unter die vorbereiteten Scheite und tatsächlich nahm das Holz das Feuer nach kurzer Zeit an.

Einen Moment lang beobachteten beide versonnen den Tanz der Flammen, die mit ihrer scheinbaren Lebendigkeit Licht und Wärme in die Hütte brachten. Schließlich aber stand Coridan auf. »Ich habe Euch noch einen Mantel und das Fell mitgebracht. Damit könnt Ihr das Bett ein wenig auspolstern.«

»Wo werdet Ihr schlafen?«

»Draußen, im Unterstand. Mit den Dinjis ist es dort warm genug.«

Sie zog die Nase kraus. »Aber der Gestank ...«

Er zuckte die Achseln. »Daran werden sich die Tiere schon gewöhnen.«

Es dauerte einen Moment, bis sie begriff, dass er einen Scherz gemacht hatte. Dann prustete sie los, und damit war das letzte Eis gebrochen. Wenig später saßen sie zusammen vor dem Kamin, aßen und redeten. Er fragte sie aus über ihr Leben im Tempel, wollte alles wissen. Wie alt sie gewesen war, als sie das Schloss ihrer Eltern verlassen hatte, was ihr von den Tempelschwestern beigebracht worden war, welche Freundinnen und Spielkameraden sie gehabt hatte, und Lynn berichtete freimütig von allem, erzählte heitere Anekdoten und traurige Begebenheiten. Obwohl der Tempel so abgelegen war, waren die Kanonissen gelegentlich mit den Heiligen Schwestern ins Umland gezogen, um mit Mildtätigkeit und Spenden die Liebe und Fürsorge der Göttin zu zeigen, und das waren zumeist die ereignisreichsten Tage des Jahres gewesen.

»Wie war das bei Euch?«, fragte sie irgendwann. »Durftet Ihr im Schloss wohnen?«

»Natürlich. Vater suchte mir die besten Lehrer, aber er ließ mir auch alle Freiheiten, um meine Grenzen zu erproben.«

»Habt Ihr diese Grenzen jemals überschritten?«

»Ständig.« Er lachte. »Ich war wie der Welpe in dem Lied, der sich immer wieder in Schwierigkeiten bringt und gerettet werden muss. Nur, dass meistens niemand da war, um mich zu retten.«

»Wie seid Ihr dann wieder nach Hause gekommen?«

»Hungrig, nass, blutend, einmal sogar splitternackt.«

»Himmel! Euer Vater hat Euch sicher dafür gerügt.«

»Im Gegenteil. Er sagte, die Mägde hätten sich gefreut, einmal einen ordentlichen Burschen über den Hof laufen zu sehen.«

»Das klingt, als wärt Ihr ganz nach seinem Geschmack geraten.« Sie schmunzelte, aber er wurde mit einem Mal ernst.

Geradezu verlegen sagte er: »Das bin ich wohl.« Er stand auf und legte noch einen Holzscheit ins Kaminfeuer. Dann setzte er sich wieder und starrte in die Flammen. Knisternd barsten die ersten Fasern und schickten glühende Funken durch den Kamin hinauf.

Woran dachte er gerade? Vermutlich an seinen schwächlichen Bruder, Siluren den Zauderer. Wahrscheinlich dachte er daran, wie viel besser er selbst für den Thron geeignet wäre. Nach Lynns Erfahrung hielt sich ohnehin jeder Mann für jede Position für den besten Bewerber, aber in seinem Fall mochte es stimmen.

Vorsichtig fragte sie: »Gab es je Überlegungen, die Krone Euch statt Eurem Bruder zu geben?«

Jetzt sah er sie an. Im flackernden Licht des Kaminfeuers war seine Mimik schwer zu deuten. »In Siluren fließt das heilige Blut der Akh'Eldash. Niemand macht ihm seinen Anspruch auf den Thron streitig. Niemand.«

Er sagte das mit solcher Bestimmtheit, dass sie sich fragte, ob er mit seinen Worten sie überzeugen wollte oder sich selbst. Wie es auch sei, fest stand nur, dass Siluren wieder einmal drohte, ihnen die Stimmung zu verderben. Sie hätte das Thema nicht aufbringen sollen. Nun konnte sie es immerhin wechseln.

»Ihr habt vorhin gefragt, ob ich gehofft hatte, die Göttin möge mich erwählen. Tatsächlich wollte ich nicht einmal in die Grotte hinabsteigen, um an dem Ritual teilzunehmen.«

»Warum denn nicht?«

Was sollte sie antworten? Dass sie nie einem Mann hatte gehören wollen? Dass sie Männer abstoßend gefunden hatte – damals? »Ich wollte meine eigene Herrin sein. Niemandem gehorchen müssen.«

»Doch nun gehorcht Ihr der Göttin.«

»Ja«, bestätigte sie nachdenklich. »Nur sind deren Befehle nicht sonderlich greifbar.« Sie konnte nicht glauben, dass die Göttin den No'Ridahl mit all seiner Macht nur geschaffen hatte, damit die Akh'Eldash die folgsame, stille Frau des Königs sein konnte. Dies alles musste mehr bedeuten. Aber was? Was erwartete die Göttin von ihr?

Sie sah auf, begegnete Coridans wachsamem Blick.

»Woher«, fragte sie, »wisst Ihr, was der Wille Eures Vaters ist?«

»Ich kenne ihn gut.«

Wie konnte sie die Göttin kennenlernen? Natürlich durch die Schriften derer, die in ihrem Dienst gestanden hatten. Aber im Eldash-Mithral hatte sie bisher erschreckend wenige Antworten gefunden.

Coridan legte eine Hand auf die ihre. Sie war groß, warm und schwielig vom Schwertgriff. »Was immer Euch Kummer bereitet«, sagte er, »legt es für den heutigen Abend beiseite. Sorgen sind wie Schattenblüten. Sie schrumpfen im Licht des Tages.«

Sie lächelte ihn dankbar an. »Ihr habt recht.«

Obgleich sie vom Tage müde waren, redeten sie bis spät in die Nacht, doch eine letzte Kluft blieb, zeigte sich in Sätzen, die nicht beendet, in Blicken, die nicht erwidert wurden. Jedes »Gesalbte« und »Erlaucht« war ein kleiner Schmerz, eine Erinnerung an das, was niemals sein durfte. Am Morgen dann war Lynns Herz schwer, wie es ihr Kopf nach süßem Wein gewesen wäre. Sie waren beide ungewohnt stumm, als müssten sie das lange Gespräch vom vergangenen Abend ausgleichen, als müssten sie Buße tun für vertraute Worte und erschlichenes Glück.

Würde es von nun an immer so sein? Sie würde den Rest ihres Lebens in Coridans, ihres Schwagers, Nähe verbringen, in der gleichen Stadt, im gleichen Palast. Er und sie würden Mahlzeiten miteinander einnehmen und gemeinsam zu Festen gehen, sie am Arm eines anderen Mannes, seines Bruders. Siluren – das war für sie nicht mehr als ein Name, ein Schatten, schwarz und bedrohlich. Wie sollte sie ihn je lieben? Ihn, den Grund für all ihr Elend?

So fügte Lynn sich an diesem Tag wieder ins Schweigen, sah beim Reiten auf Coridans Rücken und grübelte unglücklich über das Schicksal, das die Göttin ihr bereitet hatte.

Irgendwann, es ging auf den Mittag zu, hielten die Dinjis an. Einfach so. Weder hatte Coridan ein Zeichen gegeben, noch hatte Lynn die Zügel angezogen, doch die Tiere standen. Lynn drückte ihrem Dinji die Hacken in die Seiten, ruckte in ihrem Sattel, ohne dass das Tier auch nur einen Schritt machte. Bisher hatte Lynn die sprichwörtliche Störrischkeit dieser Tiere für eine Übertreibung gehalten.

»Was ist denn los?«, fragte sie.

»Die Dinjis sind unruhig.« Coridan stellte sich im Sattel auf, warf einen wachsamen Blick in die Runde. Lynn hingegen sah auf die Tiere, die völlig regungslos dastanden. Sogar das beständige Wiederkäuen hatten sie eingestellt. »Sie sehen mir gar nicht unruhig aus.«

Er stieg ab und löste die Armbrust vom Gepäck – eine Geste, die Lynns Besorgnis weckte.

»Sie sind nicht wie Ulphane, die durchgehen.« Er sprach leise. »Ein Dinji bewegt sich nicht vom Fleck, bis es weiß, was vor sich geht.«

Er spannte die Armbrust, wozu er einen Fuß in den Bügel an ihrer Spitze stellen und die Sehne mit Kraft in die Nut ziehen musste. Dabei behielt er weiter die Umgebung im Auge. Auch Lynn sah sich unbehaglich um. Schneewehen türmten sich um sie her, auch entlang des Weges. »Es gibt Bären in dieser Gegend, nicht?«

Er nickte. »Außerdem Wolfsrudel und Bergkatzen. Aber eigentlich finden die genügend wilde Ziegen in den Schluchten.«

Plötzlich ertönte ein Sirren. Coridan duckte sich zur Seite und hob gleichzeitig die Armbrust wie ein Schild. Es war reines Glück, dass der Pfeil das Holz der Waffe traf und dort stecken blieb.

»In Deckung!«, rief er und zog gleichzeitig sein Schwert. Jetzt erklang Gebrüll. Männer kamen hinter den Schneewehen hervor. Coridan schoss, traf einen ins Bein, dann klirrte Eisen auf Eisen.

Wie damals in der Kutsche war Lynn für einen Augenblick wie erstarrt. Es war der eine Moment zu viel. Jemand packte sie von hinten, legte die Hand über ihren Mund, so fest, dass ihre Lippen schmerzhaft gegen ihre Zähne gepresst wurden. Sie wehrte sich verzweifelt, schlug um sich, und wurde doch vom Dinji gezerrt. Sie versuchte, zuzubeißen, doch der Mann trug einen ledernen Handschuh, der ihr jetzt Mund und Nase verschloss. Sie versuchte, den Kopf zu drehen, ihn abzuschütteln, zu schreien. Sein Griff war hart, schmerzhaft. Er würde sie ersticken. Sie schlug nach ihm, wollte seinen Kopf treffen, seine Augen. Ihr verzweifelter Versuch, einzuatmen, endete wieder und wieder am unbarmherzigen Leder. Sie musste sich befreien, doch nichts schien zu nützen. Dieser Mann war wie ein Baum, wie ein Schraubstock. Luft! Bitte! Luft! Ihre Sinne schwanden.

Dann war es kalt. Ihre rechte Hand war taub. Sie stemmte sich auf, saß im Schnee. Sie hatte ihren Handschuh verloren. War sie ohnmächtig geworden? Noch immer klangen die Schwerter. Jemand packte ihren Mantel von hinten, zerrte sie hoch. Ein Mann sagte: »Stell sie ruhig.«

Sie hörte Coridan schreien: »Lynn!«

Dann wurde alles schwarz.

***

Schmerz. In ihrem Jochbein, auf ihrer Wange. Lynn schlug die Augen auf – und schrak zurück vor einem stechenden Blick unter buschigen Brauen. Ein Mann starrte sie aus solcher Nähe an, dass seine knotige Nase sie fast berührte. Jetzt verzog er den Mund zu einem Lächeln, entblößte dabei schwarze Zähne und ein stechender Gestank schlug ihr entgegen.

»Ihr seid wach«, sagte er, jedes Wort begleitet von einem übelriechenden Hauch. Lynn wollte ihn von sich stoßen – und stellte fest, dass ihre Hände auf den Rücken gefesselt waren. Sie saß, lehnte gegen irgendetwas, vielleicht einen Holzpfosten, denn es schien rund zu sein, und man hatte sogar ihren Kopf daran festgebunden – mit einem Stück Stoff, das fest über ihren Lippen lag. Es war unmöglich, sich abzuwenden, und als sie zu sprechen versuchte, brachte sie nicht mehr als ein Summen zustande.

»Keine Angst«, sagte der Mann, und sie wünschte inständig, er würde sich zumindest ein kleines Stück entfernen. »Unsere Befehle sind ganz eindeutig. Wir sollen Euch am Leben lassen. Ich sorge dafür, Akh'Eldash. Ich bin Euer Beschützer.«

Der No'Ridahl! Hatten diese Männer etwa ...? Nein, sie fühlte den sanften Druck des Stirnreifes noch. Wo war Coridan? Hatten diese Männer ihn getötet?

Sie gab ihrem nächsten Summen einen fragenden Klang.

»Ihr wollt wissen, was wir mit Euch vorhaben?«

Sie versuchte zu nicken.

»Wir bringen Euch zu König Krolan. Der ist bald Herrscher über das ganze Land, über Oneräa und Galathräa – und Ihr seid dann seine Königin.«

Vielleicht war Coridan doch noch am Leben. Warum sollten sie sie knebeln und fesseln, wenn es ohnehin niemanden gab, zu dem sie hätte fliehen können? Große Göttin, er musste einfach am Leben sein!

»Und wenn Ihr dann auf dem Thron sitzt«, der Mann streichelte jetzt ihre Wange, »dann denkt Ihr voller Dankbarkeit an den guten, alten Wiggim, nicht wahr? Der Euch beschützt hat.«

Aber vielleicht war Coridan verwundet. Wie lange würde er dann in dieser Schneewüste überleben können?

»Nicht wahr?«, wiederholte Wiggim, energischer diesmal, fordernder. Sie signalisierte Zustimmung, nur um ihm keinen Grund zu geben, weiterzureden.

»Gut.« Unvermittelt zog er ihren Knebel nach unten und stülpte seinen Mund über den ihren. Zuerst wollte sie schreien, doch als sie seine Zunge spürte, presste sie Lippen und Zähne fest aufeinander und ihr Protest geriet zu einem dumpfen Laut. Zu allem Überfluss tastete seine Linke unbeholfen unter ihren Mantel. Sie zog die gefesselten Beine an, versuchte, ihn wegzustoßen, doch das führte nur dazu, dass er sich noch enger an sie drängte.

Plötzlich war er fort, lag einen guten Schritt entfernt von ihr und stöhnte. Dafür standen jetzt zwei Beine neben ihr, und als sie den Blick hob, sah sie einen Mann wie einen dunklen Schatten neben sich aufragen. »Lass sie in Ruhe«, sagte der Neuankömmling. Sie kannte diese Stimme, dieses Gesicht. Dieser Mann hatte im Dienst des Hauses Maruff gestanden, hatte sie aus Atankaja begleitet. Riehm hieß er. Barastes Riehm.

Er beugte sich nieder, schob einen Finger unter den Knebel, und Lynn wandte rasch das Gesicht ab.

»Wirst du schreien?«, fragte er.

»Würde das denn etwas nützen?«, gab sie trotzig zurück.

»Nein.« Er ließ den Knebel, wo er war, und richtete sich auf. »Raus, Wiggim. Setz dich in den Schnee, wenn das hilft.«

Wiggim rappelte sich auf, blieb aber gebückt, unterwürfig und beeilte sich, nach draußen zu kommen. Trotzdem schaute er noch einmal zurück, und auch sein Gesicht kam Lynn vage bekannt vor. Aber er hatte sicher nicht zum Gefolge gehört.

Riehm folgte ihm. An der Tür drehte er sich um und sah sie abschätzig, fast verächtlich an. »Sklavenmacher«, sagte er. »Das ist wohl der passendste Name.«

Er sprach vom No'Ridahl. Da kam die Erinnerung. »Er war dabei«, sagte sie. »Bei dem Überfall auf die Kutsche. Er hat den No'Ridahl gesehen.«

»Freut dich das? Einen Mann um den Verstand gebracht zu haben?« Er spuckte aus. »Rechne es dir nicht zu hoch an. Er hatte schon vorher nicht allzu viel davon.«

Er ging, und in dem Raum wurde es dunkel. So dunkel, dass Lynn zuerst nur völlige Schwärze sah. Ein wenig Licht fiel durch die Ritzen um die Tür, und nach einer Weile, als sich Lynns Augen an das wenige Licht gewöhnt hatten, konnte sie Rückschlüsse auf ihr Gefängnis ziehen.

Der Raum war klein. Viel kleiner als die Berghütte, in der sie übernachtet hatten. Die Tür war so niedrig, dass die Männer sich hatten bücken müssen. Soweit sie das beurteilen konnte, bestanden die Wände des Raumes aus Fels und liefen aufeinander zu, als hätte man einfach das Ende einer Schlucht durch eine Wand abgetrennt und mit einem Dach versehen.

Der Pfosten, an den man sie gebunden hatte, stützte dieses Dach. Sie stemmte sich dagegen, versuchte, ihn zu lockern, doch er musste tief im Boden stecken. Er bewegte sich keinen Fingerbreit.

Es gab nichts in diesem Gelass, keine Feuerstelle, kein Bett. Nur etwas fauliges Heu an der einen Wand, als hätte es jemandem im vergangenen Sommer als Lager gedient. Vermutlich war dies die Sommerhütte eines Berghirten.

Viele Erkenntnisse, aber keine davon half ihr weiter.

Ihr rechter Handschuh fehlte noch immer, und ihre Finger waren entsetzlich kalt. Sie versuchte, sie mit in den Fäustling an ihrer Linken zu schieben, und nach einiger Mühe gelang das auch. Das Schaffell war ihr abhandengekommen. Ohne dies und die Wärme des Dinjis spürte sie nun erst, wie unzureichend ihr Mantel tatsächlich war. Zumal sie zur Bewegungslosigkeit verdammt war. Schon jetzt schien die Kälte tief in ihren Knochen zu stecken.

Sie begann zu rufen. Es klang kläglich. Sie wollte nicht, dass der Mann ihr den Knebel wieder anlegte, aber sie musste doch auf sich aufmerksam machen. Schließlich kam er.

»Was willst du?«

»Ich hatte ein Schaffell.«

»Ein Erbstück?«, spottete er.

»Es hat mich warmgehalten. Mein Mantel ist zu dünn.«

Er beugte sich nieder, befingerte den Stoff. »Ich kenne Leute, die müssen mit weniger auskommen.«

Sie hielt seinem Blick stand. »Hat König Krolan etwa gesagt: tot oder lebendig?«

Riehm sah sie einen Moment lang an. Dann ging er zur Tür und rief: »Wiggim! Sie braucht deinen Mantel!«

»Bitte!«, entfuhr es ihr.

»Was ist denn jetzt schon wieder?«

»Lasst mich nicht mit diesem Kerl allein.«

In Riehms Blick lag so etwas wie Genugtuung. »Ist wohl eher ein Fluch als ein Segen, wie?«

Sie antwortete nicht, und das hatte er wohl auch nicht erwartet.

Wiggim musste sich nun mit einer fadenscheinigen Decke begnügen. Fast tat er ihr leid, und dass er sich ganz offensichtlich freute, ihr zu Diensten zu sein, machte es nicht besser. Aber er konnte sich immerhin bewegen, um sich warm zu halten.

Lynn fühlte sich nun etwas besser, aber richtig warm wurde ihr nicht. Vermutlich würden sie die Nacht hier verbringen. Das spärliche Licht wurde bereits merklich schwächer, und tatsächlich, als es endgültig schwand, drängten sich Wiggim und vier weitere Männer mit in ihr Gefängnis. Sie kauerten sich ringsum an den Wänden nieder und hüllten sich in ihre Mäntel. Riehm kam erst später und brachte eine Sturmlaterne mit.

»Worauf warten wir?«, fragte Lynn ihn, kaum dass er die Tür geschlossen hatte. »Warum bringt Ihr mich nicht zu Krolan?«

Die anderen Männer hoben die Köpfe, einer grinste. »Sie glaubt, wir dienen König Krolan.«

»Tun wir das nicht?«, fragte Wiggim aufrichtig verwundert.

»Schnauze!« Riehm stellte die Lampe auf den Boden.

»Aber sie hat recht«, sagte einer. »Was tun wir noch hier?«

»Willst du ihm da draußen in die Arme laufen?«, fragte Riehm. »Nachdem er uns zwei Ulphane unterm Hintern weggeschossen hat?«

»Jetzt ist es dunkel. Die Nacht könnte uns schützen.«

»Es ist Vollmond und der Himmel ohne Wolken. Für einen Schützen wie ihn keine Herausforderung.«

Beinahe hätte Lynn vor Freude gejubelt. Sie konnten nur von Coridan sprechen. Er lebte!

»Das gefällt dir, was?« Riehm sah zu ihr herüber. »Aber keine Angst, morgen werden wir ihn herlocken. Wenn dein Mantel auf einer Stange weht, wird er wissen, dass die Zeit knapp wird. Dann bleibt ihm nichts anderes übrig, als sich uns zu stellen.«

Wiggim lächelte. »Wenn er nicht heute Nacht dort draußen erfriert.«

»Pst!«, sagte einer und hob lauschend den Kopf.

Auch Lynn lauschte. War das eine Stimme gewesen? Ein Ruf? Es klang dünn, weit entfernt. »Riehm! Riehm!«

Die Männer sahen ihren Anführer an. Der schüttelte wortlos den Kopf.

»Riehm! Helft mir! Der Hund hat mich angeschossen!«

»Das stimmt«, sagte Wiggim. »Er hat den Armbrustbolzen ins Bein bekommen. Wir hätten ihn nicht zurücklassen sollen.«

»Wir hätten ihn nicht zurücklassen sollen«, äffte einer der anderen ihn nach. »Geh doch raus und such ihn!«

»Niemand geht raus«, sagte Riehm. »Das ist eine Falle.«

Ihre Entführer fürchteten Coridan. Oh ja. Sie waren zu sechst, und er war allein. Diese Lumpen hatten einen Unterschlupf für die Nacht und er nur den eisigen Schnee, und doch fürchteten sie ihn.

Zurecht.

»Hör auf zu grinsen!«, herrschte Riehm sie an.

Die Rufe gingen weiter. »Riehm! Ihr müsst mir helfen! Ich erfriere hier draußen!« Die Männer zogen nur die Köpfe ein und die Mäntel fester um die Schultern. Nach und nach wurden die Rufe leiser und verstummten schließlich. Es wurde still. Die Männer schienen sich zu entspannen, nun, da ihr Kumpan ganz offensichtlich tot war. Hier und dort erklang ein Schnarchen.

Lynn konnte nicht schlafen. Zu unbequem war der Sitz, zu schrecklich die Situation, zu brennend die Hoffnung auf Coridan. Schließlich streckte sie ein Bein unter dem Mantel hervor und berührte Wiggims Fuß. Sein Schnarchen wurde unruhig, aber erst als sie ihn noch einmal antippte, erwachte er. Sie lächelte ihn an, machte eine auffordernde Kopfbewegung. Sofort kroch er zu ihr herüber.

»Was ist?«, fragte er und sie musste sich zwingen, sich nicht vom Gestank seiner fauligen Zähne abzuwenden.

»Der Mann dort draußen«, flüsterte sie. »Der Verwundete. Ich muss immerzu an ihn denken. Er tut mir so leid.«

Wiggim sah zur Tür hinüber, dann wieder zu ihr. »Wollt Ihr, dass ich ihn suchen gehe?«

Sie nickte. »Dafür wäre ich dir wirklich dankbar.«

Er sah sie verschmitzt an. »Sehr dankbar?«, fragte er.

Sie nickte, obwohl sie ahnte, was kommen würde. Diesmal öffnete sie ihm ihre Lippen, obwohl es sie vor Ekel schauderte. Sie ertrug es wie eine Strafe dafür, dass sie diesen Mann in den sicheren Tod schickte.

***

Am Morgen war Wiggims Platz noch immer leer. Sein Verschwinden verwunderte alle, außer Riehm. Der sah Lynn nur finster an und sagte kein Wort. Mit unnötiger Grobheit nahm er ihr den Mantel, zerschnitt ihn, wo die Fessel im Wege war. Dabei fiel klappernd etwas zu Boden, und Riehm hob es auf. Es war das Kästchen, das Coridan ihr im Namen seines Bruders übergeben hatte. Riehm versuchte es zu öffnen, doch seine behandschuhten Hände waren zu plump. Irgendwie wollte Lynn nicht, dass er das Amulett der Erdmutter betrachtete, das Symbol ihrer Bereitschaft, sich ihrem zukünftigen Gatten hinzugeben.

»Seid Ihr nun auch noch ein Dieb?«, fragte sie trotzig.

Er sah sie kurz an, spuckte auf das Kästchen und warf es zur Seite. Dann rief er nach seinen Männern.

Seine verbliebenen vier Kumpane kamen herein. Ein Schwert weniger, das sich gegen Coridan erheben konnte, und doch noch immer fünf.

Riehm stelle sich neben Lynn. »Seht her«, sagte er. »Seht sie an.« Als sie es taten, zog er ihr unvermittelt den Stirnreif vom Kopf.

»Nein!«, entfuhr es Lynn, doch es war zu spät. Für einen kurzen Moment weiteten sich die Augen der Männer, Erstaunen und Überwältigung spiegelten sich in ihren Gesichtern.

»Ihr werdet sie verteidigen«, sagte Riehm, der den Blick abgewendet hielt. »Ihr werdet sie mit eurem Leben schützen, wenn es nötig ist – und jetzt hinaus mit euch!«

Die Männer zögerten. Es schien ihnen schwer zu fallen, sie zurückzulassen oder auch nur den Blick abzuwenden.

Möglicherweise konnte sie das für sich nutzen. Vielleicht konnte der No'Ridahl die Männer gegeneinander aufbringen – oder sie zumindest dazu bringen, die Akh'Eldash zu befreien. Doch bevor Lynn etwas sagen konnte, herrschte Riehm die Männer an: »Raus!«

Widerstrebend gehorchten sie. Als das Scharren ihrer Füße verklungen war, hob Lynn den Blick zu dem Rücken des Anführers. »Was ist mit dir?« Sie versuchte, verführerisch zu klingen. »Warum siehst du mich nicht an?«

»Bemüh dich nicht.« Seine Stimme war hart und kalt. »Ich habe mich einmal von einem Weibsbild beherrschen lassen. Das wird nie wieder geschehen.« Er warf den Reif in eine Ecke. »Du solltest zur Göttin beten, dass einer von uns überlebt.« Er verließ die Hütte, ohne sie angesehen zu haben.

Wieder wurde es dunkel – und jetzt auch wirklich kalt. Die Kälte kroch ihr in die Glieder und biss in ihre Haut, wo diese ungeschützt war. Je länger Lynn dazu verdammt war, still zu sitzen, desto tiefer drang der Frost, und sie begann zu zittern. Gleichzeitig lauschte sie auf die gedämpften Stimmen der Männer.

Erwarteten sie tatsächlich, dass Coridan angriff? Ganz allein, gegen fünf von ihnen? Aber was sonst sollte er tun, um ihr zu helfen? Riehm hatte recht – ihr den Mantel zu nehmen, zwang Coridan zum Handeln. Der Schutz der Akh'Eldash war seine Pflicht, seine Aufgabe, und er würde nicht ruhen, wenn es noch eine Möglichkeit gab, sie zu erfüllen. Zugleich regte sich die schmerzliche Hoffnung, er möge sie nicht allein aus Pflichtgefühl retten.

Aber fünf! Es waren kampferfahrene Wegelagerer, und nicht jeder von ihnen war so einfältig wie Wiggim. Diese Männer kannten weder Ehre noch Erbarmen. Sie würden Coridan kaltblütig töten – und die Vorstellung seines von Klingen durchbohrten Körpers ließ Lynn leise wimmern.

Inzwischen hatten sich die Stimmen der Männer verändert. Wenn Lynn auch keine Worte verstand, so bemerkte sie doch die Anspannung in den Klängen. Dann ertönte Kampfeslärm.

Fielen die Männer etwa übereinander her wie die wilden Nordländer, die die Akh'Eldash von Lathem entführt hatten? Jemand schrie: »Links! Nach links!« Dann hörte sie einen wütenden Aufschrei und erkannte Coridans Stimme.

Ihr Herzschlag setzte für einen Augenblick aus. »Lauf weg!«, flüsterte sie, und dann: »Große Mutter, beschütze ihn!« Noch einmal wandte sie ihre Handgelenke in den Fesseln, stemmte den Rücken gegen den Pfosten – so vergeblich wie zuvor. Sie gab es auf und horchte voller Angst, doch aus dem Klirren der Schwerter und dem Gewirr der zornigen Stimmen war nichts zu schließen. Wieder ein Schrei, voll Panik, andere fielen ein, vermischten sich mit einem ohrenbetäubenden Poltern. Es klang, als stürzten Massen von Steinen und Geröll zu Tal. Der Lärm schwoll an und schien sich dann zu entfernen, zu verebben, schließlich war da nur noch das Klickern kleinerer Steine, dann nichts mehr. Absolute Stille breitete sich aus.

Große Mutter, hatten die Steine etwa alle mit sich gerissen? Lynn schloss die Augen und lauschte. War auch Coridan in den Abgrund gestürzt? Hatte weder Freund noch Feind überlebt, und sie würde allein und gefesselt hier erfrieren? So sehr sie auch lauschte, sie hörte nichts als den eigenen Atem.

Knirschende Schritte im Schnee. Jemand näherte sich. Ängstlich starrte Lynn auf die schimmernden Spalten im Holz. Die Schritte verstummten. Ein Atemzug verstrich, ein zweiter, dann sprang die Tür auf und prallte gegen die Wand. In dem gleißend hellen Viereck stand die Silhouette eines Mannes, ein Schwert in der Faust.

»Lynn?«

»Coridan!« Ihr Ruf war mehr ein Schluchzen.

Er trat ein, vorsichtig und wachsam. Vermutlich mussten sich seine Augen erst an das Dunkel gewöhnen. Noch hatte er sie nicht gesehen – hatte er *ihn* nicht gesehen, den No'Ridahl, den Sklavenmacher.

Sie wandte den Kopf von ihm ab, soweit sie es vermochte. Es war nicht annähernd ausreichend. »Kommt nicht näher.«

Er schob das Schwert in die Scheide. »Ich kann Euch nicht befreien, ohne näherzukommen.«

»Bitte!«, flehte sie. »Sie haben mir den Schleier genommen. Ich kann mich nicht bedecken.« Coridan würde den Kuss der Göttin sehen, und dann war jede Hoffnung dahin. Er würde sie lieben, würde sie lieben müssen, und doch nicht sie, nicht Lynneth, sondern die Akh'Eldash.

Der Gedanke war so schmerzhaft, dass ihr Tränen in die Augen traten.

»Habt keine Angst«, sagte er sanft. »Er wird nichts ändern. Vertraut mir.« Er kam näher. Leder knarrte, als er vor ihr in die Hocke ging, dann legte er die Finger an ihr Kinn. Mit sanftem Druck zwang er ihr Gesicht zu sich, und sie hatte keine Kraft mehr, sich zu widersetzen. Voll Angst sah sie zu ihm auf.

Sie wartete auf das Erstaunen in seinem Gesicht, auf den Ruck der Überraschung in seinen Augen. Doch er lächelte bloß. »Seht Ihr?«, sagte er. »Weder trifft mich der Schlag, noch falle ich über Euch her.«

Erleichterung und Enttäuschung überschwemmten sie gleichzeitig. Die Tränen, die schon seit Stunden in ihren Augen brannten, lösten sich, und sie begann zu schluchzen.

»Pst«, sagte er sanft. Mit einem schnellen Schnitt hatte er ihre Hände befreit, dann zog er sie auf die Füße und legte die Arme und damit zugleich seinen Mantel um sie, hüllte sie ein in Wärme und Trost. »Es ist gut«, murmelte er und strich über ihr Haar. »Es ist alles gut.«

Er hatte sie alle besiegt. Wie ein archaischer Gott war er über sie gekommen und hatte alles hinweggefegt, was sie geängstigt hatte. Nun war alles gut. Sie war gerettet.

Es tat so gut, endlich in seinen Armen zu liegen, seine Nähe zu fühlen, seine Stärke und seine Zärtlichkeit. Wie sehr sie sich danach gesehnt hatte, wurde ihr erst jetzt vollständig klar, als sie von ihm umfangen schier zerfließen wollte vor Glückseligkeit. Und doch konnte sie nicht aufhören zu weinen. »Ich hatte solche Angst, dass sie Euch töten.«

»Ich bin kein Hitzkopf, und dies war nicht meine erste Schlacht.«

»Aber die waren zu fünft!«

Er schwieg einen Moment. Schließlich sagte er widerstrebend: »Ich habe nicht ganz ehrenhaft gekämpft.«

Sie verstand, was er damit sagen wollte. Er hatte nicht den Kampf Mann gegen Mann gesucht, sondern aus dem Hinterhalt angegriffen, hatte die Sicherheit der Akh'Eldash über seine Ehre gestellt.

Sie schniefte. »Das waren auch keine Ehrenmänner«, sagte sie.

Langsam versiegten ihre Tränen, verebbte das Zittern. Seine Umarmung mitsamt dem Mantel hatte die Kälte gemildert, und Lynn hätte stundenlang so stehen bleiben mögen. Doch dann wurde ihr bewusst, was sich da so hart gegen ihren Schoß presste, und sie rückte erschrocken von ihm ab.

Verlegenheit breitete sich zwischen ihnen aus. Er räusperte sich. »Die Dinjis sind nach Thul zurück geflohen, und die Ulphane der Männer sind wer weiß wo. Ich fürchte, wir sitzen hier fest.« Er nahm den Mantel von den Schultern und legte ihn um sie. Es war ein schwerer Stoff, der Kragen aus weichem Wolfspelz gefertigt, und er war durchtränkt von seiner Wärme, seinem Duft.

»Können wir nicht zu Fuß weitergehen?«

»Ihr seid zäh«, sagte er. »Aber das wäre ein Fußweg von mehreren Tagen ohne Nahrung, Feuerholz und geeignete

Kleidung. Ich fürchte …« Er führte den Satz nicht zu Ende, aber sie wusste, was er meinte. Sie würden das Schicksal Nerans und Haldias teilen. Im Frühjahr, wenn der schmelzende Schnee seine Opfer entließ, würde irgendein Hirte sie hier finden.

»Was ist mit der Kleidung der Männer?«

»Die Kerle liegen am Grund der Schlucht. Wie gesagt, es war kein Schwertkampf Mann gegen Mann. Der Berg hat mir geholfen.«

Er hatte sie in eine Falle gelockt. Coridan war nicht nur stark und tapfer, er war auch klug und erfindungsreich.

Offenbar war er überdies gefeit gegen die Macht der Göttin.

»Ich werde sehen, ob ich draußen noch etwas finde, das wir essen oder zumindest verbrennen können.«

Er verließ die Hütte. Fürsorglich zog er die Tür hinter sich nicht gänzlich zu, sodass noch Licht hereinfiel. Seine Schritte entfernten sich knirschend.

Lynn wusste, sie hätte besorgt sein müssen, sogar verängstigt. Doch seltsamerweise war es nicht ihr drohender Tod, der sie beschäftigte. Es war die Wirkung des No'Ridahl auf Cor – oder vielmehr das Fehlen einer Wirkung.

Wie konnte es sein, dass er so unbeeindruckt blieb? War die Göttin bei ihm machtlos? Gab es in seinem Leben tatsächlich nichts anderes als die Pflicht und die Treue gegenüber seinem königlichen Bruder? Oder besaß er einfach mehr Selbstbeherrschung als die gedungenen Schergen, die der No'Ridahl bisher in seinen Bann gezogen hatte?

Hatte nicht sein Körper ihn verraten?

»Sei nicht dumm«, schalt sie sich selbst. Ein Mann, der eine Frau in den Armen hielt, konnte Begehren fühlen, ohne sie zu lieben. Das musste nichts bedeuten.

Aber es sprach auch nicht dagegen, flüsterte eine andere, eine hoffnungsvolle Stimme in ihr. Vielleicht war er einfach nicht der Mann, der sich einer Frau aufzwang, die ihn nicht ihrerseits liebte.

Aber das tat sie. Sie liebte ihn, und nach allem, was geschehen war, mehr als zuvor. Sie war vor seinem Begehren zurückgewichen, doch das war die Tat eines überraschten Mädchens gewesen. Je länger sie daran dachte, desto heißer brannte der Wunsch in ihr, diese Härte noch einmal zu spüren, sie zu sehen, zu berühren.

Der Gedanke an einen entblößten Mann hatte bei Lynn bisher nur Abscheu hervorgerufen. Doch die Vorstellung von Coridan in seiner ganzen Männlichkeit weckte eine ziehende Sehnsucht in ihr, die fast schmerzhaft wurde, je tiefer sie sich in diese Vorstellung ergab.

Lynn sah sich um und fand das Kästchen mit dem Amulett. Vielleicht gab es eine Möglichkeit, die Wahrheit über Coridans Gefühle zu erfahren.

***

Coridan blinzelte in das gleißende Weiß. Diese Rettung war nicht so verlaufen, wie er es erhofft hatte. Die Männer waren zwar tot, aber sie hatten alles mitgenommen, was Lynn und er zum Überleben brauchten, selbst Lynns Mantel. Und die verdammten Dinjis waren zu ihrem Stall zurückgelaufen.

Aber sie lebte. Lynn war am Leben, und dafür dankte er der Göttin. Den ganzen vergangenen Tag über hatte ihn dieses Bild verfolgt: wie Lynn im Schnee gelegen hatte, dieser Lump über ihr, die Faust zum Schlag erhoben. Die Spuren dieser Schandtat trug sie noch im Gesicht. Große Göttin, der Tod war noch zu gut gewesen für diese Hurensöhne. Mochten die Geister sie in Ewigkeit peinigen.

Aber ihn hatte dieses Bild getragen. Es hatte wie eine Flamme in ihm gebrannt, während er sich zu Fuß durch die Schneewehen gekämpft hatte, den gefrorenen Abhang hinabgeschlittert war, um die Männer auf den Ulphanen einzuholen. Es hatte seine Hand ruhig werden lassen, flach auf der Eisplatte liegend, als er gezielt hatte, um die Ulphane zu treffen. Nicht die Männer, sondern die Ulphane, die – anders als Dinjis – den Kopf verloren und durchgingen. Das hatte zwei der Männer das Leben gekostet und die anderen ihre Ausrüstung. Aber nun fehlte eben diese Ausrüstung auch ihnen.

Coridan bedeckte die Stellen, an denen Blut den Schnee getränkt hatte, mit frischem Weiß. Er wollte nicht, dass Lynn diese Zeichen des Todes sah, wenn sie den Unterstand doch verlassen sollte. Dabei wog er die Möglichkeiten ab, die ihnen blieben.

Der Weg über den Pass war ohne Dinjis nicht zu schaffen, aber auch zurück nach Thul war der Weg lang und beschwerlich. Er konnte Lynn seinen Mantel geben, aber dann konnte er froh sein, wenn der Frost ihm nur ein paar Finger und Zehen nahm. Sie würden mindestens einmal im Schnee übernachten müssen, und selbst wenn sie sich unter dem Mantel eng aneinanderschmiegten, konnte es gut sein, dass sie am nächsten Morgen nicht mehr erwachten.

Die Vorstellung, eine Nacht mit Lynn eng umschlungen zu verbringen, trug wenig dazu bei, seine erhitzten Gefühle abzukühlen. Wie sie vor ihm zurückgeschaudert war. Zum ersten Mal in seinem Leben schämte er sich dafür, dass er diesen Teil seines Körpers so wenig beherrschen konnte. Sein Begehren war noch immer so groß, dass er ernsthaft erwog, sich die Hose mit Schnee zu füllen.

Er stieg einen Hügel hinauf und ließ seinen Blick über die verschneite Landschaft schweifen. An keiner Stelle regte sich Leben. Wenn er wenigstens Holz fand, dann konnten sie sich in dem Unterstand wärmen und Schnee schmelzen. Dann konnte er Lynn hierlassen und allein zurück nach Thul gehen, um Hilfe zu holen.

Doch der Schnee lag hoch. Selbst wenn er sich an der richtigen Stelle hinein wühlte und Holz fand, würde es nass sein. Es würde zu lange brauchen, um zu trocknen.

Es hatte keinen Sinn. Sie mussten das Risiko auf sich nehmen, die Hütte verlassen und gemeinsam nach Thul zurückkehren, und das am besten so schnell wie möglich. Jede Stunde, in welcher die Kälte sie länger in ihren Fängen hielt, verschlechterte ihre Chancen. Die Sonne neigte sich bereits wieder. Sie sollten so viel von dem Tageslicht ausnutzen wie möglich.

Er kämpfte sich durch den Schnee zurück. Etwas an der Tür des Unterstands fing das Licht ein und warf es glitzernd zurück. Als er näherkam, erkannte er, was es war.

Das Medaillon der Erdmutter. Lynn hatte es an die Tür gehängt, damit er es fand.

Behutsam löste er es und schloss die Finger darum. Er wusste, was diese Geste bedeutete. Sie wartete auf ihn, war bereit, ihm zu schenken, wonach er sich mehr als alles auf der Welt sehnte. Lynn würde sich ihm hingeben, weil sie selbst es wollte, weil sie ihn liebte und begehrte, so wie er sie liebte und begehrte.

Coridan lehnte die Stirn gegen das raue Holz und schloss die Augen. Wenn das geschah, würden sie an diesem Tag nicht mehr aufbrechen. Sie würden diese Nacht in der Hütte verbringen, ohne Feuer, erschöpft von ihrer Leidenschaft. Möglicherweise würden sie diese Nacht nicht überleben.

Aber ihr Tod war ohnehin wahrscheinlich. In seinen Armen zu liegen und die Bedrohung zu vergessen, war vielleicht das letzte Glück, das er Lynn schenken konnte.

Coridan war klar, das waren fadenscheinige Entschuldigungen, um zu bekommen, was er wollte. Hinter dieser Tür lag beides, die Versuchung und das Paradies. Wenn er eintrat, würde er zum Verräter werden, denn hatte er sie erst einmal besessen, würde er nicht mehr die Kraft aufbringen, sie einem anderen zu geben – nicht einmal Siluren. Wenn er diese Tür öffnete und sie überlebten, würde er gegen seinen eigenen Bruder ins Feld ziehen.

Doch all dies waren müßige Gedanken. Die Entscheidung war längst gefallen. Er würde Lynn lieben, mit all seiner Erfahrung und Zärtlichkeit. Er würde ihr alles schenken, was er einer Frau zu geben vermochte, und sich an ihr berauschen. Was danach geschah, lag in der Hand der Göttin.

Er griff nach dem Riegel – und stockte.

War das eben ein Schnauben gewesen?

Er wandte sich um, lauschte in die schneegedämpfte Stille. Da! Knirschende Schritte! Hatte einer der Männer überlebt?

Coridan kehrte um, folgte dem getrampelten Pfad zurück zu seinem Aussichtspunkt. Langsam schob er sich über eine Schneewehe und spähte nach unten.

Fünf Männer und drei Packtiere. Ihre Mäntel trugen heraldische Farben: Grün und Blau. Die Farben des Hauses Etharold. Die Familie von Silurens Mutter. Dendar musste es bis nach Fengajahr geschafft haben und diese Männer waren gekommen, sie zu retten!

Das Medaillon presste sich schmerzhaft in Coridans Handfläche, so fest hatte er die Finger darum geschlossen. Einen entsetzlichen Moment lang war er versucht, zu schweigen. Die Männer würden vorbeiziehen, und er würde zurückgehen zu ihr, würde eine kurze Zeit absoluten Glücks erleben und dann sterben. Es war ein verlockender Gedanke.

Doch das würde zugleich bedeuten, dass auch Lynn starb. Und das würde er für kein Glück der Welt auf seine Seele nehmen.

Er richtete sich auf und legte die Hände zu einem Trichter an den Mund.

***

In der Hütte wartete Lynn. Sie hatte sich in seinen Mantel gehüllt, der seinen herben Duft in sich trug, als hätte ihn jemand mit Fäden hineingewoben. Sie saß auf dem Strohhaufen, in den sie eine bequeme Mulde geklopft hatte. Eine Mulde groß genug für zwei. Kein ideales Hochzeitsbett, aber das war ihr gleichgültig, wenn es nur Coridan war, der sie umfing.

Sie würden sterben. Der Gedanke daran hatte seinen Schrecken verloren, denn sie würde in seinen Armen liegen, wenn der Tod kam. Sie hatte Haldia für ein verblendetes, törichtes Mädchen gehalten. Wie gut konnte sie sie jetzt verstehen! Vielleicht war das das Geheimnis der Texte im Eldash-Mithral. Sie gaben nur dem Antworten, der an der gleichen Stelle seines Lebens stand wie die Autorin selbst.

Lynn wartete lange. Einmal glaubte sie, seine Schritte zu hören, doch er trat nicht ein. Rang er noch mit sich und der Treue zu seinem Bruder? Oder spielten ihre Sinne ihr einen Streich?

Wieder Schritte – mehrere. Waren das Hufe? Etwas schlug gegen die Tür, und sie zuckte zusammen.

»Akh'Eldash.« Seine Stimme, doch warum verwendete er ihren Titel? »Befreundete Soldaten haben uns gefunden. Bald schon seid Ihr bei Eurem Gemahl. Macht Euch reisefertig.«

Einen kurzen Augenblick lang saß sie wie gelähmt. Dann tastete sie nach dem Stirnreif neben sich und schob ihn mit zitternden Fingern über den No'Ridahl. »Tretet ein.«

Knarrend schwang die Tür auf. Er bückte sich hindurch, ein Bündel Felle im Arm. »Die Männer warten draußen, aber zuerst werde ich Euch so warm einpacken, dass die Kälte Euch nichts mehr anhaben kann.«

Er tat es, wickelte Lage um Lage um sie, und wich dabei ihrem Blick aus. Sie ließ es geschehen, saß wie betäubt, während er einen Kokon um sie schnürte. Schließlich nahm er den Trachtenreif von ihrer Stirn und ersetzte ihn durch den Lorun-Uhn. Selbst das nahm sie ohne irgendeine innere oder äußere Regung hin. Dann hob er sie auf seine Arme. Er trug sie über den Schnee hinweg und hob sie auf das wartende Dinji. Sie war so dick in Decken und Felle gewickelt, dass sie sich kaum bewegen konnte. Trotzdem fand er ihre Hand unter den Lagen. Sie spürte, wie er etwas in ihre Handfläche schob und ihre Finger darum schloss. Sie musste nicht hinsehen, um zu wissen, was es war: das Amulett der Erdmutter.

Wie sehr schämte sie sich jetzt für diese Geste, mit der sie ihm ihr Herz geöffnet hatte. Vermutlich lachte er über sie, über das unreife Mädchen, das sich in seinen Beschützer verliebt hatte, und das geglaubt hatte, er könne ebenso empfinden. Doch dieses steinerne Kriegerherz war durch nichts zu erweichen, nicht einmal durch den Kuss der Göttin.

Kapitel 8

Hier, im Kreise meiner Kinder, harre ich voll Bangens der Rückkehr meines Gemahls. Wolle die Göttin ihn in der Schlacht bewahren und mich nicht meinem Schicksal überlassen, mich nicht dem Mutwillen des Siegers preisgeben.

–41. Akh'Eldash, 26. Eintrag, Verse 18-19

Zum zweiten Mal erklangen vor den Mauern Bethelgards dumpf die Trommeln, zum zweiten Mal schälten sich die Umrisse der Regimenter aus den Schatten des beginnenden Morgens. Von hier oben, auf dem Turm, wirkten die oneräischen Soldaten klein wie Insekten, fern und unbedeutend.

Doch diese beruhigende Lüge zerfiel nur allzu rasch. Als Siluren das Fernrohr zur Hand nahm, kamen die Belagerungsmaschinen ernüchternd nah, ebenso wie die Schwerter, Äxte und Morgensterne in den Fäusten der Angreifer und ihre grimmigen, entschlossenen Gesichter.

Kira trat auf den Wehrgang. Wieder trug sie die gepanzerte Jacke, die er ihr geschenkt hatte. Unter dem Helm fiel das rostbraune Haar über ihren Rücken, wurde von einer Windböe aufgewirbelt. Stolz, aufrecht, kampfbereit – so mussten die Mahd-Maiden aussehen, wenn sie die Seelen der Gefallenen holten, um sie mit dem Geist der Großen Mutter zu vereinen.

»Diese Männer da unten«, sagte sie, »werden sich bald wünschen, Galathräas Grenze niemals überschritten zu haben.«

Hätte er doch nur die Hälfte ihrer Zuversicht. Wäre dieser Tag doch nur vorbei, die Schlacht geschlagen, wie immer sie auch ausgehen mochte.

So vieles konnte misslingen. Vielleicht war Elim Etharold noch nicht weit genug vorgestoßen. Vielleicht hatte er die falschen Schlussfolgerungen aus der Nachricht gezogen. Oder vielleicht hatte der Bote ihn nie erreicht. Womöglich hatte Trenkar den Mann abgefangen und wusste nun über ihre Pläne Bescheid. Überhaupt Trenkar – ein kluger General und erfahrener Krieger. Einmal hatten sie ihn narren können, doch er hatte einen Tag und eine Nacht lang Zeit gehabt, um Pläne zu entwickeln und selbst Kriegslisten zu ersinnen. Würden sie diesen begegnen können?

»Ihr macht Euch zu viele Gedanken«, sagte Leron.

Siluren wandte sich zu ihm um. »Ich habe gar nichts gesagt.«

»Ich kenne Euch, Hoheit. Aber das ist eine Schlacht, und die hat ihre eigenen Gesetze. Eines davon ist: Nichts gelingt genau, wie es geplant war – für keine Seite.«

»Falls du mich beruhigen wolltest, ist das keine besonders erfolgreiche Taktik.«

Leron grinste und ging zu Woring hinüber. Woring, der den Oberbefehl über die Verteidiger hatte und den Hornisten an seiner Seite. Er kannte jeden einzelnen Truppführer beim Namen, wusste um ihre Stärken und Schwächen, in welchem Stadtviertel sie sich auskannten, wie kampferprobt sie waren. Und mehr als das. In den Gesprächen hatte sich erwiesen, wie klug die Entscheidung des Rates gewesen war, Woring den Oberbefehl zu geben. Es ließ sich eben doch nicht alles aus Büchern lernen. Worings Erfahrung in zwei Feldzügen, sowohl auf dem Schlachtfeld als auch im Kommandozelt, konnte kein Buch aufwiegen. Als am vergangenen Abend alle Offiziere zusammenkommen waren, hatte sich Worings grimmige Entschlossenheit auf alle

Truppführer übertragen. Für einen Moment hatte sogar Siluren an einen glücklichen Ausgang ihres Unternehmens glauben können. Wenn es nur nicht so viele Gegner wären, die da wie ein schwarzes Meer gegen sie standen!

»Ich verstehe das nicht«, sagte Kira, die ihn eine ganze Weile stumm gemustert hatte. »Die vergangenen Tage wart Ihr so entschlossen, so voller Energie. Und heute ...«

»Gestern ging es darum, einen Kampf zu verhindern. Heute müssen wir ihn gewinnen. Das erfordert einen Mann wie Coridan.« Er seufzte. »Ich wünschte, er wäre jetzt hier.«

Sie nickte ernsthaft. »Verstehe. Euer Bruder würde diese vierzigtausend Mann ganz alleine niedermachen.«

»Nein, aber ...« Er verstummte, als er ihren Blick sah. Natürlich zog sie ihn auf. Was sie ihm eigentlich sagte, war, dass Coridan genauso auf das Geschick und die Fähigkeiten seiner Mitstreiter angewiesen wäre wie er. Und doch gab es einen Unterschied.

»An Coridan zu glauben ist leicht. Männer folgen ihm, weil er siegessicher ist. Zuversichtlich. Stark.« All das war Siluren nicht, und es vorzuspielen, würde niemanden täuschen. Die Fassade war zu dünn.

»Gestern Abend«, sagte sie, »nachdem Ihr mich fortgeschickt habt, bin ich durch die Straßen gegangen. Ich habe mir angehört, was die Leute so reden. Wisst Ihr, wie sie Euch nennen?«

Er senkte den Blick. »Den Zauderer.«

»Nicht mehr. Seit gestern nennen sie Euch Siluren den Listigen.«

Er wollte ihr glauben, oh wie sehr wollte er das, und doch suchte er in ihren Augen nach einem Zeichen der Lüge, nach einem Hinweis darauf, dass dies nur eine freundliche Aufmunterung war.

»Sie haben gelacht«, fuhr sie fort, »in allen Häusern der Stadt. Über Trenkar, der vor ein paar leeren Fässern und zwei Männern mit Wasserkannen den Schwanz eingezogen hat. Diese Stadt wird belagert – und die Menschen haben *gelacht*. Wisst Ihr, was das bedeutet?«

Er wagte es kaum auszusprechen. »Zuversicht.«

»Ihr müsst nicht der Mann sein, der mit dem Schwert vorneweg stürmt. Das erledigen schon Leron und Woring. Ihr seid der mit den Ideen. Also habt welche.«

Wenn das nur so einfach gewesen wäre! Doch leider ließ sich das Ersinnen von Kriegslisten nicht üben wie ein Schwertkampf. »Was, wenn mir die Ideen ausgehen?«

Auch darauf hatte sie eine Antwort. »Dann nehmt, verdammt noch mal, Euer Schwert und stürmt vorneweg!«

Siluren musste lächeln. Doch das Lächeln erstarb, als erneut Signale durch die Morgenluft hallten. Es war so weit. Nun würden sie sehen, zu welchen Schritten Trenkar sich entschlossen hatte.

»Brücken!«, rief Leron und zeigte mit ausgestrecktem Arm nach unten. »Ihr hattet recht. Sie wollen jetzt die Nordseite angreifen.«

Tatsächlich trugen die Soldaten Holzkonstruktionen herbei, Flöße, die mit Leitern aneinandergebunden den Tarumbeth schwimmend zu überspannen vermochten. Der Fluss war nicht besonders breit.

»Ich fürchte«, sagte Siluren, »sie wollen von beiden Seiten zugleich angreifen.« Das hatte er auch Elim geschrieben. Vierzigtausend Mann, da musste Trenkar nicht knausern. Mit einer solchen Übermacht konnte er den gesamten Halbkreis der Stadtmauer gleichzeitig attackieren – und die Verteidiger zwingen, sich ebenso zu verteilen. Dadurch würden ihre Linien dünn werden, ein Durchbruch des Feindes wahrscheinlicher, als wenn der Angriff sich nur südlich des Tarumbeth abgespielt hätte. Gestern noch war die Verteilung anders gewesen. Vielleicht hatte Silurens List der Stadt am Ende mehr geschadet als genutzt.

Ihre ganze Hoffnung lag nun auf Elim Etharold, doch so sehr Siluren auch sein Fernrohr bemühte, nirgendwo konnte er ein Zeichen heranrückender Truppen entdecken.

Innerhalb der nächsten Stunde überquerte knapp die Hälfte von Trenkars Soldaten die Behelfsbrücken, dazu wurden noch einige Katapulte und alle drei Kanonen herübergeschafft. Die beiden Wandeltürme allerdings waren zu groß und mussten südlich des Tarumbeth bleiben.

Noch während der eine Teil der Armee den Fluss überquerte, näherten sich die Wandeltürme der Südmauer, kaum aufgehalten durch den ersten Pfeilregen der Verteidiger. Im Schutz der Türme wurden Leitern herangetragen.

Woring stemmte die Hände auf die Brüstung, beugte sich weit vor. »Er wird versuchen, im Süden über die Mauer zu kommen und sich im Norden hindurchzuschießen.« Er gab dem Trompeter einen Befehl, und dessen Signal ließ die Unteroffiziere an der Mauer wissen, dass sie ihre Männer verteilen mussten – aber auch sie hatten die Vorbereitungen gesehen und die Pläne des Feindes erraten. Auf der Stadtmauer liefen bereits einzelne Trupps nach Norden, schwächten die Verteidigung im Süden.

Wo blieb Elim nur?

Im Norden ließ der Angriff noch auf sich warten. Durch das Fernrohr beobachtete Siluren, wie ein Mann die Katapulte und Kanonen in einer Reihe ausrichten ließ. »Er gibt die Anweisungen, aber ich sehe keine Rangabzeichen an ihm.«

Er reichte das Fernrohr an Leron weiter, der seine Beobachtung bestätigte. »Vielleicht kennt er sich besonders gut mit diesen Waffen aus.«

»Aber auch als Kanonier wäre er kenntlich.« Siluren beugte sich über die Brüstung, versuchte zu erkennen, worauf genau die Geschütze wohl zielen mochten, denn ihm schien, dass sie alle den gleichen Punkt ins Visier nehmen sollten. Aber das ließ sich von hier aus unmöglich sagen. »Vielleicht«, sagte er, »ist es einfach ein Ortskundiger. Einer, der die Schwachstellen der Mauer kennt.« Er befragte Woring danach.

»Es gibt wohl ein paar Stellen, die im Winter gelitten haben«, sagte der, »aber ich kann mir nicht vorstellen, dass Trenkar das weiß.«

»Trenkar hat vierzigtausend Mann bei sich – einige davon werden schon in Bethelgard gewesen sein. Gibt es einen erkennbaren Schaden an der Mauer? Einen, von dem jeder weiß? Von dem ein Reisender erfahren haben könnte?«

Woring trat an die Brüstung, musterte die Geschütze, dann die Mauer unter ihnen – und erbleichte. »Natürlich. Der Riss im Weberviertel. Der Frost diesen Winter wird ihm nicht gutgetan haben.«

Im Süden schwoll der Kampfeslärm an. Der erste Wandelturm hatte die Mauer erreicht. »Das kann nicht gut gehen«, flüsterte Siluren. Sie hatten zu wenige Verteidiger, Herzog Etharold blieb aus, und wenn es Trenkar gelang, eine Bresche in die Mauer zu schießen ...

»Hoheit«, sagte Kira, und es klang wie eine Ermahnung.

»Ich weiß schon. Hör auf zu denken.« Wie oft hatte Coridan ihm das gesagt. Hör auf zu denken und tu einfach, was getan werden muss. Auf dem Fluss war ihm das gelungen.

»Nein, Hoheit.« Kira schüttelte den Kopf. »Bloß nicht. Im Gegenteil. Fangt endlich damit an!«

In ihrem Blick lag etwas, das ihn überraschte. Sie glaubte an ihn, vertraute darauf, dass er eine Lösung finden würde. Aber was wusste er schon? Nichts vom Krieg. Nichts vom Kämpfen. Er wusste noch nicht einmal, wo diese verdammte Schwachstelle in der Mauer lag.

Wissen! Das war der Schlüssel.

»Eine Karte! Ich muss wissen, worauf die Kanonen zielen und wie es dahinter aussieht.«

Woring nickte Huddert zu, und der ging voran. Es waren nur wenige Stufen hinab ins Turmzimmer, wo die Karte der Stadt auf dem Tisch ausgebreitet lag. Gestern Abend hatten sie hier so viele Szenarien entwickelt, alle Ideen und Möglichkeiten besprochen. Warum hatte niemand diesen Riss in der Mauer erwähnt?

»Hier.« Huddert legte seinen Finger auf die Karte. »Genau an dieser Stelle verläuft der Riss. Wenn die Mauer einstürzt, ist Bethelgard verloren. Dann überrennen die Soldaten die Stadt.«

Siluren beugte sich über die Karte. Dicke, blaue Linien zogen sich überall fast bis zur Mauer. »Eure Kanäle, die lassen sich doch leeren, nicht wahr?«

»Natürlich, zur Ausbesserung.«

»Wie schnell geht das?«

»Das kommt auf den Kanal an.«

»Der hier.« Siluren zeigte auf eine Linie, die ganz in der Nähe der Schwachstelle verlief.

Der Oberst brauchte nur einen Moment, um sich auf dem Blatt erneut zu orientieren. »Wenn wir den Zufluss hier schließen – eine Stunde.«

»Und wie schnell lässt er sich wieder fluten?«

Einen Moment lang war der Oberst wie erstarrt. Dann breitete sich ein Lächeln auf seinem feisten Gesicht aus. »Ihr wollt sie in den Kanal locken und ersäufen wie Ungeziefer.«

»Was haltet Ihr von dem Plan?«

»Das könnte ... das dürfte ... wir brauchen Bauleute!« Der Oberst war auf einmal fiebrig. »Den Soldaten darf nur ein einziger Weg offenbleiben! In den Kanal hinein!«

»Blockiert die Straßen mit Booten, reißt Häuser oder Brücken ein, wenn es sein muss. Aber macht es ihnen leicht, in den Kanal zu steigen.« Die nachdrängenden Kameraden würden die Soldaten zwingen, ohne groß nachzudenken, den leichtesten Weg einzuschlagen.

»Es gibt steinerne Treppen bis zum Grund, immer an diesen Symbolen.«

»Diese hier ist genau das, was wir brauchen. Blockiert alle anderen oder besetzt sie mit Verteidigern.«

Das Lächeln des Obersten schwand. »Verteidiger«, wiederholte er. »Wir können niemanden von den Mauern abziehen, um die Falle vorzubereiten.«

»Das müssen wir aber«, sagte Siluren. »Bauleute, solche, die sich mit den Kanälen auskennen und jemanden, der das Kommando übernimmt.«

»Die Kommandanten brauchen wir an der Mauer. Wir haben dort schon jetzt zu wenige!«

Siluren hob den Kopf und begegnete Kiras Blick. Mit einem betretenen Lächeln sagte er: »Dann ist jetzt wohl die Zeit gekommen, vorwegzustürmen.«

Von Woring erhielt er doch noch einen kleinen Trupp von immerhin fünf Mann. Fünf! Mit Leron und Kira waren sie also zu acht. Nicht viele, wenn es den Oneräern tatsächlich gelingen sollte, die Mauer zu zerschießen. Aber daran durfte er jetzt nicht denken. Auf die Aufgabe konzentrieren. Auf den nächsten Schritt, auf das Ziel, nicht auf die Gefahr.

Kira sorgte für mehr Hilfe. Zwar waren an den Häusern alle Türen und die unteren Fenster verrammelt, doch an den oberen Fenstern standen Frauen und Alte, spähten besorgt nach dem Schicksal, das sie erwarten mochte. Kira winkte ihnen.

»Kommt!«, rief sie. »Wir brauchen Hände für eine Kriegslist!«

Tatsächlich – vielleicht war es Kiras Unverfrorenheit, vielleicht war es sein neu errungener Ruf – einige schlossen sich ihnen an, junge Frauen zumeist, begeisterungsfähig und wagemutig wie Kira.

Woring kannte seine Männer, das war seine große Stärke. Für diese Aufgabe hatte er einen Mann namens Olubrim abkommandiert. Der war im Weberviertel geboren, kannte dort jeden Stein. Leider stotterte er, und Siluren vervollständigte in der Eile seine Sätze nicht immer korrekt.

»Dort, die B... B...«

»Brücke?«

Olubrim schüttelte unwillig den Kopf und wies auf einen Schuppen direkt am Wasser. Sie liefen hinüber, ein simpler Riegel verschloss die Tür. »Die Balken!«, rief Siluren. »Um den Zufluss abzuriegeln!«

Ein gewaltiger Knall ließ alle zusammenzucken. Sie waren nah genug an der Mauer, um zu sehen, wie Mörtel von ihr herabrieselte.

»Vorwärts!«, rief Leron. »Die Zeit drängt!«

Die Frauen steckten die Rocksäume in die Gürtel, um beweglicher zu sein, und unter dem Getöse der Kanonenkugeln, die unablässig gegen die Mauer prallten, und dem fernen Brüllen und Schwerterklirren schleppten sie die Hölzer herbei, während die Männer diese in die dafür vorgesehenen Rillen zu beiden Seiten des Kanalzuflusses schoben.

»Das lässt sich schnell wieder öffnen?«, frage Siluren zweifelnd. Olubrim zeigte ihm, dass die Balken nicht nur in die Rillen, sondern auch über eiserne Stangen geschoben wurden. Die Stangen waren durch Zahnräder mit einer Kurbel verbunden. Um den Verschluss wieder zu öffnen, würden sie die Balken also nicht einzeln entfernen müssen, sondern konnten sie mithilfe der Stangen insgesamt anheben. Dank sei Albuin dem Weisen!

Als Bürger Bethelgards wussten ihre Helfer offenbar genau, was sie taten. Schon wurde das Wasser weniger, schäumte über den obersten der Balken, spritzte durch Lücken weiter unten. Doch der Wasserspiegel sank zu langsam. Olubrim wies den Kanal entlang.

»Wir müssen den A… den Aussss…«

»Den Ausfluss öffnen?«

Olubrim nickte erleichtert. Siluren kommandierte zwei Männer und vier Frauen ab, und Olubrim machte sich mit ihnen auf den Weg. Während die Arbeiten weitergingen, gingen Siluren, Kira und Leron zur Mauer hinüber.

»Diesen Weg müssen wir blockieren.« Siluren wies auf eine Gasse, die abzweigte und an der Mauer entlangführte. »Wir müssen ihnen den Weg hinab in den Kanal erleichtern.« Mit Kira und Leron zu sprechen half ihm, seine Gedanken zu ordnen, aber das war nicht der einzige Vorteil dieses Gespräches, wie sich herausstellte. Mit dem Knauf seines Schwertes hämmerte Leron gegen die Tür des nächststehenden Hauses, und als niemand öffnete, trat er diese kurzerhand ein.

Das Haus war verlassen, aber es standen genügend Betten und Schränke darin, um eine Barrikade zumindest zu beginnen. Inzwischen hatten die Frauen alle Balken zur Absperrung getragen und waren für weitere Arbeit frei. Siluren winkte sie heran, und gemeinsam trugen sie die Möbel auf die Straße, stapelten und verkeilten sie. Was den Frauen an Körperkraft fehlen mochte, machten sie durch die Vielzahl der Hände wett. Das Wasser im Kanal sank nun zusehends. Dennoch wurde die Zeit knapp. Beim nächsten Schlag der Kanonen fielen erste Steine aus der Mauer. Durch ein faustgroßes Loch, gut zwei Manneslängen über ihnen und nur knapp unterhalb des Wehrgangs, leuchtete ein Stück des Himmels.

»Zurück!«, brüllte Siluren den Frauen zu. Auch auf dem hölzernen Wehrgang waren noch Männer. Siluren gestikulierte, schrie, dass sie sich zurückziehen sollten, doch erst als die Frauen mehrstimmig in sein Rufen einfielen, wurde dort oben jemand auf sie aufmerksam. Wieder gestikulierte Siluren, zeigte auf das Loch, das den Verteidigern unsichtbar bleiben musste. »Die Mauer fällt!«

Ein erneuter Schlag ließ einen der Balken brechen, und der Wehrgang neigte sich. Endlich begriffen die Männer. Auch Siluren rannte. Ihre Barrikade war nicht hoch, und womöglich würde sie von der einstürzenden Mauer ganz verschüttet werden. Doch es blieb keine Zeit mehr, sie zu verstärken.

»Wir brauchen einen Köder«, keuchte Kira und wies in den Kanal, wo eine gute Manneslänge unter ihnen der schlammige Boden zu sehen war. Ohne seine Antwort abzuwarten, sprang sie hinein. Der Schlamm spritzte, als sie mit beiden Füßen zugleich aufkam.

Leron gefiel das nicht. »Was soll das?«

»Kommt!« Sie winkte Siluren. »Sie werden uns folgen, wenn sie uns sehen! Sie werden diesen Weg für sicher halten!«

Aber das war er nicht. Ganz und gar nicht. Siluren schaute den Kanal entlang. Olubrim kam ihm mit seinen Leuten entgegen.

Ein Knirschen ließ Siluren herumfahren. Der Wehrgang neigte sich weiter, brach aus der Mauer und riss beim Fallen die darüber liegenden Steine mit sich, die erschreckend weit flogen. Siluren duckte sich – welch hilflose Geste vor diesen mächtigen Quadern – doch alle waren schon zu weit von der Mauer entfernt und niemand wurde getroffen. Draußen brandete Jubel auf, doch der Beschuss ging weiter, die Bresche war noch zu klein, zu weit oben.

»Wie viele Treppen gibt es aus dem Kanal hinaus?«

Olubrim zeigte auf eine.

»Die ist zu nah! Gibt es noch eine weiter unten? Gut. Wir müssen diese hier blockieren!« Es sollten wenigstens ein paar hundert Soldaten im Kanal sein, bevor sie ihn fluteten. Also tat Siluren, was Leron zuvor getan hatte, trat die nächstbeste Tür ein und wies die Frauen an, Möbel über dem Ausstieg zu türmen. »Baut einen Scheiterhaufen und zündet ihn an, sobald die Mauer fällt! Und dann bringt euch in Sicherheit!« Dann wandte er sich an Olubrim. »Du musst mit den Männern den zweiten Ausstieg schützen.« Er zeigte auf Kira, die unten im Kanal stand und herausfordernd zu ihm hinaufblickte. »Wir locken die Soldaten in den Kanal und flüchten uns dann zu euch!«

»Bevor das W... W... Wasser kommt.«

»Das hoffe ich.«

Olubrim schüttelte den Kopf. »Der Z ... den Zuf...« Er zeigte auf die eben erst geschaffene Sperre, und Siluren begriff.

»Du hast recht, wir müssen den Zufluss schützen.« Ihr ganzer Plan war verloren, wenn es den Oneräern gelang, die Wiederflutung des Kanals zu verhindern. »Gut. Übernimm das mit deinen Männern.« Olubrim salutierte, und die Männer liefen los. Sollte er sie unterstützen? Nein, Kira hatte recht – sie mussten sicherstellen, dass die Soldaten tatsächlich in den Kanal sprangen.

»Leron, du erwartest uns an der zweiten Treppe.«

»Ich gehöre an Eure Seite, Hoheit.«

»Wenn du uns aus dem Wasser holen willst, solltest wenigstens du festen Boden unter den Füßen haben.«

»Hoheit, wenn der Kanal geflutet wird, kann ich Euch nicht retten, egal, wo ich stehe. Lasst mich in den Kanal und wartet Ihr an der Treppe.«

Erschrockene Rufe erklangen, und Siluren wandte sich um. Ein großes, zusammenhängendes Stück der Mauer kippte und stürzte, prallte gegen eines der Häuser und rammte sich wie ein Keil in das Straßenpflaster. Es konnte nun jederzeit so weit sein. »Große Mutter, schütze uns.« Siluren wandte sich wieder an Leron. »Du hast deine Befehle!« Dann sprang er zu Kira in den Kanal hinab – glitt im Schlick aus und stürzte der Länge nach hin. Kira lachte lauthals, und als er sich hochgestemmt hatte, musterte sie ihn kopfschüttelnd. »Was ist das nur mit Euch und dem Schlamm?«

Er rieb sich die Hände an der Hose trocken. Die Lücke in der Mauer war nun groß genug, der Beschuss hatte aufgehört. Schon erhob sich vor der Mauer Gebrüll. Es schwoll an, als die Männer draußen auf die Bresche zurannten. Große Mutter, am liebsten wäre er jetzt schon gerannt, aber Kira neben ihm stellte sich breitbeinig hin und beobachtete, was an der Bresche geschah, und so tat er es ihr gleich. Diese Frau hatte wirklich Mut.

Bewegung auf den Resten des Wehrganges, die wie abgebrochene Äste in die Lücke ragten. Bogenschützen. Sie belegten den wunden Punkt der Mauer mit einem Pfeilregen. Das musste Woring befohlen haben. Guter Mann. Die ersten Oneräer erschienen auf der Spitze des Schuttberges, der die Bresche füllte. Sie schützten sich mit Schilden. Einige fielen, andere kamen durch. Erst einzelne, dann mehr und mehr: zwanzig, fünfzig, unzählige. Siluren sah Kira an, sie sah ihn an, dann nickte sie beide und wandten sich zur Flucht.

Allein die Bewegung musste die Aufmerksamkeit der Angreifer wecken. Ein rascher Blick über die Schulter bestätigte Siluren, dass die ersten die Verfolgung aufnahmen und in den Kanal hineinsprangen. Diese Männer hatten nachdrängende Angreifer im Rücken und Pfeile im Nacken, und so wurde jede Entscheidung in einem Augenblick getroffen. Wie Kira es vorausgesagt hatte, folgten die Soldaten ihnen, und diesen wiederum ihre Kameraden – hinab und hinein in die tödliche Falle.

Siluren lief, so schnell dies auf dem Schlickboden möglich war. Vermutlich wurde er seinem Ruf als Feigling heute wieder einmal gerecht. Kira hielt sich trotz der schweren Jacke an seiner Seite. Der Kanal beschrieb eine Kurve, was Siluren erneut rutschen ließ, doch er fing sich und lief weiter. Dort, weit voraus, die algenbewachsene Treppe, die in die Sicherheit führte. Sie war ein Fixpunkt, die Rettung, an die er sich klammerte. Leron stand dort, angespannt, blickte ihnen entgegen. Sie kam näher, schien schließlich erreichbar. Doch wenn sie dort hinaufliefen, bevor das Wasser kam, würden die Oneräer ihnen in die Sicherheit folgen. »Warte!« Er wurde langsamer, und Kira kam schlitternd zum Stehen. »Was?«

Er wandte sich um. Da kamen unzählige Oneräer, die grimmigen Gesichter voll Blut und Schweiß, brüllend vor Angriffslust. Große Mutter! Was hatte er sich nur gedacht? Er zog das Schwert.

»Seid Ihr von Sinnen?«

Seine Finger hatten kaum Kraft, den Griff zu halten. Furcht lähmte sie. Was tat er hier bloß?

Dann änderte sich der Klang der Stimmen. Aus dem Gebrüll des Angriffs wurden Angstschreie. Verwirrt verlangsamten die Oneräer ihren Lauf, viele blickten sich um, andere sahen zu Boden, wo ihre Füße mit einem Mal von knöcheltiefem Wasser umspült wurden. Leron war plötzlich neben ihm, packte ihn am Arm. »Hinauf mit Euch!« Er gehorchte. Leron und Kira folgten ihm. Einige Oneräer begriffen, stürzten auf die Treppe zu. Schon war das Wasser kniehoch, stieß die ersten von den Füßen, flutete höher, trug strampelnde Körper mit sich, die auch die Standhafteren mit sich rissen, schäumte als mächtige Welle um die Biegung, mit solcher Wucht, dass es an den äußeren Wänden hoch aufspritzte und Körper an der Mauer zerschmetterte.

Einige Oneräer hatten die Treppe erreicht, hatten auf den unteren Stufen erste Rettung gefunden. Leron und Kira auf den oberen wehrten ihre Schwertschläge ab. Siluren hingegen stolperte oben auf der Kaimauer einige Schritte zurück. Vor seinen Augen starben Männer, ihre panischen Schreie gellten in seinen Ohren. Einer versuchte, sich an der Kaimauer festzuhalten, sich aus dem Wasser zu ziehen. Siluren sah direkt in seine angstvoll aufgerissenen Augen, sah den zum Schreien aufgerissenen Mund, in dem einige Zähne fehlten. Dann trat eine Frau neben ihn, schwang ein Brett – und der Mann war verschwunden. Überall entlang des Kanals stießen die Frauen mit Latten und Treidelstangen nach den Oneräern, gezielt und schmerzhaft. Einen Augenblick noch war der Kanal ein schäumendes Inferno, aus dem Arme, Köpfe und Beine aufragten, dazu das Holz mitgerissener Barrikadenteile, dann waren nur noch einzelne Schreie hörbar, gurgelnde, erstickte, bis auch sie verklangen.

»Soldaten!«

Siluren wirbelte herum – doch es waren ihre eigenen Männer, geführt von dem jungen Leutnant, der sie zwei Tage zuvor in Empfang genommen hatte. Ihm folgten an die dreißig Mann. Er blieb stehen, salutierte knapp. »Auf dem Weg zur Bresche, Hoheit!«

Siluren nickte. Er hatte das Schwert noch in der Faust. Nun war es so weit. Wie wenige Tage zuvor, auf dem Boot, war nun alles Denken getan, alle Ideen aufgebraucht. Nun blieben nur noch Eisen und Gewalt. Der Leutnant hob das Schwert. »Für Krone und Vaterland!« Die Männer antworteten mit ohrenbetäubendem Gebrüll und rannten auf die Bresche zu, und Siluren, ohne zu denken, ohne zu fühlen, rannte mitten zwischen ihnen. Schon kamen ihnen die ersten Feinde entgegen. Siluren schlug ein Schwert zur Seite – und sah plötzlich direkt in das Gesicht des Angreifers. So viele Einzelheiten wurden ihm in einem einzigen Augenblick bewusst: die einzelnen grauen Haare im Bart des Mannes, die Narbe an seiner rechten Braue, die Wollmütze unter der Lederkappe.

»Hoheit!« Kiras Klinge fuhr dem Mann in den Leib, und dessen Augen brachen. Wieder schoss es Siluren von Kopf bis Fuß wie Eis durch die Glieder, seine Hand schien plötzlich kraftlos zu werden, seine Füße wie festgewachsen. Der Tote brach zusammen, machte den Blick frei auf den nächsten stürmenden Feind, der seinen Stiefel auf den noch warmen Körper setzte. Doch Siluren hatte nicht die Kraft, sein Schwert zu heben. Er wich zurück. Fort! Nur fort von hier! Raus aus diesem Entsetzen! Doch sein Rücken traf auf einen nachdrängenden Soldaten.

»Hoheit!« Leron riss ihn an der Schulter herum, drängte sich vor ihn, schirmte ihn vor den Angreifern. Es gab kein Fort, kein Entkommen. Der Lärm der aufeinanderschlagenden Schwerter und das Gebrüll der Männer füllte seinen Geist, ließ ihn zittern, bis er schließlich mitbrüllte, voll Wut und Furcht zugleich und mit tränenblinden Augen. Um ihn herum nichts als Arme und Schwerter, Leiber, die bluteten oder noch bluten mussten, und ebenso zerstückelt er selbst in seinen Gedanken und Gefühlen. Er schrie und brüllte und weinte zugleich. Ein Kreischen füllte seinen Kopf, seinen ganzen Leib, eine Flamme, deren Hitze ihn zu verzehren schien. Das hier, das Schreien und Bluten und Töten sollte endlich aufhören! Es sollte vorbei sein! Doch es würde erst vorbei sein, wenn jeder einzelne Feind totgeschlagen war. Warum nur griffen sie ihn an? Warum zwangen sie ihn dazu, dies zu tun? Wie sehr hasste er sie dafür! Sie hatten nichts anderes verdient, als zu sterben! Voller Wut schlug er auf die Feinde ein, wollte sie vernichten.

Durch die Bresche drängten so viele nach, dass sie die Vorderen in die Schwerter der Verteidiger drückten. Die

Gasse war eng – links die Häuser, rechts der Kanal, in den unablässig Körper hinabfielen.

Da erklangen erneut Trompeten – viele davon. Bliesen zum Angriff, wild, laut, anhaltend. Wieso zum Angriff? Wieso jetzt? Das musste Elim Etharold sein!

Auch die Angreifer hatten das Signal gehört, und der Ansturm geriet ins Stocken. Die stürmenden Soldaten blieben auf den Trümmern der Mauer stehen, unter ihre Schilde geduckt, wandten sich um, um zu sehen, was das Signal bedeuten mochte. Auch der Kampf an der Engstelle kam zum Erliegen. Angreifer und Verteidiger standen sich gegenüber, schweratmend, grimmig, die Waffen kampfbereit gehoben, und doch schien jeder darauf zu warten, dass eine Entscheidung getroffen wurde – von jemand anderem. Und dann, plötzlich, erklang in hektischer Schnelligkeit das Zeichen zum Rückzug. Zwei Mal, beim dritten Mal brach es ab. Dafür wurden nun Worte hörbar. »Nach Norden! Nach Norden!« Die Männer auf den Mauertrümmern verschwanden. Die, die bereits in die Stadt eingedrungen waren, standen noch, unsicher. Dann zogen sich die Ersten zurück, rückwärtsgehend, die Schwerter den Bürgern entgegengestreckt. Jetzt, jetzt würde man es beenden! Die Bürger von Bethelgard reckten ihre Schwerter, Spieße und Bögen, und erhoben ein Brüllen, das die Grundfesten der Stadt zu erschüttern schien. Und Siluren stand mitten unter ihnen und brüllte ebenfalls, was die Lungen nur hergaben. Jetzt, jetzt würde man sie vernichten, würde den Feind besiegen, das Böse ausrotten. Die Oneräer rannten, und die Bürger hetzten hinter ihnen her den Schuttberg hinauf.

»Lasst sie!«, schrie Leron. »Lasst sie gehen!« Tatsächlich wurden die Verfolger langsamer. Auch Siluren blieb stehen, keuchend und schwitzend, oben auf dem Schuttberg, und sah über die Ebene. Noch immer beherrschte ein

Zittern der Aufregung seine Glieder, und er bemühte sich, seine schwirrenden Gedanken einzufangen.

Auf der Südseite des Tarumbeth tobte der Kampf. Elim hatte nur dort angegriffen, und die gleichzeitige Attacke auf beide Seiten der Stadt, die zuvor wie ein geschickter Zug Trenkars erschienen war, erwies sich jetzt als sein Untergang. Er hatte seine Armee in zwei Hälften geteilt, sie auf zwei verschiedene Seiten des Tarumbeth gebracht, und Elim hatte als Erstes die Behelfsbrücken unbrauchbar gemacht. Nun konnten die nördlichen Truppen den südlichen nicht mehr zu Hilfe eilen.

Im Süden war das Kräfteverhältnis nun mehr als ausgeglichen, die Oneräer waren eingekeilt zwischen der Stadtmauer, von der noch immer Steine und Pfeile auf sie herniederregneten, und einem völlig unerwarteten Gegner, dessen Stärke sich unmöglich abschätzen ließ. Noch immer strömten Elims Männer aus dem Wald.

»Da!« Kira wies mit ausgestrecktem Arm auf den Fluss. Unzählige Soldaten versuchten, das rettende Nordufer zu erreichen, zwischen ihnen zwei Reiter. »Das muss Trenkar sein!«

Siluren zog das Fernrohr aus der Tasche, konnte es mit seinen zitternden Händen kaum ruhig halten. Doch schließlich zeigte es ihm einen Mann mit feinen Gesichtszügen und ergrautem Bart. General Trenkar trieb seinen Ulphan die Uferböschung hinauf und folgte seinen Soldaten, die nach Norden flohen. Ihre Angst zog auch die Soldaten auf der Nordseite mit sich, die doch keinen weiteren Gegner hinter sich hatten. Aber wenn der General selbst floh ...

»Es ist vorbei«, sagte Kira. Sie klang ungläubig. Dann riss sie die Arme hoch. »Wir haben es geschafft! Sieg!« Alle um sie her stimmten ein, es erhob sich ein unfassbares Freudengeheul. Die Erleichterung überschwemmte Siluren mit nie gekannter Wucht, ließ ihn jauchzen und sich den Helm vom Kopf reißen, und plötzlich lag Kira in seinem Arm.

Überrumpelt hielt er sie fest. Die Umarmung beruhigte das Zittern in ihm. Auf einmal rückte all das Entsetzen, der ganze Jubel in weite Ferne. Er spürte nur noch ihren lebensstrotzenden Körper, roch den Duft, der von ihr ausging, selbst jetzt, schmutzig und abgekämpft wie sie war. Noch nie hatte ihn das Begehren so urtümlich überrollt wie in diesem Moment. Es überkam ihn wie ein Fieber. Er presste Kira fest an sich, suchte ihre Lippen mit den seinen und küsste sie wild, trotz des Blutes in ihrem Gesicht. Sie schlang ihre Arme um seinen Hals, erwiderte den Kuss leidenschaftlich. Er wollte diese Frau, wollte sie erobern, sie besiegen, wie er Trenkar besiegt hatte! In sie eindringen, wie das Schwert in jenen ...

Erschrocken, ja entsetzt über sich selbst ließ er sie los, trat auf dem lockeren Geröll stolpernd einen Schritt zurück. Was tat er hier bloß? Woher kamen diese Gedanken, diese Gefühle? War es das, was Cor und Ruothgar in der Schlacht fühlten, was sie suchten, immerzu aufs Neue? Den Taumel des Sieges? Das überwältigende Bewusstsein eigener Stärke?

Auch Kira war plötzlich verlegen. Vermutlich war sie enttäuscht über sein Zurückweichen. Kein anderer Mann hätte das in diesem Moment getan. Wieder einmal war ihm sein Kopf in die Quere gekommen, das ewige Grübeln.

Alle Soldaten hatten ihnen betreten den Rücken zugekehrt. Kira strich über ihre gepanzerte Jacke, die keiner Glättung bedurft hätte.

»Verzeiht, Hoheit. Ich wollte nicht ... ich bin zu weit gegangen.«

»Nein, du ... ich ...« Große Mutter! Was konnte er ihr sagen, um ihr deutlich zu machen, dass seine Unzulänglichkeit nichts mit ihr zu tun hatte?

Leron schob sein Schwert in die Scheide. »Wir sollten zu Woring gehen. Hören, was er zu berichten hat. Vielleicht ist Herzog Etharold bereits eingetroffen.«

Sie ließen die Soldaten zum Schutz der Bresche zurück und machten sich auf den Weg zum Hauptturm. Siluren bemühte sich, den Blick nicht auf die Toten in gelben und roten Uniformen zu richten, die auf der Gasse lagen. Nur nicht daran denken, was geschehen war, nicht daran, was er getan hatte. Hatte er getötet? Er wusste es nicht. Sein Schwert war auf Gliedmaßen niedergefahren, aber ob er tatsächlich ein Leben ausgelöscht hatte, hätte er nicht zu sagen vermocht. Trotzdem drängten sich die Bilder in seinen Geist: der starre Blick eines Toten, die Art, wie der Stiefel eines anderen in sein Gesicht getreten war.

Er selbst war unverletzt bis auf die Wunde, die er bei dem Gefecht auf dem Boot erhalten hatte. Im Gehen zog er den Handschuh aus und betrachtete seinen Handballen. Tatsächlich war sie wieder aufgerissen und blutete. Schweiß und Schmutz brannten darin.

»Ihr solltet den Handschuh verbrennen«, sagte Kira. »Ihr wisst, was man über vergossenes Königsblut sagt.«

»Vergossenes Blut ist immer ein Unglück.« Er klemmte den Handschuh unter einen Gurt. »Es wird wohl reichen, ihn zu waschen.«

Dass er ansonsten unverletzt war, lag nicht nur an seiner Rüstung, sondern auch daran, dass Kira und Leron während des Kampfes nicht von seiner Seite gewichen waren. Leron hatte ihn immer wieder nach hinten gedrängt, weg vom Feind und den klirrenden Klingen.

Er spürte seine Knochen. Seine Beine waren schwer, und er war dankbar, dass er das vermaledeite Schwert hatte aus der Hand legen können. Er schickte Leron voraus, um Nachricht über Herzog Etharold einzuholen. Kira blieb bei ihm, hielt aber deutlich Abstand. Auf ihrem Gesicht trockneten Blutspritzer.

Sie hatte getötet, und es schien sie nicht anzufechten. Ebenso wenig wie Leron. Nur er, Siluren, hatte diese Gedanken, diese Gewissenbisse, diese Scham. Ja, er schämte sich. Nicht nur für das, was er getan, sondern auch für das, was er gefühlt hatte. Vielleicht hatte er nicht getötet, aber er hatte töten *wollen*.

Sie wandte den Kopf, begegnete seinem Blick.

»Du hast schon zuvor getötet«, stellte er fest.

Sie nickte. »Ich lebe unter Soldaten, seit ich zwölf bin.«

Unter Soldaten. Nicht im Tross.

»Wie kommst du damit zurecht?«

»Ich versuche, nicht zu viel darüber nachzudenken.« Sie lächelte schwach, verstand wohl, dass dieser Rat gerade ihm nicht viel half. Als Zwölfjährige bei den Soldaten, das war ziemlich jung, schon gar als Mädchen. Wo gab es überhaupt weibliche Soldaten?

Sie zuckte die Achseln. »Seht es mal so: Es waren Feinde. Niemand hatte sie gezwungen, Soldat zu werden und Bethelgard anzugreifen.«

Wie leicht wäre es gewesen, das zu glauben. Es für gerecht zu halten, dieses Gefühl, das ihn mitgerissen hatte, den Hass, den er nicht hatte bändigen können, der ihn hatte zittern lassen, so unmäßig war er gewesen. Doch jetzt, mit klarem Kopf, wusste er es besser. »Krolan hat sie gezwungen. Vielleicht auch die Not.« Verdammt, er musste tatsächlich aufhören, darüber nachzudenken.

Sie blieb stehen. »Hoheit. Es waren erwachsene Männer. Sie haben sich entschieden, hier zu sein – so wie Ihr und ich. Ihr habt getan, was getan werden musste. Ihr habt Euch und diese Stadt verteidigt. Nicht einmal ein Mann, den Ihr getötet habt, würde Euch daraus allen Ernstes einen Vorwurf machen.«

Vermutlich hatte sie recht, und doch blieb ihm dieses Gefühl der Scham. Weil es ein Frevel war. Er war bereit gewesen, ein Leben zu nehmen, das die Göttin selbst geschenkt hatte. Und er hätte es ohne Selbstkontrolle getan. Aus Hass.

Kira nahm den Weg wieder auf. »Es wird Zeit brauchen«, sagte sie, »aber es wird verblassen. Die Erinnerung, die Schuldgefühle.«

Also kannte sie diese Empfindungen auch. Irgendwie tröstete ihn das. Sicher würde es verblassen. Aber sollte es das überhaupt?

Zum Glück waren die Gassen, sobald sie die nähere Umgebung der Bresche hinter sich gelassen hatten, erstaunlich unberührt von der Schlacht. Fast hätte man glauben können, die letzten Stunden wären nichts als ein Traum, eine falsche Erinnerung. Es war kaum zu glauben, wie gut all ihre Pläne aufgegangen waren, Elim war gerade im richtigen Moment erschienen. Wäre er früher gekommen, wären Trenkars Truppen noch nicht aufgeteilt gewesen, und wäre er später gekommen, so wären bereits so viele Oneräer durch die Bresche eingedrungen, dass die Stadt verloren gewesen wäre. Vermutlich war das nicht nur die Gunst der Göttin gewesen. Vermutlich hatte Elim beobachtet und mit voller Absicht gewartet.

Wie beruhigend, dass Elim nun hier war, der erfahrene, souveräne Kriegsmann. Gemeinsam würden sie sich auf den Weg nach Adelmund machen. Wie viel würde Siluren von ihm lernen können, und wenn sie sich erst mit Ruothgars Truppen vereinigt hätten ...

Ruothgar. Was würde der wohl sagen, wenn er seinen Sohn heute gesehen hätte? Wenn er ihn jetzt sehen könnte: abgekämpft, blutbespritzt und siegreich. Vermutlich würde er es nicht glauben. Nun, es gab genügend Zeugen, unter anderem Leron, der ihnen gerade entgegenkam.

»Sie bringen den Herzog gerade in die Stadt.«

Bringen. Das Wort ließ Siluren erstarren. »Ist er ...?«

»Er wurde verwundet. Ich weiß nicht, wie schwer.«

»Wohin bringen sie ihn?«

Sie trafen am Rathaus ein, gerade als eine Barke mit dem verwundeten Herzog anlegte. Aus seiner Hüfte ragte ein Pfeil, der Jacke und Hose an sein Fleisch heftete. Als die Männer ihn aus dem Boot auf eine improvisierte Trage hoben, stöhnte er vor Schmerz.

»Onkel Elim!« Siluren trat zu ihm und sah beruhigt, dass Elims Augen offen und klar waren. Der lächelte grimmig. »Der Sieg war schon unser, als mich dieses verdammte Ding getroffen hat.«

Im Rathaus wartete bereits Meister Hennim, der graubärtige Arzt, der auch Silurens Wunde versorgt hatte. Elim winkte ab. »Renach!«, rief er, und seine Stimme klang erschreckend dünn. »Wo ist der Quacksalber, wenn man ihn braucht?«

»Euer Arzt wird noch gesucht.« Meister Hennim winkte den Trägern, ihm zu folgen. Auch Siluren begleitete sie in den Raum, den man für den Herzog hergerichtet hatte. Sie hoben den Stöhnenden auf das Bett, und als er endlich in den Kissen lag, war sein Gesicht grau. Seine Augen richteten sich auf Siluren. »Du hattest recht, Junge. Von dem Moment an, als wir aus dem Wald gestürmt sind, hatten wir sie bei den Eiern. Himmel, ist Trenkar gerannt! Fast habe ich erwartet, dass ihm Flügel wachsen.« Er lachte, dann verzerrte sich sein Gesicht vor Schmerzen.

»Du solltest nicht reden, Onkel Elim.«

»Ach was, halb so schlimm.«

Siluren sah zu dem Arzt hinüber, doch der zuckte nur hilflos mit den Schultern.

»Du solltest Meister Hennim zumindest nachsehen lassen, solange Renach noch nicht hier ist. Er ist immerhin Vorsitzender der hiesigen Innung und ...«

»Durchlaucht!« Renach stürmte herein. »Wie fühlt Ihr Euch?«

»Als hätte mich ein Pfeil durchbohrt.«

Renach inspizierte die Wunde, dann hagelten präzise Anweisungen auf die Dienerschaft hinab. Alle Umstehenden außer Meister Hennim schickte er hinaus – selbst Siluren, dessen Protest an Renachs unverrückbarer Entschlossenheit scheiterte.

Also begab sich Siluren vor die Tür und ging unruhig auf dem Gang auf und ab.

»Er wird es schaffen«, sagte Leron. Kira, die sich an die Wand gelehnt hatte, fügte an: »Ich habe schon schlimmer Verwundete überleben sehen, und die hatten schlechtere Ärzte.«

Da hatte sie sicher recht. Meister Renach war weit über die Grenzen Galathräas hinaus berühmt, und hätten sich Silurens Interessen auch auf die Medizin ausgedehnt, hätte er den schriftlichen Austausch mit ihm gesucht. Und doch: Die dumpfen Laute, die aus dem Raum drangen, stellten ihm die Nackenhaare auf.

Endlich öffnete sich die Tür erneut, und Meister Hennim bat ihn herein.

Elim lag im Bett, sein Gesicht so weiß wie die Laken, aber seine Augen waren offen, und seine Züge nicht mehr ganz so angespannt.

»Ich werde ihm gleich ein Mittel gegen die Schmerzen geben«, sagte Renach. »Aber es wird ihn müde machen, und er bestand darauf, zuvor mit Euch zu sprechen.«

»Wie geht es ihm?«

Vom Bett her meldete sich Elim. »Ich bin weder stumm noch geistesschwach.«

Es war beruhigend, ihn so reden zu hören. Siluren trat ans Bett. »Wie fühlst du dich?«

»Das ist nicht das, was wir besprechen müssen, Junge. Renach sagt, ich werde in den kommenden zehn Tagen nicht laufen können.«

»Mindestens«, warf Renach ein. »Der Pfeil hat den Knochen verletzt. Möglicherweise werdet Ihr nie wieder ohne Stock gehen können.«

Elim brachte ihn mit einer unwilligen Geste zum Schweigen. »Der Punkt ist, dass dein Vater auf meine Truppen wartet. Das Herzogtum Etharold stellt Galathräas größtes Einzelkontingent, und er braucht sie, wenn er gegen Krolan bestehen will.«

»Du kannst nicht mit ihnen reiten«, sagte Siluren. »Unmöglich. Jemand anderes muss sie führen.«

»Dieser andere wirst du sein.«

Elim sagte das mit einer solchen Selbstverständlichkeit, dass Siluren zuerst glaubte, sich verhört zu haben. »Nein, Onkel. Ich bin nicht der Richtige für diese Aufgabe. Du musst doch einen Stellvertreter haben, einen General.«

»Ich *bin* der General des Königs, und du bist sein Sohn. Du wirst sie durch den Niedersee führen.«

»Durch den Niedersee?«

»Alles andere würde zu viel Zeit kosten. Wir haben durch diese Schlacht und den Umweg schon einige Tage verloren. Der Niedersee ist die einzige Möglichkeit.«

Siluren schüttelte den Kopf. »Tut mir leid, Onkel Elim, das kann ich nicht. Zwanzigtausend. Durch den Niedersee!«

Elim zog die Brauen zusammen. »Willst du, dass ich nach meinem Sohn schicke? Er würde es tun, aber auch das würde Zeit kosten. Willst du diese Bürde wirklich auf die Schultern eines Vierzehnjährigen laden?«

»Natürlich nicht.«

»Du bist der Kronprinz. Es ist deine verdammte Pflicht, diese Armee zu führen.«

Siluren schnaufte. »Meine Pflicht? Die wäre es, jetzt auf Krailenhorst zu sitzen und mit Leron Karten zu spielen.«

»Bedauerst du, dass du stattdessen hier bist?«

Siluren antwortete nicht sofort. Wäre er jetzt lieber auf Krailenhorst? In Sicherheit? Wenn er an die bevorstehende Aufgabe dachte, dann ja. Dann wünschte er sich nichts sehnlicher, als sich dreimal um sich selbst zu drehen und sich, wie Brighal in der Legende, von der Göttin an einen anderen Ort versetzen zu lassen, selbst wenn es Krailenhorst wäre. Aber wenn er daran dachte, was hinter ihm lag, was er erreicht hatte, wie sehr er in den vergangenen Tagen über sich selbst hinausgewachsen war ...

»Nein«, sagte er. Er nahm seinen Onkel fest in den Blick. »Ich werde deine Männer über den Niedersee führen.« Nach einer Pause fügte er an: »Aber solange ich noch hier bin, hoffe ich, von deiner Erfahrung zu profitieren.«

»Ich werde dir raten, wo ich kann. Aber auch ich habe noch keine Armee über den Niedersee geführt. Niemand hat das.«

»Trenkar ist gerade dabei, und wenn er es wagt, dann werden wir nicht zurückstehen.«

Elim grinste. »So gefällst du mir!« Dann winkte er Renach heran. »Jetzt gib mir endlich diesen verdammten Trunk, damit ich die Glöckchen am Gewand der Göttin klingen höre.«

Einigermaßen beruhigt verließ Siluren das Zimmer und traf Leron und Kira, die auf ihn gewartet hatten. »Er wird leben, aber die Truppen wird er nicht nach Adelmund führen können.« Er berichtete kurz, was sie erörtert hatten.

Leron nickte. »Das wird ein gutes Stück Arbeit. Aber für heute habt Ihr erst mal genug getan. Ruht Euch aus. Auf der Feier heute Abend wird man einen strahlenden Sieger erwarten.«

Siluren lächelte schwach. »Das Gleiche gilt für euch beide, und dich«, er sah Kira scharf an, »dich werde ich beim Wort nehmen.«

Unsicherheit flackerte in ihrem Blick.

»Du hast versprochen, bei der Siegesfeier ein Kleid zu tragen.«

Jetzt lächelte sie. »Jawohl, Hoheit.« Sie wandte sich zum Gehen, zögerte aber, dann sagte sie: »Ich hoffe, Ihr habt auch das andere Angebot nicht vergessen. Das ich Euch auf dem Fluss gemacht habe.«

Wie hätte er das vergessen können, jenes Anerbieten in Freiheit und Ebenbürtigkeit? »Keineswegs«, sagte er. Vielleicht war dies tatsächlich der Abend, um ihr Angebot anzunehmen.

Sie lächelte, zwinkerte ihm zu und ging. Leron hob verwundert die Brauen, aber er war diskret genug, keine Fragen zu stellen.

Kapitel 9

Doch war auch die Erdmutter selbst reiner Geist, ehe sie sich entschloss, sich einen Leib zu erschaffen und Leben zu gebären. So lebt sie nun also in ewiger Feindschaft zu ihrem eigenen Volk, um unseretwillen.

–13. Akh'Eldash, 15. Eintrag, Vers 29

Wie schwer die Schildjacke war, wurde Kira erneut bewusst, als sie sie ablegte. Sie hatte diesen Panzer über Stunden getragen, und als sie ihn jetzt von den Schultern nahm, fühlte sie sich so leicht, als müssten ihre Füße sich vom Boden lösen. Sie hängte die Jacke über den Stuhl und strich über das Leder. Solch ein wundervolles Geschenk! Nicht nur wegen seines hohen Wertes, oder weil es heute ihr Leben geschützt hatte. Vor allem war dieses Geschenk eine Anerkennung dessen, was Kira war – eine Kriegerin. Kühn und stark und ungebunden, nicht weniger fähig, nicht weniger wert als ein Mann.

Es klopfte, und nach Kiras Aufforderung betrat eine Magd das Zimmer. Sie brachte einen Krug Wasser und Tücher. Wie stets hob sie dabei den Blick nur so weit, wie es ihre Aufgabe erforderte, ganz wie es einer Frau und Dienerin zukam. Dennoch hatte der Prinz ihren Namen gewusst. Nicht einmal Kira selbst waren diese Frauen je wichtig genug gewesen, um sich ihre Namen zu merken.

»Wie heißt du?«

Die Magd knickste. »Finny, junger Herr.«

»Sag, Finny, könntest du mir für die Siegesfeier ein Kleid besorgen?«

Es dauerte einen Augenblick, bis Finny vorsichtig wiederholte: »Ein … Kleid?«

»Sieh mich an, Finny.« Kira löste das Haarband und fuhr sich mit den Fingern durchs Haar. Aber mehr noch machte der Verlauf der Schweiß- und Schmutzflecken auf ihrem Hemd deutlich, welche Formen sich darunter verbargen.

»Ihr seid …« Finny verstummte.

»Ich bin mir sicher, du findest ein Kleid, in dem ich dem Prinzen gefallen könnte.«

Es dauerte noch einen weiteren Augenblick, bis Finny ihr Erstaunen überwunden hatte. Dann knickste sie. »Natürlich, meine Dame. Wir werden etwas ganz Besonderes finden.«

Das tat sie. Finny und eine der anderen Mägde, Nehja, kleideten Kira nicht nur an. Zuerst ließen sie einen großen Bottich voll mit warmem Wasser auf das Zimmer bringen – ein Luxus, den Kira erst zweimal in ihrem Leben genossen hatte. Sie wuschen ihr Haar, bürsteten es und steckten es auf. Nur ein paar einzelne Strähnen drehten sie zu Locken und ließen sie Kira auf die Schultern fallen. Sie behandelten ihr Gesicht mit Salben, Pudern und Farben. Mit einem solchen Eifer gingen sie ans Werk, als wollten sie ihre früheren Verdächtigungen damit ausgleichen.

Schließlich traten beide einen Schritt zurück und betrachteten ihr Werk wohlwollend. »Ihr seid eine Schönheit!«, stellte Nehja fest. Sie hielt einen tellergroßen Spiegel, aus dem ein fremdes Gesicht blickte. Kira stand bewegungslos, spürte die Haarnadeln an ihrer Kopfhaut, die Raffung des Rockes an ihrer Hüfte und betrachtete die unbekannte Frau, die ihr der Spiegel zeigte.

Finny wurde unsicher. »Gefällt es Euch nicht?«

Die Frau im Spiegel war zweifellos schön, mit großen Augen, vollen Lippen und schimmerndem Haar. Aber Kira fühlte sich nicht schön, sondern schwach. Sie würde ohne Waffen in den Festsaal gehen, nicht einmal ein Messer würde sie dabeihaben, und obgleich der Rock fast bodenlang war, fühlten sich ihre Beine nackt an, nur gelegentlich gestreift vom Stoff der Unterröcke. Sie sah hilfesuchend zur Schildjacke hinüber. Daneben lag ihr ledernes Mieder.

Nehja folgte ihrem Blick. Sie ging zum Tisch und hob das Mieder an, in dessen Schlaufen noch die Messer steckten, befühlte das weiche Leder. »Ihr könntet es darunter tragen.«

»Ja!« Es war wie eine Befreiung. Erleichtert ließ Kira sich noch einmal aus dem Kleid schälen und legte das vertraute Leder an. Sie entschied sich gegen die Messer, bis auf das eine, das quer über den Ösen lag. Dann war sie erneut angekleidet, und diesmal konnte sie das Werk der Frauen würdigen. »Wunderbar«, sagte sie, als sie ihr Spiegelbild erneut betrachtete. Das war noch immer nicht sie selbst, aber es war eine Maske, die sie tragen konnte, sogar tragen wollte, insbesondere heute Abend. Frau sein bedeutete nicht nur Schwäche. Es hieß auch, schön und begehrenswert zu sein. Das Gefühl war neu, aber gerade deshalb war es erregend. »Ich bin euch so dankbar! Mir wäre das niemals so gelungen.«

Die beiden sagten nichts dazu, aber die Art, wie sie einander zulächelten, war auch eine Antwort.

Vor der Türe wartete ein Diener, um sie zum Ratssaal zu geleiten, in dem die Feierlichkeiten stattfinden würden – als sei sie jetzt, da sie ein Kleid trug, nicht mehr in der Lage, den Weg alleine zu finden!

Menschen füllten den Raum, verteilt zwischen den Tischen, die für ein Bankett gestellt waren. Prinz Siluren stand bei Woring und einem fremden, vermutlich adeligen Herrn. Ein lautes Klopfen direkt neben ihr ließ Kira zusammenzucken – der Haushofmeister hatte mit seinem

Stab auf den Boden gepocht. Jetzt rief er: »Kira Idrastochter, Schildmaid und Meisterin des Schwertes.«

Plötzlich verebbten alle Gespräche im Raum, wandten sich alle Gesichter ihr zu. In einigen erkannte sie Erstaunen, geradezu Erschütterung. Der junge Begleiter des Prinzen war eine Frau?

Kira hatte nicht erwartet, wie sehr sie das mit Befriedigung füllen würde. Ja, auch das war sie – eine Frau. So vieles steckte in ihr. Sie konnte alles sein, was sie sein wollte.

Auch der Prinz sah sie lange an, ohne auch nur zu blinzeln. Er trug eine Galauniform, die seine Schultern betonte. Die Stille und Reglosigkeit dauerte an. Gab es irgendetwas, das man jetzt von ihr erwartete? Nehja und Finny hatten nichts darüber gesagt. Vermutlich hatten sie gedacht, Kira wüsste es. Aber sie wusste es nicht, wusste gar nichts darüber, wie sie sich hier verhalten sollte. Verdammt, es war ihr doch sonst nicht so wichtig, irgendwelche Erwartungen zu erfüllen. Vielleicht sollte sie sich einfach umdrehen und gehen.

Jetzt kam der Prinz kam auf sie zu. Er hielt ihr den angewinkelten Unterarm entgegen, und sie starrte darauf, unsicher, was er von ihr wollte.

»Deine Linke«, raunte er.

Sie hob zögerlich die Hand. Er nahm sie und legte sie auf seinen Arm. Natürlich! So begleiteten die Damen ihre Herren, das hatte Kira schon oft gesehen.

Der Prinz führte sie durch den gesamten Saal, und die Menschen verneigten sich, während sie vorbeigingen: Woring und der Hauptmann, Leron und all die Leute, die sie gar nicht kannte. Natürlich, sie verneigten sich vor dem Prinzen. Und doch auch irgendwie vor ihr.

Der Prinz führte sie zur Stirnseite an seinen Tisch, an den Platz zu seiner Rechten. Ein Diener sprang herzu und zog ihren Stuhl zurück, schob ihn dann wieder unter sie, während sie sich setzte. Nachdem auch der Prinz Platz genommen hatte, löste sich die Stille endlich, und die übrigen Gäste nahmen ihre Plätze ein.

Der Prinz beugte sich zu ihr herüber. »Du siehst atemberaubend aus.«

Ihr fiel nichts Besseres ein, als zu entgegnen: »Ihr auch.«

Das war die Wahrheit. Kampf und Sieg hatten ihn verändert. Seine Haltung war aufrechter, selbstbewusster, seine Augen blitzten. Er wusste, dass der Respekt der Anwesenden nun nicht mehr nur seinem Titel galt.

Natürlich hielt es den Prinzen nicht auf dem Platz an ihrer Seite. Im Laufe des Abends suchte er sich seine Gesprächspartner selbst, und zwar im gesamten Raum. Kira beobachtete, wie er bei den Männern der Stadtwache ein Hoch auf ihren Mut ausbrachte, wie er mit dem fetten Hauptmann lachte und Woring mit feierlichem Ernst die Hand auf die Schulter legte. Mehr denn je verzehrte sie sich nach seiner Umarmung. Nur sie konnte dieses schmerzhafte Sehnen stillen. So war es immer. Wenn sie sich zu einem Mann hingezogen fühlte, ernüchterte sie die erste Nacht unfehlbar. Sie fragte sich dann immer, was bei der Großen Mutter sie zu finden gehofft hatte.

Vergnügen, ja. Das bereiteten ihr die Männer durchaus. Aber zurück blieb unweigerlich eine Leere, das Gefühl, nicht bekommen zu haben, wonach ihr Herz sich sehnte. Wie auch? Sie hätte ja nicht einmal benennen können, was das hätte sein sollen. Aber offenbar begriff ihr Herz das immer erst, wenn sie die Asche betrachtete, die das Feuer der Leidenschaft zurückließ, und auch dieses Mal würde nur seine Umarmung sie von ihrer Narretei heilen.

Es war die perfekte Nacht für ihre Zwecke. Alle waren im Freudentaumel, feierten und zechten. Auch Prinz Siluren trank – wenn auch nicht annähernd genug, um die Selbstbeherrschung zu verlieren. Wie er zurückgeschaudert war, nach dem Kampf, als sie seinen Kuss allzu leidenschaftlich erwidert hatte. Hoffentlich hatte das nicht all ihre Pläne zunichtegemacht.

Leron war ausgesprochen guter Dinge und stimmte mit einigen Männern zusammen das Lied von der Schlacht im Morgengrauen an. Zwei davon hatten mit ihnen an der Bresche gefochten, der dritte schien ein ältlicher Würdenträger zu sein. Kira setzte sich zu ihnen, und nach kurzer Zeit und einigen herzhaften Schlucken Wein überwanden die Männer ihre Scheu und bald fühlte sich Kira wieder ganz wie sie selbst. Wie sich herausstellte, war der Vornehme tatsächlich irgendein Graf, dessen Namen sie nicht kannte. Aber sie kannte diese Art alter Männer, denen nichts wichtiger war als der eigene Status, das eigene Ansehen. Er erzählte ihr von einem riesigen Wisent-Bullen, den er einmal erlegt hatte, und von einer siegreichen Schlacht, die vermutlich Jahrzehnte zurücklag. Als sie fragte, an welcher Stelle er während der gestrigen Schlacht gekämpft hatte, verstummte er. Leron kam ihm rasch zu Hilfe und lenkte das Gespräch auf ein unverfänglicheres Thema, bevor Kira ihren Spott hätte deutlicher machen können. Der Prinz war bis vor wenigen Tagen sicherlich auch kein Vorbild an Kampfesmut gewesen, doch er hatte es auch nicht nötig gehabt, die Hörner seines Ulphans in leuchtendem Rot zu bemalen.

Sie leerte den letzten Rest Wein in ihren Becher und stand auf, um den Krug einem der Diener zu bringen. Der nahm ihn mit einem Ausdruck des Erschreckens entgegen. Vermutlich hätte ihm selbst auffallen müssen, dass der Wein zur Neige ging. Als sie sich umdrehte, stand der Prinz direkt vor ihr.

Er wirkte größer als sonst, obgleich ihre Nasenspitze noch immer bis zu seiner Schulter reichte.

»Du hast keine Scheu vor Titeln und hoher Geburt«, sagte er.

Sie schüttelte ihr Haar. »Aus einem König fließt das gleiche rote Blut wie aus jedem Bauern.«

Was hatte sie nur zu diesem Satz getrieben? Sie wusste doch, wie man einen Mann zwischen die Schenkel bekam. Ihn daran zu erinnern, dass sie zu töten verstand, war keine sonderlich kluge Strategie. Umso mehr überraschte sie seine nächste Frage: »Gilt dein Angebot noch?«

Ihr Herz tat einen Satz. »Wann immer Euch danach verlangt.«

»Ich werde das Fest bald verlassen. Warte ein wenig, dann folge mir.«

Sie nickte, unfähig zu sprechen. Sie war gewiss kein unerfahrenes Mädchen. Trotzdem waren ihre Knie weich.

Tatsächlich zog sich der Prinz bald zurück, und es fiel Kira schwer, ausreichend Zeit verstreichen zu lassen, damit ihr Verschwinden unverfänglich blieb. Doch als sie den Saal verließ, fing sie Lerons Blick auf und wusste, dass zumindest er sich nicht hatte täuschen lassen. Einem Impuls folgend streckte sie ihm die Zunge heraus. Er antwortete, indem er den Humpen hob und ihr zuprostete. Hoffentlich fiel ihm eine Fliege ins Bier!

Sie lief die Treppe hinauf und stand schließlich vor der Tür des Prinzen. Dort wartete sie, bis sie wieder zu Atem gekommen war, dann klopfte sie.

»Herein.«

Das Zimmer war groß – viel größer als das ihre. Natürlich. Trotzdem war es bloß ein Gastzimmer im Rathaus, und auch für dieses hatten Bürger der Stadt ihre eigenen Einrichtungsgegenstände zur Verfügung gestellt. So stand ein klobiges Bett mit den geometrisch geschnitzten Motiven aus Tarum neben einer hellen Truhe im Stil der Seelande. Alles wirkte eher gemütlich als prunkvoll: wenig

Gold, dafür viel Holz. Ein Feuer flackerte im Kamin und mehrere Kerzen brannten im Raum verteilt.

Der Prinz hatte die Jacke bereits abgelegt. Er stand am Kamin, hatte wohl gerade noch in die Flammen geblickt. Jetzt lächelte er sie an. Es war ein Lächeln, das seine Augen strahlen ließ, das warm und zugewandt war, das nicht nur allgemeine Freundlichkeit ausdrückte, sondern *sie* meinte, Freude über *ihr* Erscheinen, *ihren* Anblick. Er streckte ihr auffordernd die Hand entgegen.

Irritiert sah sie zum Bett hinüber, das auf der anderen Seite des Raumes stand. »Sollten wir nicht ...?«

»Pst«, sagte er sanft.

Kira verstummte. Die meisten Männer wollten eine Frau nicht reden hören, schon gar nicht hierbei. Aber er hatte freundlich geklungen, nicht gebieterisch. Also trat sie schweigend auf ihn zu.

Er griff nach ihrer Hand, hielt diese auf zwei Armlängen Abstand und betrachtete sie wohlwollend. Dann trat er näher, strich sorgfältig die Locken zurück, die Nehja und Finny ihr gedreht hatten, und begann, die Verschnürung ihres Kleides zu lösen. Sie ließ es geschehen, erstaunt und neugierig. Sie hatte sich alles Mögliche ausgemalt, aber nicht dies: behutsame, umsichtige Zärtlichkeit. Vielleicht, weil sie es nicht kannte. Orren hatte es immer eilig gehabt. Einige schnelle Stöße in der Dunkelheit, verschämt und schuldbewusst. Doch daran wollte sie jetzt nicht denken. Sie sah zu Prinz Siluren auf, sein edles Gesicht, das weizenblonde Haar, und Orrens Bild verblasste. Noch immer war der Prinz damit beschäftigt, ihr Kleid zu öffnen. Das sanfte Fädeln der Schnüre durch die Ösen war wie eine verschleierte Liebkosung. Unter dem Leinen kam ihr ledernes Mieder zum Vorschein – und der Dolch, der in der Halterung auf ihrem Bauch steckte, quer über der Reihe aus Haken und Ösen. Ohne das Messer zu entfernen, ließ sich das Mieder nicht öffnen.

Er legte die Hand auf den Dolch und sah Kira fragend an, als wisse er, dass er damit etwas sehr Intimes berührte. Blick und Geste waren eine Frage, eine Bitte um Erlaubnis.

Bisher hatte es den Männern ausgereicht, ihren Rock zu heben, wenn sie denn einen getragen hatte. Die Eifrigsten hatten noch die oberen Haken des Mieders gelöst, um ihre Brüste zu umfassen.

Doch diesem Prinzen würde das nicht genügen. Er wollte sie ganz und gar: nackt, schutzlos, hingegeben. Und war es nicht das, was die Frau üblicherweise tat? Sich hingeben?

Er nahm ihr Zögern hin, drängte sie nicht, sondern nahm stattdessen ihre Hand und legte sie auf die Knopfleiste seines Hemdes.

Das war etwas, das sie wirklich tun wollte. Einen nach dem anderen öffnete sie die Knöpfe, bis seine Brust zwischen dem Stoff hervorleuchtete. Bezaubert strich sie darüber, streichelte die glatte Haut über den harten Muskeln, schob das Hemd über seine Schultern, sodass es zu Boden fiel.

Der Anblick war wunderbar, wie schon damals, als sie beide in kratzige Wolldecken gehüllt gewesen waren. Sie streichelte ihn weiter, genoss das Gefühl, das in ihr wuchs. Seine Brust war glatt und warm und hart, alles zugleich. Was, wenn sie ihn nicht nur mit den Fingern spüren würde? Wenn sie ihren nackten Leib ganz an den seinen schmiegen könnte?

Sie nahm seine Hand und legte sie auf den Dolch, der das Mieder verschloss. Jetzt erst war sie bereit dazu, wollte es tatsächlich. Behutsam zog er die Waffe aus der Halterung und legte sie auf sein Buch, das auf dem Tisch neben ihnen lag. Dolch und Buch. Welche besseren Symbole konnte es dafür geben, wie verschieden sie beide waren? In seinem Tun lag nichts Forderndes, nichts Herrisches. Jede Geste, jeder Blick war ein Angebot, eine Aufforderung, und er überließ es ihr, darauf einzugehen. Als das Mieder zu Boden fiel, tat sie, wovon sie seit Tagen träumte: Sie schmiegte sich an ihn, rieb sich an seinem glatten, harten Leib. Sie hörte ihn seufzen und freute sich darüber, dass ihm gefiel, was sie tat, genoss das Gefühl seiner Hände, die ihre Hüfte streichelten.

Sie fuhren fort, sich gegenseitig mit bedächtiger Sorgfalt zu entkleiden – bis er die Narbe enthüllte. Rasch legte sie die Hand darüber. Diese Narbe gab mehr von ihr preis als ihre nackten Brüste. Sie wollte nicht, dass er sie sah, womöglich gar davor zurückschauderte. Es war nicht die einzige Narbe, die sie am Körper trug, aber bei Weitem die hässlichste: ein gezackter Wurm, der sich eine Elle weit über Bauch und Hüfte zog. Und sein eigener Körper war doch so glatt, so makellos.

Er legte die Hand über die ihre, aber er zog ihre Finger nicht fort. Er ließ ihr ihren Willen, bestätigte ihn mit seiner Geste. Er trat näher, bis ihre Körper sich erneut berührten, neigte den Kopf, um ihre Lippen zu suchen, küsste sie so gefühlvoll, so unendlich zart, und für eine Weile verlor sie sich in diesem Kuss, vergaß, was sie schützen und verbergen wollte, ließ sich einfach fallen in seine Zärtlichkeit.

Und dann waren sie beide splitternackt wie das erste Paar, das aus dem Schoß der Göttin in die Welt geschritten war. Und wie bei diesem ersten Paar gab es keine Scham zwischen ihnen, keine Fremdheit. Da war nichts als grenzenloses Vertrauen.

Er nahm wieder ihre Hand, führte sie durch das weitläufige Zimmer zum Bett hinüber. Sie setzte sich auf die mit Dinjihaar gefüllte Matratze, auf die glatten, kühlen Seidenlaken. Er ließ einen einzelnen Finger über ihre Haut gleiten, begann an der Schulter und streichelte ihre Seite hinab. Die Berührung war angenehm, sanft und doch fest.

Sie hielt still, ergab sich seiner Liebkosung, die er fortführte, ganz so, als sei es ihm genug, nur ihre Haut zu berühren und die Kurven nachzufahren, die ihr Körper beschrieb, und sie begann nun ihrerseits auch, ihn zu streicheln, zuerst mit den Fingern und dann auch mit Lippen und Zunge. Das ließ ihn für einen Moment erstaunt innehalten, doch als sie damit fortfuhr, entspannte er sich wieder.

Noch immer sprachen beide kein Wort. Doch das Schweigen war keine Beschränkung, wie sie gedacht hatte. Im Gegenteil. Dieses schweigende Liebkosen forderte Zugewandtheit. Jede behutsame Berührung war eine Frage, jede Geste eine Aufforderung, jedes Seufzen, jedes Entgegenwölben eine Antwort. Und doch war nichts zielgerichtet. Es gab nur den Genuss des Augenblicks, und dann des nächsten und des nächsten, in dem sie sich und ihn entdeckte, ihn liebkoste, ihn kostete, Verlangen weckte und sich ihrerseits treiben ließ in zeitloser Lust. Für eine viel zu kurze Ewigkeit war das genug – bis die Sehnsucht zu stark, das Begehren zu mächtig wurde. Sie drückte ihn in die Kissen zurück, bestieg ihn, und er ließ es geschehen, erwartungsvoll und neugierig. Sie verschränkten ihre Finger, und als ihre Körper verschmolzen, legte sie den Kopf in den Nacken und badete in seinem Blick. Während sie ihn bedächtig ritt, vereinigte sich ihrer beider Atem im Rhythmus ihrer Bewegung, auf und ab, ein und aus, tiefe, genussvolle Atemzüge voller verhaltener Seufzer. Nach und nach wurden sie schneller, steigerten sich zum Keuchen, kippten ins Stöhnen. Kira wollte nicht, dass es endete, doch nichts konnte sich gegen diese Welle stemmen, die sich in ihr aufbaute, anschwoll, übermächtig wurde, die schließlich brach, sie heiß überschwemmte und ihren ganzen Leib schüttelte, sodass sie laut aufschluchzte. Sie fiel nach vorne, fing sich ab und sah, dass auch er der Erfüllung nahe war. Nie hatte sie den

Anblick der Lust im Gesicht eines Mannes als schön empfunden – bis zu dieser Nacht. Sie schob ihre Hüfte noch einmal tief über ihn und er drückte den Hinterkopf in die Kissen. Eine Ader trat an seinem Hals hervor, als er mit einem heiseren Stöhnen erschauderte. Sie küsste diese Ader zärtlich.

Schließlich sank sie neben ihm nieder. Noch war die Welt klein, bestand nur aus der Atembewegung seines Brustkorbs, dem Duft seines Körpers, der wohligen Wärme in ihrem Unterleib. Ein glänzender Tropfen rann über seine Haut. Sie küsste ihn und schmeckte Salz.

Was tat sie da?

Mit Schrecken wurde ihr klar, was geschehen war – oder vielmehr, was nicht geschehen war. Spätestens jetzt hätte sie die Ernüchterung fühlen müssen. Doch sie blieb aus.

Sie rückte von ihm ab, stand auf. Sein Blick folgte ihr, als sie zu ihrer Kleidung hinüberging. Die Art, wie die einzelnen Gewandungsteile verstreut lagen, erinnerte sie daran, wie sie einander ausgezogen hatten, und erneutes Begehren durchrieselte sie. Ob er sah, wie weich ihre Knie waren, wie unsicher ihre Schritte?

Er machte keine Anstalten, sich zu bewegen, lag entspannt da und beobachtete sie. »Es war dein Wunsch«, sagte er. »Warum fliehst du?«

»Ich fliehe nicht.« Sie zog das Kleid über, wollte nicht vor ihm das Mieder anlegen. »Ich habe erledigt, wozu ich gekommen bin. Das ist alles.«

Sie wusste, dass er sie durchschaute, aber er ließ ihr die Lüge und schob die Arme unter seinen Hinterkopf. Kein Funken Scham lag in seiner Haltung, und warum auch? Er war wirklich ein stattlicher Mann. In jeder Hinsicht.

Sie nahm ihren Dolch vom Buch. Warum nur zitterten ihre Hände?

»Kira«, sagte er plötzlich.

Sie stockte und sah ihn an.

»Du bist eine besondere Frau, und dies war eine besondere Nacht. Ich werde sie niemals vergessen.«

Sie ertappte sich bei dem Gedanken, es möge nicht die letzte gewesen sein. Verdammt, sie war dabei, ihm mit Haut und Haaren zu verfallen. Nur eine schnippische Bemerkung konnte sie jetzt noch retten, aber sie brachte keine über die Lippen. Stattdessen sagte sie: »Ich auch nicht, Eure Hoheit.«

***

Jemand öffnete die Vorhänge, und Siluren blinzelte in die Morgensonne. Die Erinnerung an die vergangene Nacht ließ ihn lächeln und er streckte sich wohlig.

Finny knickste. »Soll ich das Frühstück am Kamin herrichten, Eure Hoheit?«

»Nein, stell es hier neben mich. Ach, und würdest du mir das rote Buch von dort bringen? Ja, genau. Danke.«

Finny ging, und während Siluren an dem frischen Brot knabberte, träumte er noch ein wenig der vergangenen Nacht hinterher. Kira war wirklich eine beeindruckende Frau. Er konnte nur ahnen, was sie hinterher aus dem Raum getrieben hatte, aber sie war stark und besaß Kampfgeist. Einen solchen Rückzug würde sie nicht auf sich beruhen lassen. Vielleicht blieb sie ja beim nächsten Mal bis zum Frühstück.

Mit einem sehnsuchtsvollen Seufzen legte er das Brot zur Seite und griff nach Shin Fus Abhandlungen über den Krieg. Nun, da er selbst im Gefecht gestanden hatte, las er vieles noch einmal anders, mit neu gewecktem Verständnis. Bald war er ganz in die Lektüre versunken.

Irgendwann klopfte es. Finny trat ein und bei ihrem Anblick wusste er sofort, dass etwas nicht stimmte. Sie knickste nervös und sagte: »Vergebung, Eure Hoheit, aber es geht um die Dame Kira.«

Eine kalte Furcht griff nach ihm. »Was ist mit ihr?«

»Eure Hoheit, wir ... können sie nicht aufwecken.«

Diese Geschichte findet ihren Abschluss in

Welt der Schwerter, Band 2

Danksagung

Siluren hat sich nie mit fremden Federn geschmückt, und auch ich will dies nicht tun. Die Kriegslisten, die Siluren dem Buch von Shin Fu entnommen hat, wurden nicht von der Autorin ersonnen, sondern stammen – der eine oder andere wird es gemerkt haben – aus der Feder des großen Sun Tsu, der vor zweieinhalbtausend Jahren in China lebte. Sein Buch »Die Kunst des Krieges« war mir Inspiration und Fundgrube zugleich.

Ylva Spörle verdient Erwähnung. Ihre Kurzgeschichte „Bruderkrieg" war das erste, kleine Samenkorn für meine Brüder-Story. Jürgen Fauth danke ich für hilfreiche Literaturtipps zum Thema historische Schlachten und Soldatenleben.

Viel zu verdanken habe ich auch meinen Testlesern, die erst dafür gesorgt haben, dass die Geschichte »rund« wird und dass viele Ecken und Kanten abgeschliffen wurden. Allen voran ist da Eva Bergschneider von Phantastisch-Lesen.com zu nennen, die mit großer Fantasy-Leseerfahrung und mit Verständnis für den Literaturbetrieb gearbeitet hat, aber auch Jonas Ohland (so jung und doch so tiefblickend), Ulrike Andrich (legt geschickt den Finger in die Wunde), Ulf Fildebrandt (Autorenkollegen sind immer gute Testleser) und Iris Foppe (die gute Fragen stellt). Wem trotzdem noch Unstimmigkeiten im fertigen Werk aufgefallen sind, der kann sich mir gerne als Testleser für künftige Projekte zur Verfügung stellen.

Und schließlich danke ich meinem Verleger und Lektor Oliver Hoffmann für seine Begeisterung, seinen besonders feinen Texthobel und seine Bereitschaft zur Diskussion.

Zur Karte

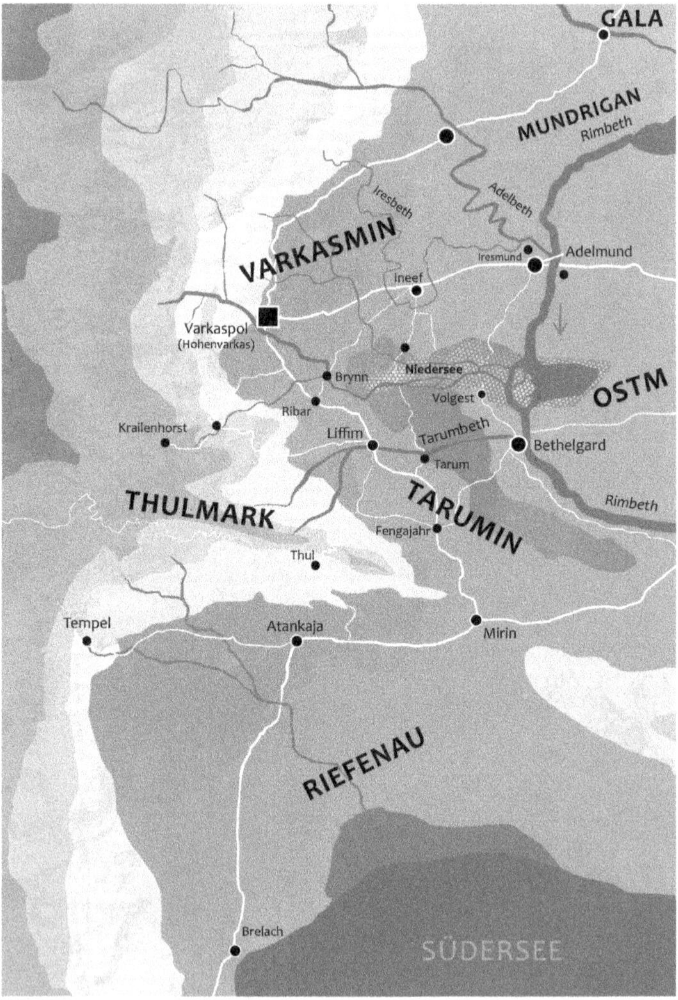
GALA
MUNDRIGAN
Rimbeth
Iresbeth
Adelbeth
VARKASMIN
Iresmund
Adelmund
Ineef
Varkaspol
(Hohenvarkas)
Brynn
Niedersee
Volgest
OSTM
Ribar
Krailenhorst
Liffim
Tarumbeth
Tarum
Bethelgard
Rimbeth
THULMARK
TARUMIN
Fengajahr
Thul
Tempel
Atankaja
Mirin
RIEFENAU
Brelach
SÜDERSEE

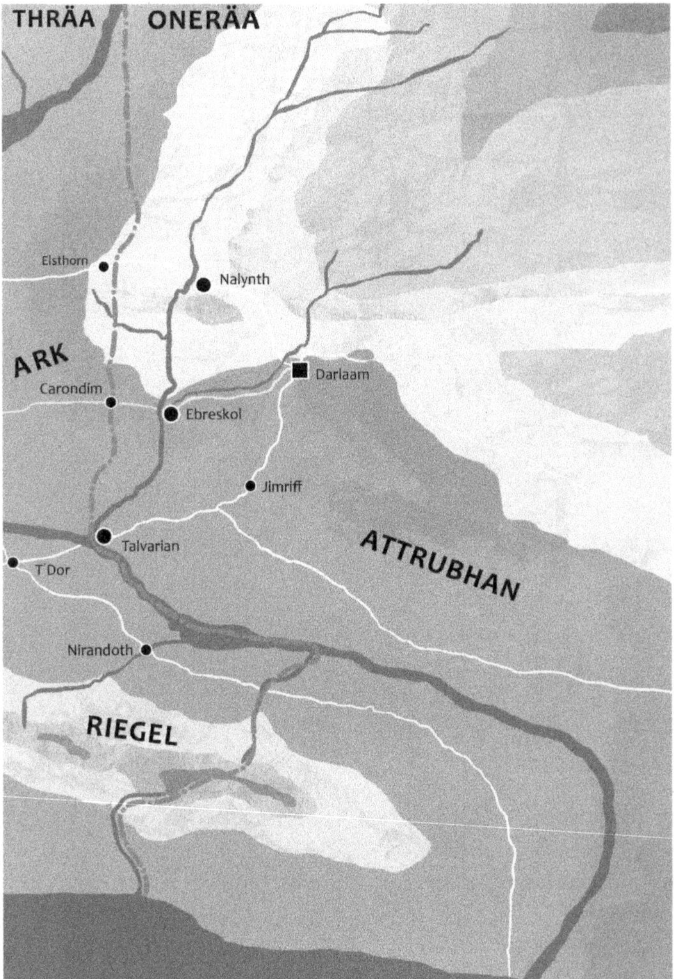

THRÄA
ONERÄA
Elsthorn
Nalynth
ARK
Carondím
Darlaam
Ebreskol
Jimriff
Talvarian
T'Dor
ATTRUBHAN
Nirandoth
RIEGEL

Tom Flambard
GRÜNBLATT & SILBERBART

gebundenes Buch
220 Seiten
Preis 15,00 EUR [D]
ISBN 978-3-948695-67-5
lieferbar ab September 2021

Ebook epub
ISBN 978-3-948695-68-2
Ebook PDF
ISBN 978-3-948695-69-9

An einem windschiefen Häuschen in der uralten Metropole Brae Flammar hängt ein noch schieferes Schild:

Grünblatt & Silberbart.

Ermittlungen aller Art. Keine Ehestreitigkeiten.

Keine Verlies-Erkundungen. Keine Drachen.

Wer in der Stadt der Türme ein heikles Problem lösen muss, der engagiert das vielleicht skurrilste Ermittlerduo weit und breit: den stark übergewichtigen, humorresistenten Zwerg Colin Silberbart und seinen deutlich leichtfüßigeren und ziemlich nichtsnutzigen elbischen Kompagnon Flynn Grünblatt. Gemeinsam spüren die beiden vermisste Personen auf, befreien unglückliche Abenteurer von magischen Flüchen oder beschaffen verschwundene Gegenstände wieder. Sie übernehmen jeden Auftrag – vorausgesetzt, es geht nicht um Drachen oder unterirdische Verliese.

Stefan Cernohuby & Henry Bienek (Hrg.)

WUNDERSAME HAUSTIERE

... und wie man sie überlebt

kartoniertes Buch
260 Seiten
Preis 15,00 EUR [D]
ISBN 978-3-948695-23-1
lieferbar

Ebook epub
ISBN 978-3-948695-25-5
Ebook PDF
ISBN 978-3-948695-24-8

Fantastisch, merkwürdig und nicht ganz ungefährlich ist das Leben mit einem wundersamen Haustier.

In 16 Geschichten erzählen uns die Geschichtenweber von den Haustieren unserer Träume und Albträume, ihren Besitzern und deren Leben miteinander. Chaos ist vorprogrammiert – da macht es keinen Unterschied, ob sie auf unserer Welt in unserer Zeit gehalten werden oder in einer anderen Galaxie, Jahrhunderte in der Zukunft.

In einer kleinen Taschendimension findet der, der einen Eingang entdeckt, ein Areal mit einer riesigen Auswahl an Tieren. Der feurige Salamander in seinem sandig-steinigen Gehege gehört zu den kleineren Bewohnern dieser Tierhandlung. Mit seinen großen Augen sieht er so freundlich und niedlich aus. Doch ist er der richtige tierische Begleiter für den Farmer mit strohgedecktem Haus?

Cole Brannighan

DUNKLER PALADIN

Weltendämmerung

kartoniertes Buch
528 Seiten
Preis 18,00 EUR [D]
ISBN 978-3-948695-35-4
lieferbar

Ebook epub
ISBN 978-3-948695-37-8
Ebook PDF
ISBN 978-3-948695-36-1

Jahrtausende sind vergangen, seit der Heilige Durhelian mit der Macht seiner Kampfgebete die Dämonen in die Hölle zurückgetrieben hat. Doch kein Sieg währt ewig.

Der Straßenjunge Finn hat im Orden der Kampfpriester seine Familie gefunden. Kampfgebete verleihen dem Orden die Macht, sich weit über normale Krieger zu erheben. Als seine Brüder heimtückisch von Dämonen abgeschlachtet werden, schwört Finn Rache. Auf der Suche nach den Mördern trifft er auf die Diebin Khalea, die von der Diebesgilde gejagt wird. Sie öffnet seine Augen für das wahre Übel: Der Dunkle Paladin kehrt zurück! Und alle Morde sind mit seiner Wiederkehr verbunden. Die Ereignisse spitzen sich zu, und Finn muss trotz allem Verrat lernen, zu vertrauen. Alleine kann er nicht gegen den Dunklen Paladin bestehen